Great Lives
21
위대한 생애

마쓰시 ㅔ의 생애

신일성/옮김

ㅓ적출판사

머 리 말

작년에 나는 《마쓰시다 고노스케(松下幸之助)·일사일언(一事一言)》이라는 책을 써서 출판했다. 마쓰시다 고노스케 씨가 오랜 세월 동안 얘기하거나 쓰거나 한 말과 글 중에서 요체라고 할 만한 부분을 모아서 거기에 해설을 붙인 것이다.

이것은 생각해보면 상당히 건방지다거나 불손하다고도 할 만한 작업이다. 사실 요체라고 한다면 마쓰시다 고노스케 씨가 쓰거나 얘기한 것은 전부가 요체이다.

그 중에서 내 생각대로 '이것이 요체입니다' 하면서 부분적으로 발췌하여 마쓰시다 사상의 에센스라고 내놓는 것은 마쓰시다 씨의 사상에 상당히 상세한 사람이 아니면 제대로 해낼 수 있는 일이 아니다.

나는 내가 꼭 이 일의 적임자라고는 생각하지 않았지만 실례를 무릅쓰고 감히 착수했다. 왜냐하면 마쓰시다 고노스케 씨의 뜻을 세상에 전하고 싶다는 소망에 있어서 나는 누구에게도 뒤지지 않는다고 생각했기 때문이었다.

말하자면 그것은 나의 오랫동안의 뜻이기도 했다. 내가 자부심을 갖는 일이 있다면 그것뿐이었다. 그래서 나는 그것에 의지하여 마쓰시다 고노스케 씨의 사상의 세계로 깊숙이 들어갔던 것이다.

다행히 이 책은 많은 호평을 받아서 판을 거듭할 수가 있었다. 독자로부터 뜨거운 지지의 편지도 많았고, 또 직장교육의 교재로 삼겠다고 하면서 많은 부수를 주문해오는 곳도 잇따랐다.

이런 사실을 통하여 나는 새삼스럽게 마쓰시다 고노스케 씨라는 인물의 위대함을 더욱 깊이 깨달았다. 이상한 얘기지만 어떤 인물에 관한 책을 쓰기 위하여 그 자료에 깊이 파묻혀 있으면 그 사람에게 쉽게 몰두해버려서 그 위대함에 대해서는 무감각적으로 되는 경우가 많다.

나는 이 책에 대한 독자로부터의 열렬한 반응에 내가 해낸 작업의 의미를 새삼스럽게 다시 생각해보게 되었다. 정말 잘했다고 생각했다. 그리고 그렇게 독자들의 지지를 받음으로써 이 책은 앞으로도 오래 살아갈 '생명'을 갖게 되었다. 그것은 나에게 있어서 커다란 기쁨이었다. 저작 관계에 종사하는 사람으로서 이런 형태로 뜻을 이루는 기회란 그렇게 자주 있는 것도 아니리라.

그런 의미에서 나는 이런 행운에 감사했다. 그리고 당연한 일이지만 새삼스럽게 마쓰시다 고노스케 씨라는 인물에 대한 신복(信服)의 마음이 한층 두터워졌다. 그리고 그런 시점에서 새로운 의지가 나의 내부에 싹트기 시작했다.

그것은 마쓰시다 고오스케 씨의 뜻과 사상의 빌진 과정을 하나의 전체상으로 해서 그려보고 싶다는 억제할 수 없는 생각이었다. 《일사 일언》이 마쓰시다 고노스케 씨의 마음에 접하기 위한 요점 중심의 책이라고 한다면, 내가 새로이 쓰기로 결심한 이 책은 그 전체관의 확립이다.

그러려면 역시 전기적(傳記的)으로 그 발자취를 더듬으면서 동시에 정신의 발전사를 병행해가는 방법이 가장 좋으리라고 생각했다.

여기에서 기록하려고 한 것은 어디까지나 마쓰시다 고노스케 씨의 '뜻'의 세계이다. 특별히 '지전(志傳)'이라고 한 이유도 거기에 있다.

메이지(明治) 중엽에 커다란 가능성을 지닌 인물이 와카야마 현(和歌山)의 한 구석에서 태어났다. 이윽고 그는 단신으로 오사카(大阪)로 향하게 된다. 와카야마에서 오사카까지 이동한 이 길은 지리적으로 보면 그다지 먼 거리는 아니지만 이것이야말로 후에 일본을 비추고 또 세계를 비출 정도가 된 커다란 빛의 길의 서막이었던 것이다.

마쓰시다 고노스케 씨가 즐겨 쓰는 말에 '생성발전(生成發展)'이라는 것이 있다. 이 말 그대로 그가 걸어온 길은 생성발전 그 자체였다.

또한 그 뜻도 언제나 생성발전했다. 그것은 기업경영에서 국가경영으로, 다시 전인류적인 지향으로 발전해서 결국은 그 원점인 인간으로 회귀하는 것이다. 그가 이룩한 사업의 크기만이 아니라 그 정신이 그리는 궤적(軌跡)이 크다는 데에 있어서도 유례가 없다. 그 궤적을 그려내는 것이 나에게 주어진 사명이었다. 분에 넘치는 영광이다.

차 례

제 1 장 외　　길
—— 생장(生長)에서 창업까지

사소한 동기

마쓰시다 고노스케가 급료 20엔인 오사카 전등회사(大阪電燈會社)
검사원 자리를 그만두고 독립한 것은 다이쇼(大正) 6년(1971) 6월,
22세 때였다. 재직 당시부터 연구하고 있던 개량 소켓을 세상에 내놓고
싶다는 것이 직접적인 동기였다.

오사카 전등회사는 고노스케가 사환과 자전거 점포의 말단 점원이라
는 신분에서 벗어나서 처음으로 봉급쟁이 직장인으로서 생활하게 된
곳이다. 그는 그곳에 6년이나 있는 동안 결혼도 하고 인간적으로 크게
성장한 직장이기도 했다. 또 그곳에 있는 한은 어떻게든 생활을 보장받
고 있다는 것을 의미했다.

그러나 그것을 과감히 버리고 구태여 독립이라는 모험을 한 데 대하
여 마쓰시다 고노스케는 다음과 같이 얘기하고 있다.

내가 장사를 시작한 것은 먹고 살기 위해서였다. 집이 가난했기 때
문에 무엇이든 일을 해야 했다. 또 몸이 약했기 때문에 회사 근무는
맞지가 않았다.

일급(日給)이어서 쉬는 날은 밥을 먹을 수가 없는 경우도 있었다.
그래서 장사를 하여 쉬더라도 다소나마 먹고 살 수 있어야 한다는,
참으로 사소한 동기에서 장사를 시작한 것이다.

최소(最小)에서 출발

독립을 했지만 그의 수중에는 퇴직금, 적립금, 저금 등을 합쳐도 백
엔이 못 되는 돈이 있을 뿐이었다. 이것으로는 필요한 기계를 한 대 구
입하는 데도 모자랐다.

그러나 여하튼 공장이 필요했다. 그러다가 그는 당시에 살고 있던 오
사카의 이가이노(猪飼野)의 셋집을 개조하여 주거 겸 공장으로 하기로
했다. 공장이라고 하더라도 다다미 4장 반(2평 남짓)짜리와 2장(1평)
짜리 두 칸뿐인 작은 셋집이다. 생활하는 것만으로도 비좁은데 공장까
지 차리려고 했으니 무리가 따르는 일이었다.

결국 큰 방의 바닥을 반쯤 뜯어내서 공장으로 쓰게 되었다. 잠자리까
지 줄여서 마련한 장소였다. 아마도 이것은 공장으로서 생각할 수 있는
최소한의 규모였을 것이다.

또 고노스케는 지독한 생활난을 겪었다. 그는 사업자금으로 모조리
털어넣어버렸으므로 뒤주에는 쌀 한 알조차 없는 경우가 흔했다.

그로부터 한동안 전당포에 다니는 생활이 시작되었다. 저당물을 나르
는 것은 젊은 아내 무메노의 일이었다. 그녀가 18세에 시집을 왔을 때
는 고노스케가 오사카 전등회사에 재직하고 있을 때였으므로 급료 20
엔으로는 그런 대로 먹고 사는 데 그다지 불편하지 않은 생활을 할 수
있었다. 그러나 그것도 잠시의 일이고, 독립과 함께 순식간에 궁핍한
생활로 빠져들었던 것이다.

그러나 그녀는 남편인 고노스케를 믿고 있었으므로 싫어하는 얼굴
한번 보이지 않았다. 전당포에 가져가는 의복 따위도 대부분 그녀의 것
이었다.

이런 생활 속에서도 그들의 의기만은 왕성했다.

협력자들

독립 당시 마쓰시다 고노스케에게는 두 사람의 협력자가 있었다. 한

사람은 아내인 무메노, 또 한 사람은 무메노의 동생으로 고노스케에게
는 처남이 되는 이쇼쿠 도시오(井植歲男)이다.

고노스케의 훌륭한 오른팔로서 그의 사업을 돕고 후에 산요 전기(三
洋電機)를 설립하여 사장이 된 이쇼쿠 도시오도 이때는 고향인 아와지
시마(淡路島)의 심상고등소학교(尋常高等小學校 ; 국민학교)를 갓 졸업한
소년이었다. 고노스케는 독립하여 사업을 시작하면서 그를 불렀던 것이
다.

그 밖에 두 사람의 협력자가 새로이 나타났다. 둘은 모두 오사카 전
등회사 시절의 동료로, 한 사람은 사무원으로 있던 모리다 엔지로(森田
延次郎), 또 한 사람은 고노스케보다 약간 먼저 오사카 전등회사를 그
만두고 다른 곳에서 전기공사 관계의 일을 하고 있던 하야시 이산로
(林伊三郎)이다.

고노스케는 먼저 하야시에게 부탁해서 그의 동의를 얻었다. 모리다는
고노스케가 독립했다는 말을 듣고 함께 일하게 해달라고 먼저 찾아왔
다.

두 사람은 모두 오사카 전등회사 시절부터 고노스케가 젊은데도 성
격이 분명하고 일하는 것도 뛰어나 장래에 무엇인가 될 사람이라 생각
하고 눈여겨보고 있었던 것이다.

그래서 고노스케는 공장을 차리는 데 부족한 돈을 하야시의 주선으
로 그의 친구로부터 따로 100엔을 빌릴 수가 있었다.

그러나 발족한 지 오래지 않아 넘을 벽이 의외로 두껍다는 것을 깨닫
게 되었다. 자신을 가지고 세상에 내놓겠다고 선언했던 첫 제품이 모리
다와 하야시가 발이 아프도록 뛰면서 도매상에 팔러 다녔는데도 불구
하고 거의 팔리지 않았다.

고노스케는 문득 오사카 전등회사 시절의 주임과의 일이 생각났다.
고노스케는 오사카 전등회사에 있었을 당시에 그 신안(新案) 소켓의
시작품(試作品)을 주임에게 가지고 갔었던 일이 있었다. 괜찮다면 회사

에서 채택해달라고 할 생각이었다. 그러나 모처럼의 시작품도 주임의 눈에는 비실용적으로 보였는지 무산되고 말았었다. 그러나 고노스케는 단념하지 않았다.

그가 오사카 전등회사를 그만둔 것은 몸이 약해서 월급쟁이로서의 한계를 느낀 것도 있었지만 직접적으로는 그것이 동기가 되었었다. 그러나 지금 이렇게 두꺼운 벽에 부딪치고 보니까 주임의 눈이 정확했다는 것을 깨닫게 되었고 아울러 자신의 미숙함을 반성하게 되었다.

그러나 한편으로는 이 정도로 물러설 수 없다는 오기가 생겼다. 다시 한 번 연구를 더하면 나아지리라는 확신이 있었다.

그러나 공장을 계속 운영해나간다는 것은 곤란했다. 협력자들에게 급료를 지불할 수도 없었다. 그리고 훗날 다시 만날 것을 기약하며 두 친구는 각기 살아갈 방도를 찾아서 흩어졌다.

독립 한 후 최초의 이러한 좌절은 고노스케에게 귀중한 교훈을 가져다주었다. 그것은 "사업에 실패하는 것은 자기 개인만의 문제가 아니라 사회적으로 보아도 죄악이나." 하는 것이다. 자신이니 가족의 일은 접어두더라도, 친구나 거기에 관련된 사람들에게 피해를 입혔다고 생각하니 마음이 아팠다. 그리고 그는 두 번 다시 이런 실패를 되풀이하지 않겠다고 굳게 맹세했다.

참으로 본의는 아니었지만, 상처를 그 이상 확대시키지 않기 위해서 두 친구를 떠나보낸 것은 부득이한 조치였다. 모리다와 하야시 두 사람도 그것을 이해하고 그 조치에 따랐다. 그리고 헤어질 때는 서로가 재기를 맹세하고 격려했던 것이다.

구원의 손길

독립의 첫걸음에서 좌절당하고, 두 친구조차 떠나보낸 고노스케는 그럴 생각만 있으면 다시 오사카 전등회사로 돌아가서 월급쟁이가 되는 길도 있었지만 굳이 그 길을 택하지는 않았다.

왜냐하면 그는 계속해서 개량과 연구를 거듭한다면 배선기구(配線器具) 분야에서 반드시 진가를 발휘할 만한 물건을 만들 수 있다는 확신 비슷한 것이 있었기 때문이다. 또 그것을 이룩하는 것이 첫 번째 실패에 대한 최선의 보상이라고 생각했다.

생활은 전보다도 더욱더 곤궁해졌지만 식구들만의 곤경이었으므로 전과 같이 심한 마음의 괴로움은 없었다.

이렇게 고루(孤壘)를 지켜낸 것이 드디어 보답받게 되었다.

그 해도 저물어갈 무렵에 오사카 시내의 도매상으로부터 생각지도 않았던 문의가 있었다. 가와기타 전기(川北電氣)라는 선풍기를 만드는 공장에서 그때까지 도기제(陶器製)였던 선풍기의 판을 시험삼아 인조수지(人造樹脂)로 만들어보기로 했다. 그 무렵에는 여러 분야에서 인조수지가 만들어지기 시작하고 있었다. 잘만 되면 그편이 내구력이나 생산비 면에서 더 합리화시킬 수 있기 때문이었다.

가와기타 전기회사로부터 그런 문의를 받은 도매상에서는 '그렇다면 인조수지는 어디가 좋을까.' 하고 생각한 결과 신안 소켓을 가지고 팔러 왔던 고노스케네가 생각났던 것이다.

소켓과 선풍기의 판과는 다르지만 인조수지라는 점에서 공통되어 있으므로 인조수지를 다루는 기술만 있다면 못 할 것은 없었다.

사실은 이 인조수지의 기술을 습득하기 위하여 고노스케는 남모르는 고생을 했다. 우선 첫째로 배합하는 재료를 몰랐다. 석면과 아스팔트, 돌가루 정도일 것이라고 대략 짐작은 하고 있었지만 그것만으로 인조수지가 만들어질 턱이 없었다. 그리고 또 중요한 조합방법에 대해서 깜깜했다. 끓이는 요령도 몰랐다. 인조수지를 만드는 공장은 있었지만, 그것은 중요한 기밀사항이었기 때문에 거기에 직접 관여하는 몇몇 사람밖에는 알지를 못했다.

하는 수 없이 고노스케는 인조수지 공장이 있는 곳에 가서 버려진 인조수지 조각들을 주워가지고는 그것들을 녹여서 그 성분이나 비율을 분석해보았다. 물론 정밀한 화학적 분석이 될 턱이 없다. 그러나 다행히 육감과 짐작만으로 대체적인 요령은 파악할 수 있었다.

그러는 중에 인조수지를 만든 경험자의 얘기를 들을 기회가 있어서 그럭저럭 제조법을 익힐 수가 있었다. 팔리지도 않는 소켓을 열심히 만들어간 덕분에 그는 인조수지 제조법을 잘 활용할 수 있게 되었다.

고노스케가 처음 독립할 때 인조수지 분야를 택한 것도 후에 생각해보면 시기가 적절했다. 그것은 20세기 후반이 되어 플라스틱문화로서 크게 꽃을 피우게 되었지만, 당시는 초보적인 단계에서 서서히 그 용도를 넓혀가고 있었다. 고노스케로서는 배선기구에 손을 댄 관계로 자연히 인조수지를 다루게 되었다.

고노스케는 세상은 냉정한 것이어서 남의 형편 따위는 잘 봐주려고 하지 않는 것을 절실히 깨달았다. 그리고 그런 흐름을 결코 무시할 수 없다는 사실을 알게 되었다.

손바닥으로 느낀 이익의 무게

당장 선풍기의 판 1천 개의 주문이 들어왔다. 그래서 견본을 몇 개 만들어 거래선인 도매상에 보냈는데 긍정적인 반응이 왔다. 그런데 주문을 받기는 했지만 주문 시간에 맞추는 것이 문제였다. 사람은 셋이라고 하지만 중심이 되어 일할 수 있는 것은 고노스케 한 사람이고 나머지 두 사람은 약간 거들 정도였기 때문이다.

자금도 전혀 여유가 없을 만큼 궁지에 몰려 있었다. 인조수지의 판을 선풍기에 사용해보아서 괜찮으면 추가 주문도 하겠다고 했지만 그보다도 첫번째 주문을 어떻게 소화시켜낼 것인가가 더 급한 난관이었다. 여기에서 주저앉는다면 이제 가망이 없다.

다소 도움이 되는 것은 이제까지 손대고 있던 배선기구와는 달리 선풍기의 판은 쇠붙이 부분에 제작비와 시간을 빼앗기는 일이 없다는 것이었다. 당장에 드는 비용이 적은 것이 무엇보다도 다행이었다. 그리고 고노스케의 뛰어난 솜씨가 큰 역할을 했다. 납기일은 밤낮으로 서둘러서 맞추면 된다. 어쨌든 그런 난관을 돌파하여 납품을 마치고 160엔이라는 돈을 손에 넣은 것은 그 해도 저물 무렵이었다. 그는 이때 처음으로 80엔의 이익을 올릴 수가 있었고 그 돈의 무게를 절실하게 느꼈다.

직접 체득한 경영철학

이와같이 인생에는 장래를 크게 좌우하는 기로가 있게 마련이다. 그것은 자기 자신이 선택을 하는 동시에 선택을 당하는 것이기도 하다. 그리고 이 양자는 표리일체(表裏一體)의 관계에 있다.

"그 일은 지금 형편으로는 도저히 감당할 수 있을 것 같지가 않습니다." 하면서 거절하는 것은 이쪽의 선택문제인 것처럼 생각되지만, 동시에 그것은 상대로부터 그리고 사회로부터 선택될 기회를 놓치는 일이 되기도 하는 것이다.

그러므로 사회로부터의 선택에 응할 수 있도록 평소부터 자신을 확실하게 만들어두는 일이 필요하고 그것은 곧 잘 선택한다는 것과도 통한다. 결국 자타(自他)는 서로 선택하고 선택당하는 상관관계에 있다는 것을 고노스케는 선풍기의 건으로 절실하게 느꼈다. 그러기 위해서는 '여기에 이런 사람이 있는데, 이런 일을 하고 있습니다. 이런 물건을 만들고 있습니다' 하는 것을 세상에 끊임없이 알릴 필요가 있다. 좋은 일은 굳이 알리지 않아도 사람의 마음을 끌어들이지만 그것만으로는 부족하다. 그것을 깨닫지 못하고 지나쳐버리는 사람도 있기 때문이다.

그러니까 자신의 목소리를 좀더 높일 필요가 있다. 첫째로 자기가 하고 있는 일이 세상에 편의를 준다고 자신한다면 그렇게 하지 않고는 못 견딜 것이다.

개량소켓을 만들었을 때에도 소켓 그 자체는 실패였지만, 젊은 고노스케의 열의는 도매상 사람들의 마음을 감동시키지 않을 수 없었다. 그렇다고 해서 실용성이 모자라는 소켓을 팔아줄 정도로 안이하지는 않았지만, 그때의 일을 정확하게 기억해두었다가 선풍기의 판 제작의 일을 맡겨주었던 것이다.

마쓰시다(松下)의 첫 페이지는 이렇게 해서 열렸다

다이쇼(大正) 7년(1918) 이른 봄의 어느 날. 오사카 기타쿠(北區; 현재의 福島區) 니시노다 오비라키초(西野田大開町)의 한신전차(阪神電車) 노다 역(野田驛) 가까운 한 모퉁이에 있는 지은 지 오래지 않은 셋집에 한 쌍의 젊은 부부가 이사를 왔다. 가마솥과 약간의 세간을 그대로 드러낸 그것은 바로 다이쇼 시절의 서민다운 검소한 이사 풍경이었다.

세간 외에 소형 프레스가 두 대쯤 있는 것으로 보아 어디에서인가 가내공업이라도 하고 있었던 것 같다. 부부 외에 자그마한 소년이 부지런히 일을 거들고 있다.

그 집은 아무런 장식도 없는 실용적이기만한 이층 목조건물로 이층에 방 두 개와 아래층에 방 세 개, 그리고 6평 정도의 뜰이 있다. 아래층의 바닥을 뜯어내 작업장으로 만들었다.

프레스와 인조수지를 끓이는 가마솥과 간단한 연장 따위가 들여놓여지니까 작지만 그런 대로 공장다운 느낌이 들었다. 짐정리를 하는 둥 마는 둥 해서 집 안은 발을 들여놓을 틈도 없을 정도였지만 작업은 곧 개시되었다. 그와 동시에 집 안에는 이상할 정도로 활기가 넘쳤다. 이사할 때에도 그랬지만 세 사람은 민첩하게 몸을 움직이고 나누는 말도 짧아서 시간 낭비가 없었다. 서로 열심히 해보려고 하는 결의가 표정이나 동작 하나하나에까지 나타나 있었다.

말할 것도 없이 이 세 사람이란 마쓰시다 부부와 이쇼쿠 소년이다. 지난 연말에 선풍기의 판 1천 개를 납품한 것을 시초로 하여 해가 바뀌자 곧 2천 개의 추가 주문이 있어서 갑자기 바빠졌다. 주문도 계속해서 들어오기 시작했으므로 고난의 터널을 벗어나 광명이 비쳐왔다. 이

제 본업인 배선기구의 일도 계속할 수 있다고 생각하니까 고노스케는 힘이 솟았다. 모든 것이 좋은 방향으로 돌아가자 큰 마음을 먹고 이사했다. 새로운 작업 요청에 응하기에는 이가이노에서의 장소는 너무나 좁았고, 또한 도매상에 대한 체면문제도 이곳에 와서 다소 살아나게 되기를 기대했다.

이사한 동네 이름이 오비라키초(大開町)라는 것도 징조가 좋다. 번지는 844. 이렇게 해서 이 조그마한 공장은 신음 소리를 내면서 전력으로 회전하기 시작했다. 밖에 걸린 '마쓰시다 전기기구 제작소'라는 산뜻한 나무 간판이 눈부신 느낌이었다.

"다이쇼 7년 3월 7일, 고노스케는 오비라키초로 옮겨서 배선기구의 제조사업을 시작하기 위하여 마쓰시다 전기기구 제작소를 창립했다. 마쓰시다 전기의 역사는 이때부터 시작된 것이다."라고 《마쓰시다 전기 50년의 약사(略史)》(이하 《약사》라고 부르기로 한다)에 기록되어 있다.

소나무 밑의 옛 집에서 태어나다

개인의 시대에서 경영자의 시대로 첫번째 관문을 통과한 마쓰시다 고노스케이기는 했지만, 남들보다 훨씬 이른 시기부터 세상의 고난을 맛보며 걸어온 길이 모두 평탄한 것은 아니었다.

메이지(明治) 27년(1894) 11월 27일, 고노스케는 와카야마현 가이소오군 와사촌 지센단노기의 마쓰시다 가(家)에서 태어났다. 부친은 세이난(政楠), 어머니는 도쿠에이고, 그 사이에는 이미 2남과 5녀가 있어서(그 중에 2녀는 이미 어려서 세상을 떠났다) 고노스케는 여덟 번째로 막내였다.

마쓰시다 가는 고노스케의 조부 때에 크게 일어났는데, 과거장(過去帳)에 의하며 교호(享保) 무렵까지 거슬러올라가는 오랜 가문으로, 저택 안에 세 아름이나 되는 듯한 수령 8백 년의 큰 소나무가 아름답게 가지를 뻗치고 있었다. 부근 사람들은 그것을 신목(神木)이라고 불렀다. 이 소나무는 쇼와(昭和) 47년(1972)에 화재로 불타서 지금은 줄기만이 뿌리에서 10미터쯤 남아 있는데, 불타기 전에는 그림을 그린 것처럼 멋지게 가지가 뻗어 있었다고 한다.

마쓰시다라는 성도 이 소나무에서 유래되었다고 한다. 그러나 지금은 고노스케의 생가도 없어지고 행랑채만이 유일한 유적으로서 당시의 마쓰시다 가를 말해주고 있다.

내 아들에게 거는 소망

고노스케의 부친인 세이난은 27세 때 자치제(自治制)의 첫 촌회의원(村會議員;면의원)으로 뽑힌 지방의 명망가이고, 대대로 내려온 지주이기도 했다. 재능도 있어서 촌의회에서는 수완가로 이름을 날리기도 했다. 그러나 새로운 것에 대한 호기심이 강하고 또 그 자신과 가족의 인생을 망쳐버리게 된 투기벽(投機癖)이 심한 사람이기도 했다. 이것은 고쳐지지가 않았다.

그 때문에 일본 경제발전의 와중에서 성해졌던 미두(米豆)에 손을 댔다가 실패하여 가산이 기울게 되었다. 이때 태어난 고노스케의 앞길에는 어려운 운명이 기다리고 있었다.

잇따른 비운(非運)

고노스케가 네 살 때에 마쓰시다 가의 몰락은 최악의 상태가 되어서, 선조 대대로 살아온 땅을 떠나 실의 속에 집안이 모두 와카야마(和歌山) 시내로 이주했다.

세이난은 그곳에서 나막신 가게를 차렸는데, 서투른 장사 솜씨로 2년도 못 되어 가게 문을 닫고 말았다. 그 후로 그는 실의에 빠진 채 없는 돈을 털어서 여전히 미두에 손을 대는 등 전혀 안정되지 않은 생활을 했다. 어린 날의 고노스케의 기억에 남아 있는 것은 어깨를 축 늘어뜨린 아버지의 모습뿐이었다.

비운은 계속해서 집안에 찾아들었다. 장남과 차남, 그리고 장녀가 유행성감기 때문에 잇따라 세상을 떠났다.

지금은 믿어지지 않을 얘기지만 당시의 감기란 목숨도 앗아가는 무서운 병이었다. 일본인의 평균수명이 40세로 아무리 버티어도 50세에는 이르지 못했던 시절의 일이었다. 어린애의 사망율이 높은 것 외에도 폐결핵이나 감기가 심해져서 죽는 사람도 많아 평균수명이 그렇게 낮아진 것이었다.

말하자면 그것은 나라 전체의 가난이나 위생상태나 의료수준의 낮음에 기인한 것이어서 특별히 개인적인 가난 탓으로 돌릴 수 있는 것은 아니라 하더라도, 한 집 안에서 세 사람이나 잇따라 감기로 사망한다는 것은 가족으로서는 충격적인 일이었다. 특히 장남은 그 무렵에 방적회사에 근무하여 집안의 생계를 책임지고 있었으므로 타격도 컸다.

그렇지만 세이난은 가족을 부양할 책임이 있었기 때문에 슬퍼하고만 있을 수는 없었다. 그래서 오사카의 맹아학교(盲啞學校)에 직장을 얻어서 가족을 와카야마에 남겨둔 채 혼자 부임했다. 일은 사무와 잡무를 겸한 것이었는데, 그 보수로 집안의 생계는 겨우 안정될 기미를 보이기 시작했다.

일렀던 실사회(實社會)에의 출발

고노스케가 와카야마 시내의 유소학교(雄小學校)에 입학한 것은 그 전해의 일이다. 고노스케가 철이 들고부터 청년기까지를 돌이켜보면 대개가 지극히 고생스러운 길이었다. 손가락 끝이 얼어터질 듯한 추억뿐이었다. 이 소학교에 다니던 몇 년 동안만이 예외적인 시기였다. 그는 부모의 보호 밑에서 다른 아이들과 같이 즐거운 학교생활을 할 수가 있었다. 성적은 중상 정도로, 산수 등 사고력이 필요한 과목을 잘하고 암기력을 요하는 것은 잘하지 못했다.

"곧잘 강으로 고기를 잡으러 가거나 친구들과 선생님 댁에 가서 장기를 두거나 한 것이 기억에 남는다."

훗날 그 시절을 회상하는 마쓰시다 고노스케의 눈은 지난날을 그리워하는 것처럼 온화했다. 그가 다른 사람들과 소년시절에 대하여 공유(公有)할 수 있는 추억은 그것뿐이었다.

그의 학교생활은 4학년이 모두 끝나기 전까지 계속되었다. 당시의 심상소학교는 4학년으로 전과정을 마치도록 되어 있었으므로 그도 조금만 더 있으면 졸업장을 받을 수 있었지만 형편은 그 일조차도 허용하지 않았다.

갑자기 오사카의 부친으로부터 '이곳에 사환 자리가 있으니 곧 오라'는 연락이 왔던 것이다. 세이난이 어떤 의도에서 고노스케를 불렀는지 정확히는 알 수 없었지만 그 한 마디가 고노스케의 인생을 바꾸는 힘을 지니고 있었던 것은 분명했다. 메이지 시대의 가장(家長)의 발언은 상당한 무게를 지니고 있었다. 그 앞에서는 모친의 '조금만 있으면 학교를 졸업하니까 그때까지만이라도 기다렸으면' 하는 제안도 소용없었다.

더구나 아직 10세도 되지 않은 고노스케에게 스스로의 의사로 자신의 앞날을 결정할 힘은 없었다. 사람들은 흔히 마쓰시다 고노스케 정도의 인물이라면 틀림없이 어릴 때부터 남보다 뛰어난 품성과 소질이 나타났을 것이라고 생각할 것이다.

그러나 이 무렵의 그는 신경질적이고 감동을 잘하고, 조금은 울보인 면도 있는 평범한 소년이었다. 성공한 후의 모습을 알 수 있을 만한 면은 조금도 없었다.

이렇게 해서 그는 9세 때에 학업을 중단하고 부친의 명령에 따라서 오사카를 향하여 집을 떠나게 되었다. 11월 하순의 일이다. 당시의 난카이 철도(南海鐵道;지금의 난카이 전철)의 종점이었던 기노가와(紀の川) 역까지 모친이 전송해주었는데, 도중에 모친이 자상하게 오사카 생활에 있어서의 주의를 주는 데 대하여 고노스케는 "응, 응." 하고 걸으

면서 대답했다. 그것은 고노스케에게 있어서 태어난 후 처음으로 혼자 하는 여행이고, 문자 그대로 실사회에의 출발이기도 했다. 그때의 소슬한 늦가을의 경치는 마음속의 액자에 끼워진 인생의 풍경화로서 지금도 여전히 마쓰시다 고노스케의 내부에서 살아 있다.

현장 학교가 나를 만들었다

고노스케가 사환으로 일하게 된 곳은 오사카 하치만(八幡) 거리의 미야다(宮田)라는 화로를 제조하고 판매하는 가게였다. '봉공(奉公;주인을 섬김)'이라는 말이 도제제도(徒弟制度)와 함께 아직 살아 있을 무렵의 일이다.

'봉공'이라는 말에는 괴롭고 슬픈 현실의 규율이라는 인식이 붙어다녔다. 어린 몸으로 고향을 떠나 부모 형제와 헤어져 산다는 것만으로도 슬픈데, '남의 밥'이라는 말이 의미하는 준엄한 환경 속에서 그런 슬픔을 참고 견디는 괴로움은 말로 표현할 수 없을 정도였다.

고노스케는 '고키치'로 불리던 그 당시에 눈물로 이불깃을 자주 적셨다.

어째서 고노스케라는 부모가 지어준 당당한 호적상의 이름이 있는데도 고키치라고 불리지 않으면 안 되었던 것일까. 그것은 사환이라는 신분 때문이었다.

고노스케라는 점잖고 멋진 이름을 그곳에서는 써주지 않았다. 좀더 짧고 간편한 이름이 필요했다. 말하자면 그것은 하나의 암호와 같은 것이었다. "고키치!" 하고 부르면 "넷." 하는 식으로 간결하고 생기있는 억양이 요구되었다.

도제제도의 가장 낮은 사환의 신분을 나타내기 위해서 이름의 끝자가 '키치(吉)'나 '마쓰(松)' 등으로 불린다면 그것이 하나의 암호에 지나지 않았다는 사실을 알 수 있을 것이다. 자기의 이름 중 '고(幸)' 한 자만이라도 붙어 있는 것이 다행스러운 일이었다.

이렇게 보면 참으로 구제받을 길이 없는 듯한 생각이 들지만, 그 나름대로 근대적이고 조직적인 교육이 이룰 수 없는 어떤 종류의 산 교육장으로서의 기능을 도제제도가 가지고 있었던 것도 사실이었다. 그것은 기술이나 직업인으로서 필요한 능력의 습득만이 아니라 인간적인 형성에 있어서도 큰 역할을 했다. 엄격한 규율 속에서 상처에 약이 배어들듯이 몸에 스며들도록 도제제도는 직업인으로서 또 인간으로서의 근성을 길러주는 데에는 어중간한 학교교육을 받은 사람에게는 없는 것을 지니고 있었던 것이다.

화로가게에서 3개월, 그 주인의 형편 때문에 다시 고다이(五代)라는 자전거 점포로 옮긴 5년여 기간은 그를 심부름이나 하는 사환으로부터 눈치 빠른 중견 점원으로 변천시켰고, 무엇보다도 중류가정의 자제로서 어딘가 가냘픈 면이 있었던 고노스케라는 인간을 이 세상을 살아가기 위한 충분한 능력을 지닌 인간으로 만들어냈던 것이다.

그것이 마쓰시다 고노스케가 배운 현장학교라는 완강한 실지교육의 터전이다. 누구라도 마음민 먹으면 그곳에 '입학'할 수 있는 것이 아니라 소질이나 연줄이 필요했다. 당시에는 현장에서 수업을 했다는 것은 보다 우수한 자임을 의미하여, 세상에서 훌륭하게 통용되는 면허장의 역할을 했던 것이다. 그곳에서 고노스케는 실사회에의 적응력을 하나하나 몸에 익혀갔다.

고노스케의 당면한 목표는 어쨌든 사회에 쓸모있는 사람이 되어야겠다는 것이었다. 사환의 신분으로서 쓸모가 있다는 건 뻔한 것이다. 빗자루로 쓸거나 걸레질을 하거나 심부름을 하는 등 대개 그런 정도의 것이었다. 그러나 이불을 펴는 방법 하나만 하더라도 마음만 먹는다면 그 나름대로 실사회에서 살아가기 위한 착실한 공부가 되는 일이었다. 괴로워서 남모르게 우는 밤이 있었다고는 하지만, 자신이 놓여진 입장을 주시함으로써 각오를 새롭게 할 수도 있었다.

그런 환경에 놓인 그 연대의 소년으로서 그보다 어떻게 더 자신을 확립시킬 방법이 있었을 것인가. 그것은 그런 대로 사회와의 멋진 대결방법이라고 하는 수밖에 없다.

커다란 성숙을 가져온 것

마쓰시다 고노스케가 스스로 과거를 얘기할 때 가장 자주 언급하는 것은 부친인 세이난(政楠)에 대해서이다. 그것은 세이난이 가장으로서 가족들에게 미친 영향의 크기로 보아서 당연한 일이었지만, 특히 고노스케에게 있어서 그 존재는 깊고 큰 의미를 지니고 있었다.

"오늘의 내가 있는 것은 아버지 덕분이다." 하고 마쓰시다 고노스케는 말한다. 부친이 자기에게 부여해준 길을 정면으로 받아들여서 긍정하는 말이다.

"만약 집이 몰락하지 않았더라면 나도 중학교 정도는 진학해서 다른 길을 걷게 되었을 것이다." 하고 술회하는 일은 있지만, 그렇게 되지 않았던 것을 원망스럽게 생각하는 듯한 기색은 조금도 찾아볼 수가 없었다. 그 긍정이 하나의 신념으로까지 굳어져 있었다는 것으로 생각된다.

분명히 세이난이 고노스케에게 사환의 길을 택하도록 한 것은 자기 나름으로의 생각이 있어서였다. 그는 자신의 좌절을 반성하고 고노스케에게는 그런 전철을 밟지 않도록 해야 되겠다고 생각했음에 틀림이 없다. 그래서 철저한 실용주의적 교육의 지름길로서 사환이라는 것에 착안했을 것이다.

거기에는 확실하게 세상을 살아가는 재치를 지니고, 확고한 발걸음으로 나아갈 수 있는 인간으로 성장해주었으면 하는 부모의 소망이 담겨져 있었다.

세이난은 이러한 소망을 갖고 고노스케에게 엄격한 부친이면서도 때로는 다정한 면을 보였다.

마쓰시다 고노스케는 자전적(自傳的)인 저서 《나의 행동과 생각》에서 다음과 같이 술회하고 있다.

이렇게 사환생활을 하면서 장사의 길을 배우고 있는 나의 모습에 아버지는 얼마나 기대를 걸었을까. 나는 어렸을 때 장이 조금 안 좋았기 때문인지, 지저분한 얘기지만 곧잘 아무 데나 대변을 보았다. 어느 때인가는 자전거를 타고 심부름을 갔다가 돌아오는 도중에 배가 살살 아프기 시작하면서 대변이 마려워져서 도저히 참지 못하고 결국 자전거를 탄 채 싸고 말았다. 그런데 자전거를 바로 타지 못하고 옆으로 엉거주춤하게 탔기 때문에(키가 작아서 어른 자전거에 발이 닿지 않으므로 그렇게 타지 않을 수 없었다) 오히려 더욱 대변을 재촉하는 꼴이 되었는데, 자전거는 대변투성이가 되어버렸고 나는 창피하여 어쩔 줄 몰라 울다가 그대로 아버지가 있는 맹아학교로 달려갔다. 나는 아버지를 보자마자 울음을 터뜨렸다. 아버지는 내 모습을 얼핏 보고는 놀라서 어찌 된 일이냐고 묻고는 내가 전후사정을 얘기하지 위로를 하면서 그 뒤처리를 해주었다. 지금도 그때의 일을 생각하면 새삼 아버지의 깊은 사랑이 절실하게 느껴진다.

참으로 마음에 스며드는 부자상(父子像)이다. 그런가 하면 다음과 같은 술회도 있다.

이와 비슷한 일(자전거에서 쌌던 일)도 자주 있어서 그때마다 아버지에게 신세를 졌는데, 그럴 때에도 아버지는 입버릇처럼 —— 출세해야 한다. 옛날부터 훌륭한 사람은 모두 어려서 남의 집에서 일하거나 고생을 해서 훌륭해진 것이니까 괴롭고 힘들어도 잘 참아라 —— 하고 타일러주었다. 아버지는 선조로부터 물려받은 재산을 탕진한 것을 미안하게 생각하며 혼자 남은 아들인 내가 출세하기를 얼마나 크게 기대하고 있었는지를 지금 조용히 생각해보면 잘 알 수가 있다.

세이난의 고노스케에 대한 큰 기대는 다음의 글에서도 잘 나타나 있다.

　한번은 이런 일이 있었다. 내가 11세 되던 해에 아버지와 내가 오사카에 있는 관계로 어머니와 가족이 그 동안 정든 와카야마를 떠나서 덴만(天滿)으로 이사를 왔을 당시의 일이다. 누나는 약간 읽고 쓸 줄을 알았기 때문에 오사카 저금국(貯金局)의 계산사무 고용원으로 근무하게 되었는데, 그때 마침 저금국에서 급사를 모집하고 있었다. 아마도 남의 집에 가 있는 나를 집으로 데려오고 싶어서였겠지만, 누나와 어머니가 고노스케는 소학교도 마치지 못해서 앞으로 읽고 쓰기도 마음대로 못할 테니까 이 기회에 급사로 다니면서 밤에 근처의 학교에라도 다녔으면 하는 생각을 나에게 비추어왔다. 이런 얘기를 듣고 어떻게 내가 기뻐하지 않을 수 있었겠는가. 어머니 밑에서 급사로 다니면서 밤에 공부를 한다는 것은 고생스러운 남의 집살이를 하는 나로서는 그 무엇과도 바꿀 수 없는 커다란 기쁨이었기 때문에 꼭 그렇게 해달라고 어머니에게 부탁했다. 어머니는——그럼 아버지에게 얘기해서 승낙하시면 그렇게 하도록 하자——고 했다. 그 다음번에 아버지를 만났을 때, 아버지는——어머니에게서 너를 집으로 데려와서 급사로 다니면서 야학에라도 보내자는 얘기를 들었는데, 나는 반대다. 사환을 계속해서 나중에 장사로 출세를 해라. 그것이 너를 가장 위하는 길이라고 생각하니까 뜻을 굽히지 말고 사환을 계속해라. 오늘날 편지 한 장 제대로 쓰지 못하는 사람도 훌륭하게 장사를 해서 많은 사람을 부리고 있는 예가 세상에 많이 있다는 것을 아버지는 알고 있다. 장사로 성공하면 훌륭한 사람을 고용할 수도 있으니까 절대로 급사 따위가 되어서는 안 된다——하고 아버지는 이렇게 말해주었다. 지금 생각하면 과연 아버지는 앞을 내다보는 생각을 가지고 있었다고, 나의 오늘이 있음을 보고 더욱더 절실하게 느낀다.

마쓰시다 고노스케는 "학문이란 말할 것도 없이 귀중한 것임에 틀림이 없지만 이것을 활용하지 않으면 아무런 쓸모가 없을 뿐만 아니라 오히려 그것이 짐이 되어서 인생행로에 커다란 부담이 되는 경우가 있다는 사실을 생각하지 않으면 안 된다."고 말하고 다시 "나 혼자만의 생각이지만 학문의 소양이 없었던 것이 오히려 일찍 깨달음을 얻을 수 있는 계기가 되어 오늘날이 있게 된 것이라고 생각한다."고 말하고 있다. 부친 세이난은 메이지 39년(1906) 9월에 갑자기 병이 들어서 세상을 떠났다.

전기가 내일을 연다

고노스케가 두 번째 일자리인 고다이(五代) 자전거포에 있었을 무렵에는 자전거가 시대의 첨단을 걷는 교통수단이었으며 번쩍번쩍 빛나는 은륜(銀輪)은 새로운 문화의 상징인 것처럼 생각되었다.

그것은 값비싼 상품이기도 했다. 처음에는 소수의 사람들이 사용하는 것(말하자면 현재의 자동차에 필적할 만한 것)에 지나지 않았지만 시일이 지남에 따라 널리 보급될 징조가 보여서 업계에도 활기가 넘치고 있었다. 고다이 자전거포도 착실하게 수입을 올려서 잘 되어갔다.

고노스케도 일에 아주 열중했고, 은륜에 반해서 그 당시 유행하기 시작한 자전거 경주에 직접 출전하기도 했다. 그러나 그러는 사이에 고노스케는 자기 앞날에 무엇인가 의혹을 느끼기 시작했다. 그는 이미 전기 문명이 방출하는 눈부신 빛에 매료되어 있었다.

이 무렵은 전기사업이 급속하게 발전한 시기에 해당된다. 전등뿐만이 아니라 각종 전기 수요가 늘어나고 거리에는 전차가 달리게 될 계획이

었다. 오사카에 시내전차가 등장한 것은 메이지 36년(1903)의 일이지
만, 이 무렵의 오사카 시는 전차를 부설하여 교통망을 정비할 계획을
세우고 있었다. 우메다(梅田)에서 요쓰바시(四ツ橋)를 지나는 지쿠고
선(築港線)은 개통되었고 다른 선의 공사도 순조롭게 진행되고 있었다.
전기사업의 전망은 밝았다.

오사카 시가를 달리는 전차를 바라보면서 고노스케는 '앞으로는 전기
가 세상을 바꾸어놓는다.' 하고 생각하면서 자꾸 안에서 끓어오르는 무
엇을 느꼈다. 그것은 장차 어떻게 해서든지 전기관계의 일에 종사하고
싶다는 움직일 수 없는 기분으로까지 고양되어갔던 것이다.

그는 한번 결정하면 잠시도 가만히 있을 수가 없었다. 그래도 그가
이 일에 손대는 것에 다소의 시간을 들인 것은 자신에게 친절하게 대해
주는 고다이 자전거포의 주인 부부에게 가게를 그만두겠다는 얘기를
꺼내기가 어려웠기 때문이었다.

그래서 결국 그는 어느 날 옷도 갈아입지 않은 채 말없이 가게를 나
오는 비상수단을 취하게 되었다. 그리고 누나의 시댁에 몸을 위탁한 다
음에 고다이 오토키치(五代音吉)에게 자기가 취한 행동을 사죄하면서
그렇게 하지 않을 수 없었던 심정을 간절하게 적은 편지를 썼다.

또 한 가지 전직에 시간이 걸렸던 이유는 입사(入社) 지원 수속을 밟
으면 당장에라도 채용될 것으로 알았던 오사카 전등회사의 입사가 결
원이 생길 때까지 대해기야 했으므로 결국 3개월이나 소비해야 했던
것이다.

그 동안에 가만히 놀고만 있을 수는 없었으므로 매형의 주선으로 매
형이 근무하는 시멘트 회사의 임시 운반부로 일하게 되었다.

이것이 또 대단한 일이었다. 시멘트를 실은 트럭을 미는 것인데, 아
직 15세인, 더구나 힘든 일은 그다지 해본 적이 없는 그의 작은 몸으로
는 힘겨운 중노동이었다. 결사적으로 밀어대지만 트럭은 꼼짝도 하지
않는다. 난폭한 사내들의 조롱과 욕설이 등뒤에서 날라온다. 거기에 떠

받치는 것처럼 그는 가느다란 몸을 활처럼 휘어뜨렸다. 겨우 트럭이 조금씩 움직이기 시작한다. 그런 일의 연속이어서 하루가 끝나면 자기 몸을 움직이는 것조차 힘겨웠다. 오줌이 피처럼 새빨갰다.

보다 못 한 작업감독이 좀 편한 부서라고 해서 저울질을 하는 곳으로 바꾸어 배치해주었는데, 이것은 힘은 들지 않지만 시멘트 가루가 자욱해서 눈도 뜨지 못하고 입 안에까지 가득 찬다. 도저히 견딜 수가 없어서 사양하고 다시 본래의 일로 돌아갔다. 익숙해진다는 것은 무서운 것이어서 이 힘겨운 일도 그럭저럭 해낼 수 있게 되었다. 그러나 거기에 예기치 못한 사건이 기다리고 있었다.

구사일생의 경험에서 얻은 것

그 시멘트 공장은 지쿠고(築港)의 매립지에 있었기 때문에 잔교(棧橋)에서 통통배를 타고 간다. 어느 날 저녁때 고노스케는 돌아오는 증기선의 뱃전에 앉아서 노동으로 지친 몸을 쉬고 있었다.

거기에 선원이 뱃전을 따라 걸어오다가 고노스케가 있는 곳까지 와서는 어찌 된 셈인지 발이 미끄러지면서 '앗' 소리를 내면서 바다로 떨어졌다. 그 선원은 떨어지면서 고노스케를 붙잡았다. 고노스케는 껴안기는 꼴이 되어 함께 떨어졌다. 두 사람은 물 속에서 허우적거렸다.

그는 거의 이성을 잃은 채 그저 무의식중에 손발을 움직여서 떴다가 가라앉았다가 했다. 헤엄은 조금 칠 줄 알았지만 능숙할 정도는 아니었다. 놀라기도 했고 또 옷도 입은 채여서 마음대로 몸이 뜨지 않아 필사적으로 몸부림을 계속했다. '이대로 빠져 죽을지도 모르겠군.' 하고 생각했다.

몇 번인가 수면 위로 얼굴을 내밀었을 때 상당히 멀리까지 갔던 증기선이 천천히 뱃머리를 돌려서 이쪽으로 오는 것이 얼핏 보였다. '어쩌면 살아날지도 모른다.' 하고 생각했다. 그리고 그는 구조되었다.

그것은 바로 '목숨을 건진' 것이었다. 그 일은 그 당시보다도 이상하게 세월이 지남에 따라서 그런 실감은 고노스케의 내부에서 깊게깊게 뿌리를 내려갔다. 그리고 그것은 '운'이라는 것을 믿도록 만드는 방향으로 작용했다.

그런 일을 당했을 때 사람이 꼭 구조된다고는 단정할 수 없다. 오히려 구조되는 편이 드물지도 모른다. 그것은 그 자리에 있었던 사람들이 "용케도 살아났구나." 하면서 놀라던 일로도 알 수 있다. '운'이 좋다고 하는 것은 하늘이 아직 자기를 버리지 않았다는 것이고, 그것은 자기에게 사명이 주어져 있다는 것이기도 한 것이다. 그것은 고노스케에게 일종의 엄숙한 자각을 가져다주었다.

또 한 가지는 자기 생명이 주위 사람들에 의하여 소중하게 다루어진 것에 대한 기쁨이다. 인간에의 신뢰감이다. 평소에 지독한 욕이나 하는 난폭한 사내들도 위급한 상황에서는 구조의 손길을 뻗쳐준다. 거기에서 인간의 본질을 본 듯한 생각이 들었다.

고노스케에게는 또 한 번 잊을래야 잊을 수 없는 '죽지 못한' 경험이 있다. 그것은 자그마하지만 이미 독립해서 사업을 시작했던 다이쇼 8년(1919)의 일인데, 사들인 재료를 자전거에 싣고 돌아오는 도중에 자동차에 치어 나가떨어졌는데 때마침 다가오던 시내전차에 치일 뻔했던 것이다.

2미터 정도까지 와서 전차가 급정거를 하는 바람에 겨우 살아났다. 그리고 이미 그 전에 자동차에 치어서 6미터나 나가떨어졌는데 이상하게도 긁힌 상처 하나 나지 않았다.

자전거는 박살이 나고 싣고 있던 재료는 사방으로 흩어졌는데도 불구하고 본인은 멀쩡한 상태였기 때문에 보고 있던 사람들도 "굉장히 운이 좋은 사람이군." 하고 모두들 말하면서 놀라는 듯한 표정을 하고 있었다.

바다에 빠졌을 때에도 고노스케는 그것이 결코 우연한 일이라고는 생각하지 않았다. '나는 무엇인가에 의해서 살려지고 있는 것이다.' 하고 생각했다. 그러자 이상한 힘이 솟아났다.

마쓰시다 고노스케 자신도 나중에까지 '나는 운이 좋았다'는 말을 자주 되풀이했다. 특히 언론관계의 사람으로부터 "당신이 오늘날의 성공을 이룩한 비결은?" 하는 질문을 받았을 때는 잠시 생각한 다음에 "그저 운이 좋았을 뿐이죠." 하고 대답하는 경우가 많았다. 그러면 상대는 순간 속임수를 당한 듯한 표정을 한다. 그것만이 아니겠지요, 하고 말하고 싶어하는 듯하다.

그러나 생각해보면 단 한 마디로 말할 수 있는 성공의 비결이라는 것은 있을 수가 없다. 억지로 말한다면 "하루하루를 노력해서 살아온 결과가 쌓인 것이 전부이다."라고 얘기할 정도이다. 하지만 이런 대답으로도 상대를 기쁘게 해주지 못하는 것은 마찬가지였다.

"대체로 운이지요. 인간이 할 수 있는 일이란 뻔한 것입니다." 하고 대답하고도 상대가 불만스러운 듯한 얼굴을 하고 있으면 마쓰시다 고노스케는 다시 말을 덧붙였다. "적어도 나는 그렇게 생각하고 있습니다."

이 말에는 그의 독자적인 '운관(運觀)'이 요약되어 있지만 거기에 함축된 뜻을 느끼는 사람은 드물었다. 그러나 세월이 지난 후에 어떤 계기로 '아아, 그때 마쓰시다 씨가 말한 것은 이런 뜻이었구나.' 하고 납득이 되는 것이다.

그 '운관'이란, 가령 운은 하늘이 자기를 살리기 위해서 설정해준 유일한 터전을 말한다. 따라서 그것을 살리는 것도 죽이는 것도 본인 나름이다. 운이란 결코 가만히 있어도 성공을 가져다주는 것은 아니다.

그 운관을 요약한 것이 "인간 만사 세상의 모든 일은 하늘의 섭리로 정해지는 것이 90%, 나머지 10%만이 인간이 이룰 수 있는 한계라고 생각하는 것이다." 하는 말이다.

인간의 노력으로 이룰 수 있는 것이 10%라고 하는 한계는 아주 적은 것 같지만 사실은 그렇지가 않다. 이 10%를 잘 살린다는 것은 어

떤 의미에서는 주어진 모든 것을 살릴 수 있다는 말이기도 하다. 마쓰
시다 고노스케의 운관에는 그러한 뜻이 내포되어 있는 것이다.

운을 이런 식으로 받아들이는 것이 마쓰시다 고노스케에게 있어서는
자기가 지니고 있는 힘을 아낌없이 발휘하는 토대였다. 또한 그것은 인
간의 힘을 초월한 존재에 대하여 '두려움'을 아는 일이기도 하다. 마음
속에 그러한 제단(祭壇)을 갖는 것이다. 이렇게 함으로써 비로소 일에
임해서는 온 힘을 다하고 그런 다음에 하늘의 처분을 바라는 경지에 설
수가 있는 것이다.

스스로를 살리는 길에 전부를 건다

고노스케가 오사카 전등회사에 재직하고 있을 당시는 일반의 전기지
식이 아주 빈약하고 그 취급에도 어두웠으므로, 공사하러 나가서 '오사
카 전등회사에서 왔다'고 말하면 특수한 전기 기술자로서 존경의 눈으
로 보기조차 했다. 더구나 고노스케의 솜씨는 수요가들에게 커다란 신
뢰감을 얻고 있어서 지명을 해서 부탁해오는 사람이 있을 정도였다.

그런가 하면 해수욕장의 광고선전용인 대형 일루미네이션이나 극장
의 조명 등 사람들이 감탄할 만한 크고 새로운 공사를 담당하는 등 그
는 마음껏 실력을 발휘했다. 사환시절과는 비교도 안 될 정도로 어엿한
기술자로서 대접을 받았고, 작업상의 만족감을 맛볼 수도 있었다. 검사
원이 되고부터는 더욱 시간의 여유도 생기고 손을 더럽히는 일도 적어
서 몸은 편했다. 그리고 이 여유가 오히려 그에게 자기 주위를 둘러보
도록 했고 장래의 일을 생각하도록 만들었다. 독립에 대한 생각이 머리
를 쳐든 것도 그러한 생활 속에서의 일이었다.

병과의 투쟁 속에서 태어난 '경영자'

고노스케는 내선견습공(內線見習工) 시절과 검사원으로 승진한 후 두
번이나 폐첨(肺尖) 카타르를 앓았다. 해수욕을 하고 돌아오다가 객혈

(喀血)을 한 일도 있었다. 가족이 차례로 쓰러져간 것을 생각하고 그는 암담해졌다. 그러나 일급제(日給制)여서 놀았다가는 생활이 되지 않으므로 근무하면서 병을 고치는 독특한 투병법(鬪病法)을 생각해냈다. 사흘 출근하고 하루를 쉬는 방법이다. 그러는 사이에 반은 병들고 반은 건강한 상태인 아슬아슬한 균형을 유지하면서 몸은 그런 대로 회복되어갔다.

또한 그 당시의 일을 마쓰시다 고노스케는 《일의 꿈 생활의 꿈》 속에서 '나의 투병전술'이라는 제목으로 다음과 같이 말하고 있다.

일을 하는 데는 무어라 해도 건강이 밑천이다. 그러나 세상이란 그렇게 마음대로 되는 것이 아니다. 아무리 건강법을 일러주어도 본래가 갯버들처럼 허약한 사람도 많다. 그렇다면 병이 있거나 혹은 몸이 약한 사람은 무엇을 해도 전혀 헛일일까. 나는 꼭 그렇다고는 생각하지 않는다. 몸이 약한 사람, 결함이 있는 사람이라도 훌륭하게 성공할 길은 열려 있다고 믿고 있다.

나의 경우를 얘기해서는 매우 송구스럽지만, 나 자신도 본래 매우 허약한 체질이어서 젊을 때 해수욕에서 돌아오다가 객혈을 했을 정도이다. 그리고 거의 50세가 되도록 한 가지 병에 시달려 섭생을 하면서 일을 했다. 다행히 그런 상태면서도 오늘날 다소 성공한 것으로 되어 있다. 그러한 하나의 경험에서 생각하면 건강은 참으로 좋은 것이지만 건강하지 않은 것도 또한 괜찮다. 나는 최근에 이런 심경이 되었다.

20세 전후에 전등회사 직공으로 있을 무렵 해수욕에서 돌아오다가 객혈을 했다. 형이 폐병으로 죽기도 해서 나는 폐병을 대단히 두려워하고 있었으므로 당장 병원에 갔다. 물론 당시는 의료보험 같은 것은 없었다.

의사는 당장 회사를 그만두고 고향에 가서 반 년쯤 요양을 하라고
권했다. 그냥 두면 죽는다고도 말했다. 나의 병은 폐첨 카타르며 폐
결핵으로까지 가지는 않았지만, 의학지식이 없는 나는 정말 큰일이
났다고 생각했다. 그러나 도저히 회사를 그만두거나 장기적인 요양
을 할 형편이 못 되었다. 당시 나는 일급제였고 저축도 없었다. 집안
은 파산을 했고 의지할 만한 친척도 없는 형편이었다. 그래서 근무하
면서 치료하기로 했다.

그래도 인간이란 강한 것이다. 이 이상은 물러설 수 없는 곳까지
와서 웃으려면 웃고 죽으면 죽지 하는 배짱이 생겼다. 그러나 이것은
결코 자포자기는 아니었다. 열이 있을 때에는 피로하니까 하루 쉬지
않으면 안 되는 경우는 있었지만 그 때문에 자포자기하는 그런 일은
없었다. 그런 상태가 일 년쯤 계속되니까 사흘에 한 번 쉬던 것이 드
문드문 열흘에 한 번, 반달에 한 번 쉬게 되는 약간 소강상태로 되었
다. 그러다가 그럭저럭 굳어져버렸다. 그런데 의사가 병이니까 양생
을 하라고 말했을 때, 집에 돈이 있다든가 따뜻한 육친이라도 있다면
의사의 말대로 요양을 한다. 그것은 하나의 약함이라고 생각한다.

모든 경우에 이러한 것이 통용된다고는 말할 수 없지만, 인간의 육
체에 갖추어져 있는 병을 극복하는 힘을 찾아내어 사는 방법을 직접
실증한 하나의 투병철학이 여기에 나타나 있다. 그것은 고노스케가
누나 부부의 주선으로 이쇼쿠(井植) 무메노를 아내로 맞은 것으로
고노스케가 20세, 무메노가 18세 때였다.

제 2 장 창의와 연구
―― 산업인의 사명에 눈뜨다

마쓰시다 호(松下號) 출범

마쓰시다 고노스케가 규모는 작지만 처음으로 '독립'의 성을 쌓을 수 있었던 다이쇼 7년(1918)은 나라 안팎에서도 여러 가지 사건이 많았던 해이다.

8월에는 일본의 시베리아 출병이 있었고, 또 11월에는 제1차 세계대전이 종결되었다. 이렇게 해서 일본은 대전 후 세계에 새로이 대두한 근대적인 공업국가로 출범했던 것이다.

나라가 융성할 때에 발산되는 열기 같은 것이 마쓰시다 고노스케의 작은 공장에까지 밀려오는 것이 느껴졌다. 이미 진행되어가고 있던 전기문명의 물결이 여기에 이르러서 국가의 공업화에 발맞추어 급속한 진전을 보여온 것이다.

종래의 증기기관에 대체될 새로운 에너지의 등장은 공업생산에 극적인 변화를 가져왔을 뿐만 아니라 일반 국민의 생활도 전등을 비롯하여 선풍기, 전기 다리미 등의 보급 형태로 전화(電化)의 물결에 휩싸이기 시작했다.

고노스케에게 계속 되어왔던 역경에서의 뜻하지 않은 구원의 신이 되었던 선풍기의 판 제작이라는 일도 말하자면 그런 분위기 속에서 일어난 사건의 하나라고 할 수 있었다.

15세인 이쇼쿠 소년을 포함해서 고노스케를 중심으로 한 '마쓰시다

전기기구 제작소'의 총 종업원 3명은 힘을 합하여 선풍기 판의 주문을
소화하는 한편 고노스케는 본업인 배선기구의 개량사업에 매달렸다. 그
리고 그는 고심 끝에 새로운 어태치먼트 플러그를 만드는 데 성공했던
것이다.

이 어태치먼트 플러그 자체는 전부터 코드를 연결하여 전기가 들어
가지 않은 방에 전기를 쓰기 위한 배선기구로 사용되고 있었지만, 사용
상 불편한 점이 있고 값도 비쌌다. 그러나 고노스케가 만든 것은 훨씬
사용하기 편하도록 개량되었고 독자적인 방법으로 값도 싸게 했으며
모양도 새롭게 했다.

도매상을 통하여 팔아보니까 평이 좋아서 계속해서 주문이 늘어갔다.
먼저의 개량소켓 때와는 대단한 차이였다. 고노스케는 거기에 힘을 얻
어서 제작에 박차를 가했고, 덕분에 오래지 않아 '마쓰시다 전기기구
제작소'의 경제적인 상태도 크게 호전되었으며 도매상들에게도 이름이
다소 알려지게 되었다.

그리고 생산을 늘려야 했으므로 종업원도 사오 명 늘렸다. 또한 2등
용 연결플러그(2단 소켓)의 개량에도 착수하여 실용신안(實用新案)을
얻어서 발매해보니까 어태치먼트 플러그를 능가할 정도로 호평을 받았
다. 오비라키초에 공장을 차린 지 일 년도 지나기 전의 일이다.

신제품에 쏟는 집념

고노스케가 창업 당시에 손댄 이 두 가지 제품은 전기문화의 연결부
분으로서 국민생활에 큰 편익을 가져다주었을 뿐만 아니라 전등 외에
도 다리미나 선풍기의 보급에 큰 역할을 했다.

재미있는 것은 이러한 제품의 개발방법이 훗날의 '마쓰시다' 정신으
로 표상되는 국민생활과 밀접한 곳에서부터 사업을 하겠다는 기본사상
의 싹과 같은 것이 엿보인다는 일이다. 즉 그는 실생활과 직접 관련이
없는 중전기(重電器) 관계는 사업으로 다루지 않았고 어디까지나 가전

제품 관계의 메이커만을 생산하는 일에 시종일관했다. 그런 발상의 원점이 되었다는 뜻에서 창업 당시의 두 가지 제품은 상징적이었다. 최소한의 공장 규모로 사업을 시작하여 성공한 것은 아주 극적인 것이었다. 이것은 오늘날의 '마쓰시다'의 규모에서 보면 한 개의 점에 불과했던 것이다.

신제품 개발에 기울이는 고노스케의 정열은 정말로 대단했다. 그 때문에 혼자 밤을 새는 일도 많았다. 전등 밑에서 혼자 의연하게 일에 몰두하는 모습은 인광(燐光)을 발하는 것처럼 보일 정도이다. 그러나 본인은 적당히 즐기기도 하면서 일을 하고 있었다. 그에게는 후에 특허와 실용신안을 합해서 100여 종이나 연구해낸 발명가의 면목이 엿보인다. 그러나 확고한 기업으로 성장하기 위해 발명에만 집착하는 일이 없도록 경영에 심혈을 기울였다. "내가 보잘것없는 발명가로 끝나는 일이 없었던 것은 그 때문이다." 하고 마쓰시다 고노스케는 말하고 있다.

경영수완을 시험받다

어태치먼트 플러그와 2등용 연결 플러그를 가지고 업계에 진출한 고노스케는 커다란 성공을 거둘 수 있었다. 또한 그 몇 년간은 경영자로서 귀중한 공부를 해서 그 나름대로 크게 실력을 늘린 시기이기도 했다. 일 자체는 극히 순조로웠지만, 또 여러 가지 예상치 않았던 국면이 생기게 되는 법이다. 그 중에서도 고노스케는 경영자로서의 수완을 평가받을 만한 여러 가지 사건에 부딪치게 되었다.

이를테면 이런 일이 있었다. 고노스케 회사에서 만드는 2등용 연결 플러그가 평이 좋다는 말을 듣고 오사카 시내의 요시다 상점(吉田商店)으로부터 총대리점의 자격으로 그 판매를 맡겨주었으면 좋겠다는 제의가 들어왔다.

그 상점의 주장은 오사카만이 아니라 도쿄(東京) 방면에서도 전부터 친하게 지내고 있는 업자들이 있어서 그들을 통하여 판로를 크게 넓힐 자신이 있다는 것이었다.

이것은 그때까지 도매상 개개인을 상대하고 있던 고노스케로서는 솔깃한 얘기였다. 이렇게 판매를 일괄적으로 맡겨버리면 안심하고 만드는 데에만 전념할 수 있다는 생각이 들었다.

그런데 여기에 한 가지 문제가 생겼다. 요시다 상점에서 많이 팔겠다고 한다면 고노스케의 공장으로서도 그것을 충족시킬 만한 양을 만들어서 공급하지 않으면 안 된다는 것이다. 맡기는 것은 좋지만 물건을 대주지 못하면 서로가 피해를 입게 될 수도 있다.

그때 당시도 이미 생산이 벅차서 그 이상의 주문에는 응하지 못할 상태였다. 고노스케는 요시다 상점의 제의를 거절하든가, 그렇지 않으면 거기에 응하기 위해서 인원과 시설을 늘려서 생산을 높이든가 하는 선택의 기로에 서게 되었다. 그러나 생산을 늘려서 요시다 상점의 제의에 응하려고 해도 자금이 없어서 설비를 갖출 여유가 없었기 때문에 고노스케는 제삼의 해결방법을 생각해내지 않을 수 없었다. 그것은 요시다 상점의 제의에 응하는 조건으로 요시다 상점으로부터 자금을 차입하여 설비를 늘려서 증산체제(增産體制)로 들어가는 것이었다. 즉 고노스케는 오히려 수풀을 헤치고 상대의 진영으로 뛰어들어가는 방법을 택한 것이다.

고노스케가 의견을 제시하자 요시다 상점은 그 조건을 수락해주었다. 그리고 고노스케는 요시다 상점으로부터 보증금 명목으로 3천 엔의 융자를 받아서 설비를 갖추고 인원을 늘려 요시다 상점의 주문에 응하게 되었다.

고노스케는 자기도 어느 틈엔가 3천 엔이나 되는 돈을 차입할 정도의 신분이 되었다는 것에 흐뭇해했다. 창립 당시에 200엔 남짓한 자금을 구하기 위해서 고생했던 것을 생각하면 꿈만 같았다. 그리고 신용이라는 것이 얼마나 소중한 것인가를 절실하게 느꼈다.

흔히 빚도 재산의 하나라고들 말한다. 그것은 빚을 얻을 수 있을 정도의 신용이 바로 무형의 재산이라는 뜻이다.

다만 이 경우에는 요시다 상점은 그들도 제품을 독점해서 취급하게 된다는 계산하에서 3천 엔을 제공한 것이지만, 어찌 되었건 상대를 신용하지 않고는 될 수 있는 일이 아니었다. 이 경우에 고노스케의 제작소가 일을 잘하고 있다, 좋은 제품을 만들고 있다는 것이 신용을 갖게 된 하나의 기준이 되었던 것도 분명하다.

이 일로 고노스케는 장사의 묘미라는 것에 대하여 산 경험을 할 수 있었다.

뜻밖의 암초에 부딪치다

드디어 요시다 상점에 일괄해서 맡겨보니까 처음 의도대로 오사카 방면을 비롯하여 도쿄 방면에서의 판매도 극히 순조로웠다. 그러나 이것이 다른 회사들의 경쟁대상이 되어 고노스케는 다시 두 번째 경험을 하게 되었다.

불길은 도쿄에서 제일 먼저 올랐다. 고노스케의 제품이 도쿄에서 판매가 잘 되니까 같은 제품을 만드는 도쿄 방면의 업자들이 결속해서 가격 절하로 대항해왔던 것이다.

고노스케의 제품이 더 쌌던 것은 소켓의 쇠붙이 나사 부분에 헌 전구의 폐물 부품을 사용하는 등 제작비를 훨씬 줄이는 독특한 창안을 했었기 때문이다.

따라서 도쿄의 업자들이 값을 약간 내렸다고 해도 아직도 버틸 수 있는 여지는 충분히 있었다.

그러나 고노스케에게 조금씩 어려움이 닥쳐왔다. 일괄판매를 맡은 요시다 상점이 도쿄 업자들의 대항에 부딪치자 "이거 어렵게 되었군." 하면서 성급하게도 포기할 태세를 취했다. 그리고 총대리점으로서의 계약을 해체해달라고 고노스케에게 청해왔다.

도쿄 업자들의 반격으로 고노스케의 제품이 처음만큼 판매되지 않자,

요시다 상점으로서는 이대로 매상고가 떨어지면 나중에는 총대리점으로 계약했을 때의 책임판매량을 밑돌게 될까봐 두려웠기 때문이었다. 어차피 그렇게 될 바엔 차라리 지금 총대리점의 간판을 버리자는 생각이었다.

이렇게 되자 고노스케도 곤란해졌다. 세 가지 의미에서 곤란해진 것이다. 그 하나는 말할 것도 없이 당장에 판로가 막혀버린다는 사실이다. 또 한 가지는 설비와 인원을 늘려놓았는데 그것을 도대체 어떻게 할 것인가 하는 문제이다. 그리고 요시다 상점으로부터 차입한 3천 엔을 어떻게 하느냐 하는 문제도 얽혀 있었다. 그것은 이미 설비에 모두 투자했으며 아직 그것을 회수할 단계에는 이르지 못했으므로 지금 당장 갚으려 해도 돈이 없는 상태였다.

요시다 상점으로부터 일괄판매의 제의를 받았을 때는 문제도 비교적 단순해서 쉽게 해결할 수 있는 성질의 것이었다.

그러나 이번은 달랐다. 사태는 훨씬 복잡해서 수습을 하려면 고도의 수완이 필요했다. 배가 악천후(惡天候) 속에서 좌초(座礁)하여 항행불능이 되었을 뿐만 아니라 짐도 선원도 위험에 놓인 것과 같았다.

이때 고노스케의 선장으로서의 판단과 활약은 실로 눈부셨다. 그는 우선 요시다 상점에 대해서는 총대리점 계약의 해제에 응하는 한편 차입한 3천 엔에 대하여는 앞으로 일을 해가면서 갚도록 하겠다고 하여 승낙을 받았다.

고노스케로서는 요시다 상점이 스스로 일괄판매를 제의했으면서 몇 개월이 지나지 않아 일방적으로 그 해제를 청해온 데 대하여 항의를 할 수도 있는 입장이었다. 그 동안에 고노스케 측에서는 아무런 잘못이 없었기 때문에 이것은 당연한 일이다.

그러나 고노스케는 이럴 때 감정적으로 일을 처리하면 아무런 이익도 없다는 것을 냉정하게 판단하여 문제를 3천 엔의 반환방법 한 가지에만 국한해서 얘기를 진행시켰다. 요시다 상점으로서도 약간의 실수를 인정했으므로 고노스케의 말에 따르지 않을 수 없었다.

이 한 가지 일만으로도 고노스케가 단순히 만들기만 하는 기술자가 아니라 젊었을 때부터 뛰어난 경영감각을 지니고 있었다는 것을 알 수 있다.

판매 루트를 재건

고노스케는 급히 서둘러서 중단된 판로를 재건하지 않으면 안 되었다. 그는 오사카 시내의 도매상을 한 집 한 집 찾아다니면서 전처럼 직접 거래를 하자고 제의했다. 한때는 요시다 상점에 일괄판매를 시켰던 일도 있어서 조금은 어색한 점도 있었지만, 본래 도매상측에서 보면 중간에서 구전을 뜯기는 총대리점을 경유하기보다는 제작자와 직접 거래하는 편이 이윤도 커지는 셈이므로 고노스케의 제의를 쉽게 받아들였다. 고노스케로서는 도매상 하나 하나와의 교섭에 드는 시간과 노력의 손실은 무시할 수 없었지만 이 위급한 상황에서 그런 것을 따지고 있을 수는 없었다.

문제는 도쿄 방면이다. 도쿄 방면의 도매상들은 전부 요시다 상점에 맡겼기 때문에 그들과는 단 한 번도 만나본 적이 없었다. 고노스케는 태어나서 처음으로 도쿄에 손을 뻗치기로 작정했지만 무엇이 어떻게 될지 전혀 짐작도 할 수 없었다. 지리는 캄캄하고 인심에 대해서도 생소해서 상경하는 열차 속에서도 불안하기 짝이 없었다.

그러나 공장시설과 인원을 놀리지 않고 요시다 상점 당시의 생산을 유지하려면 아무래도 도쿄의 넓은 시장을 제외시킬 수는 없었다. 나중에는 차창 밖의 풍경에 시선을 던지면서 '좋은 물건을 싸게 팔아서 상대방도 벌 수 있게 해주는 거다. 조금도 겁낼 필요가 없다.' 하고 마음을 다졌다. 그때 몇십 년 전에 오사카에서 사환노릇을 하기 위하여 고향인 와카야마(和歌山)로부터 혼자 기차를 타고 왔을 때의 난카이 철도의 연변 풍경이 거기에 겹쳐졌다.

고노스케는 상경하자마자 요시다 상점에 일괄판매를 시켰을 무렵에 도쿄 방면의 총판으로서 간접적으로 신세를 졌던 가와 상점(川商店)을 찾았다. "지난번에는 여러 가지로 신세가 많았습니다.""아아, 당신이 마쓰시다 씨입니까? 아직 젊은데도 용하시군요." 하는 식으로 해서, 전처럼 도쿄 방면의 일괄판매는 아니지만 다른 도매상에도 넘겨준다는 것으로 얘기가 순조롭게 되어 출발할 수가 있었다.

이어서 지도를 손에 들고 도매상을 한 집 한 집 찾아다녔다. 이곳은 요시다 상점이 손을 뗄 만한 사정도 얽혀 있어서 마음대로 되지는 않았고 개중에는 냉정한 접대를 하는 곳도 있었다.

"도쿄의 기풍이 있어서 낯선 물건은 여간해서 잘 팔리지 않는다. 특히 텃세가 심해서 신출내기인 오사카 상인에게는 별로 호의를 갖지 않는 모양이다. 하지만 그것이 또한 도쿄의 좋은 점일 것이다. 에도(江戶)내기의 의리가 강한 면일 것이라고 나는 생각했다. 좀 팔아보겠다고 하는 가게도 있어서 그다지 비관하지 않아도 되었다. 그리고 이튿날 다시 돌아다니면서 상당한 주문을 받아 오사카로 돌아올 수가 있었다."

후에 마쓰시다 고노스케는 《나의 행동과 생각》에서 도쿄 방문의 첫 성과에 대하여 이렇게 얘기하고 있다.

또한 도쿄 거리의 첫인상에 대해서는 같은 책에서 "그 거리가 더럽고 좁은 데에 놀랐다. 첫째로 거래선에서 변소에 갔다가 놀란 것은 소변소가 없어서였다. 우물쭈물하고 있으니까 그곳 안주인이 대변소와 함께 쓴다고 가르쳐주었다. 이에는 두 손 들었다."라고 기록하고 있다. 그 더러운 도쿄에 고노스케는 한 달에 한 번씩 일을 보기 위해 상경하게 되었다.

그 후 도쿄 방면의 판로도 차츰 확장되어가서 고노스케가 한 달에 한 번 상경하는 정도로는 감당할 수 없게 되었으므로 다이쇼 9년(1920)에는 이쇼쿠 도시오를 도쿄에 상주시키게 되었다.

여하튼 서둘러 판로를 개척하여 배수진(背水陣)으로 버틴 결과 전보다도 더욱 좋은 성적을 올릴 수가 있었고 짧은 기간에 경영 내용이 훨씬 좋아졌다.

돌이켜보니까 필사적인 노질이기는 했지만 어쨌든 급류에서 헤어날 수 있었다. 선장으로서 일단 합격했다는 점에서 자신이 붙은 것도 사실이었다. 동시에 여러 가지 교훈을 자기 것으로 만들 수가 있었다.

그 하나는 난국(難局)을 두려워하지 말라는 것이다. 난국도 대처하는 방법에 따라서는 비약에의 발판이 될 수 있다는 사실을 실험대를 통해서 체득했던 것이다. 거기에서 "곤경에 처하면 먼저 침착하고 냉정하게 그 정체를 확인해야 한다. 진정한 용기란 그런 것을 말한다. 그러면 자연히 타개책도 생겨나게 된다. 당황해서 어쩔 줄 몰라 하기만 하면 곤경에 처하게 된다."하는 철학이 생겨났다.

사람을 움직이는 기술

이상과 같은 일을 통해서 고노스케가 절실하게 느낀 것은 장사라는 것이 사람을 움직이는 기술 위에서 이루어지는 부분이 얼마나 많은가 하는 사실이다. 만들기만 하는 기술자로서 공장 안에서 기계를 마주하고 있을 때에는 그래도 괜찮지만, 밖으로 나가면 이미 대인관계에 목숨을 건 승부의 마당이 되었다.

목숨을 건 승부란, 무사에게는 무사의 각오가 있듯이 상인에게는 상인의 각오가 있다는 것을 말한다. 한순간에 결판이 나는 칼을 휘두르는 것이나 주판을 휘두르는 것이나 승부임에는 똑같다. 상담(商談) 하나만 해도 여간한 각오가 아니면 안 된다.

이러한 자계(自戒)를 가슴에 새김으로써 고노스케가 체득해간 것은 상대의 품안으로 뛰어들어서 승부를 내는 필사의 전법(戰法)이었다.

요시다 상점으로부터 총대리점의 계약 얘기가 나왔을 때 교환조건으로 공장시설의 확장자금으로서 3천 엔을 내도록 한 것도 그렇고, 총대리점 계약을 해제할 때 차입한 3천 엔의 변제를 앞으로 일을 해가면서

분할해서 지불하기로 결정을 본 것도 상대방의 뱃속에 뛰어들어서의
교섭이 주효했기 때문이다. 거기에 묘한 잔재주를 부리려고 했었더라면
잘 되었을지 알 수는 없다.

　오사카와 도쿄의 도매상들에게 뛰어들어서 직접 교섭으로 결정을 본
것도 그렇다.

　칼날 밑을 뚫고 다니면서 죽음 속에서 삶을 얻는 필사의 전법이 거기
에도 있었다. 그러한 자세, 그러한 기백이 상대를 움직이는 것이다. 그
것은 어떤 의미에서는 상대의 뱃속에 자기를 맡기는, 상대의 뱃속에 믿
음을 심는 방법이다. 마쓰시다 고노스케 특유의 차입금(借入金) 철학에
도 그런 것이 있었다.

'신용'으로 공장을 세우다

　이런 얘기가 있다. 고노스케의 사업은 점점 신장되어서 같은 오비라
키초에서 조금 떨어진 장소에 100평의 땅을 빌려서 공장을 신축하게
되었다. 그때까지도 창업 당시의 공장으로는 좁아서 마침 이웃집이 비
었을 때 그곳을 빌려서 공장을 확장하는 등 점점 커져가고는 있었지만
본격적인 공장 건설은 이번이 처음이었다. 이때가 창업하고 4년째인
다이쇼 11년(1922)의 일이다.

　공장이 45평, 사무실과 주거가 25평. 합쳐서 70평이 되도록 직접 설
계도를 그려서 건축업자의 견적서를 받아보니까 대략 7천 엔 남짓한
건축비가 산출되었다.

　그런데 당시 수중에 있던 여유 자금은 4500엔밖에 없었다. 다이쇼 9
년부터 10년에 걸쳐서 세상은 극도의 불경기였음에도 불구하고 용케도
이만한 자본을 축적할 수 있었던 것이다. 사업이 얼마나 순조롭게 성장
하고 있었던가를 알 수 있다.

　그러나 그 수중의 자금도 본격적으로 공장과 주택이 딸린 사옥을 건
설하려는 단계에 이르니까 역시 상당히 부족했다. 게다가 공장과 사옥

만 지으면 되는 것이 아니라 거기에 따르는 여러 가지 설비나 운전자금
도 계산에 넣으면 아무래도 1만 엔 정도는 필요했다. 어쨌든 직접적인
건축비용만도 수중의 자금으로는 아무래도 충당될 수 없었으므로 마쓰
시다 고노스케는 우선 공장만을 먼저 지으려고 생각했다. 그렇게 하면
수중에 그럭저럭 천 엔 정도의 운전자금은 남게 된다.

그런 뜻을 건축업자에게 전하자 업자는 공장과 사옥을 따로 지을 때
생기는 난점을 설명하고 어떻게든 한 번에 착수하자고 주장했다. 그러
는 편이 작업을 준비하기도 좋고 건축비용도 싸게 먹힌다는 것이다. 지
당한 얘기였다.

그러는 편이 훨씬 좋다는 것은 알고 있지만 그렇게 되면 자기 자금의
한계를 크게 벗어나기 때문에 빚을 내지 않을 수 없게 된다. 그것은 평
소부터 마쓰시다 고노스케가 견지하고 있는 경영상의 방침에도 어긋난
다. 그는 그것을 방패삼아 건축업자의 권유에도 완고하게 수긍하지 않
았다.

다만 그 배경에는 아직까지 당시의 경영규모로서는 은행으로부터 융
자를 받을 정도의 신용이 없었다는 사정도 있었다. 그러나 어쨌든 가능
한 한 자기 자금으로 충당하고 싶다는 기본방침에는 변함이 없었다.

이런 면에서 몹시 그다운 건실함이 엿보인다. 그러나 이것만으로는
그저 조심스럽고 단단하기만한 사람이라고 할 것이다.

이것만으로도 사업은 발전하지 않는다. 그래서 그는 한 가지 제안을
했다. 그것은 업자의 제안을 받아들여서 공장도 사옥도 동시에 짓는데,
그때에 생기는 2500엔 정도의 부족분에 대해서는 앞으로 매월의 수익
중에서 월부로 지불해갈 것을 인정해주면 좋겠다는 것이었다.

더구나 저당도 없이 그 조건에 응해달라는 것이었다. 생각하기에 따
라서는 상당히 뻔뻔스러운 제안이다.

그런데 그 업자는 "좋습니다. 그런 조건으로 합시다." 하고 쾌히 승
낙해주었던 것이다. 더구나 부족분의 지불방법에 대해서는 일체 마쓰시

다 고노스케에게 맡기는, 끝까지 신용하는 태도였다.

상대의 뱃속으로 뛰어들어가라

이상과 같은 얘기에서도 알 수 있듯이 고노스케는 조심성과 대담성을 적당히 이용하는 방법을 천부적으로 터득하고 있었다.

여기에서 조심성은 일종의 '구실'의 작용을 하고 있는 것이다. 건축업자가 공장과 사옥을 함께 짓는 편이 여러 가지로 좋다고 설득하는데도 여간해서 거기에 응하지 않는 면에서 그런 면이 엿보인다.

이것은 말하자면 화살이 날아가기 직전에 활이 극한에까지 당겨져 있는 상태라고 말할 수 있을지도 모른다. 이것은 상대(건축업자)의 마음을 가까이로 끌어당기는 역할을 의미한다. 그리고 현(弦)의 긴장의 극점에서 화살을 탁 놓아준다. 그래서 단번에 결정된다. 꾸는 것은 이쪽인데도 어느 틈엔지 주도권이 이쪽으로 옮겨와 있다.

"제발 그렇게 해주십시오." 하고 오히려 건축업자 쪽에서 부탁을 하고 있다.

사실 고노스케는 얘기가 결정된 다음에 "나는 당신의 편의를 위해서 작업하기 좋도록 시키는 대로 했을 뿐이니까 별로 은혜를 입는다고 생각하지는 않아요." 하고 말했고, 상대는 "두 손 들었소." 하고 응수했다.

물론 그런 농담 같은 대화에는 상대방에게 절대로 폐를 끼치지 않겠다는 뜻이 확고하게 들어 있는 셈이므로 상대는 고노스케의 그러한 태도를 마음 든든하게 생각할망정 나쁘게 받아들이지 않았다. 만일 고노스케 쪽에서 비굴해져서 상대와 영합하려는 듯한 언사를 썼더라면 상대는 오히려 불안하게 생각했을지도 모른다.

자기 경영상의 일에 대하여 숨기는 것이 있거나, 그다지 좋지 않은데도 좋은 것처럼 과장해서 설명하거나 했다면 이때의 고노스케와 같은 방법은 불가능했을 것이다. 그렇게 의연한 태도를 취할 수 있는 것 자체가 '신용' 그것이었다. 고노스케의 차입금철학에 일관되어 있는 것도 그것이다.

　이를테면 사업이 번창한 후에 은행에서 융자를 받는 경우에도 그는 이런 입장으로 일관했다. 필요 이상으로 머리를 숙이거나 아부하는 일은 절대로 없었다. 경우에 따라서는 그러한 차입에 따르는 저당을 잡히는 것조차 거부했다. 어디까지나 자기를 공개해보인 다음에 "나는 이렇고 이런 형편이니까 만약 그것을 신용해주신다면 그 범위 안에서 융자를 바랍니다. 괜찮습니다." 하는 방법이다. 즉 저당이 신용이 아니라 신용이 저당이라는 얘기이다.

　이러한 고노스케의 의연한 태도에 은행측이 감탄해서 은행으로서는 전례가 없는 형태로 '무조건 융자'를 해주었다는 얘기가 있다.

　은행은 오사카의 스미토모 은행 니시노다 지점(住友銀行西野田支店)으로, 쇼와 2년(1927)의 금융공황 당시의 얘기이다.

　그 무렵에는 마쓰시다 전기기구 제작소도 상당히 커져서 전기 다리미나 난로도 만들고 있었다. 미리 준비해두었던 '내셔널' 상표 사용 제일호인 각형(角形)램프가 발매된 것도 이 해이다.

　그런데 마쓰시다 전기기구 제작소의 그때까지의 주거래 은행은 주고은행(十五銀杏)이었다. 그 주고 은행이 금융공황 때문에 중개 소동에 말려들어서 결국은 지불정지라는 최악의 상태로 몰려버리고 말았던 것이다. 어음의 할인 등을 모두 주고 은행에 의존하고 있던 마쓰시다로서는 곤란한 사태가 되었다.

　그런 최악의 상태 속에서 거래를 개시한 지 2개월 정도밖에 되지 않았는데 스미토모의 니시노다 지점이 2만 엔이라는 당시로서는 고액의 대출 요청에 쾌히 응해주었던 것이다.

　다만 여기에는 복선이 있었다. 스미토모의 니시노다 지점에서는 전부터 마쓰시다 전기기구 제작소에 거래를 하자고 권유해왔었다. 물론 주고 은행이라는 주거래 은행이 있다는 것을 알면서였다.

마쓰시다 고노스케로서는 이미 주고 은행과 오래 거래를 해오기도
해서 여러 번 찾아오는 스미토모의 행원에 대해서는 통상적인 인사를
하는 정도로 지내고 있었다. 그러나 너무나 끈기있게 오랜 기간에 걸쳐
서 찾아왔기 때문에 한번 그의 얘기를 들어보기로 했다. 얘기에 따라서
는 거래를 해도 좋다고 생각하고 있었다.

그래서 마쓰시다 고노스케는 조건을 내놓았다. 그것은 이쪽의 필요에
따라서 2만 엔까지는 언제라도 융통해달라는 것이었다. 거기에 대하여
상대의 대답은 마쓰시다 전기기구 제작소는 현재는 물론이고 장래에도
크게 신장할 기업으로 인정하고 있으니까 많이 협력하고 싶지만 그러
기 위해서는 먼저 거래를 개시했으면 좋겠다는 것이었다. 거래도 없는
데 대뜸 융자 얘기부터 꺼낸다면 구체적으로 대답할 수가 없으니까 이
행원이 말하는 것은 순서로 보아도 이치에 맞는다.

이에 대하여 마쓰시다 고노스케의 주장은, 융자의 약속만 해준다면
언제라도 거래를 개시하겠으며 그 확답을 받지 않는 한 거래에 응할 수
는 없다고 했다.

이렇게 해서 두 사람 사이에서는 융자 약속이 먼저다, 거래관계를 맺
는 것이 먼저다, 하고 서로의 주장을 되풀이하게 되었다. 드디어 "지점
장의 의견을 들어보겠습니다." 하게 되어서 지점장의 의견이 끼어들었
지만 이것 역시 같은 점에서 교착되어 마쓰시다 고노스케를 납득시키
는 데에는 이르지 않았다.

마쓰시다 고노스케가 은행의 입장을 모르는 것은 아니지만, 먼저 거
래부터 터주면 그 다음에 고려해보겠다고 하는 것은 너무나 당연해서
전혀 마음이 움직이지 않는다. 이미 주고 은행이라는 밀접한 관계가 있
는 은행이 있는데, 거기에 끼어들려고 한다면 스미토모로서도 대담한
수단을 취해야 하지 않을까 하는 생각도 있었다.

또 한 가지는 파격적이라고도 생각될 만한 강경한 주장을 함으로써
마쓰시다 고노스케는 자기의 신용철학을 은행거래라는 심각한 승부처

에서 시험해보고 싶었던 모양이다. 당시의 마쓰시다 고노스케는 막 서른 살이 되었을 무렵이어서 힘을 길러가는 소장 경영자의 패기가 엿보였다. 그렇게 생각하면 닭이 먼저냐 달걀이 먼저냐 하는 식의 형식론에 치우친 양쪽의 주장도, 고노스케는 고노스케로서의 입장을 관철시키기 위해서, 은행은 은행으로서의 입장에서 각기 양보할 수 없는 점이 있었음을 알 수 있다.

그러나 이 승부는 결국 마쓰시다 고노스케의 승리로 끝났다. 결말이 나지 않은 채 결국 지점장을 만나서 직접 얘기를 하게 되었는데, 지점장은 "마쓰시다 씨. 당신 얘기에 감복했습니다." 하고 말하게 되었다. 지점장의 입에서 "일단 조사를 해본 다음에 전례가 없는 일이니까 본점과도 상의해서 어떻게든 기대에 어긋나지 않도록 노력해보겠습니다." 하는 대답이 나오도록 하는 데 성공했던 것이다.

마쓰시다 고노스케 쪽에서도 은행의 의향을 양해해서 조사에 적극적으로 협력했고 그 결과 필요할 때에는 2만 엔을 대출해준다는 전제하에 거래를 개시하게 되었던 것이다.

그러나 마쓰시다 고노스케가 당장에 2만 엔을 차입할 필요가 있는 것은 아니었다. 말하자면 갑작스럽게 필요할 때에 보증을 받기 위한 것이었으므로 당분간은 그대로 두고 있었다. 그런데 2개월 후에 공황이라는 사태가 닥쳤고 그런 상황 속에서 처음으로 스미토모에 차입을 신청하게 되었던 것이다.

이때 마쓰시다 고노스케는 마음속으로 '그때는 스미토모도 그렇게 약속해주었지만 금융정세가 일변한 지금 상황에서는 아마 그 약속을 그대로 이행할 수는 없으리라'고 생각했고, 가령 그렇더라도 어쩔 수 없는 일이라 크게 기대는 하지 않았다. 그저 헛일 삼아서 지금이라도 대출해줄 생각이 있는지의 여부를 물어볼 생각이었다.

그런데 의외로 스미토모는 "약속에 응해드릴 준비는 언제든지 되어 있습니다."라고 했다. 여기에는 마쓰시다 고노스케조차도 크게 감탄했다. 그리고 스미토모 덕분으로 그 미증유의 금융공황도 그다지 어렵지 않게 헤쳐나갈 수가 있었던 것이다.

그 이후로 마쓰시다 전기(松下電氣)는 스미토모 은행을 고맙게 여기고 오늘날에 이르기까지 반세기 동안이나 주거래 은행으로서 거래관계를 계속하고 있다.

포탄형(砲彈形) 램프 발매

창업 때부터 마쓰시다 전기기구 제작소에서 제작 판매한 제품을 보면 생활상의 실용성을 철저하게 추구한 것뿐이다. 다이쇼 12년(1923)에 발매된 포탄형 전지식(電池式) 램프도 그 하나였다.

그때까지의 두 가지 제품과 다른 것은 옥외에서 쓰이는 이동용 광원(光源)이라는 점이다. 자전거용으로서 만들어진 것인데 그때까지의 자전거용 등불은 촛불을 켠 초롱이나 석유램프를 켜고 달리는 원시적인 것이 대부분이었다. 전지식인 것도 있기는 했지만 기껏해야 두세 시간밖에 가지 않았고 고장도 잦아서 별로 실용적이라고는 할 수 없었다.

그런데 이것은 성능이 좋아서 40시간 내지 50시간이나 가고, 더구나 경제성에서도 종래의 것과는 비교도 안 될 정도로 좋은 포탄형 램프가 개발되었으므로 그것은 자전거용 등불의 상식을 바꾸는 획기적인 것이 되었다.

마쓰시다 고노스케가 이것을 만들 생각을 하게 된 것은 소년시절 자전거포의 점원으로 있었을 때의 경험에 의한 것이다. 불완전한 등불 때문에 밤에 자전거로 달리다가 애를 먹었던 일이 몇 번이나 있었는지 모른다. 자전거 그 자체는 편리하고 근대적인 것인데 등불은 너무나도 원시적이어서 아무래도 어울리지 않는 느낌이 들었던 것이다.

이런 일이 좀더 우수한 램프를 고안하는 동기가 되었다. 이렇게 체험에서 우러나온 것인 만큼 고안하는 데 있어서 실용성의 추구에 철저했다. 설계에서 시험제작까지 모두 직접 하고 그 시작품(試作品)도 수십 종류에 이르렀다. 그 때문에 제품이 탄생되기까지에는 상당한 기간이 필요했는데 그 동안에 마쓰시다 고노스케는 가슴의 두근거림을 금치 못했다. 완성된 날에는 오랜만에 자전거 업계와 접촉할 수 있다고 생각하니까 옛날 연인이라도 만나는 것처럼 마음이 들떴다. 그가 이 제작을 착안하게 된 동기에는 소년시절에의 향수와 같은 것도 작용하고 있었는지도 모른다.

효과를 거둔 실물선전(實物宣傳)

이렇게 자신을 가지고 발매한 포탄형 전지식 램프지만 마쓰시다 고노스케가 생각했던 것처럼 그렇게 시장측에서 덤벼들어주지는 않았다. 도매상의 반응은 극히 냉담했다. 오사카 전등을 그만두고 처음으로 독립했을 때의 괴로운 실패가 생각날 정도였다.

그러나 그때와는 사정이 다르다. 이미 경험도 쌓았고 그 위에 설 자신도 있었다. 고노스케는 도매상을 찾아다녔다. 그리고 제품의 장점과 이점을 역설했지만 아무래도 헛일이었다.

오사카 방면 도매상은 일단 단념하고 도쿄로 공격 목표를 바꾸었지만 역시 마찬가지였다. 그래서 이번에는 전기 도매상이 아니고 직접 수요자와 연결되어 있는 자전거포로 방향을 돌렸지만 이것도 헛일이었다.

'도대체 어째서일까.' 하고 그 원인을 생각해본 결과 종래의 자전거 램프가 너무나도 원시적인 것이었기 때문에 업자 사이에서나 수요자 사이에서는 씻을 수 없는 불신감이 형성되어 있었다. 어차피 못 쓸 바에야 알지도 못하는 신제품보다는 종래의 것이 그래도 무난하다고 생각하는 모양이었다.

대단한 적을 만났다고 마쓰시다 고노스케는 생각했다. 신제품에 결점이 있어서 그것이 문제가 된다면 그 점을 고치면 된다. 그러나 자전거 램프 전체에 대한 뿌리 깊은 불신감을 제거하는 일과 정면으로 대결해야만 했다.

그가 거기에서 생각한 것은 직접 수요자와 연결되어 있는 판매의 최
말단으로 파고들어가자는 것이었다.

그것은 자전거 소매상을 한 집 한 집 찾아다니면서 말로의 설명만이
아니라 실제로 품건을 써봐달라고 하는 것이다. 즉 물건을 무료로 빌려
주어서 30시간 이상 점등 시험을 하도록 하고 그래서 납득이 가면 사
달라고 하는 방법이다. 이 작전은 적중했다. 처음에는 거부반응을 보이
는 듯했던 자전거포 주인도 이렇게까지 나오니 거절할 구실이 없었던
모양이다. 그리고 이렇게까지 할 정도면 지금까지의 것과 조금은 다를
지도 모른다는 생각이 작용한 것도 사실이다.

이렇게 생각했을 때는 이미 반쯤은 그 제품에 관심을 갖고 있는 것이
된다. 게다가 틀림없는 점등시험의 실증을 보고서는 두말할 것도 없었
다.

이렇게 해서 포탄형 전지식 램프의 판매는 먼저 자전거포에서 불이
붙어서 반대로 도매상 쪽으로 번져갔다. 자전거포에서 주문 독촉을 받
은 도매상으로서는 그것을 다루지 않을 수가 없고 다루어보니까 성적
이 매우 좋았으므로 본격적으로 취급을 했던 것이다.

이 포탄형 램프는 신문광고로 모집한 대리점을 통해서 전국적으로
발매되어 이듬해인 13년에는 한 달에 1만 개 이상이나 팔리게 되어 전
문 공장을 지어서 본격적으로 생산하게 되었다.

회비교차

이 무렵에는 여러 가지 일이 있었다. 다이쇼 12년 9월 1일의 간토대
지진(關東大地震)도 그 한 가지이다. 오사카 방면은 그다지 큰 피해는
없었지만 도쿄에 주재하고 있던 이쇼쿠 도시오가 다른 한 명과 함께 가
까스로 돌아오고 도쿄 방면의 판매망이 괴멸상태로 되기도 했다.

그 연말에는 이쇼쿠 도시오가 입대하는 일도 있었다. 그러나 그러한
갖가지 크고 작은 사태에 그때 그때 대응해가면서 기업인으로서의 마

쓰시다는 자꾸 힘을 길러갔다.

시간적으로는 조금 거슬러올라가지만 다이쇼 9년 당시에는 불황에 있어서의 노동조합운동이 고조되는 가운데 자기 이하 28명을 하나로 결집시킨 '보일회(步一會)'를 조직해서 마쓰시다의 단결된 경영체질을 기르는 기반을 만들었다. 이 '보일회'는 태평양 전쟁 종결 후 새로이 태어난 노동조합 속으로 발전적으로 흡수되었는데 노동조합으로서의 입장을 관철시키면서도 기업 발전의 원동력으로서 힘차게 공헌한다는 민주적인 노사협조 노선을 실현시키기에 이르렀다.

개인적으로는 다이쇼 10년에 결혼 후 7년 만에 장녀인 사치코(幸子)가 태어났고 다이쇼 15년에 장남인 고이치(幸一)도 탄생했는데 그는 쇼와 2년에 병이 들어서 이 세상을 떠났다.

대를 이을 아들이 태어났다고 뛸 듯이 기뻐하고 나서 3년도 지나기 전에 생긴 일이어서 그의 실망과 낙담은 짐작하고도 남음이 있다. "사실 쇼와 2년은 추억이 많은 해였다." 하고 나중에야 고노스케는 가라앉은 목소리로 그 감회를 술회했다. 앞에서 말한 스미토모 은행과의 신규거래를 개시한 일도 있고 또 이 해는 새로이 전열부(電熱部)를 설치하여 전열부문에의 진출을 이룩한 해이기도 했다.

그러한 사업상의 순조로운 발걸음도 한때는 허무한 것으로 생각되지 않을 수 없을 만큼 공사(公私)에 걸쳐서 희비가 교차한 해였다. 장녀인 사치코는 부모의 애정을 한몸에 받으면서 성장해 그 후 현재의 마쓰시다 마사하루(松下政治) 사장 부인이 되었다. 그 일은 무엇보다도 훌륭한 효도라고 할 만하다.

단 한 번의 의원생활

마쓰시다 고노스케는 정치 밖에서 자기의 뜻을 펴온 사람이다. 쇼와 26년(1951) 구미 시찰에서 돌아온 후 미국의 눈부신 번영의 원동력이 민주주의라는 사실에 크게 감동해서 그것이 신정치경제연구회(新政治經

濟研究會)의 결성으로 나타나거나, 또 이케다 하야토(池田勇人), 사토
에이사쿠(佐藤勞作) 등 그때 그때의 수상에게 실업인으로서의 입장에
서 진언(進言)을 하거나 하는 일은 있었지만 직접 정치를 해본 일은 없
었다.

그러나 한 번 예외적인 일이 있었다. 다이쇼 14년(1925), 당시에 살
고 있던 오비라키초의 유지들로부터 설득을 당해서 결국 구회의원(區
會議員)에 입후보했던 적이 있었다.

그 무렵 학구(學區) 문제라든가 여러 가지 문제가 있어서 유복한 사
람이 많은 해변가에 비하여 마쓰시다 고노스케의 공장과 집이 있던 오
비라키초는 어떤 일에서나 먼지를 뒤집어쓰고 있는 상태였다. 그래서
오비라키초에서도 꼭 대표를 한 사람 구의회에 보내서 사태를 유리하
게 전개시키자고 하였는데 그 인물로 마쓰시다 고노스케가 점찍혔던
것이다.

당시 그는 아직 30세였지만 마을에서는 인망이 있었다는 것을 알 수
있다. 그러나 막상 입후보하고 보니까 기성의 기반을 확고하게 가지고
있는 고참들 사이에 끼어서 전혀 무명의 후보자임을 스스로도 인정하
지 않을 수 없었다.

마쓰시다 고노스케는 주위 사람에 의해 떠밀려 나온 것이므로 선거
운동도 약속에 따라 자기는 하지 않고 다른 사람들에게만 맡겼다. 그러
나 정세가 여간해서는 낙관할 수 없는 상태임을 알게 되고, 한편으로는
선거전도 중반으로 접어들어 치열해지니까 도시락을 싸들고 다니는 운
동원에게만 맡기고 모르는 체하고 있을 수도 없었다. 그래서 결국은 운
동의 한복판으로 끌려나오고 말았다. 해보니까 그것은 사람으로 하여금
열중하게 만드는 무엇이 있었다. 선거운동 그 자체가 가지고 있는 열기
와 흡입력이 결국 그를 사로잡았던 것이다. 또 아내들까지 동원해서 열
심히 선거운동을 전개하는 것을 보니까 당선되지 않으면 안 될 것 같은
생각이 들었던 것도 사실이다.

막상 선거가 끝나고 개표를 해보니까 줄지어 있는 강호들을 제압하고 무명인 마쓰시다 고노스케가 20명 중 2위로 당선되는 기적이 생겼다. 신문의 예상도 낙선 쪽에 가까웠기 때문에 "그때의 일을 생각하면 지금도 새삼 감격스럽다. 그렇기 때문에 부덕해서 여기에 보답하는 일이 적었던 것이 송구스럽기 짝이 없다."라고 얘기하고 있다.

그는 의원으로서의 생활과 사업이 양립할 수 없다는 사실을 피부로 느꼈다. 그래서 그 후 두 번 다시 정치의 세계로 나서는 일은 없었다. 이 엄격한 자기규제는 마쓰시다 고노스케라는 인물의 영리하게 뜬 눈과 강한 의지를 엿보기에 족하다. 또 이 선거 때 선거위원장을 맡아준 것은 같은 마을에서 미곡상을 하고 있던 다케히사 이치로(武久逸郎)라는 사람이다. 이 사람은 마쓰시다 고노스케와 함께 지역의 위생조합 평의원을 지낸 일도 있고 소년시절에 사환생활을 한 경력이 있었기에 서로 얘기가 통하여 후에 마쓰시다에서 전열부를 만들었을 때 그 부분의 공동경영자로서 참여하게 되었다.

대립과 협조

사업이 발전함에 따라서 마쓰시다 고노스케는 여러 분야의 사람들과 관계를 맺게 되었다. 화장품의 제조와 판매 그리고 수출도 하고 있는 야마모토 상점(山本商店)의 야마모토 다케노부(山本武信)라는 사람도 그 중 한 사람이다.

이 야마모토 상점은 규모도 대단히 커서 마쓰시다 전기기구 제작소를 훨씬 상회하고 있었는데, 화장품 업자가 어찌 된 셈인지 분야가 다른 마쓰시다 전기기구 제작소의 포탄형 램프에 주목해서 그것을 팔도록 해달라고 청해왔던 것이다. 상기(商機)를 보는 눈이 날카로운 사람이어서 여러 분야에 눈을 돌리고 있었던 것이다.

야마모토는 맨손으로 시작해서 남양(南洋)과 미국과 일본 사이를 활개치고 다니면서 장사를 해온 사람으로서 매우 호탕한 면이 있는 한편

개성이 강한 사업가여서 마쓰시다 고노스케는 그 후 이 사람과의 거래를 통하여 몇 번이나 의견충돌이 있기는 했지만 장사에 대해서는 크게 배우는 점도 있었다. 대립적인 긴장관계에 있어서 때로는 입에 거품을 물고 밤을 새면서 말씨름을 하면서도 상대로부터 배울 것은 배우겠다는 신념을 가지고 마쓰시다 고노스케는 탄력적으로 좋은 것은 자꾸 흡수해갔던 것이다.

인간관계를 비롯하여 사물은 모두 대립과 조화 위에 이루어져 있다는 것이 마쓰시다 고노스케의 지론(持論)이다. 그렇게 하므로써 발전이 있다는 것이다. 즉 거래관계건 무엇이건 서로를 위해주기만 한다면 타성화가 되어버려서 진보가 없다는 것이다.

그는 협조하면서 대립하고 대립하면서 협조해가는 것이 인간관계나 사물을 발전시킨다는 사고방식을 가지고 있다. 절차탁마(切磋琢磨)란 그런 것인지도 모른다. 마쓰시다 고노스케는 그런 것을 이 야마모토 다케노부 등 여러 사람, 여러 사물을 접촉하면서 배웠다.

이 경우에 협조관계는 설탕이고 대립관계는 소금이다. 설탕만으로는 달기만 한 것도 적당히 소금을 치므로써 전체적으로 완전한 것이 된다. 그렇게 말하면 이것은 상사와 부하의 관계라든가 동료끼리의 경우에도, 상점과 손님, 도매상과 소매상, 그 밖에 온갖 경우에 해당된다.

단 이 경우의 대립이란 서로가 미워하고 싸움질을 한다는 것이 아니라 서로가 엄격하게 주문을 한다는 것으로서, 그것이 있음으로써 사태의 개선이 있을 수 있고 서로가 뻗어가기도 한다. 대립이란 그러기 위한 좋은 긴장관계이고 자극이다. 이렇게 되면 대립 자체가 모양을 바꾼 협조의 한 모습이기조차 하다고 말할 수 있다.

쇼와 2년, 내셔널 상표 사용 제1호 제품이 된 휴대용 각형램프는 어떤 의미에서는 마쓰시다 전기기구 제작소와 야마모토 상점의 협조적인 대립, 대립적인 협조 속에서 태어난 신제품이었다. 앞서 발매한 포탄형 전지식 램프는 그 후 야마모토 상점에 판매를 일임하여 마쓰시다로서는 만들어서 납품만 하면 되었으므로 만드는 일에 전념할 수는 있게 되었지만 한편으로는 불만스러운 면도 생기게 되었다.

그것은 자기가 만든 제품이 어떻게 해서 팔려가고 있는가를 알지 못하는 것에 대한 불만이었다. 이미 판매에 대해서도 일가견을 갖기에 이르렀던 마쓰시다 고노스케로서는 당연한 불만이었다.

그래서 야마모토 상점에 대하여 판매에 관한 의견을 말하면 상대방에서는 판매를 이쪽에 맡긴 이상 쓸데없는 참견은 하지 말라는 식이다. 이런 일이 거듭되는 동안에 양자 사이에는 제품의 판매방법에 대한 근본적인 견해의 차이가 있다는 것을 알게 되었다.

마쓰시다 고노스케로서는 그것이 실용성으로 보아서도 장기간의 수요가 있으리라고 생각하고 있는데, 야마모토 상점에서는 어느 정도 단기간에 결판이 날 상품이라고 생각하고 있었던 모양이다. 야마모토 상점이 마쓰시다 고노스케와 전국 판매권을 가진 총발매원으로서의 계약을 맺을 때 정해진 계약기간은 3년이다. 야마모토 상점으로서는 그 3년간에 승부가 난다고 보고 판매에 온 힘을 기울일 모양이다.

이래서는 앞으로도 오래도록 팔리는 상품을 만들고 싶은 마쓰시다 고노스케의 생각과 차이가 생기는 것도 당연한 일이었다.

그러나 그 계약은 상당히 강력한 구속력을 가지고 있었으므로 마쓰시다 고노스케로서는 특히 판매에 관한 한 야마모토 상점에 맡겨두지 않을 수 없는 사정이었다. 계약할 때에 야마모토 상점 주인은 형식적으로 계약서만 교환하는 것이 아니라 실탄공격을 가해왔다.

"이 상품은 잘 팔릴 상품이라고 생각한다. 내 눈은 틀림이 없으니까 그렇게 생각했다면 이미 팔린 것이나 마찬가지다. 그러니까 나는 계약서에도 적혀 있듯이 한 달에 최저 1만 개, 3년간에 36만 개는 이미 팔린 것으로 치고, 그 대금조로 48만 6천 엔의 어음을 지금 당신에게 끊어주겠다. 그럼 됐지요?"라고 말하고는 어음을 끊어주었던 것이다.

얼마나 자신에 넘친 상술인가. 마쓰시다 고노스케는 눈이 둥그레지는 기분이었고 야마모토 다케노부의 이런 상술에 크게 느끼는 바가 있었다. 그리고 그 덕분에 야마모토 상점이 수중에 넣은 판매권이 강력하다는 것도 알게 되었다.

이런 사정도 있어서 마쓰시다 고노스케로서는 판매에 관한 의견이 있더라도 그것을 주장하기 어렵게 되어버렸다. 자기가 낳은 자식을 사정이 있어서 남에게 맡겨 양육시키고 있는 부모가 상대방의 양육법에 이의가 있어서 그것을 상대에게 전한다. 그러나 상대방은 "양육을 맡은 이상 나는 내 방침대로 한다. 참견하지 말았으면 좋겠다."하고 거절한다. 마쓰시다 고노스케로서는 그 거절당한 낳은 부모의 불만과 허전함 같은 것을 느끼지 않을 수 없었던 것이다. 계약에 따라 판매를 위임했다고는 하지만 제품을 만들고 거기에 애정도 느끼고 있는 사람의 인정으로서는 당연한 일이다.

그러한 상태에서 마쓰시다 고노스케는 차기 제품 개발에 착수했다. 그것이 쇼와 2년 4월에 내셔널의 상표를 단 상품 제1호로서 세상에 나온 각형(角形) 램프이다. 포탄형 램프의 개량형으로서, 이것은 당연히 세상에 나올 운명을 지니고 있었다. 이것은 휴대용 광원으로서도 일세를 풍미했을 정도의 상품이 되었고 또 처음으로 세상에 나온 내셔널 상표의 제품으로서도 역사적인 의미를 지니고 있었다.

장사의 준엄함을 알다

그런데 이것이 발매되기까지에는 뜻밖의 장애가 있었다. 뜻밖이라고 해도 그것을 어느 정도 예상하지 못했던 것도 아니지만, 야마모토 상점 측이 이 각형램프의 발매에 대하여 까다로운 주문을 해왔던 것이다.

그것은 전부터 자기 제품에 대하여 판매까지 일관해서 하려고 생각하고 있던 마쓰시다 고노스케가 이 각형램프로 그것을 실행하기 위하여 야마모토 상점의 양해를 구하려고 한 데서 발단되었다.

"야마모토 씨, 이번에 새로이 이런 램프를 만듭니다. 실은 거기에 대

하여 상의할 일이 있는데, 계약상으로 보면 이 램프도 댁의 손을 빌려
서 판매하도록 되어 있지요. 그런데 어떨까요. 이것은 어느 정도 나도
직접 팔아보고 싶은데, 판매 루트를 전기상회 관계와 자전거포 관계로
나누어서 전기상회 쪽만은 내가 직접 취급하도록 해주실 수는 없을까
요?"

마쓰시다 고노스케로서는 상대방의 판매권을 충분히 존중해서 하는
말이었다. 더구나 거기에는 또 하나의 계산이 있었다. 새로이 각형램프
를 만든다고 하지만 아직 준비 중인 단계여서 실제로 발매하는 것은 상
당한 후가 된다. 그 무렵이 되면 재계약을 하지 않는 한 야마모토 상점
의 램프 판매권은 소멸되어 마쓰시다 고노스케는 판매도 자기 손으로
할 수 있게 된다.

그러나 마쓰시다 고노스케는 그렇게는 하고 싶지 않았다. 계약이 만
료되기를 기다려서 기계적으로 일을 처리할 것이 아니라 서로 상의를
해서 좀더 좋은 형태로 해결하려고 생각하고 있었다. 또 계약이 만료되
면 다시 그것을 연장해서 야마모토 상점에서도 팔도록 하여 좋은 관계
를 지속하고 싶었던 것이다.

이와같이 양심적이고 인정적으로 일을 진행시키려고 하는 성의를 보
아서 새로이 발매하는 각형램프에 있어서는 그 일부의 판매권을 인정
해달라는 것이었다.

그러나 마쓰시다 고노스케의 이러한 정성을 다한 제안조차도 야마모
토 상점은 일축하고 말았다. 끝까지 계약조건을 내세워서 이 각형램프
도 일체 자기 손으로 팔겠다고 고집했다. 마쓰시다가 직접 팔고 싶다면
계약이 끝난 후라야 된다고 고집하면서 한 걸음도 물러서지 않았다. 일
부러 인정적으로 해결하겠다고 생각한 마쓰시다측의 제안에 제대로 귀
도 기울이려고 하지 않았다.

그 강경한 태도에는 마쓰시다 고노스케조차도 곤혹을 느꼈는데, 그
반면에 그러한 야마모토 상점의 태도에 대하여 "사물을 철저하게 생각

하고 강한 신념을 가지고 장사에 임하는 태도에서 배운 것이 많았다."
(《약사》) 하고 후에 술회했다.

결국 이 문제는 야마모토 상점 주인이 마쓰시다 고노스케에게 "그렇게도 당신이 꼭 각형램프를 팔고 싶다면 만 엔을 내시오. 그러면 그 권리를 인정해드리죠. 전기상회 관계만이라는 등 쩨쩨한 말은 하지 말고 전국 어디에서라도 당당하게 파시오."하는 조건을 내놓았고 마쓰시다 고노스케가 그 조건에 따르는 것으로 해결되었다. 마쓰시다 고노스케로서는 판매권의 일부를 도로 사들인 것도 되고, 또 거기에는 보상금과 같은 성격도 있었다.

어쨌든 이렇게 해서 마쓰시다 고노스케는 앞으로 만드는 제품의 판매권을 겨우 자기 것으로 만들었던 것이다. 그러나 그것은 이미 순조롭게 판매되고 있는 포탄형 램프와는 달라서, 개량형이라고는 하지만 앞으로 시장에 냈을 때 과연 팔릴지 안 팔릴지 모르는 제품이다. 그러한 미지수인 제품을 선금을 주고 사는 듯한 투자였으므로 당시로서는 큰 돈인 1만 엔을 던지기까지에는 상당히 많은 생각을 했다. 그러나 결국 그는 대담하게 내놓았다.

야마모토 상점 주인조차도 마쓰시다 고노스케가 억지를 부리거나 비슷한 자기 제안에 대하여 순순히 일만 엔을 내는 데에는 적잖이 놀랐다. 그와 동시에 각형램프에 거는 마쓰시다 고노스케의 결의가 보통이 아니라는 것도 간파했다.

그 후에 덤과 같은 일막이 따라붙었다. "오늘은 생각지도 않은 일만 엔을 벌었으니까."하면서 야마모토 사장이 마쓰시다 고노스케를 다카노야마(高野山)로 초대해주었던 것이다. 그러므로 그때까지의 진지한 승부에서의 긴박감은 이미 사라지고 인간과 인간의 흉금을 털어놓은 접촉이 생겨나게 되었다.

이러한 변화도 멋진 것이어서 마쓰시다 고노스케는 "역시 호기롭게 장사를 하는 사람은 다르구나."하는 것을 느낄 수 있었다. 그러나 그

후 이 야마모토 다케노부와 마쓰시다 고노스케는 결국 결정적으로 의견이 대립된 상태에서 헤어지게 되었다. 예의 3년간의 계약이 끝난 시점에서 그런 문제가 일어났던 것이다.

마쓰시다에 둥지를 튼 사람들

또 한 사람, 이 야마모토 상점 주인과의 교섭 관계에서 알게 되어 후에 마쓰시다 고노스케와 깊은 관계를 맺게 된 인물이 있었다. 그는 가토 다이칸(加藤大觀)이라는 진언종(眞言宗)의 승려로 야마모토 상점의 고문과 같은 인물로서 여러 가지 사업면의 의논 상대가 되기도 하고, 또 야마모토 사장의 개인적인 자문역과 같은 일도 겸하고 있었다. 그런가 하면 틀어진 상담을 중간에 나서서 진행시키거나 조정하는 등 상당히 멋이 있는 사람이었다. 절을 갖고 직업적인 승려로 행세하는 일도 없이 참으로 세정에 밝은 듯한 소탈한 풍모가 있었다.

마쓰시다 고노스케는 야마모토 상점에서 그러한 가토 다이칸을 보면서 '과연 사업을 하는 사람에게 이러한 의논 상대가 있다는 것도 나쁘지 않겠군.' 하고 생각했던 것이다.

야마모토 상점과 거래를 끊고는 가토 다이칸과 만나는 일도 없었는데, 몇 년이 지난 후에 마쓰시다 고노스케는 문득 그 사람을 만나고 싶어져서 교토(京都)로 찾아갔다. 가토 다이칸은 집에서 쓸쓸하게 있었다. "어떻게 된 것입니까?" 하고 물으니까 "그 후에 여러 가지 일이 있어서요." 그러고도 야마모토 상점에 가지 않게 된 경위와 그 후의 일을 얘기했다.

거기에 따르면 가토 다이칸 야마모토 상점과 헤어지게 된 것은 마쓰시다 고노스케의 일과 관계가 있는 모양이었다. 3년의 계약이 끝났을 때 두 사람 사이에 앞으로 어떻게 할 것인가 하는 문제가 대두되어 의견이 조정되지 않은 채 계약 개신은 하지 않고 그대로 헤어지기로 되었던 것인데, 나중에야 야마모토 상점의 주인은 가토 다이칸에게 "그때

선생이 얘기를 좀더 좋은 방향으로 진행시켜주었더라면 이렇게 되지는 않았을 텐데, 당신은 상점에 덕이 되지 않는 일을 해주셨다.”하고 힐책하는 듯한 얘기를 했다는 것이다. 두 사람이 타협이 잘 안 되는 것을 보고 가토 다이칸이 “서로가 삼 년간의 계약기간을 통하여 벌 만큼은 벌었으니까 차제에 깨끗이 헤어지는 것이 좋겠다.”하고 제삼자적인 판단을 표명해서 결국 그대로 되었던 것인데, 야마모토 상점의 주인은 그 결론이 맘에 들지 않았던 것이다. “선생은 우리 사람이니까 우리에게 이로운 방향으로 얘기를 진행시켰어야 하는데 그렇지가 않았다.”고 하는 것이다.

야마모토 상점과 거래를 끊은 후에도 마쓰시다 고노스케의 사업은 자꾸 신장해갔으므로 야마모토 상점 주인은 그것을 보고 아까운 돈벌이 기회를 놓쳤다고 생각하여 가토 다이칸에게 그렇게 대했던 것인지도 모른다.

조정이라는 것은 대립해 있는 양자 사이에서 같은 거리에 몸을 두고 쌍방이 다 좋도록 도모하기 위한 것이어서, 어느 한쪽에 편을 든다면 그것은 이미 조정이 아니다. 더구나 두 사람 사이가 그렇게까지 틀어진 단계에서는 거래를 끊는 것밖에 최선의 방도가 없었으므로 가토 다이칸으로서는 그런 판단을 내리지 않을 수 없었다. 그것이 항상 자기 입장밖에 생각하지 않는 야마모토 상점 주인으로서는 마음에 들지 않았던 것이다.

이런 일이 계기가 되어 마쓰시다 고노스케는 때때로 가토 다이칸과 만나서 여러 가지 가르침을 받거나 상의를 하게 되었다. 그러다가 가토 부처(夫妻)를 자기 집으로 데려다가 돌보아주게 되었다. 모든 것을 버리고 오로지 마쓰시다 고노스케를 위해서 봉사하고 싶다고 하는 가토 다이칸의 간절한 청을 받아들인 것이다. 마쓰시다 고노스케로서는 야마모토 상점에서 가토 다이칸이 쫓겨난 것이 자기와도 관계가 있다고 해서 거기에 책임을 느꼈던 것이다.

이 가토 다이칸은 67세에 마쓰시다 고노스케의 집으로 들어와 83세로 죽을 때까지 16년 동안 오로지 마쓰시다 고노스케와 그 사업, 그리고 거기에 관계하는 사람들을 위해서 불공을 계속했다. 물론 마쓰시다 고노스케의 공사간에 걸친 좋은 의논 상대이기도 했다.

마쓰시다 고노스케라는 존재를 하나의 커다란 나무에 비한다면 참으로 많은 사람이 거기에 찾아와서 평생의 둥지를 틀었다. 새도 나무를 가려서 집을 짓는다. 만물의 영장(靈長)인 사람도 마찬가지이다. 거기에 집을 지은 자가 자기가 머무는 나무의 안녕과 성장 번성을 바라는 것은 당연하다. 그 때문에 무엇인가 도움이 되고 싶다고 생각하는 것도 자연스럽다.

가토 다이칸도 그렇게 마쓰시다 고노스케를 평생의 거처로 삼고 그 품안으로 들어온 사람이었다. 그는 종교가로서의 직관력(直觀力)으로 당시 30대의 젊은이이고 중소기업 경영자에 지나지 않았던 마쓰시다 고노스케에게서 그러한 그릇을 발견했었다.

마쓰시다 고노스케도 가토 다이칸을 고맙게 여겨서, 그가 죽은 후 당시의 본사 부지 안에 작은 사당을 건립하여 다이칸도(大觀堂)라고 명명했다. 이 사당이 있는 곳은 지금은 무선연구소(無線硏究所)의 구내가 되어 있는데, 가토 다이칸의 뒤를 이어서 이대째인 가와노 신요(河野眞養), 그의 사후에는 현재의 다카미 기요히데(高味淸秀)가 지키고 있다. 이 삼대째인 다카미 기요히데는 마쓰시다의 사원이었는데 중간에 발심해서 승문(僧門)에 들어가 오로지 마쓰시다를 위해서 기원하고 제사를 지내는 사람이 된 것을 보면 초대인 가토 다이칸의 뜻이 여기에 살아 있다는 느낌이 든다. 그도 또한 마쓰시다 고노스케라는 커다란 나무 그늘에서 깊은 생명이 머물 곳을 발견한 사람임에 틀림없었다.

오카다(岡田) 사장을 감탄시킨 경영혼(經營魂)

각형램프와 관련해서 또 한 가지 마쓰시다 상법의 면목이 드러난 일화가 있다. 쇼와 2년(1927) 4월 드디어 제품을 시장에 내게 되었는데, 거기에서 마쓰시다 고노스케가 생각한 것은 무엇인가 유효적절한 보급 선전 방법이 없을까 하는 것이었다. 그 결과로 생각해낸 것은 예전의 포탄형 램프 때에 절박해진 나머지 실물선전을 해서 성공했던 방법을 한 번 더 써본다는 것이었다. 더구나 이번에는 더욱 철저한 방법으로 해보자고 생각했다.

"선전의 첫째 방법으로서 각형램프 만 개를 시장에 무료로 제공하려고 생각했다. 한 개에 일 엔 이십 엔 하는 것을 만 개나 무료로 뿌리려고 하는 것이다. 그 기세를 짐작할 수 있다."하고 마쓰시다 고노스케《나의 행동과 생각》에서 썼다. 그것은 당시의 마쓰시다 전기의 규모로 보아 상당히 대담한 시도였다. 더구나 그것을 실행하기 위해서는 건전지의 납품업자인 오카다 건전지의 협력을 받을 필요가 있었다.

각형램프라고 하지만, 마쓰시다에서 만드는 것은 램프케이스뿐이고 알맹이인 건전지는 당시 오쿠이 건전지(屋井乾電池)와 함께 대표적인 건전지 업자였던 오카다 건전지에 부탁해서 만들고 있었다.

무료로 시장에 뿌릴 실물선전용 램프에도 당연히 전지를 넣지 않으면 실물 선전을 통해서 성능을 과시할 수가 없다. 그러나 무료로 뿌리는 전지값까지 마쓰시다가 내기에는 너무나도 부담이 컸다.

그래서 마쓰시다 고노스케는 상경하여 오카다 건전지의 오카다 사장과 직접 담판에서 "이러저러한데 당신네도 건전지를 만 개만 무료로 제공해주지 않겠습니까?" 하고 말을 꺼냈다. "무료로 달라고 하는 이유는 이렇습니다. 지금은 사월이지만, 나는 연내에 이십만 개의 각형램프를 팔 자신이 있습니다. 그렇다면 당신네 전지도 이십만 개가 팔린다는 얘기입니다. 그 약속이 달성된 후의 상으로서 이십만 개 중에서 만 개만 깎아주십시오. 나는 지금 그것을 이미 받은 것으로 치고 무료로 뿌리려고 합니다."

마쓰시다 고노스케의 갑작스러운 제안에 놀라고 있었던 오카다 사장이지만 이 설명을 듣고는 오카다 사장의 얼굴에 일종의 희색이 떠올랐다. "마쓰시다 씨, 당신은 대단한 사람이오." 그는 소리쳤다. 그리고 그 자리에서 그 제안을 받아들여주었던 것이다.

그런데 실제로 팔아보니까 일만 개의 10분의 1도 뿌리기 전에 주문이 쇄도해서 판매단계로 들어가서 즐거운 오산이 생기게 되었다.

즐거운 오산은 그것으로 그치지 않았다. 연말이 되어 집계해보니까 오카다 건전지로부터 납품한 건전지는 약속한 20만 개를 훨씬 넘어서서 47만 개나 되어 있었음을 알았다.

이렇게 많은 숫자가 나간 것은 오카다 건전지로서도 처음 있는 일이었다. 거래선에 찾아다니는 일이 없는 오카다 사장이 정월 초이틀날에 일본옷으로 정장을 하고 오사카까지 와서, 미리 지불된 건전지 대금 중에서 1만 개분의 반환금을 감사장과 함께 내놓았다. 오카다 사장의 말에 의하면 이런 일은 건전지 업계가 생기고 처음이라는 것이었다.

마쓰시다의 이 각형 건전지램프가 램프를 바꾸었을 뿐만 아니라 건전지 업계 자체의 발전에도 크게 공헌했다고 한다면 그 역사적인 의의를 이해할 수 있을 것이다. 사실 건전지 업계에서는 건전지 공업의 시조가 오쿠이 건전지의 오쿠이 데쓰조(屋井鐵藏)인데도 마쓰시다 고노스케에게 중흥의 조상이라는 존칭을 바치는 것을 보아도 그 평가가 얼마나 컸던가를 알 수 있다.

이러한 '마쓰시다 상법(松下商法)'의 누적이 있음으로써 이 각형램프는 그 후 경이적으로 매상을 늘려갈 수가 있었던 것이다.

엄격하고 따뜻하게

스스로를 다스리는 데에 엄격한 마쓰시다 고노스케는 남에 대해서도 또 사업상으로나 살아가는 태도에 있어서도 엄격함을 요구했다. 아무리 친구 사이라고 해도 그 사정(私情)을 사업상으로까지 연장시켜서 특별하게 대우하는 일은 없었다.

의원시절의 동료였던 이시이 마사이치(夕井政一)라는 인물이 오랜 후에 마쓰시다 고노스케를 찾아와서 "시의회에 나서볼까 하는데 어떨까?" 하고 상의했다. 고노스케는 잠시 생각한 다음에 "나는 찬성하지 못하겠네." 하고 반대의사를 표명했다.

과연 이 이시이라는 인물은 마쓰시다 고노스케도 아는 바와 같이 의원으로서는 극히 열심인 사람이었다. 그러나 정직하게 말해서 이제부터 시의회를 발판으로 하여 정치의 세계에서 대성하겠다고 지향하기에는 나이가 너무 들어 있었다. 그때 이미 50세였다. 더구나 그는 자전거 도매상을 하고 있었는데, 그것을 돌보지 않고 의원생활에 전념할 수는 없는 상태였다. 결국 이것도 저것도 아닌 어중간한 상태로 끝날 우려가 있었다.

마쓰시다 고노스케는 대뜸 그것을 지적했다. 따끔한 지적이었지만 그 나름대로 정통을 찌른 것이었으므로 상대도 그것을 받아들였다. 그리고 며칠 후에 다시 찾아와서는 "시의회에 나가는 것은 그만두었네." 하고 말하고 "나는 도매상도 집어치우고 자네한테 와서 새 출발을 하고 싶으니까 써주게." 하고 청해와서 마쓰시다 고노스케를 다시 한 번 놀라게 했다.

그 결의가 마쓰시다를 죽을 장소로 삼겠다는 정도로 굳은 것임을 보고 마쓰시다 고노스케는 그를 맞아들이기로 했다. 이시이 마사이치는 그 지우(知遇)에 보답하기 위해 열심히 노력하여 후에는 본사의 상임감사역을 지낼 정도로 중요한 인물이 되었다. 이와같이 마쓰시다 고노스케의 인간관계는 일을 중심으로 하여 어떤 엄격함으로 일관되어 있어서 공사를 확실히 구별했다.

전열부(電熱部)의 설치와 함께 마쓰시다 고노스케 회사에서 일하게 된 사람이 나카오 데쓰지로(中尾哲二郞)이다. 그는 선천적인 기술자로서 마쓰시다 고노스케를 도와 대마쓰시다 부사장의 중책까지 맡게 되었는데, 처음에는 마쓰시다의 하청을 맡고 있던 어느 조그마한 공장의 현장 기술자로서 마쓰시다 고노스케 앞에 모습을 나타냈던 것이다.

"예의 대지진이 있었던 다이쇼 십이 년도 저물어가는 어느 날의 일이었다. 내가 대장간으로 들어가니까 본 적이 없는 자그마한 젊은이가 선반(旋盤)을 사용하고 있었다. 하청 공장에서 급한 수선이나 선반일을 할 때는 마쓰시다의 대장간을 수시로 사용하도록 하고 있었으므로 나는 하청공장 사람이거니 하고 생각했다. 그 젊은이는 내 얼굴을 보자 하청 공장에서 왔습니다, 선반을 빌려 쓰고 있습니다, 하고 인사를 했다. 공장이 지진으로 불타버렸기 때문에 직장을 구해서 이곳으로 오게 되었습니다. 그의 선박조작 실력은 초보자를 넘어서 있었다. 특이한 기술이 있는 것처럼 생각되었다. 얼핏 보니까 마치 화가처럼 머리를 기르고, 서생(書生)처럼 생긴 이 젊은이가 인상에 남았다." 하고 마쓰시다 고노스케는 후에 당시의 일을 더듬어서 얘기했다.

하청공장 주인에게 그 젊은이에 대해서 물으니까 "그 사람 못써요." 했다. 일에 대해서 불평이 많다는 것이다. 그 말을 듣고 마쓰시다 고노스케는 더욱 재미있다고 생각했다. 그만한 인간이라면 작업에 대하여 여러 가지 의견이 있을 것이라고 생각했던 것이다. 그래서 하청공장 주인도 지겨워하는 것을 기화로 인계받아서 자기 공장에 채용했던 것이다. 나카오 청년은 그 기대에 부응해서 마쓰시다 고노스케의 눈이 틀리지 않았다는 것을 실력으로 증명해주었던 것이다.

태어난 집안은 나쁘지 않았지만 사정이 있어서 어려서 부모와 헤어지고, 일하면서 공업학교를 나와 실력 하나로 살아가는 길을 개척해온 나카오 청년에게 마쓰시다 고노스케는 공감되는 바가 있었다.

나카오 데쓰지로만이 아니라 마쓰시다 고노스케는 한 가지 재주를 지닌 사람을 높이 평가했다. 그것은 훗날의 소위 '인재주의(人材主義) 의 마쓰시다'로 이어지는 사고방식이기도 했다.

"무어라 해도 처음에 극히 빈약한 공장으로부터 발전해온 관계상 간부사원이나 중견사원이라 해도 모두 공원 또는 사환에서부터 일해온 사람뿐이다. 이 사람들은 모두 각기 특색을 가지고 있어서 오늘날까지 중심이 되어 마쓰시다를 키워왔고 앞으로도 그럴 것임에는 변함이 없지만, 앞으로 더한층 발전할 것을 생각할 때 장래의 인재에 대하여는 오늘날까지의 방법을 약간 바꾸지 않으면 안 된다고 생각했다.” 하고 마쓰시다 고노스케 자신도 술회했듯이, 이윽고 기업으로서의 마쓰시다는 발전하는 과정에서 체질의 전환이 불가피해져서 인재주의의 범위를 확대하여 소위 학교 출신도 적극적으로 채용하게 되었다.

그러나 인재주의, 실력주의 자체의 기본적인 사고방식은 변하지 않고 현재에 이르고 있다. 그 기조가 되는 것은 ‘일하는 인간의 집단’으로서의 끊임없고 엄격한 자기 점검이고 연마이다. 거기에는 개개의 그리고 기업 전체의 기능을 극한으로까지 추구하는 긴장된 자세가 있었다. 내일에의 가능성이 끓어오르고 있는 기업의 믿음직한 모습이 있었다.

인간집단의 철학

쇼와 2년에 전열부를 발족시킨 마쓰시다 전기(松下電氣)는 전기 다리미, 전기난로, 전기화로, 풍로 등 의욕적인 제품을 계속해서 세상에 내놓았다. 종래의 ‘밝게’에 다시 ‘따뜻하게’가 추가되었다.

마쓰시다 고노스케에게 있어서 어둡고 춥다는 것은 가난한 사회의 상징으로 생각되었다. 물리적으로도 정신적으로도 그것을 추방하기 위하여 자기 기업이 무엇을 할 수 있는가 하는 일에 그는 진지하게 열중하고 있었던 것이다.

쇼와 3년에서 4년에 걸친 불황 속에서도 마쓰시다라는 기업의 신장은 경이적이라고도 할 만했다. 전술한 것처럼 인재에의 문은 더욱 크게 열려서 종업원이 3백 명으로 불어나 있었다. 다이쇼 7년에 창업했을 때는 아내와 이쇼쿠 소년까지 합해서 불과 세 명의 인원이었는데 그것에 비하면 10년 동안에 몹시 커진 것이다.

거기에 비례해서 공장도 커지고 생산과 수익도 증대되었다. 그런 가운데 마쓰시다 고노스케는 어떤 일을 계속 생각하고 있었다. 그것은 산업인의 사회적 사명이란 어떤 것이어야 하는가, 그것이 경영이념상으로 어떻게 확립되어가야 하는가, 하는 것이었다.

기업이 그러한 기본적인 이념을 갖지 않는 한 그것은 나침반이 없는 배와 같은 것이어서 아무래도 불안정할 것으로 그에게는 생각되었던 것이다.

그에게 그러한 자각을 재촉한 것은, 기업이라는 인간집단을 잘 관리하고 움직여가기 위해서는 하나의 철학이 필요하고 더구나 그것은 경영자만의 철학이 아니라 종업원 한 사람 한 사람의 철학이며 기업 전체의 철학이기도 해야 한다는 생각이었다. 그런 생각은 다이쇼 9년에 "전원이 걸음을 하나로 하여 한 걸음 한 걸음 착실하게 나아간다."는 이념 밑에서 고노스케 이하 28명으로 '보일회(步一會)'를 결성한 것에 이미 나타나 있었다.

기업이 커지면 그만큼 그 기업이 갖는 사회적 공공성이라는 것도 증대된다. 그것은 안쪽에서 받쳐주는 정신적인 지주도 보다 견고해져야 한다는 것이 요구된다. 마쓰시다 고노스케는 그 기둥이 될 무엇인가를 찾고 있었던 것이다.

쇼와 4년, 마쓰시다는 창업 이래 마쓰시다 전기기구 제작소에서 마쓰시다 전기 제작소(松下電氣製作所)로 명칭을 변경했는데, 이 해에는 오비라키초에 제2차 새 본점이 완성된 것을 비롯하여 쇼와 전기주식회사(松和電氣株式會社 ; 오사카)의 설립, 후쿠오카(福岡) 출장소 개설, 제6공장(東淀川區) 제1기 공사완료, 제5공장(東淀川區) 개설, 도쿄 분공장 개설, 나고야(名古屋) 지점개설 등 설비와 기구면에서의 충실은 현저했다.

또한 크게 범위를 넓힌 신규채용자에 대하여 '견습점원제도(見習店員制度)에 의한 조직적인 지도훈련을 비롯해서 기업내 교육의 효시가 될 인재양성이 적극적으로 행해졌다. 마쓰시다 고노스케는 다망한 업무 틈

틈이 마쓰시다 서당이 아닌 마쓰시다 학교의 교장선생으로서 몸소 그 교육에 임했다.

이러한 기업내 교육의 자리에서는 물론이고 마쓰시다 고노스케가 종업원 전체에게 호소해마지 않았던 것은 거듭 말하는 바와 같이 기업의 사회적 책임이라는 것이다.

새 본점의 완성이 목전에 닥친 쇼와 4년 3월, 소주(所主)는 마쓰시다 전기기구 제작소를 마쓰시다 전기 제작소로 개칭하고, 동시에 마쓰시다 전기의 사회에 대한 책임을 마쓰시다 전기강령으로서 명시했다——영리와 사회정의의 조화를 고려하고 국가산업의 발달을 도모하며 사회생활의 개선과 향상을 기한다——이 강령(綱領)을 사업의 발전과 함께 수정이 가해져서 현재의——산업인으로서의 본분에 철저하고, 사회생활의 개선과 향상을 도모하며, 세계문화의 발전에 기여할 것을 기한다——고 하는 강령으로 이어졌는데 그 정신은 일관해서 마쓰시다 전기 경영의 기본방침이 되었다.(《약사》)

이것을 보아도 '영리와 사회정의'라는 기업이 짊어진 과제에 대하여 마쓰시다 고노스케는 일찍부터 진보적인 생각 속에서 적극적으로 연구해왔다는 것을 알 수 있다. 이 문제가 오늘날 기업에 있어서의 중대하고도 절실한 과제로 되어 있음을 생각할 때 특히 그 감회가 깊다.

위기 가운데의 명지휘

이러한 마쓰시다 전기이기는 했지만, 같은 쇼와 4년(1929) 말에는 국내경제의 혼란에 덧붙여서 가을부터 급속하게 높아진 세계 불황의 파도에 휩쓸려서 산업계 전체가 받은 타격의 공동 피해자임을 면할 수는 없었다.

같은 업종에서 도산이 속출하는 가운데 마쓰시다 전기도 역시 매상이 반 이하로 저하되고 창고에는 발 들여놓을 틈도 없을 정도로 재고가 쌓이는 곤경에 놓였다.

급속한 사태의 개선은 바랄 수도 없어서 생산의 감소와 종업원의 감원은 필연적이라는 전망이었다. 이때 마쓰시다 소주(所主)는 병으로 자택에서 요양 중이었는데, 가게에서 빈번하게 가져오는 정보를 분석하거나 지시를 내리거나 해서 마음놓고 누워 있지도 못할 상태였다. 간부들의 판단도 종업원의 감원은 부득이하다는 쪽으로 천천히 대세가 기울고 있었다.

이때 마쓰시다 고노스케가 내린 명지휘는 마쓰시다 경영사상에 남을 뿐만 아니라 산업계의 전설이 되었다. 마쓰시다의 경영사상 위기에 처했던 일은 몇 번인가 있었다. 이때도 그 하나이기는 했지만 사태의 성질상 수세(守勢)의 비장감은 떨쳐버릴 수가 없었다. 그것을 마쓰시다 고노스케는 마치 승전(勝戰)의 진군나팔이나 되는 것처럼 불어버렸던 것이다.

그것은 생산의 반감은 부득이하다 하더라도 종업원은 단 한 사람이라도 해고시켜서는 안 되며, 공장은 반 나절만 근무하지만 급료는 전액을 지급하되 그 대신 사원은 휴일을 반납해서 재고품을 일소하는 데 전력을 기울여주었으면 좋겠다는 것이었다. 반 나절분의 공임 부담은 일시적인 것으로 나중에 얼마든지 회복시킬 수가 있지만, 애써 채용한 종업원을 놓쳐버린다는 것은 커다란 손실이며 자신의 경영 신념을 스스로 위협하는 것이기도 하기 때문에 그런 짓은 절대로 할 수 없다는 의견이 덧붙여졌다.

그의 이런 의견은 곧 전종업원에게 전해졌다. 그러자 승리한 군대에서 나오는 커다란 환호가 울려퍼졌다. 이때 마쓰시다 전기는 이미 싸우지 않고도 불황을 이겨내고 있었던 것이다. 나머지는 각기 자기 자리에서 전투 태세를 취하기만 하면 되었다. 만만한 투지로 나아가는 곳에 산처럼 쌓인 재고도 문제가 아니었다. 2개월이 지날 무렵에는 창고는 비고 공장은 다시 전력 생산의 체제로 들어갔다.

조업 단축과 종업원 감원에 겁을 먹고 어수선해 있던 공장 내의 동요를 막았을 뿐만 아니라 그것을 단숨에 사기의 앙양으로까지 가지고 간 지휘 솜씨는 명장(名將)을 방불케 했고 그것만으로도 경영의 신이라고 불리기에 족하다.

그 결과로 목전의 위기를 벗어난 것만이 아니다. 마쓰시다 전기회사 전원이 굳은 결속과 일체감을 낳아서 그 후 몇 번이나 찾아온 위기도 그것에 의하여 돌파할 수가 있었다.

마쓰시다 고노스케 자신도 그것에 의하여 경영자로서의 확신을 한층 더 굳힐 수가 있었다. 어쨌든 불황에 처해서의 이러한 기업 노력은 높이 평가할 만한 것이다.

마쓰시다가 그때까지 오카다 전기상회로부터 사들이던 건전지에 덧붙여서 자가생산을 하게 된 것은 쇼와 6년의 일이다. 내셔널 램프의 생산이 월간 10만 개에 이르러서 거기에 쓰는 건전지가 오카다만으로는 도저히 충당이 되지 않았던 것이다.

그 대책으로서 마쓰시다 고노스케는 처음에 오사카의 고모리(小森) 건전지에 마쓰시다의 전속공장이 되어서 내셔널 건전지를 전문적으로 만들어주지 않겠느냐고 제의했다.

이 고모리 건전지는 오사카 지방에서의 유력한 램프 메이커이기도 하고, 본래 마쓰시다와 경쟁관계에 있었으므로 마쓰시다의 제의가 받아들여질 공산은 별로 없다는 것이 대체적인 관측이었다.

그런데 의외에도 고모리에서는 쉽게 마쓰시다의 전속공장이 될 것을 수락했다. 합리적인 마쓰시다의 설득에 굴복했던 것이다.

마쓰시다 고노스케의 설득은 상대방으로 하여금 대립의 어리석음을 깨닫게 했던 것이다. 그러한 과거사를 씻어버리면 의외로 시야가 넓어진다. 큰 이익도 약속되었다.

이러한 협력관계는 건전지의 생산이 오카다와 고모리 두 공장을 합쳐서 월간 50만 개로 급신장하는 정세 속에서 다시 마쓰시다의 건전지 사업 직영이라는 방향으로 전개되었다. 고모리 사장의 제안을 받아들여서 그 공장을 사들여 마쓰시다의 공장으로서 운영해가기로 했다. 기술면은 계속해서 고모리 건전지 시절의 진영이 담당하기로 했다. 이러한 생산체제의 확립에 의하여 전지도 램프도 보다 대중적인 제품으로 염가로 판매해 그 판로를 넓혀갔다.

오늘이 마쓰시다의 창업일

쇼와 7년(1932)은 마쓰시다 고노스케에게 있어서도 그 사업에 있어서도 하나의 커다란 마디가 되었다. 무역부(貿易部)를 설치하여 해외 웅비의 발판을 굳혔고 그 밖에 각지에 조직과 시설의 확충이 잇따라서 그 눈부신 발전은 누구의 눈에도 뚜렷했다. 이 해의 11월에는 천황폐하(天皇陛下)가 오사카에 거동했을 때에 직접 방문해서 라디오를 구입해주는 일도 있었다. 때는 마침 창업 14년, 그 봉오리를 바야흐로 크게 꽃피우려 하고 있었다. 이때의 진용을 보면 사원과 공장 인원을 합쳐서 1천2백 명을 넘었고 그것은 오늘날의 마쓰시다 전기의 규모에는 비할 바도 못 되지만 당시에 마쓰시다가 산업계의 새로운 별로서 놀랄 만한 성장을 하고 있었던 것은 누가 보아도 명백했다.

이 해에 마쓰시다 고노스케는 창업한 이래로 발전에 발전을 거듭하는 '참된 경영이란 무엇인가', '산업인의 사명은 무엇인가' 하고 생각해온 데 대하여 확연하게 시야가 열리는 경험을 했다. 제단을 설립하고 거기에 제사를 지내려고 하는데 그 본체가 도무지 정확하게 잡히지 않는 느낌이었다. 그런데 어떤 번쩍임에 의해서 명확하게 형태가 갖추어졌던 것이다.

그 직접적인 동기는 어느 친지의 끈질긴 권유를 받아서 다망한 중에 틈을 내서 전부터의 약속이었던 종교단체 본부를 견학하고는 깊은 감동을 느낀 일이다.

몇 시간에 걸친 견학을 마쳤을 때 마쓰시다 고노스케는 자기 내부에서 크게 울리는 무엇인가가 있음을 느꼈다. 산골짜기를 제압하고 있는 장엄한 기운과 건축물 구조의 굉장함도 그렇지만 무엇보다도 강렬한 감동을 느낀 것은 구내에 있는 제재소 등의 생산시설에서 무보수로 봉사하고 있는 신도들의 모습이었다.

그것은 평소에 보는 직공들의 작업태도와는 분명히 달랐다. 발산되는 느낌이 전혀 달랐다. 엄숙한 가운데에서도 일하는 기쁨이 넘쳐나서 그것이 구경하는 사람에게까지 전해져온다.

그 밖에도 구내에서는 청소 등의 봉사를 하는 신도들의 모습이 보였는데 마음 깊은 곳에서부터 자연스럽게 우러나는 듯한 일종의 기쁨을 드러내고 있는 점에서는 마찬가지였다. 그러한 이른바 환희역행(歡喜力行)의 모습을 보면서 '아, 내가 찾고 있던 것이 이것이다.' 하고 마쓰시다 고노스케는 생각했다.

"이 종교의 교리도 나는 아직 잘은 모른다. 그래도 신도들의 모습에는 감동했다. 저 사람들의 넘치는 듯한 기쁨은 어디에서 오는 것일까. 믿는다는 것, 믿고 행한다는 것은 참으로 굉장한 일이다. 사람이 각자 자기가 하고 있는 일의 진정한 의미를 알고 그것을 간파하면서 무엇인가를 한다는 것은 참으로 확실한 일이다."

그는 거기에서 경영의 진수를 본 느낌조차 들었다. 모든 것을 그와 같이 경영이라는 것과 바꾸어놓고 보는 점에서 근본부터의 경영자라고 말하지 않을 수 없다. 그 감동을 그는《나의 행동과 생각》에서 다음과 같이 술회하고 있다.

(돌아오는) 차에서 다행히 좌석을 얻을 수가 있어서 그 종교의 전모에 대하여 여러 가지로 생각해보았다. 오늘 목전에 본 그 성대함, 성대하다면 참으로 성대하다. 번영이라면 참으로 번영이다. 그 산더미를 이룬 헌목(獻木), 교조전(敎祖殿)을 건설하는 신도들의 기쁨에

찬 봉사, 티끌 하나도 없는 본전(本殿)의 청소. 만나는 사람마다의 경건한 태도, 부속학교의 많은 학생, 한 학기를 마치고 졸업하면 신의 준봉자로서 사람들을 이끌어갈 활약상 등등 일사불란한 그 경영, 경영이라고 말하면 혹시 적합하지 않을지도 모르지만, 아직 신앙이 싹트지 않은 나로서는 그것은 하나의 경영이라고 생각되는 것도 부득이하지 않은가. 그리고 경영, 경영이라는 것이 차츰 강하게 강하게 생각되어졌던 것이다. 훌륭한 경영, 뛰어난 경영, 거기에서 많은 사람들은 기쁨에 충만해서 활약하고 있다. 진지하게 노력하고 있다. 자기만이 아니고 남들도 그 기쁨 속으로 끌어들이려고 하는 열성 등, 뛰어난 경영이라고, 참으로 뛰어난 경영이라고 나는 감탄을 크고 깊게 하면 할수록 진정한 경영이라는 것이 자꾸 머리에 떠오른다. 정의의 경영, 경영의 정의, 하고 이렇게 생각이 미치자 이상하게도 우리 업계에 있어서의 경영이라는 것으로 생각이 나아갔다. 지금 생각하면 실제로 이상할 정도이다. 양자의 경영에 대하여 심각하게 생각이 미쳤던 것이다.

집으로 돌아와서도 여전히 생각이 그치지 않았는데 밤이 이슥해져서도 그 생각은 더욱 깊어만 갔다. 나는 양자를 비교해보았다. 그 종교는 수많은 괴로워하는 사람들을 인도하여 안심을 주고 인생을 행복하게 만드는 일에 주안을 두고 전력을 다하고 있는 성스러운 사업이다. 우리 업계도 역시 인간생활의 질적 향상에 필요한 물질을 생산하는 성스러운 사업이다. 우리들의 일은 무에서 유를 창조하고 가난을 몰아내고 부(富)를 만드는 현실적인 작업이다. 예부터 '404가지 병 중에서 가난보다 괴로운 것은 없다.' 하는 속담이 있다. 다시 말해서 가난을 없애는 것은 곧 인생 최고의 거룩한 성업(聖業)이라고 말할 수 있다. 그러기 위해서는 각고근면으로서 생산에 이은 생산, 물질의 증강 외에 달리 방법이 없다. 이것이 우리들의 일이고 사업이다. 모든 인간의 생활을 부유하고 번영되게 하는 생산, 그 생산이야

말로 우리의 거룩한 사명이다. 인간생활은 정신적 안정과 물질의 풍
요함에 의해서 그 행복이 유지되고 향상이 계속되는 것이다. 그 하나
가 빠져서도 안 된다. 정신적 안정이 있더라도 물질이 모자라면 생명
의 유지조차 곤란하다. 물질이 풍부하더라도 정신적인 안정이 없으
면 인간적 가치도 또 행복도 없다. 양자는 수레의 두 바퀴와 같은 것
이다.

　우리의 사업도 그 종교의 경영도 동등하게 성스러운 사업이고 동
등하지 않으면 안 되는 경영이다. 생각이 여기에까지 미치자 번개처
럼 머리를 스치는 것이 있었다.――우리의 경영이야말로 우리의 사
업이야말로 그 종교 이상으로 성대한 번영을 이루지 않으면 안 될
성스러운 사업이다. 그럼에도 불구하고 폐쇄 축소라니 무슨 소리냐.
그것은 경영이 나쁘기 때문이다. 자기에게 사로잡힌 경영, 정의에 벗
어난 경영, 성스러운 사업이라는 신념에 눈뜨지 않은 경영, 단순한
장사로서의 경영, 단순한 습관에 입각한 경영, 이런 것이 모두 그 원
인을 이루고 있는 것이다. 나는 이 껍질에서 벗어나지 않으면 안 된
다――이런 생각들이 강하게 나의 마음을 두드렸던 것이다.

고노스케는 이런 생각에 도달하기 위해서 오랜 모색의 시기를 거쳐
왔던 것이다. 그것을 요약하면 인류의 사회는 정신과 물질의 대응과 균
형 위에 이루어져 있다는 것. 종교가 그 정신적인 방면을 통하여 인류
의 행복에 공헌하는 것이라면 산업에 종사하는 자는 당연히 물질의 흐
름이 풍부하도록 하는 것을 통해서 인류의 행복에 공헌해야 한다, 하는
본의(本義) 확립이었다.

　거기에 대하여 마쓰시다 고노스케는 '그렇다면 성스러운 경영, 진실
한 경영이란 어떤 것인가' 하고 더욱 추궁하여 다음과 같은 생산철학을
전개하고 있다.

그것은 수도의 물이다. 가공된 수도의 물은 값이 있다. 오늘날 값
있는 물건을 훔치면 꾸짖는 것은 당연하다. 그러나 지나가던 사람이
수도꼭지를 틀어서 그 물을 마신다고 해도 그 실례되는 점은 꾸짖을
망정 물 자체에 대해서 꾸짖는 일은 볼 수 없다. 이것은 값이 있음에
도 불구하고 그 양이 너무나도 풍부하기 때문이다. 직접 생명을 유지
하는 귀중한 가치가 있는 물에 있어서도 이렇게 이 사실은 우리에게
무엇을 가르치는가. 그것은 생산자의 사명의 중대함에 대하여 생각
하게 한다. 즉 생산자의 사명은 귀중한 생활물질을 수도의 물처럼 풍
요하게 만드는 일이다. 풍요함이란 이런 것이다. 거기에 정신적인 풍
요함이 더해져서 인생은 한층 충실한 것이 된다. 우리의 사명은 그런
낙원을 이 세상에 만들어내는 것이다.

물론 여기에서 수도의 물은 풍요함의 상징으로서 비유적으로 씌어
있다.

쇼와 7년 5월 5일, 단오절을 기해서 마쓰시다 고노스케는 전사원을
오사카의 전기클럽에 모아서 소신을 표명했다.

거기에서 오늘날까지의 마쓰시다 전기가 걸어온 길을 평가하면서 그
것은 산업인으로서 당연한 노력이었다고 말하고 앞으로는 보다 높은
사명감을 가지고 대업의 완수에 임하자고 호소했던 것이다.

대업(大業)이란 이 세상에 낙원을 만들기 위해 산업인으로서의 사명
을 다하는 일이다. 그러기 위한 원대한 계획이 세워졌다. 즉 이달 이후
로 250년을 사명 달성의 기간으로 한다. 그 250년을 10기로 나누어
한 기를 25년으로 한다. 제1기의 25년을 다시 셋으로 나누어 최초의
10년을 건설의 시대, 다음 10년을 건설하면서 활동하는 시대, 그 나머
지 5년간은 건설과 활동을 계속하면서 사회 공헌에 중점을 두는 시대
로 한다.

어째서 한 기를 25년으로 잘랐는가 하면 그것은 소위 인간 일대의

가장 왕성한 활동기에 해당하기 때문이다.

다음 25년은 다음 대에 마쓰시다를 짊어질 사람들에게로 이어져간다. 그 다음도 그렇다. 이러한 주기(周期)를 거듭하면서 풍요함에 충만한 낙원을 이룩해가자는 것이다.

그것은 바로 미래에의 웅대한 꿈의 가교(架橋)였다. 더구나 그것을 주장하는 사람이 극히 실제적인 경영가인 마쓰시다 고노스케이다.

이것이 결코 단순한 꿈도 호언도 아님은 그로부터 43년이 지난 현재 당초에 내세웠던 제2기의 목표가 확실하게 달성되어가고 있다는 것이 증명해주고 있다. 특별히 숫자적인 달성목표가 세워져 있는 것은 아니지만 건설하면서 활동하고 또한 사회에 공헌하는 방향으로 확대적으로 실현해가고 있고, 그것은 이미 제3기의 구체적인 전망을 수반하고 있다. 확실히 거기에는 기업의 의지가 역사의 파노라마처럼 전개되어 있는 것이다.

250년으로 일단 끝나는 것으로 한 이 계획은 다시 다음 250년으로 이어져갈 것이다. 그 단계에서는 이상은 보다 높은 것으로 되어 있으리라. 그것을 우리는 우리의 전통을 살려서 발전시켜줄 미래의 마쓰시다에 맡기기로 한다.

이와같이 우리의 사명은 원대하다. 우리는 그 달성을 위해서 현단계를 짊어지는 것이다. 인연이 있어서 마쓰시다에서 일하는 자라면 이 사명을 환희와 책임감을 가지고 자각해주기 바란다. 그렇지 않은 자는 애석하지만 더불어 얘기할 자격이 없다. 나는 제군에게 그것을 요청한다. 그것은 때로는 준열한 요망이 되어 제군에게 향해질지도 모른다. 그러나 나는 다음 대를 위하여 우리가 희생이 되는 것을 최고라고는 생각하지 않는다. 우리는 우리대로 충분히 인생의 행복을 맛보면서 인생을 다하고, 그리고 또한 다음 대에 좋은 것을 남기도록 하고 싶다. 그런 이상 제군의 노고가 정당하게 보답받는 것은 당연하다고 생각한다.

단상의 마쓰시다 고노스케가 얘기를 진행시킴에 따라서 장내에는 조용하지만 열기가 가득 퍼졌다.

끝으로 "마쓰시다 전기는 과거에 창업기념일을 제정한 일도 기념식을 거행한 일도 없다. 마쓰시다 전기의 원대한 사명을 천명한 오늘이야말로 바로 창업의 날로 삼기에 알맞다. 석가는 3년 3개월을 어머니 뱃속에 있다가 출생했는데 마쓰시다 전기는 다이쇼 7년의 창업으로부터 15년간 뱃속에 있다가 오늘 태어난 것이다. 자신의 사명을 알았다는 의미에서 금년을 탄생 첫해로 하고, 이 5월 5일을 창업기념일로 제정한다." 하고 끝맺고 단상에서 내려오자 박수 소리가 장내를 메웠다.

그 다음에 총대(總代)의 답사가 있었고, 다시 한 사람에 3분씩 할당하여 의견을 발표하도록 했는데, 모두 흥분에 싸여서 앞을 다투어 등단했다고 《약사》는 말하고 있다. 그 정경은 《나의 행동과 생각》에 의하면 다음과 같다.

간부사원도 신입사원도 일어섰다. 노인도 젊은이도 단상으로 뛰어올라왔고, 개중에는 흥분한 나머지 팔을 쳐든 채 말을 못 하는 자도 있다. 그런가 하면 아직 동안(童顔)인 소년사원이 단상에서 뺨을 붉히고 마치 청중을 노려보듯이 하면서 한 마디 한 마디 힘차게 사명에 목숨을 바치겠다는 진정을 피력하는 등 감동적인 장면이 잇따랐다. 더구나 등단하려는 사람들이 줄을 지어서 정리할 수가 없었으므로 진행계로 하여금 한 사람의 허용시간을 3분에서 2분으로, 다시 1분으로 단축 제한하도록 비상조치를 취하는 단막극도 벌어졌다.

마쓰시다 전공(松下電工)의 단파 마사하루(丹波正治) 사장도 이때는 입사한 지 얼마 되지 않고 무엇에나 비판적일 나이였는데, 감동에 싸여서 단상으로 뛰어올라가 정신없이 무엇인가 지껄였다고 후에 얘기했다. 얘기가 서툴다고 자인하고 있지만, 마쓰시다 고노스케의 화술에는 사람을 움직이는 힘이 있음을 잘 알 수 있다. 하나의 사기업(私企業)이면서도 그러한 원대한 꿈을 가지고 있다는 것이 젊은이들의 마음에 공감을 불러일으켰던 것이기도 했으리라.

이날 다음과 같은 고지문(告知文)이 낭독되었다.

우리 마쓰시다 전기는 다이쇼 7년에 창립되어서 이래로 전원이 잘 친화 협력하여 발전에 발전을 거듭해 우리 업계에 있어서 그 공적을 인정받았으며, 한편 사계의 선각자가 되리라고 그 장래에 대하여 대단히 총망받기에 이르렀습니다. 우리의 책임이야말로 참으로 중대하다고 하지 않을 수 없습니다. 따라서 오늘의 길일을 택하여 장차 혁신에의 한 계기로 삼아 창업기념일을 제정하고 여기에 친애하는 종업원에게 고하려 하는 바입니다.

무릇 생산의 목적은 우리 일상생활의 필수품을 충실하고 풍부하게 하고 이로써 그 생활내용을 개선 확대시키는 데에 그 주안점을 두는 것이고, 나의 염원도 또한 여기에 있는 것입니다. 우리 마쓰시다 전기 제작소는 이러한 사명의 달성을 궁극의 목적으로 삼고 금후 한층 이에 대하여 혼신의 힘을 다하여 일로 매진할 것을 기하는 바입니다. 친애하는 여러분은 이 뜻을 잘 이해하여 그 본분을 다할 것을 간절히 바랍니다.

쇼와 7년 5월 5일

소주(所主) 마쓰시다 고노스케

고지문에도 있듯이 마쓰시다 전기는 다이쇼 7년 3월 7일에 창립되었지만, '참된 사명을 알았다'는 의미에서 이날은 기념할 만한 날이 되었다. 마쓰시다 전기는 이 해를 창업 나이 첫해로 삼고 매년 이날을 창업기념일로 정하여 엄숙한 식전을 거행했다.

이상과 같은 일을 통하여 새삼스럽게 느끼는 것은 마쓰시다 고노스케라는 인물의 조직력과 지도력이다. 그것은 이미 창업 이래의 경영 솜씨를 통하여 증명이 되기는 했지만 이 시기에 이르러서 그것은 더욱 커다란 형태로 유감없이 발휘되었던 것이다.

경영에는 두 가지 면이 있다. 물적인 면과 정신적인 면이다. 아무리 물적인 면에서 경영을 잘하더라도 정신적인 면이 거기에 따르지 않으면 그 경영은 안정되어 있다고 말할 수 없다.

가령 아무리 물질적인 면에서 종업원에게 후하게 대하더라도 그것만으로는 모자란다. 어느 정도 일하는 기쁨과 정신적인 안정감을 줄 수 있을지는 모르나 그다지 지속성이 있으리라고는 생각되지 않는다. 또 그것에 눌려버리면 거기에서 안이하고 나태한 기풍이 생기지 않는다고도 단정할 수 없다. 오히려 그렇게 되기 쉬운 법이다. 그것은 사람이 빵만을 위해서 일하는 것의 당연한 귀결이라고도 하겠다. 가령 생활수준의 향상을 바라서 하는 일이더라도 결과는 비슷하다.

마쓰시다 고노스케의 경영자로서의 비범한 점은 일하는 자에게 '꿈'을 주는 것이다. 그것을 통하여 생산에 종사하는 자의 긍지와 기쁨을 산다는 본질에 뿌리를 둔 깊은 곳으로부터 환기시켜서 내일에의 창조의 에너지로써 조직해간 점이다.

그것은 말하자면 물질적인 경영에 대한 정신적인 경영이라고도 할 만한 것이어서, 이 두 가지가 충분히 채워짐으로써 비로소 경영은 완전하게 되는 것이다.

물론 그러한 기쁨이 말만으로 전달되는 것은 아니다. 하물며 상대를 움직일 수 있는 것도 아니다. 마쓰시다 고노스케 자신이 그러한 기쁨을 갖고 오늘날까지 창조적인 길을 걸어온 것이다. 말하자면 남에게 나누어줄 기쁨의 씨앗을 가득 지닌 인간이다.

기회있을 때마다 하는 호소도 그것을 사람들과 나누어 갖고 싶은 마음이 간절해서였다. 그러한 의미에서 쇼와 7년(1932) 5월 5일은 마쓰시다 전기에 있어서 기념할 만한 날이 되었다. 꿈과 같은 웅대한 전망 속에서 '그 꿈을 향하여 모두 나아가지 않겠는가. 우리에게는 그것을 실현시킬 힘이 있다.'고 하는 호소가 행해지고 열광적인 공감이 표명되었던 것이다.

제 3 장 열리는 내셔널 시대
—— 새로운 분야에의 진출

사업부 제도의 발족

마쓰시다 전기에서 사업부 제도가 발족한 것은 쇼와 8년(1933) 5월이다. 먼저 공장들이 제1사업부(라디오 부문), 제2사업부(램프·건전지 부문), 제3사업부(배선기구·합성수지 부문)의 세 개로 나누어졌다. 이 사업부라는 것은 본래 각각의 사업부가 개별적인 중추를 가지고 거기에 소속하는 공장과 출장소가 있어서 제품의 개발에서 생산판매 수지까지를 일관해서 행하는 독립채산인 사업체이다. 그러나 쇼와 8년 5월에 발족한 당시는 아직 시초에 지나지 않은 임시적인 제도여서 이 방식을 완전하게 실시하기까지에는 이르지 않았다. 라디오 부문인 제1사업부만이 생산만이 아니라 판매도 하는 방식을 채택했다.

쇼와 9년 2월에는 다른 두 개의 사업부에도 그 방식이 채택되었고, 다시 제3사업부에서 전열기 부문이 분리되어 제4사업부가 설치되었다.

이 기구 개편은 획기적인 것이지만 처음부터 명확하게 제도로서 구상된 것은 아니었다. 오래 전부터 마쓰시다 고노스케는 사업이 점점 커지고 인원도 늘게 되면 혼자서 아무리 애를 써도 손이 닿지 않는 곳이 생길 것이라고 생각하고 있었다. 이미 그런 징조도 있었다.

규모가 작았을 때에는 나 혼자로도 족했다. 그러나 새로운 일이 늘어나면 늘어날수록 모든 일을 혼자 처리할 수는 없었다. 무엇인가 결정을 내려야 할 때에, 잠깐 기다려주게, 나는 지금 다른 일을 생각하고 있네, 하는 일이 생기게 된다. 이래서는 안 된다고 생각했다.(《약사》)

이것이 사업부 제도의 기본적인 발상인 '맡기는 경영'의 근본이 되었다. 건강상의 문제도 있고, 특히 경영의식이 강했던 마쓰시다 고노스케에게 있어서 경영이란 어떤 의미에서 '맡기는' 일이었다. 절대로 경영이란 하나에서 열까지 혼자서 처리하는 것이라는 환상이나 착각은 갖지 않았던 것이다.

그 동안에 점점 시대가 발전해서 우리 회사에서도 전열기를 만들게 되었다. 그런데 나는 전열기에 대해서는 아는 바가 적었다. 그것을 만들려면 전문가가 필요했다. 그래서 나는 생각했다. 이왕 전문가에게 맡길 바에야 전열부라는 것을 만들어서 그 사람을 최고 책임자로 하여 생산판매에 관한 일체를 맡기는 것이 어떨까. 나는 그 생각을 당장 실행으로 옮겼다. 이렇게 해서 쇼와 2년에 전열부가 발족했는데, 이것이 실질적으로는 사업부 제도라는 것의 시초였다.(《번영을 위한 생각》)

다시 마쓰시다 고노스케는 사업부 제도에는 두 가지 목적이 있다고 말했다. 그 하나는 일을 진행시켜나가는 것에 대한 성과를 확실하게 알게 하는 것이다. 즉 책임경영이 되므로 사업부 자체가 잘 되어가고 있는지 아닌지가 명확해진다. 이쪽 사업부에서 벌었다고 해서 그 이익을 다른 사업부로 가지고 가는 일은 하지 않으니까, 이익을 자기네 부문에서 올리지 않으면 안 된다.

"이런 일에서 무엇이 생겨났는가. 간단히 말해서 경영자가 태어난 것이다." 마쓰시다 고노스케의 말에는 넘치는 듯한 자신이 엿보인다.

또한 거기에는 '일만 명을 쓰는 것보다는 천 명, 천 명보다는 백 명을 쓰는 편이 보다 정확하고 자상하게 업계를 장악할 수가 있고 인재의 등용과 배치와 육성이라는 점에서도 하기 쉽다.'고 하는 생각도 있었다.

《약사》는 이 사업부 제도에 대하여 '사업부 제도하에서 각 사업부의 책임자는 맡겨진 사업분야에서 자주적인 열의를 가지고 창의와 능력을 발휘하였고 이에 따라서 당시 중소기업의 영역을 벗어나지 못했던 마쓰시다 전기는 많은 새로운 사업분야에서 성과를 올릴 수 있었다. 동시에 독립채산 경영에 의하여 실력 이상의 확장으로 치닫는 일은 자연히 제약되어 적극경영을 견실한 채산으로 뒷받침할 수가 있었다.

또 제품분야를 한정하고 생산과 판매를 직결시킴으로써 각 사업부는 철저한 관리하에서 소기업의 장점인 시장의 움직임에 대응한 기동적인 활동을 할 수가 있어서 소기업의 장점을 잃지 않은 채 대기업으로 성장하는 체제를 갖출 수가 있었다고 기술하고 있다.

또한 이 사업부 제도는 단순히 경영기구로서 성과를 올렸을 뿐만 아니라, '종업원 한 사람 한 사람이 경영자 의식을 가지고 일에 임해야만 이 한없는 향상이 약속된다'는 평소의 지도방침을 한층 침투시키는 효과가 있었다. '전원경영(全員經營)'의 기운이 더욱 촉진되었던 것이다.

오정신(五精神)의 제정

사업부 제도의 발족과 동시에 전사업장마다의 행사로서 '조회(朝會)'와 '종회(終會)'가 기다려지게 되었다. 이것은 전부터 종업원 사이에 고조되어 있었던 사명 달성에의 의욕을 북돋아서 조직화시킨 것이었다. 전년 5월, 제1회 창업기념일에서의 감격이 일 년이나 그런 형태로 지속되고 있었다는 것은 놀라운 일이었다. 그것은 일시적인 것이 아니라 종업원 사이에 하나의 각오로서 깊이 뿌리를 내리고 있었음을 알 수 있다.

조회는 시업 전에, 종회는 종업 후에 행해졌다. 이러한 일과가 형식

화되는 일이 없이 적극성과 능동성을 가지고 운영되고 있었다. 거기에
서 매번 종업원의 소감 발표가 행해져서 적극적인 참여의식을 갖게 했
다는 것, 그러한 일을 통해서 기업내의 일체감이 조성되어갔다는 것도
간과할 수는 없다.

이러한 기운 속에서 쇼와 8년 7월, 마쓰시다 고노스케는 마쓰시다
전기의 전원이 준봉해야 할 오정신을 정하여 발표했다.

─. 산업보국(産業報國)의 정신
─. 공명정대(公明正大)의 정신
─. 화친일치(和親一致)의 정신
─. 역투향상(力鬪向上)의 정신
─. 예절(禮節)을 다하는 정신

거기에 나타나 있는 것은 산업인으로서의 기본적인 자각이고 처세의
근본이 되는 정신이었다. 모두가 마쓰시다 전기를 오늘날의 번영으로
이끄는 데 있어서 소홀하지 않았다는 것을 알 수 있다. 이 오정신을 나
타내는 말은 매일의 조회에서 제창하게 되었다.

그럼 이렇게 규율이 엄정하다고 할 만한 기업체질이 어떻게 이루어
졌는가. 이 물음은 동시에 해답이기도 했다. 그 무렵 마쓰시다 고노스
케는 종업원들에게 "요즈음 각 방면에서 마쓰시다 전기의 일찍이 예를
찾을 수 없을 만한 약진의 원인이 어디에 있느냐는 질문을 받는 일이
많은데, 나는 그때마다 그 비결은 이것이라고 하면서 마쓰시다 전기 전
원이 준봉할 오정신을 말해주고 있다."고 얘기했다.

이 오정신은 쇼와 12년에 '순응동화(順應同化)의 정신'과 '감사보은
(感謝報恩)의 정신'이 첨가되어 '칠정신'이 되었다. 또 '예절을 다하는
정신'은 '예절겸양(禮節謙讓)의 정신'으로 고쳐져서 오늘날에 이르고
있다.

그것이 기업발전의 원동력이 되고 있는 이유는 그것을 해서는 안 된다, 이렇게 하지 않으면 안 된다, 하는 까다로운 규정이 아니라 어떤 정신적 태도가 기본적으로 일관되어 있는지 여부에 달려 있기 때문이었다. 즉 그 정신이 기업활동 가운데에 살아 있는가 아닌가 하는 것에 좌우된다.

그것은 바꾸어 말하면 설정된 정신적인 지도요항이 모두에게 받아들여져서 지지를 받는가 아닌가 하는 것이기도 하다. 그것이 제시되는 것과 받아들여지는 것은 또 다르기 때문이다.

마쓰시다에서 그것이 잘 받아들여져서 자율적인 규율로서 살려지고 있는 것은 어째서일까.

먼저 경영자로서의 마쓰시다 고노스케의 수완, 역량, 사고방식에 대한 강한 믿음과 지지를 들 수 있다. 그것은 자기들은 이 기업에 의해서 일어서게 된다는 의식을 낳아서 훌륭한 순응으로 나타난다. 말에 의한 설득력도 그렇지만, 그 배후에 있는 사실 앞에 믿고 따르지 않을 수 없는 것이다. 마쓰시다 고노스케라는 인물의 큰 영향력도 역시 거기에서 나오고 있다.

그런데 조회와 종회는 교육적인 역할도 하게 되었다. '조회에서 소감을 발표하는 덕분에 전에는 사람들 앞에서 변변히 얘기도 하지 못했었지만 이제는 당당하게 의견을 진술할 수 있게 되었다. 사람이 달라진 것처럼 성격도 적극적이 되었다. 마쓰시다 전기는 나를 바꾸어놓았다.'고 털어놓는 젊은이도 있었다. 이것도 마쓰시다 특유의 살아 있는 인재교육법이었다.

그것만이 아니다. 모두가 자유롭게 의견을 발표함으로써 기업 내의 의견소통이 잘되어 그것이 인간관계에 좋은 영향을 미치고, 작업에도 도움이 되었다. 의견을 발표하기 위해서는 적극적으로 일에 임하지 않을 수 없으므로(일에 대해 무관심하면 의견도 나오지 않는 것이므로) 스스로 일에 대하여 배우고 연구하는 좋은 환경도 생겼다. 그리고 기업내에 신선한 바람을 일으키는 활력의 원천이 되었다. 이러한 일이 후에 '제안(提案)의 마쓰시다'라고 불리게 되는 활발한 제안제도로서 열매를 맺었던 것이다.

'귀문(鬼門)'에 진출

쇼와 8년, 아직 개인경영이었던 마쓰시다 전기가 오사카 교외인 가도마(門眞)에 7만 평방미터의 땅을 사서, 그곳으로 본거를 옮겨서 본격적으로 공장건설을 개시했을 때 세상에는 여러 가지로 소문이 자자했다.

그 발전상을 솔직하게 경이의 눈으로 보는 사람도 있는가 하면 적극적인 경영책을 위태로워하는 사람도 있었다. 또 경영규모의 확대는 필연적으로 제조단가의 인상으로 나타날 것이라고 예측하는 사람도 있었다. 그러나 이 문제에 누구보다도 깊이 신경을 쓰고 있는 것은 마쓰시다 고노스케 자신이었다. 공장 건설 자체의 경제적 기반에 대해 무리한 발돋움을 하는 것은 아니었으므로 조금의 걱정도 없었다.

오히려 그가 걱정하고 있었던 것은 그 다음에 올 것이었다. 그것은 기구가 커짐으로써 '안주(安住)하는' 것이었고, 정신이 해이해지는 것이었다. 그릇이 커지는 것이 바로 발전이라고 착각해서 노력을 게을리하는 일이었다. 이전의 조회에서 마쓰시다 고노스케는 사내에 안이한 기풍이 생기는 것을 다음과 같이 경고했다.

대개 조직이 팽창하는 것은 머지않아 붕괴에의 과정인 예가 대단히 많다. 조직이 커지면 커질수록 사람들은 단지 그 화려함에 현혹되어서 들뜨기 쉽고 구석구석까지 통제가 되지 않아 경기만 늘어날 뿐이어서 결국은 붕괴에로 이끄는 것이다. 지금 우리의 내용에도 이런 경향이 잠재해 있지 않다고 말할 수 있을까. 이런 의미에서 마쓰시다 전기는 지금 약진과 붕괴의 분기점에 서 있는 것이다.

어떤 사람은 말한다 —— 마쓰시다는 굉장한 발전을 했다 —— 또 어떤 사람은 말한다 —— 굉장한 발전에 따르는 경비의 팽창은 반드시 제품에 영향을 미쳐서 앞으로 마쓰시다의 물건은 비싸질 것이다 ——.

그대로이다. 이대로 무심하게 가면 생산원가가 높아져 비싸게 팔지 않으면 안 되게 되어서 결국에는 쇠망으로 재촉할 뿐이다. 대량생산에 의한 염가(廉價)라 하지만, 그것은 정말 합리화된 경영에 의해서 실현되는 것이어서 결코 공장의 증설이나 설비의 개선만으로는 이루어질 수 있는 것이 아니다. 이것을 살리는 것은 사람이다. 진정으로 자각한 각자의 노력에 기대하지 않으면 안 된다. 그래서 당장의 기급방침으로서 적어도 앞으로 반 년 동안은 철저하게 경비의 절감을 단행해주기 바란다. 사람들이 대수롭지 않게 생각하면서 지출하는 경비 혹은 소모품비의 집적만큼 무서운 것은 없다. 본제작소의 발전과 쇠망은 모두 제군의 두 어깨에 있음을 생각하여 일거수 일투족에도 최고의 주의를 게을리하지 않도록 차제에 특히 한 마디 해둔다. (《약사》)

그 위기감을 강조하는 것이 또 한 가지 있었다. 가도마 지역은 오사카에서 귀문(鬼門)에 해당된다고도 해서 당시 기업 중에 여기에 진출하는 예는 거의 없었다. 그러나 마쓰시다 고노스케는 '귀문 따위를 따진다면 가느다란 일본 열도는 귀문투성이여서 아무것도 못 하게 된다.'고 하고, '마쓰시다의 가도마 진출이 성공하느냐 못 하느냐는 미신을 타파해서 이 지역을 많은 기업이 진출할 땅으로 만드느냐 귀문이 두렵다는 미신을 확고하게 만드느냐 하는 갈림길이 된다.'고 전원의 분기를 촉구했다.

가도마 지역과 인접한 산고(三鄕) 지역에 출현한 마쓰시다 전기의 시설품들은 종래의 공장에 대한 개념을 바꾸는 밝고 깨끗한 현대감각이 넘치는 것이어서 기업 유토피아의 탄생을 생각하게 했다.

그것은 또한 타파의 교두보로서의 역할을 했다. 그 후 사업이 순조롭게 발전해감으로써 이 지역에의 다른 기업의 진출을 촉구하게 되어서 현재의 생산적 활력에 넘치는 도시를 형성하기에 이르렀던 것이다.

모터 업계 진출에서 나타나는 선견지명

쇼와 9년경부터 10년에 들어서서 마쓰시다는 더욱 눈부신 발전을 했다. 발전이 다시 발전을 부르는 듯했다. 계속해서 새로운 분야에도 진출해갔다. 10년에는 축전지 분야에 나가고, 11년에는 전구(電球)의 생산도 시작했다.

모터는 쇼와 13년(1938)에 마쓰시다 전동기라는 전문적인 자회사(子會社)를 만들어서 생산하게 되었는데, 그것은 전쟁을 지나서 쇼와 20년대의 후반이 되어 본격적으로 개막된 가정전화시대(家庭電化時代)에의 포석이 되었다. 그러나 이 모터 업계에의 진출에는 몇 가지 커다란 문제가 있었다. 그 전후의 사정을 마쓰시다 고노스케는 다음과 같이 얘기하고 있다.

문화가 진보하면 여러 가지 가정 전기기구에 모터를 써서 자동화해가는 것이 당연한 귀결이다. 이를테면 아이스크림을 만드는 데도 지금까지는 손으로 돌렸는데 기계를 만들어서 거기에 소형 모터를 달게 된다. 믹서도 마찬가지다. 그 밖에도 가정에서 여러 가지로 편리한 기구를 쓰게 된다. 그 기구가 회전식이라면 반드시 모터가 붙는다. 그래서 많은 모터가 필요하게 된다.

개중에는 전기냉장고와 같은 회전하지 않는 것처럼 보이는 것도 있다. 그러나 그것도 모터로 가스를 압축해서 냉각시키고 있는 것이다.

이와같이 가정에서도 소형 모터가 여러 가지 형태로 쓰이게 되었다. 한 나라의 생활문화의 수준이라는 것은 대체적으로 모터의 사용 수로 판단할 수 있다고 해도 과언이 아니다. 즉 높은 문화생활을 하는 나라일수록 소형 모터가 많이 필요하다. 나는 오래 전부터 그것을 생각하고 있었다.

쇼와 8년에 우리 회사에서 처음으로 소형 모터를 만들기로 했다. 당시는 소형 모터를 가정에서는 별로 쓰지 않는 시대여서 모터라면 겨우 선풍기 정도이고 그 밖에는 거의 쓰지 않았다. 우물의 펌프는 있었지만 그것은 일부 특수한 가정에만 있었다.

이런 시기에 나는 업계 관계의 신문기자가 모인 자리에서 소형 모터를 제조한다는 얘기를 했다. 나의 회사에서는 그때까지 건전지라든가 회중전등이나 소켓은 만들었지만 모터는 만들지 않았다. 그래서 모인 기자들은 나에게 모터라면 중전기(重電氣) 회사의 영역이지요. 글쎄 건전지로는 다소 성공했을지 모르지만 중전기 계통의 모터를 오사카에서 만들면 과연 잘 되겠습니까──하고 말한다.

그래서 나는 거꾸로 모두에게 질문했다. 모터는 장차 막대한 수요가 있으리라고 생각한다. 우리의 생활이 문화적으로 되어가면 가정에서도 여러 가지 형태로 소형 모터를 쓰게 될 것이다. 그것은 틀림이 없다. 여러분은 지식인이니까 생활문화라는 것에도 당연히 관심을 갖고 계시리라고 생각하는데, 여러분의 가정에서는 소형 모터를 쓰고 있습니까. 거기에 대한 대답은 쓰지 않는다는 것이었다.

그것 보십시오, 나는 말했다. 모두 쓰고 있지 않다는 것은 앞으로 몇 년인가 후에는 여러분의 가정에서도 반드시 몇 대의 모터를 쓰게 된다는 얘기이다. 그것은 10년 후나 20년 후, 혹은 더 먼 장래일지도 모른다. 그러나 반드시 그럴 시기는 온다. 이것은 제로에서 무한대라는 얘기도 되지 않는가. 그러한 장래가 유망한 사업을 내가 하겠다고 하는 것에 대해 여러분이 의문을 갖는 것이 우습다. 그렇게 말해서 크게 웃은 일이 있다.

그로부터 30년이 지나서 나의 회사 가도마 모터 공장에서는 지금 매월 5만 대를 만들게 되었다(쇼와 30년경의 얘기이다.) 그만큼 가정에서도 여러 가지 모터를 쓰게 된 것이다. 그러나 이것은 시작일 뿐이어서 모터의 수요는 더욱 늘리라고 생각한다. 미국에서는 보통 가정에서도 평균 10대는 쓰고, 웬만한 가정이라면 몇십 대나 쓰고 있다. 장차 일본도 그렇게 된다. 스위치 하나로 무엇이든지 움직이는 전화의 시대가 올 것이다.

이상은 《일의 꿈 생활의 꿈》에 수록되어 있는 마쓰시다 고노스케의 얘기이다.

실제로 마쓰시다에서 모터를 만들기 시작한 쇼와 8년 경의 모터 업계는 선발 중정기 메이커의 독점적인 지배에 놓여 있어서 후발 메이커가 끼어들 틈은 거의 없는 것처럼 생각되고 있었던 것이다.

특히 신문기자들도 말했듯이 간세이(關西)의 중전기 메이커는 자라지 못하는 것으로 되어 있었다.

마쓰시다 고노스케는 감히 거기에 도전해서 성공했던 것이다. 다만 그러기 위해서는 앞에서 말한 것처럼 사전에 상세한 조사와 분석하에서 내린 판단이 있었다.

"사업을 해가는 데 있어서 선견지명이라는 것은 극히 중요하다." 하고 말하고, 다시 "내가 이렇게 생각해서 시작한 일로서 벗어난 것이 없다." 하는 마쓰시다 고노스케만이 할 수 있는 일이다.

또한 마쓰시다 고노스케는 일본에서도 머지않은 장래에 한 가정에서 10대의 모터는 쓰는 시대가 온다고 예언했는데 그 전망의 정확함에 놀라지 않을 수 없다.

또 한 사람의 요코즈나(橫綱)는 내가 되겠다

모터도 그렇지만, 전구업계에 진출했을 당시의 일도 마쓰시다 고노스케는 잊을 수가 없다. 마쓰시다 전기가 오사카의 히가시 요도가와구(東淀川區)에 자회사인 내셔널 전구주식회사를 설립하여 전구의 생산을 시작한 것은 쇼와 11년의 일이다.

당시의 전구업계의 일반적인 정세를 보면 이미 외국 메이커와 제휴한 마쓰다 램프가 거의 시장을 70% 가까이나 차지하고 있었다. 그 밖에 이삼류 메이커가 몇십 개사나 있었는데, 마쓰다 램프의 36센(錢)에 대하여 다른 메이커 제품은 10센이나 20센인 형편이어서 마쓰다 램프가 아니면 전구가 아니라는 상태였다. 거기에 진출을 꾀한 것이므로 당연히 처음부터 곤란이 예상되었다. 그런 정세하에서 내셔널은 마쓰다를 의식하여 같은 36센이라는 가격으로 팔기 시작했던 것이다.

거기에 대하여 대리점이나 소매상에서는 일제히 비난의 소리를 퍼부었다. 큰 기득권(旣得權)을 가지고 있는 일류품인 마쓰다와 같은 가격으로 판매한다는 것은 자기 분수를 모르는 폭거라고 주장할 정도였다. 품질이 못하다는 점을 지적해오는 사람도 있었다. 개중에는 내셔널의 전구는 취급하지 않겠다고 하는 사람도 있었다.

그렇게 심하게 말하지는 않더라도 조금 값을 싸게 하고 품질면에서도 더 잘 만들어서 일류품에 뒤떨어지지 않는 것이 나오면 팔아보겠다고 하는 곳도 있었다.

"나는 그러한 도매상이나 소매상들의 얘기를 듣고 당연하다고 생각했다." 하고 마쓰시다 고노스케는 말했다.(《그 의기가 좋다》 PHP연구소 간)

나 자신도 그때의 전구(電球)를 최고의 것이라고 생각하지 않았다. 뭐라 해도 시작한 지 얼마 되지 않아서 마쓰다 램프보다 나으면 나았지 못하지는 않다고 말할 수는 없었던 것이다. 그러나 나는 ——그렇습니까, 그렇다면 하는 수 없습니다. 다음에 좀더 좋은 것을 만들면 그때 많이 팔아주십시오,라고는 말하지 않았다. 아니 그렇게 말하지 않고 다음과 같이 말했다.

　——말씀은 지당합니다. 그러나 지금 이 전구를 여러분이 팔아주시지 않는다면 마쓰시다 전기에서는 더 좋은 전구를 연구해서 만들려고 해도 만들 수가 없습니다. 팔아주심으로써 우리는 차츰 더 좋은 것을 만들 수 있는 것입니다. 핑계를 대는 것은 아닙니다만, 나는 여러분이 메이커를 키우는 것도 중요하다는 사실을 생각해주셨으면 합니다. 지금 수많은 전구회사 중에서 요코즈나(씨름꾼의 최고위, 가장 뛰어난 것을 뜻함) 격은 한 회사뿐인 상태입니다. 이래서는 업계가 발전하기는 어렵겠지요. 씨름에서도 요코즈나가 한 사람뿐이어서는 별로 발전하지 못해요. 관객도 재미가 없으니까 구경하러 가지 않겠지요. 그런데 두 사람의 요코즈나가 있고 그들이 모두 강해서 어느 쪽이 이길지 질지 모른다면, 그럴 때에는 씨름계라는 것도 인기가 자꾸 오르는 법입니다. 그러니까 여러분, 나를 요코즈나로 만들어주십시오. 지금은 삼류급의 낮은 지위에 있다고 하더라도, 나는 언제까지나 삼류에 머물러 있으려고는 생각하지 않습니다. 여러분이 좀더 참고 준열하게 길러주신다면 나는 반드시 최고의 요코즈나가 되어보겠습니다——하고 성의껏 얘기했던 것이다. 그러자 그 자리에 있던 사람들이 일제히 박수를 쳐주었다. 그리고——그런 식으로 말하면서 팔러오는 사람은 없었다. 그렇게까지 얘기한다면 마쓰시다 전기의 전구를 팔아주자——라고 말해주었던 것이다.

　이러한 부탁이 결코 최선의 방법이 아님을 나도 잘 알고 있었지만 기술이 아직 충분하지 못했던 당시의 마쓰시다 전기로서는 하나의 과정으로서 일면부득이했던 것이다. 더구나 한 개 회사만이 특출한 상태여서 충분한 발전이 꼭 예상되는 것도 아니다. 그래서 나는 장차 반드시 좋은 것을 만들겠다는 신념과 그러한 업계의 모습을 고쳐서 업계 전체의 번영 발전을 가져오고 싶다는 강한 소망에서 감히 그런 부탁을 했던 것이다.

물론 그렇게 공언한 이상에는 마쓰시다 전기로서도 책임을 지고 최고의 전기를 만들지 않으면 안 된다. 그래서 마쓰시다 전기는 그후 문자 그대로 결사적으로 끊임없는 연구와 노력을 거듭했다. 그 결과 내셔널 전구는 국내는 물론이고 어디에 내놓아도 부끄럽지 않은 제품이 되었다. 그렇게 우수한 전구를 널리 세상에 내어놓아서 많은 수요자들이 기꺼이 써주고 있다. 동시에 그것을 통해서 전구업계를 발전시키는 데 도움이 되었다고 생각한다.

이것은 마쓰시다 고노스케가 홋카이도(北海道)까지 전구를 팔러 갔을 때의 얘기다. 미리 견본을 보낸 다음 홋카이도로 가서 업자들에게 모여달라고 해서 그런 얘기를 했던 것이다.

두 사람의 요코즈나론이 재미있다. 분명히 요코즈나가 한 사람뿐일 때는 특별한 일이 없는 한 관객은 몰려들지 않는다. 씨름계 전체로서도 어쩐지 김이 빠지는 느낌이 든다.

그것은 산업계에 대해서도 말할 수 있고 정계에 대해서도 말할 수 있다. 힘이 백중하고 각기 정권을 담당할 능력을 가진 두 정당이 서로 대립한다면 거기에 바람직한 긴장감이 생겨서 좋은 정치를 하겠다는 의욕도 높아지지만 그런 대립되는 정당이 없이 어느 한 당이 영구 정권 위에 버티고 앉아 있다면 정신이 해이해져 정치가 매너리즘에 빠져버리는 것이다. 정치상의 부패도 그런 가운데서 생기기 쉬운 것은 당연하다. 마쓰시다 고노스케는 흔히 이런 예를 들어서 얘기한다. 듣는 상대는 '아아, 과연 그렇군.' 하고 납득한다.

그런데 아무 말도 하지 않고 알아주겠거니 하고 막연히 생각해서는 상대의 이해를 얻을 수 없다. 사람이란 그렇게까지 상대방의 입장에 서서 일을 생각해주지 않기 때문이다. 그리고 품질이 나쁘면 나쁜 점만을, 값이 비싸면 비싼 점만을 따져서 사정없이 다그친다. 그런 것이다. 그러나 이쪽의 입장을 성의껏 설명하면 이해를 얻을 수 있다.

마쓰시다 혼(魂)의 특성을 발휘

이러한 전구업계에의 전력투구에 의한 진출의 성공은 그 자체의 목적달성만이 아닌 부차적인 수확을 가지고 왔다. 승부라는 것에는, 특히 결사적인 승부에는 승부인 동시에 무엇보다도 더욱 귀중한 연찬(研鑽)과 훈련이라는 귀중한 교훈이 얻어진 것이다.

내셔널 전구의 눈부신 품질향상은 그러한 승부라는 비상사태하에서 달성된 것이었다. 평상시의 상황에서라면 좀더 많은 시간을 요했을 일이 거의 순식간에 달성되었던 것이다. 말하자면 그것은 필사의 결정(結晶)이라고도 할 만한 것이었다. 뒤늦게 나선 이 분야에서는 전혀 실적이 없는 메이커이면서도 감히 독점적인 초일류 메이커와 같은 가격을 매겨서 정면으로 도전하고 나선 순간부터 그것은 필사적인 달성목표로써 기술진에게 지워져 있었던 것이다.

또 한 가지는 판매 전 그 자체가 그때까지의 판매전략의 총결산과 같은 의미를 지니고 있었음과 동시에 다시 얻기 어려운 실전연습의 효과를 올린 일이었다. 마쓰시다 정신의 앙양과 단련에 한 몫했음은 말할 것도 없다. 또 그것은 대전(大戰) 후의 일본을 개척한 '밝은 내셔널'의 시대로의 기초공사이기도 했다.

새 분야에의 진출은 여기서 머물지 않았다. 전축, 레코드 플레이어 그 밖의 음향제품에도 손대게 되어서 종합전기 메이커로서의 지위를 구축해갔던 것이다.

정가판매의 사상

쇼와 10년 7월, 마쓰시다 고노스케는 전부터의 염원을 실현시키기 위하여 획기적인 '정가판매운동'을 전개하고 동년 11월에는 그 운동의 일환으로서 연맹점(連盟店) 제도를 발족시키는 데에 성공했다.

이 정가판매는 마쓰시다 전기만이 아니라 이 업계 전체를 위해서도,

그리고 소비자를 위해서도 꼭 하지 않으면 안 되는 일이라고 마쓰시다 고노스케는 전부터 생각하고 있었다.

목전의 이익에만 쫓긴 판매경쟁이 가격 하락을 초래해서 대리점이나 판매점의 이익을 압박하고 있을 뿐만 아니라 업계의 건전한 발전을 방해하고 소비자에게도 쓸데없는 혼란을 주고 있는 현상황으로 보아서 조만간에 어떤 형태로든 정상적인 모습을 되찾을 것이 요망되고 있었던 것이다.

이 '정가판매'의 생각은 이때 비롯된 것이 아니라 전부터의 일관된 주장이었다. '정가'란 사회가 적정한 선으로 '공인'한 가격이다. 당당하게 그것을 주장하는 데에 아무런 거리낌이 없는 가격이다.

그것은 제품 자체의 양보할 수 없는 자기 주장이기도 했다. 그것을 관철시킬 수 없을 만한 제품은 스스로 자신이 없음을 표명하고 긍지를 반납한 것이 된다.

그뿐만이 아니다. 유통질서에 혼란을 일으키고 결과적으로는 소비자에게도 누를 끼치게 된다. 그것은 당연히 메이커에도 영향을 미치지 않을 수 없다. 그런 의미에서 메이커가 최종적인 소매가격에까지 열의를 나타내지 않을 수 없는 것은 책임을 관철시키는 데 있어서 당연했다. 한번 자기 손을 떠나고 나면 유통과정에서 어떤 일이 일어나고 그 영향이 어디로 미치건 알 바가 아니라는 생각은 용서될 수가 없다.

쇼와 10년 7월부터 개시된 마쓰시다의 '정가판매운동'은 마쓰시다 고노스케의 그러한 '비원(悲願)'에 의한 일대 캠페인이었다. 그것이 유통의 현장을 얼마나 밝게 하는가. 파는 사람과 사는 사람을 얼마나 무익한 번거로움에서 해방시키는가. 그렇게 해서 아껴진 노력이 어느 만큼이나 생산적인 일로 돌려져서 유형 무형의 커다란 가치를 만들어내는가. 마쓰시다 고노스케는 그것을 판매선에 대해서 보낸 인사장 속에서 백화점의 경우를 예로 들어 호소하고 있다.

'백화점이 사람들을 끌어들이고 번창하는 것에는 여러 가지 요인이

있겠지만 그 중의 한 가지 이유는 그 밝은 근대성에 있고 거기에는 정
가판매의 합리성이 크게 한몫하고 있다. 그러한 것을 통해서 최근에는
소비자의 의식도 높아져 있고 아울러 판매업자의 자각도 있어서 거래
의 번거로움보다도 정가판매의 공명정대함을 요구하는 경향이 커져왔
다. 이러한 방향으로 밀고 나가 정가판매를 확립시킴으로써 판매업자도
소비자도 함께 이익을 얻을 수 있게 된다. 이야말로 공존공영, 사회생
활 향상에의 길이므로 모쪼록 협력해주시기 바란다.' 하는 내용이었다.
말을 듣고 보면 과연 그대로였다. 터무니없이 싸게 파는 것은 오히려
소비자에게 불안감을 준다. 이 물건은 값을 깎으면 더 깎을 수 있었지
않았겠느냐는 아쉬움도 남는다.

그리고 상품의 가격은 도대체 어떤 면에 근거를 두고 결정되는 것일
까, 하는 막연한 의혹이 싹튼다. 이러한 심리적인 균열은 사회적인 불
신감으로까지 발전되어간다. 그런 의미에서는 역시 과도한 가격으로 상
품을 판매하는 것도 마찬가지다. 과잉 가격도 싸구려도 결코 좋은 사회
의 산물이라고는 말할 수 없다.

또한 마쓰시다 고노스케는 이 운동을 추진함에 있어서 '정가(正價)'
란 '적정가격'이란 뜻이며 반드시 일반적으로 말하는 '정가(定價)'와 동
일하지는 않다는 것을 강조하고 있다. 물론 정가(定價)가 적정가격인
경우도 있다. 영리적인 관점만으로 일방적으로 정가를 정할 수 없는 사
회적 고려라는 것이 작용하기 때문이다.

그러나 그것이 항상 적정하다고는 단정할 수 없다. 영리적 관점이 많
이 작용하거나, 그 반대로 필요 이상의 낮은 자기 평가로 스스로 궁지
에 빠지는 원인을 만들기도 한다.

정가의 뜻은 많이 노력하여 사회적인 가치를 만들어낸 자만이 사회
를 향해서 할 수 있는 정당한 요구이다. 사회가 그것을 인정할 때에 비
로소 그것은 적정 가격으로서의 위치를 획득한다. 거기에 포함되어 있
는 이익은 그 사업에 사업자가 투자한 데 대한 보수로서 사회가 부여하

는 '축복할 만한 것' 즉 보너스이다.

이 정가판매운동은 큰 효과를 거두어 동년 11월에 발족한 연맹점 제도의 기반을 굳히는 역할도 했다. 이 연맹점 제도는 마쓰시다와 대리점과 판매점의 협력관계를 강화시키자는 의도였다.

마쓰시다는 그 호소 가운데에서 "마쓰시다는 제품을 되도록 많이 팔고 대금만 제대로 받으면 된다는 그런 인색한 생각은 가지고 있지 않습니다. 더욱 깊은 교류를 갖고 싶을 뿐입니다."라고 말하고, "주제넘다고 생각할지 모르지만 경영상의 문제에 대해서도 우리가 아는 한에서는 말하도록 해주십시오. 또 여러분도 나와 동반자의 입장에서 우리의 경영에 대하여 느껴지는 점이 있으면 기탄없이 말씀해주시기 바랍니다."하고 적극적인 방침을 내세우고 있다.

사실 연맹점 회의가 있으면 판매점 주인들을 상대로 마쓰시다 고노스케가 직접 자세한 점까지 지도했다. 마쓰시다 고노스케는 이제 커다란 기업을 움직이고 있는 경영자이다. 그런 그가 손님접대부터 상품의 진열방법에 이르기까지 판매점 경영의 요령을 설명하는 것에 판매점 주인들은 의아해했다.

그런데 그것이 하나하나 완전하게 판매 방법의 급소를 찌르고 있는 것이다. 판매점 주인들도 고노스케의 경영 방침에 수긍하지 않을 수 없었다. 좋은 공부를 했다고 감사하는 사람도 있었다.

또 한 가지 판매점 주인들을 감탄시킨 것은 고노스케의 제품에 대한 애정이었다. 고노스케의 태도에는 소비자가 잘못 사용하게 하고 싶지 않은, 그래서 조금이라도 유용하게 써주었으면 하는 마음이 잘 나타나 있어서, 판매점 주인으로 하여금 그렇게 정성을 들인 제품이라고 한다면 소홀하게 다룰 수는 없다. 좀더 조심스럽고 소중하게 팔자는 생각을 갖도록 했다.

이렇게 끈기있는 선의의 공작을 통하여 '경영의 천재 마쓰시다'는 판매조직의 구석구석까지 침투해갔던 것이다.

협력관계의 호소

이렇게 연맹점제도가 발족됨으로써 마쓰시다 전기와 대리점, 판매점
과의 사이에는 한층 강력한 협력관계가 생겨났다. 그 결과를 더욱 굳혀
서 메이커의 책임과 신념을 명백하게 하기 위하여 마쓰시다 고노스케
는 이듬해 대리점계약 갱신에 즈음하여《마쓰시다 전기의 경영정신에
대하여》라는 책자를 배부해서 다음과 같이 호소했다.

우리는 힘껏은 대리점 제위의 은혜에 보답해야 한다고 염원하는
나머지 단지 거기에만 편중해버려서 제조업자로서 필요한 시설과 연
구 확장 등의 일을 잊어버려서는 아무것도 안 되는 것이옵고, 그것은
또한 진정한 의미에 있어서의 보은(報恩)의 길이 아니라 오히려 메
이커로서의 직무에 충실하지 못한 일이라고 믿고 있습니다.

요는 상호의 공존공영(共存共榮)이라는 것을 염두에 두고 무리가
없는 범위에서 될 수 있는 한 대리점 경영의 조성 발전에 힘쓰는 것
이 가장 좋으리라고 믿는 바입니다. 따라서 이런 의미에서의 여러 가
지 입안(立案)은 계약 체결 후라 할지라도 항상 유념해서 여러분의
기대에 따르도록 노력할 결심입니다.

본래 우리의 경영체제는 대리점 및 소매상 제위의 기관으로서 참
된 삼자공영(三者共榮)을 위해서 살려가지 않으면 안 됩니다. 그런데
도 세상에는 왕왕 공급업자의 전도에 관하여 무책임한 말을 하거나
혹은 무시하는 행위를 취하는 사람도 있는데, 적어도 마쓰시다 전기
의 제품에 관한 한 그 공급조직은 완전한 융합 제휴 아래 업계에서
보기 어려운 바람직한 모습을 하고 있다고 믿는 바입니다.

약간 건방진 말씀이기는 합니다만, 이와 같은 것은 폐사가 이미 일
찍부터 일관해서 주장해온 바로서, 나는 제조업자 ── 공급업자(대
리점) ── 소매업자가 각각의 사명을 자각하여 삼위일체의 정신하에

협력해서 그 사명에 매진하는 한 견실한 발전은 저절로 초래되는 것이라고 믿어 의심치 않습니다.

오히려 기업의 대자본화 및 공급의 합리화가 진척됨과 동시에 이들 삼자의 관계는 더욱 긴밀화하여 상호 신뢰를 더욱 두텁게 해나아가지 않으면 안 됩니다. 바꾸어 말하면 메이커는 대리점의 공장이고 대리점은 메이커의 지점이나 출장소라는 관념으로까지 나아가지 않으면 서로에게 좋은 일은 이루어지지 않으리라고 생각합니다.

즉 대리점 제위에 대해서도 되도록 많이 돈만 제대로 지불해주면 그만이라는 소극적인 생각이 아니라, 판매점의 경영에 대해서도 우리의 의견을 말하고 또한 정신적인 면에 있어서도 서로가 계발하여 시대에 부응하는 참된 상도(商道)를 개척하고 건설하는 밀접한 관계를 맺고 싶은 것입니다. 말하자면 좋은 의미로 대리점 경영에 참여하고 싶습니다. 양자가 협력함으로써 서로 번영하고 복지(福祉)가 충만한 생활을 실현시켜야겠다는 생각입니다.

물론 건방진 말을 한다고 생각할지도 모릅니다. 여러분에게 야단을 맞아도, 아니 거래를 끊겠다고 해도 나의 판매, 공급, 제조 삼자의 공존공영의 달성에 정진하지 않으면 안 된다는 생각은 변치 않을 것입니다. 진보에는 끝이 없습니다. 우리는 판매 방법에 대해서도 끊임없이 보다 좋은 방향으로 지향해야만 합니다.

즉 판매점의 경영에 있어서도 굳은 신념으로 때로는 충고를 올릴 일이 생기도록 해주십사 하고 실례가 되는 줄 알면서도 부탁드립니다. 우리의 경영에 대해서도 마음에 걸리는 점이 있으면 가르쳐주시고 주의를 주시도록 부탁드립니다. 여러분의 경영에 참여하고 싶은 마음과 또 여러분이 우리의 경영에 참여해주셨으면 하는 마음이 똑같음을 믿어주셨으면 합니다.

이것은 상용(商用)의 문서라기보다는 정성을 담은 편지이고 연문(戀

文)이다. 마쓰시다 고노스케라는 인간, 그리고 마쓰시다 전기라는 회사
는 언제나 영업상의 정열로 들끓고 있었다.

법인으로 개편 ── 분사제도(分社制度)를 채택

쇼와 10년 12월, 마쓰시다 전기제작소는 개인경영시대에 종지부를
찍고 자본금 1천만 엔의 마쓰시다 전기산업 주식회사(松下電氣産業株式
會社)로 개편되고 이것을 기회로 종래의 사업부제도를 분사제도로 개
편하게 되었다. 모회사인 마쓰시다 전기산업 주식회사는 지주(持株)회
사로서 모든 분사(分社)를 통할하여 관리하게 되었다. 분사제도는 사업
부제도에 있어서 이미 일단 확립되어 있었던 독립채산과 책임경영의
체제를 보다 완전하고 또 철저한 것으로 만들려는 의도에 바탕을 둔 것
이었다.

    마쓰시다 전기산업 주식회사(모회사)　자본금 1천만 엔
    마쓰시다 무선 주식회사(라디오·부품)　자본금 5백만 엔
    마쓰시다 건전지 주식회사(건전지·램프)　자본금 5백만 엔
    마쓰시다 전기 주식회사(배선기구)　자본금 2백만 엔
    마쓰시다 전열 주식회사(전열기)　자본금 2백만 엔
    마쓰시다 금속 주식회사(금속부품)　자본금 60만 엔
    마쓰시다 전기직매 주식회사(관공서 회사 대상 판매)　자본금 10
만 엔
    마쓰시다 전기무역 주식회사(수출입) 자본금 30만 엔
    마쓰시다 전기상사 주식회사(제휴회사 제품의 판매)　자본금 1백
만 엔
    니혼 전기제조 주식회사(합성수지 제품)　자본금 10만 엔

이 중에 마쓰시다 전기무역과 마쓰시다 전기상사는 동년 8월에, 니

혼 전기제조는 쇼와 4년에 이미 설립되어 있었다. 이 밖에 자본과 거래 상에서 밀접한 관계가 있는 다음과 같은 4개의 제휴사가 있었다.

　　내셔널 축전지 주식회사
　　주식회사 오카다 전기상회(岡田電氣商會)
　　아사히(朝日) 건전지 주식회사
　　마스이(增井) 전기제조 주식회사

　　또한 이 개편으로 마쓰시다 고노스케는 개인경영인 마쓰시다 전기제 작소의 '소주(所主)'에서 마쓰시다 전기산업 주식회사의 '사주(社主)' 가 되었는데, 전종업원에게 주는 메시지에서 개편의 이유를 다음과 같 이 설명하고 있다.

　　조직 변경이라고 하지만 내용적으로는 종래와 다를 바는 없다. 세 상에서는 흔히 자본을 다른 곳에서 구한다든가 인재를 구하기 위한 필요성에서 주식회사 조직으로 하는 것을 볼 수 있는데, 우리 사의 경우는 전혀 사정이 다르다.

　　오늘날 마쓰시다 전기는 규모도 상당히 커지고 인원도 증가해서 사회의 일대 생산기관으로서의 실체를 이루고 있다고 생각된다. 따 라서 앞으로 더욱더 이 생산기관을 확충할 책무(責務)가 통감되고 동시에 경영의 실정을 세상에 공개하는 것이 공명정대의 정신에 합 치되는 것이므로 여기에 금번 조직 변경의 첫째 이유가 있다. 오늘부 터 우리 사(社)는 주식회사로서의 경영으로 옮겨지는데 경영방침도 종래와 다른 점이 없고 여전히 모두 서로가 마음을 합쳐서 더욱더 산업보국(産業報國)의 열매를 거두기 바란다.

　　또한 사업부제도를 분사제도로 바꾼 데 대해서는 "주식회사로 개편하는 것을 기회삼아 회사를 열 개 만들었다. 자주 책임체제를 더욱 분명하도록 하기 위해서였다. 모두가 지닌 힘을 백 프로 발휘할 수 있도록 하려는 소망에서였다. 모회사(母會社)의 지도이념에 반하지 않는 한 독주도 또한 크게 바라는 바이다. 각자가 지니고 있는 장점을 멋지게 꽃피울 토양이 이루어졌으면 하는 것이 분사제도에 거는 나의 거짓없는 마음이다." 하고 말했다.

이듬해인 11년에 종래의 4개 제휴사 중에서 내셔널 전구와 아사히 건전지의 양사가 다시 분사로 참여해서 회사는 11개가 되었다. 마쓰시다 전기의 다카하시 고타로(高橋荒太郎) 회장은 이때 아사히 건전지와 함께 마쓰시다의 산하에 들어온 것을 계기로 마쓰시다 고노스케에게 인정을 받아 마쓰시다의 사람이 되었던 것이다. 장차 사업(社業)을 맡기기에 족한 인재를 이때에 마쓰시다 고노스케는 얻었던 것이다.

이렇게 해서 약진이 현저한 마쓰시다 전기산업 그룹은 종업원 총수 4,970명, 연간 생산판매액은 1,620만 엔에 이르러서 마쓰시다 전기는 창업 후 20년도 되기 전에 경이적인 발전을 이루어 명실공히 전기기구의 대표적인 메이커의 하나가 되었다.

이렇게 해서 마쓰시다 호는 '어엿한' 체제로 들어섰는데 이때에 마쓰시다 고노스케가 경계해마지 않았던 것은 가도마(門眞) 지역에 진출했을 때와 마찬가지로 '정신의 해이(解弛)'라는 것이었다.

'마쓰시다 전기가 장차 아무리 커지더라도 항상 일개 상인이라는 관념을 잊지 말고, 종업원 또한 그 점원임을 자각해서 소박겸양을 염두에 두고 업무에 임할 것'이 경영 전반에 걸친 마음가짐으로서 '기본내규' 안에 정해진 것은 그 때문이다. 그것은 까불다가 하늘로 날아 올라가는 일이 없이 언제나 발바닥을 땅에 붙이고 있으라고 하는 것이었다. 마음의 앞치마를 두르고 손님 앞에 겸허하게 허리를 굽히는 자세를 잃지 말라는 것이었다.

"나는 사업이 상당히 커지고 나서도 오랫동안 개인경영이었던 때처럼 운영해나갔다. 개인경영을 하게 되면 모든 책임을 직접 떠맡음으로써 용감해지고 각오도 새로워지기 때문이었다. 나는 그것이 좋았다. 그것은 물건을 만드는 자의, 또 장사를 하는 자의 겸허함이나 소박함과도 통하는 것으로 생각했다."라고 마쓰시다 고노스케는 말하고 있다.

기업 자체가 커져서 자연적으로 법인으로 개편되었는데도 그가 사장 (社長)이라고 하지 않고 굳이 사주(社主)로 한 데에는, 아무리 조직이 커지더라도 그만한 일에는 현혹되지 않겠다는 창업시부터의 외줄기 생각을 똑바로 관철시켜가겠다는 자계(自戒)가 담겨져 있었던 것이다.

처음 방송

마쓰시다 고노스케가 '실업도(實業道)를 말한다' 하는 제목의 강연을 오사카 중앙방송국(NHK)에서 라디오의 전파에 실었던 것은 쇼와 11년(1936) 7월 10일의 일이다.

이것은 쇼와 10년에 발족한 청년학교와 협력하에 짜여진 청년 상대의 교양프로로, 각계에서 일가를 이루고 있는 대표적 인물이나 유명인이 강사가 되어 그때마다 각각의 테마로 얘기를 한다.

한더위 때여서 방음용(防音用)의 두꺼운 벽으로 둘러싸인 스튜디오 안은 한증막 같았다. 냉방장치는 물론이고 선풍기도 소리가 나므로 사용할 수 없었다.

흰 모시의 정장을 단정하게 차려입은 마쓰시다 고노스케의 이마에는 땀이 배어나고 있다. 손수건을 꺼내 땀을 닦는다. 그 행동에도 긴장이 엿보인다.

이윽고 초읽기가 시작되고 방송 개시다. 아나운서의 소개를 겸한 인사말에 이어서 마쓰시다 고노스케가 입을 연다. 자기 소개에 이어서 본론으로 들어간다. 특별하게 웅변이랄 정도는 아니지만, 더듬거리는 가운데서도 그런 대로 뜻을 담은 얘기 솜씨이다.

마쓰시다 고노스케로서는 처음 방송이었지만 일찍이 생각해온 실업인의 사명과 신념을 토로한 매우 좋은 얘기를 했다. 그는 30년 전에 자기가 오사카에 나왔을 당시는 실업에 종사하는 동기가 대부분 입신출세와 돈벌이라는 이기적인 것이었지만, 지금은 시대도 변하고 실업에 종사하는 사람의 의식도 변해서 사회를 위해서라는 자각을 갖게 되었다고 말하면서 다음과 같이 얘기했다.

메이지(明治) 378년경의 오사카는 아직 전차도 자동차도 없어서 교통수단은 인력거 정도였다. 자전거는 고급품으로서 가끔 눈에 띌 정도인데 대부분이 외제품이었다.

그런데 지금은 어떤가. 전차는 구석구석까지 달리고 자동차도 증가했으며, 일찍이 사치품이었던 자전거는 신발의 대용품이 되었다. 이것은 교통수단의 한 예지만, 이러한 진보와 생산의 증가는 산업의 모든 분야에 대해서 말할 수 있는 일이다. 생산에 종사하는 자는 이 발전을 지속시키고 더욱 충실해지도록 노력하는 데에 사명이 있고 거기에서 실업도 성립된다.

이러한 자각에 입각해서 일에 정진하는 것이야말로 성공과 번영의 길이다. 세상에 공헌하는 양이 많을수록 그 사업은 발전한다. 그렇지 않은 방법으로 성공한 예가 없는 것도 아니지만 그것은 공중누각(空中樓閣)과 같은 것이어서 결과적으로는 사회를 해치고 스스로도 해치게 된다.

지난날 이런 일을 목격했다. 공원을 거닐고 있는데 어떤 부랑자가 만년필을 만지작거리고 있었다. 전에는 만년필이 값비쌌기 때문에 상류계급의 신사들만 사용했었다. 그런데 그것이 점점 대량생산을 하게 되고 값도 싸져서 일반 샐러리맨으로부터 학생과 사환 등 모든 사람들이 편리하게 사용하도록 되었다. 그것이 지금 부랑자까지 갖고 있음을 나는 보았다. 문화란 이런 사실을 말하는 것이 아닐까. 그것을 추진해가는 데에 실업에 종사하는 사람의 기쁨도 있다. 나는 대단히 유쾌했다.

몇 년 전에 건설된 한신국도(阪神國道)나 게인한국도(京阪國道)가 우리에게 주는 편익을 대단한 것이다. 이 국도에 사용된 시멘트의 양도 역시 대단한 것이다. 대시멘트 회사의 몇 개월분의 생산량에 해당하리라.

앞으로 이러한 도로가 전국적으로 건설될 필요가 있고, 그러기 위해서는 현재의 시멘트 회사 전부가 총력을 기울여도 필요량을 충당시킬 수는 없을 것이다.

현재는 시멘트가 공급과잉의 상태이지만, 이러한 전망에서 볼 때 그런 상태는 결코 오래는 가지 않으리라고 생각한다. 우리 나라같이 기복(起伏)이 심한 국토에서는 토목공사의 완성이야말로 문화의 기초이다.

산업도로의 개발도 그렇지만, 물자의 수요도 공급이 있는 곳이면 반드시 이것을 활용할 길이 열린다. 그런 의미에서 생각한다면 산업에 종사하는 사람에게는 아무리 일해도 다하지 못할 커다란 작업이 남겨져 있는 것이므로 주저하지 말고 오로지 생산을 증가시키는 일에 노력해야 한다.

또한 마쓰시다 고노스케는 오늘날의 실업계에 있어서 가장 귀중한 것은 '얻으려고 한다면 먼저 주어라' 하는 신조이고 실업의 길은 봉사의 세계라는 것으로 통한다고 말했다.

쇼와 7년 5월의 창업기념일 이래로 기회가 있을 때마다 주장해온 주선율(主旋律)이 여기에 와서 더욱 음색이 깊어졌다는 느낌이 든다. 이 강연을 통하여 마쓰시다 고노스케는 일하는 젊은이들에게 철학을 부여한 것이다. 나중에 마쓰시다 고노스케는 강연의 성과에 대하여 이쇼쿠 도시오에게 물었다. 천진난만해서 치기(稚氣)를 숨기지 않는다.

"아주 좋았어요. 어떤 기분이었지요?"

"응, 그다지 긴장되는 일이 없었지만 더운 데는 두 손 들었네."

그렇게 대답하면서 마쓰시다 고노스케는 평소에 사내에서 훈시를 하거나 연맹점 회의 등 여러 장소에서 얘기를 해온 것이 도움이 되었다고 생각했다.

이 방송은 마쓰시다 고노스케에게 있어서 라디오라는 매체를 통해서의 최초의 의견발표였을 뿐만 아니라 산업계에 이런 사람이 있다는 인상을 세상에 심어준 기념할 만한 사건이 되었다. 그러나 이때 긴 전쟁시대를 고하는 군화(軍靴)의 소리는 서서히 높아져가고 있었다.

제4장 전시하(戰時下)의 마쓰시다 경영
—— 견디어낸 나날

꺼지지 않은 경영의 등불

경영자는 많지만 경영가(經營家)는 적다. 특히 위에 큰대(大) 자가 붙는 대경영가라면 극히 드물다.

그럼 경영자와 경영가는 어떻게 다른 것일까. 경영자라면 회기말(會期末)에 장부를 앞에 놓고 한숨만 내쉬는 적자 상점의 주인도 경영자이고, 대기업의 경영자라 해도 '그 사람은 경영자로서 실격이다' 하는 말을 듣는 평범한 혹은 무능한 경영자도 그 지위에 있는 한은 경영자이다.

재치가 뛰어나서 돈벌이를 아무리 잘 해도 그것만으로 경영가라고는 말할 수 없다. 경영가의 '가(家)'란 고도의 경영전문가로서의 프로페셔널을 의미하고 경영을 통해서 사기업을 넘어선 보다 큰 가치를 만들어내는 것을 의미한다. 넓은 시야와 전망을 가지고 그 위에 서서 '경영'을 행하는 것임을 의미한다.

작은 공장에서 출발하여 대경영가로 자신을 완성시켜간 마쓰시다 고노스케가 걸어온 길은 전인(前人)의 발자국이 남겨져 있지 않은 희귀한 길이었다. 교토 대학(京都大學)의 에다 유지(會田雄次) 교수는 거기에 대하여 르네상스 시대의 이상적인 인물상인 '짝이 없는 사람'이란 존칭을 아낌없이 그에게 바치고 있다.

쇼와 10년대 초에 마쓰시다 고노스케는 일념하는 자세로 대경영가의

길을 걷고 있었다. 자나깨나 오로지 경영이었다. 경영이란 그에게 있어
서 산다는 것과 동의어이기조차 했다. "마쓰시다 고노스케라는 인간의
어디를 두드려도 튀어나오는 것은 경영이라는 소리뿐이다." 하는 말을
들을 정도였다.

그런 그에게 쇼와 12년(1937)에 시작되어 20년에 끝나는 전쟁시대
는 그 경영에 심한 제약을 받아서 뜻을 굽히지 않을 수 없었던 한 시기
이기도 했다.

"만약 전쟁이 없었더라면 사업은 더욱더 확장되었을 것이다. 그리고
쇼와 7년 5월 5일에 얘기한 250년 계획도 실현에의 길로 나아갔을 것
이다." 하고 그 자신도 말하고 있다. 마쓰시다 경영이 지금 이상으로
발전한 모습은 상상조차 못 할 정도이지만, 전쟁 중만이 아니라 전후의
점령하에 있으면서 굴복을 강요당한 몇 년간도 포함해서 10년 이상의
사실상의 공백이 있었음을 고려하면 그런 개탄도 수긍이 간다.

민수(民需)를 잊지 말라

쇼와 12년 7월 노구교(蘆溝橋)의 한 발의 총성에서 발단된 중일전쟁
(中日戰爭)은 순식간에 요원의 불길처럼 번지고 거기에 따라서 정치,
경제, 문화 등 모든 면에서 전시 통제가 심해졌다.

쇼와 13년에 들어서는 그때까지 마쓰시다가 손대고 있던 품목 가운
데 전기 스토브와 전기 곤로 등의 모습이 차례로 사라져갔다. 사치품이
라고 해서 생산이 금지되었던 것이다.

그 밖에 생산이 허용된 품목이라도 원료와 자재면에서 통제가 심해
지고 고용이 통제되었기 때문에 마쓰시다는 종래의 전기기구를 생산하
는 한편 차츰 군수품(軍需品)에의 협력 범위를 넓혀갔다. 그것은 우선
전부터 만들고 있던 건전지, 배선기구, 무전기 등을 군에 납품하는 것
으로 시작되어서 일부 병기(兵器)의 부품에까지 이르렀다. 그때까지 마
쓰시다가 평화산업으로서 해온 것은 그 나름으로의 생각에 바탕을 둔

것이었다. 그런 마쓰시다라 할지라도 시국의 준엄한 요청을 외면할 수는 없었다. 체질적으로는 꼭 군수산업으로의 원활한 전신이 가능한 조건은 아니었지만, 그래도 그가 지니고 있는 기술 가운데는 그대로 군수면에 활용할 수 있는 것도 적지 않았다.

"그러나 어차피 할 바에야 지겨워한다든가 강제로 하지는 말자고 생각했다. 일이 여기까지 다다른 이상 국가 비상시의 요청에 응하는 것이 국민으로서 산업인으로서의 책무라는 신념하에 일에 임했다. 그러나 그것에 몰두해서 산업인으로서의 본연의 자세와 경영의 본질을 잊어버리는 일이 없도록 자성(自省)을 엄하게 했다."고 마쓰시다 고노스케는 말하고 있다.

쇼와 14년 3월에 사원들에게 보낸 사주의 통보는 그것을 성문화시킨 것이었다. 처음에 '경영의 각오'로서,

(1) 경영이든 장사든 이는 모두 공사(公事)이다. 장사를 소중히 하여 그 길에 진력함은 군국(軍國)에 충성을 바침과 마찬가지다. 따라서 장사는 항상 공적인 마음가짐으로 하고 조금이라도 사심이 끼어들지 않도록 유의할 것.

(1) 훌륭한 경영은 사회에 유익하고, 나쁜 경영은 사회를 해친다. 그러므로 훌륭한 경영을 하기 위해서는 각자 심신을 다 바칠 것.

(1) 거래선을 소중하게 여겨서 사은(謝恩)의 생각을 게을리 말며, 그 번영을 위해서 항상 분골쇄심(粉骨碎心)함은 또한 사회에의 보은의 첫걸음임을 명심할 것.(원문대로)

여기에는 특별하게 전쟁에 협력한다는 말은 나와 있지 않다. 단지 언제나와 같이 경영에 노력하고 판매에 애쓰라는 말이다. 그 말의 이면에 있는 것은, '전시하이기 때문에 전쟁에 협력은 하지만 군이 결코 고객이 될 수는 없다. 고객은 어디까지나 국민 전체이므로 국민에게 정성을

다해 봉사함으로써 경영이나 장사는 공적인 영위가 되고, 그것을 통하여 국가 사회의 번영에도 공헌하게 된다'고 하는 평화시의 사상이다. '우리는 본업을 잊지는 않는다. 또한 본업의 고객을 잊고 있지도 않다.' 하는 주장이기도 했던 것으로 추측된다.

이어서 '경제의 각오'로서,

(1) 우리는 실업인으로서 경제관념의 함양이야말로 으뜸이다. 특히 근래에 과학의 발달이 현저하고 경영도 또한 과학적인 경영이 요망되는 오늘날, 기술자나 연구자에게 경영경제의식이 뚜렷하지 못함은 모든 점에서 회사의 흥망을 좌우하는 것이므로 이 방면에 종사하는 자는 깊이 이에 명심하여, 소위 학구적 연구나 경영에 부응하지 못하는 연구에 빠지지 않도록 연구도 하나의 경영이라는 것을 명심할 것.

(1) 모든 경비는 들어오는 것을 계산해서 나가는 것을 억제하는 마음으로서 비용의 용도를 항상 검토하여 결코 천하의 재화를 낭비하지 않도록, 영업 제비용은 말할 것도 없고 각부 전반에 걸쳐서 정비 정돈에 충분히 유의하고 여러 비품이나 공구 소모품을 가장 소중히 여겨서 이를 사용하도록 마음을 쓸 것.(이하 생략)

여기에서 주장하고 있는 것은 고도의 전문인으로서의 자각이고, 그것은 또한 전원의 마음가짐이기도 하다는 전부터의 전원경영의 호소이다. 또 경제양생훈(經濟養生訓)이라고도 할 만한 자금이나 자재, 기구, 소모품 하나에 이르기까지의 활용상의 훈계였다.

세 번째에는 '가원 지도 및 각자의 각오'로서 부하를 지도할 책임에 있는 자의 마음가짐에 대하여 말하고 있다.

(1) 사람의 역량과 적성은 일조일석에 알려지는 것이 아니다. 한 가지에는 뛰어나도 다른 일에는 그렇지 못한 자도 있다. 오랜 세월에

그 적성을 찾아내어(이하 생략)

로 시작되는 각 조항은 위에 있는 사람이 일상의 업무를 다루는 동안에 자칫 잊어버리기 쉬운 일에 대하여 새삼 주의를 환기시키고 있다. 모든 것이 특히 전시하이기 때문이라는 것이 아니라 기업이 부단한 각오로서 지니고 있지 않으면 안 될 사항뿐이다.

이와 같은 집요하다고 생각될 정도의 자성(自省)은 다시 쇼와 15년 1월의 '경영방침 발표회'에서 밝혀진 '우량품 제작 총동원 운동'으로 결실되어간다.

"우리가 산업인으로서 참된 신용을 획득하려면 제작부문이건 판매부문이건 모든 점에서 수요자가 원하는 바에 완전히 합치하여 충분히 쓸모가 있는 우량품 이외에는 단 하나라도 제작하지 않고 판매하지 않는다는 방침하에 이를 엄수하는 길밖에 없다. 단순히 제작에만 머물지 말고, 우리 회사제품에 관해서는 그 유통의 끝까지 유의해서, 과연 수요자에게 만족을 주는지 서비스에 불친절은 없는지를 세심하게 검토함으로써 비로소 완벽을 기할 수 있다."고 하는 것이 그 운동의 취지이다.

품질 저하에의 제동

이것은 물자의 부족이나 통제의 강화로 인한 구매시장의 추이로서 생산의 양과 질이 모두 저하되어가는 정세 속에서, 거기에 편승한 안이한 제조가 행해지지 않도록 하기 위한 경계였다.

사정이 나빠질수록 제품의 질의 저하를 막기 위해서 더한층의 노력이 경주되지 않으면 안 된다. 그래서 구체적으로 다음과 같은 실천목표가 내세워졌다.

1. 제품에는 친절미와 정다움과 우아함과 여유가 다분히 포함된 것을 만들어내어 수요자가 좋아하도록 하는 것을 근본적인 신념으로

할 것.

2. 경영의 본질을 잘못 알고 이윤에만 구애되어서 자재의 용법, 제품의 내용, 공작의 방법 등에 무리가 생김으로써 제품을 저질화하는 일이 흔히 있으니 특히 이 점에 유의할 것.

3. 항상 업계의 움직임과 시장에 관심을 가져서 다른 업자의 상품과 당사의 상품을 비교 연구조사를 하여 어떠한 미세한 부분일지라도 손색이 없는 것에 제작을 기할 것.

4. 각종 통제가 강화되어 자재 기타에 상당한 곤란은 있겠지만 여기에 구애되어 너무 자재를 절약함으로써 자연히 제품의 저질화를 초래하는 일이 없도록 주의할 것.

5. 내셔널의 상표는 그 제품의 긍지를 나타내는 것임을 염두에 두고 조금의 틈도 없는 제품을 만들 것.

6. 제품의 물적 요소인 자재와 공구는 현시국의 통제하에서는 어느 업체나 같은 형편이겠지만 심적 요소인 작업원의 동작은 그 지도 훈련에 따라서 현격한 차이가 생기니 특히 이 점에 관심을 가질 것.

7. 이상의 여러 점을 돌이켜보아서 조금이라도 걸리는 점이 있다면 어떤 희생을 치루더라도 당장에 시정 개선할 대책을 세울 것.(이상 원문 그대로)

어떠한 생산조건의 악화가 있더라도 그것을 육탄으로 막아내서 조금이라도 제품의 조악화를 가져오는 일이 없도록 노력하는 결의가 엿보인다.

매년 연초에 행하는 경영방침발표회는 지금도 계속되고 있는데 그것은 이때에 시작된 것이다. 또한 이 운동은 1년간에 걸쳐서 전개되어 여러 사정이 급속하게 악화되는 가운데서도 제품의 질을 유지하는 커다란 힘이 되었을 뿐만 아니라 곤란 속에서도 무엇인가를 생성해간다는 마쓰시다의 기술적 체질을 이룩해갔다.

"사람에게나 기업에게나 반드시 기회라는 것은 몇 번인가 주어진다. 문제는 그 기회를 잡아서 살리느냐 못 살리느냐다." 하는 마쓰시다 고노스케의 말에서는 독수리와 같은 날카로운 눈으로 기회를 엿보는 태세가 느껴진다. 그와 같이 기회에 맞서갈 때 전시하의 결핍도 창조의 모태(母胎)가 될 것이다. 그리고 그 힘은 전국(戰局)의 확대에 따라서 불가피하게 물자가 궁핍되어가는 가운데서도 유감없이 발휘되었다. 결과적으로는 전쟁 전체의 열세를 만회해주는 데까지는 가지 못했지만, 그 여러 가지 기술적인 달성과 창조적인 성과는 전쟁이 끝난 후에도 활용되게 되었다.

목수가 기사 대신

마쓰시다 고노스케가 군으로부터 목조선(木造船)의 제조를 요청받은 것은 쇼와 16년(1941) 말에 시작된 태평양 전쟁이 1년쯤 지났을 무렵의 얘기였다. 들어보니까 250톤 정도의 것인 모양이다.

"어째서 우리가 배를 만들어야 합니까?" 하고 물으니까, "당신네 말고는 이 일을 할 수 있을 만한 곳이 없으니까."라고 한다. 대답이 될 것도 안 될 것 같기도 하고 같은 얘기인데, 어쨌든 신용의 결과이다.

다만 마쓰시다는 이미 군용무전기의 부품과 무전기의 본체, 항공기용 전자장치, 방향탐지기, 레이더, 군수용 진공관, 건전지 등 외에도 항공기용 경금속의 원료인 고순도 금속망간과 같은 것도 만들어서 군으로부터 주목받고 있었다.

그뿐만이 아니다. 합성수지의 적층판(積層板)이나 그것을 활용해서 항공기용 프로펠러와 합판(合板) 같은 것까지 군의 요청으로 만들었다. 이것은 마쓰시다의 자회사의 하나인 마쓰시다 전공에서 하고 있었는데, 그 때문에 회사 이름도 마쓰시다 항공공업으로 고쳐졌다.

이런 일도 있었으므로 군으로서는 마쓰시다에게 배를 만들도록 하자는 착상도 그다지 엉뚱한 것은 아니었던 모양이다. 폭넓게 군의 요청을 소화시켜주는 마쓰시다의 기술력, 생산력, 개발력에 기대하는 바가 그만큼 컸던 것이리라.

그러나 마쓰시다로서는 그렇게 간단히 떠맡을 수 있는 일이 아니었다. 전혀 경험하지 못한 영역이다. 단 한 사람의 기술자나 조선 경험자가 있는 것도 아니었다. 이번만은 안 되겠다고 사퇴를 청했지만 군은 집요한 요청을 되풀이했다.

급박한 전국과 함께 해상수송력도 역시 극도로 부족해졌다. 그 때문에 한 척의 목조선이라도 필요하다고 거듭 청하는 데는 거절할 수가 없었다.

그 요청에 응하기 위해서 쇼와 18년 4월 1일에 마쓰시다 조선 주식회사(松下造船株式會社)가 잔금 1천만 엔으로 설립되었다. 회장 마쓰시다 고노스케, 사장 이쇼쿠 도시오, 상무 사카이 호조(酒井朋三)라는 진용이다. 공장은 오사카 부(大阪府)의 사카이(堺)와 아키다 현(秋田縣)의 노다이(能代)에 세워져서 곧 조선작업을 개시하게 되었다.

그러나 이미 말한 바와 같이 조선에 관해서는 경험이 전혀 없다. 회사가 발족할 때에 모집한 네댓 명의 목수를 제외하고는 모두 처음이어서 기사라고 할 만한 사람도 없었다. 말하자면 배 만드는 목수가 기사 대신이라는 식이었다. 과연 배가 만들어질 수 있는지가 의문이었다.

더구나 군은 하루에 한 척을 만들라는 엄청난 요구를 해왔다. 거기에 응하기 위해서는 단순히 배를 만들 뿐만 아니라 공정(工程)을 가능한 한 합리화시켜서 생산량을 늘릴 필요가 있다.

독창적인 조선공정(造船工程)

실제로 그 계획을 맡은 것은 사장인 이쇼쿠 도시오이다. 이쇼쿠는 기술자의 의견도 들으면서 침식도 잊다시피 하면서 계획을 짜냈다.

마쓰시다는 조선에 관해서는 전혀 문외한이다. 군의 요청으로 목조선을 만드는 회사는 그 밖에도 10여 개 사가 있었는데 문외한이 거기에 참여해서 뒤지지 않는 성적을 올리기 위해서는 대담한 생산방식을 채택하지 않으면 안 된다. 어차피 할 바에야 "네, 배는 그럭저럭 만들어졌습니다. 대수를 올릴 수는 없겠지만, 조금씩 만들어보겠습니다." 하는 식으로 할 수는 없다. 마쓰시다의 체면에도 관계되는 일이었다.

마쓰시다 고노스케는 이쇼쿠 사장과 사카이 상무에게 일임한 후 독려하면서 경과를 지켜보고 있었다.

그런 어느 날 밤, 니시미야 시(西宮市)의 마쓰시다 고노스케 집에 이쇼쿠 사장과 사카이 상무가 함께 상기된 표정으로 찾아왔다.

"회장, 일관작업(一貫作業) 방식으로 배도 만들어보기로 했습니다." 그들은 마쓰시다 고노스케의 얼굴을 보자마자 그렇게 보고했다. 본래 마쓰시다의 라디오 공장에서 하고 있던 일관작업에 의한 양산 시스템을 조선에도 적용시켜보자는 것이다. 과연 목조선도 나무 상자이다. 라디오도 나무 상자이다. 라디오와 목조선은 전혀 다르지만 조립하는 작업공정 면에서 보면 응용할 수 있는 점이 많았다.

이런 발상이 생겨나는 것도 라디오의 생산을 통해서 일관작업방식이라는 것을 완전히 자기 것으로 만들고 있기 때문이다.

그러나 그렇다고 해서 그것이 실제로 잘될지 여부는 작업에 들어가보지 않고는 모른다.

"괜찮을까?" 하고 마쓰시다 고노스케는 일말의 불안을 표명했다.

"문제없이 되리라고 생각합니다." 두 사람은 합창하듯이 대답했다.

"좋아. 그렇게 해보지."

이럴 때의 마쓰시다 고노스케의 결단은 빨랐다. 거의 직관적으로 사물의 본질을 파악하여 판단을 내린다.

이를테면 부하가 무엇인가 시작품(試作品)을 마쓰시다 고노스케에게 가지고 간다. 그러면 마쓰시다 고노스케는 그것을 손바닥에 올려놓고 무게를 달듯이 가볍게 두세 번 흔든 다음에,

"응, 이것은 놋쇠 부분을 줄여서 좀더 가볍게 하면 괜찮겠군." 하고

말한다. 그것이 또한 실로 적중된다. 결정은 순간적이지만 거의 틀리는 일이 없었다.

"백 퍼센트 확실한 전망이라는 것은 있을 수가 없다. 너무나 소중하게 다루어서 전망이 서기를 기다려 일을 시작한다면 대개의 경우 시기를 잃게 되기 쉬운 법이다. 사태는 움직이고 있는 것이다. 육십 퍼센트의 전망만 서면 좋다고 해야 한다."라고 마쓰시다 고노스케는 말하고 있다. 60%의 가능성만 보이면 일은 해볼 만하다는 것이다.

이때도 그랬었다. 이쇼쿠 사장의 말을 듣고 '응, 이건 될 것 같다.' 하고 순간적으로 판단했던 것이다.

오르는 개가(凱歌), 목표달성

마쓰시다의 조선 공장에는 여러 가지의 창의(創意)가 동원되었다. 그 첫째는 배가 도크 안에서가 아니라 육상에 세워진 통과식인 일단의 공장에서 만들어진다는 것이다.

그것은 일관작업 시스템이 필연적으로 요구한 형식이다. 어떤 것인가 하면, 한 동 안에 두 공정을 소화하는 설비를 갖춘 건물이 4동 한 줄로 늘어서 있다. 그곳을 한 개의 레일이 관통하고 있다.

맨 앞쪽 공장에서는 레일 위에 수레를 얹고, 먼저 그 위에 용골(龍骨)을 앉히고 그런 다음 늑골(肋骨)이 세워진다. 이 두 공정이 끝나면 수레는 골격만인 선체를 실은 채 다음 동으로 이동한다.

이렇게 해서 선체를 실은 수레가 이동함에 따라 차츰 배의 형태가 갖추어진다. 그리고 네 번째 동에서 여덟 가지 공정이 끝나면 완성되어 수레째 레일 위를 미끄러져 바다로 가는 순서이다.

이 방식으로 하면 하루에 한 공정씩 해서 최초의 배는 진수(進水)까지 8일이 걸린다. 그러나 계속해서 순서에 따라 공정을 거쳐가면 9일째 이후는 매일 한 척씩 진수시킬 수 있다는 계산이다.

다만 그러기 위해서는 모든 공정이 지체없이 소화되도록 작업이 원활하게 진행될 필요가 있다. 가령 한 군데라도 고장이 생기면 그것이 전체의 진행을 막게 되어 당장에 생산 대수의 저하를 초래한다.

이 당시로서는 전혀 다른 예를 찾아볼 수 없었던 이 독창적인 시스템이 하나의 시험대이기도 했다.

처음에는 약간의 차질도 있었지만 마쓰시다 조선의 종업원들은 활기에 넘쳐서 그 독창적인 일에 도전하여 훌륭하게 목표를 달성했을 뿐만 아니라 목조선을 만들고 있던 10여 개 사 안에서도 수위의 성적을 올릴 수가 있었던 것이다. 그야말로 마쓰시다다운 도전방법이다.

또한 이렇게 해서 만들어진 배에는 200마력의 엔진을 달도록 했는데, 이것도 처음에는 전문 메이커의 것을 사용할 예정이었지만 제대로 공급되지 않아서 마쓰시다 금속에서 엔진의 생산까지 맡게 되었다.

목제(木製) 비행기 생산에 나서다

일이 일을 부른다는 말처럼 자연적인 기세는 어쩔 수 없는 모양이다. 배에 손을 댄 마쓰시다는 다음에는 항공기의 기체(機體)를 만들어야 했다. 해군 항공본부장인 오니시 로지로(大西瀧治郎) 중장에게 눈에 띄어 억지로 일을 떠맡았던 것이다. 두 번 세 번 거절했지만, 나중에는 군의 명령이라고 말했기 때문에 승낙하지 않을 수가 없었다. 이렇게 해서 사장에 가메야마 다케오(龜山武雄)를 앉히고 자본금 1천만 엔의 마쓰시다 비행기 주식회사가 설립되었다. 이것도 독특한 일관작업식으로 진행했는데 조선공법의 성과가 군의 눈에 띄었기 때문이었다. 그래서 같은 방식으로 비행기도 만들어달라고 했던 것이다.

다만 비행기의 기체는 강화합판(强化合板)에 의한 목제 비행기였다. 이미 비행기의 재료가 되는 경합금은 바닥이 나고 있었으므로 목제 비행기를 띄운다는 것은 전쟁을 수행하는 데 있어서 달성하지 않으면 안 될 지상의 명제였다.

그러나 마쓰시다에 그런 기술이 있을 턱이 없다. 마쓰시다에서는 이미 마쓰시다 항공공업에서 프로펠라 등 부품관계를 생산하고 합판에도 손은 대고 있었지만, 비행기 몸체를 만들리라고는 꿈에도 생각해보지 않았다. 엔진은 미쓰비시(三菱)가 담당하고, 기체에 사용하는 강화합판(바깥쪽을 베이클라이트로 굳힌 것)에 대해서는 해군이 개발 중이었으므로 그 지도를 받을 수가 있지만, 그렇더라도 대단한 일이다. 앞서의 조선 작업 때보다 몇 배나 되는 난제(難題)를 떠맡은 셈이었다. 그러나 군도 일부러 마쓰시다를 골탕먹이려고 그런 난제를 준 것은 아니다. 전쟁의 수행에는 난제가 따르게 마련이다. 그들은 마쓰시다라면 거기에 부응해주리라고 믿고 있었다.

그 앞에 이런 일이 있었다. 요코스카 항공기술창(橫須賀航空技術廠)의 사나미지로(佐波次郎) 해군소장이 기체관계의 과장이었을 무렵에 도요다소에다케(豊田副武) 해군대장을 수행해서 가도마에 있는 마쓰시다의 라디오 공장에 견학을 왔다. 마쓰시다 고노스케의 안내로 공장 안에 발을 들여놓는 순간 사나미 소장은 감전이 되듯이 피부에 전해져오는 무엇인가를 느꼈다. 그것은 공장 안에 넘쳐나고 있는 작업원들의 열기와 같은 것이었다.

더구나 그것은 경영자가 군의 고관을 데리고 왔기 때문에 만들어낸 꾸며진 긴장이 아니었다. 평상시 그대로임을 소장은 금방 알 수 있었다. 평상시에 잘하는 사람은 특별한 일이 있다고 해서 꾸미거나 하지는 않는다. 그것이 당연한 것처럼 행해지고 있는 것을 보고 사나미 소장은 감동했다. 이후로 소장은 마쓰시다에 강한 관심을 갖게 되었고 오사카 방면에 갈 때마다 마쓰시다 공장을 견학하여 더욱더 그 사풍(社風)에 끌렸다고 한다. 그때부터 마쓰시다는 사나미 소장에게 있어서 믿을 만한 회사가 되었다.

해군이 목제 비행기를 만들게 되었을 때 요코스카 항공기술창의 비행기부를 거느리고 거기에 임한 것도 사나미 소장이고 민간업자 중에서 마쓰시다를 기용한 것도 그 사람이다. 이렇게까지 '잘보인' 것이라면 난제라 하더라도 의기에 감복해서 떨치고 일어서지 않을 수 없었다. 마쓰시다는 거사적(擧社的)인 체제로 여기에 매달렸다.

내재(內在)하는 규율

사나미 소장을 감동시킨 마쓰시다의 사풍이란 어떤 것이었을까. 군인을 감동시켰다고 해서 특별하게 마쓰시다의 사내에 군국적인 기풍이 충일해 있었던 것도 아니다.

거기에는 종래부터의 평화로운 산업인으로서 길러진 극히 일상적인 것이 있을 뿐이었다. 자기 점검이 엄격하고 철저하게 행해지고 있었다. 더구나 당연하게 행해지고 있는 것뿐이었다.

자기 점검이라는 것. 그것은 자기 자신이 자신을 감독하는 것이기도 했다. 남의 평가를 듣기 위해서 일하는 것이 아니라 양심에 가책을 느끼지 않을 만큼 일을 한다는 것이었다. 단지 쓸었다는 것을 보이기 위해 일부러 빗자루 자국만 남기는 청소를 하거나, 남이 보는 앞에서만 보란 듯이 몸을 움직이는 것도 아니었다.

남의 평가에만 신경을 쓴 일은 깊이도 없고 확실성도 없다. "응, 제법 잘 하는데." 보는 사람에게서 그런 말을 듣기 위한 겉보기 일은 당장은 좋을지 모르지만 시간이 지나면 금장 잊혀지고 만다. 진짜 일은 긴 생명을 지니고 있는 것이다. 그러기 위해서는 자신에 대하여 자기가 언제나 엄격한 주인공일 필요가 있다.

마쓰시다 고노스케의 '전원 경영'도 작자의 마음가짐으로서 요구되는 것이다. 자기가 하고 있는 일에는 과연 경영 전체에 대하여 부끄러운 점이 없을까, 남이 보건 안 보건 그러한 질문을 준엄하게 해서 그것으로 행동을 다스려갈 때 그 사람은 이미 저절로 '경영'에 참여하고 있는 것이다.

사나미 소장이 감탄한 것은 마쓰시다의 종업원들이 그러한 내재적인 규율에 의해서 일을 하는 것이었다. 목제 비행기는 내부의 풀칠이라는 보이지 않는 부분의 일이 확실하게 되어 있어야 하는 것이 무엇보다도 필요하다. 이미 전에 다른 곳에서 만든 목제 비행기를 시험적으로 날리는 단계에서 풀칠의 불완전 때문에 기체가 공중분해하여 탑승자가 사망하는 사고가 있었던 것을 보아도 그 중요성을 알 수 있다. 마쓰시다의 공장에서 본 젊은이들의 진지한 눈길은 소장의 마음에서 떠나지 않았다. 마쓰시다가 큰일을 맡기기에 족한 기업이라는 생각은 이렇게 해서 굳어지게 되었다. 이 사나미지로 소장은 후에 민간인으로서 마쓰시다 전기산업에 입사하여 참사(參事)의 대우를 받았다.

그런데 이 목제 비행기는 당초에 월 생산량 200대의 목표가 세워졌음에도 불구하고 설비와 자재사정의 악화 및 전국(戰局)의 악화로 뜻대로 되지 않아서 쇼와 20년 1월 31일에 제1호기를 띄운 것을 비롯해서 3대가 하늘을 날았을 뿐, 곧 종전(終戰)을 맞았다. 적기(敵機)의 공습을 받으면서 필요한 기계가 삼분의 일도 설치되지 않고 또한 자재도 없고 인원도 없는 상황하에서는 이 마쓰시다로서도 방법이 없었던 것이다.

첫 비행기가 만들어져서 그 시험비행을 할 때 그것이 과연 날는지 어떨지 군의 고관들을 앞에 두고 간이 콩알만해졌었다고 마쓰시다 고노스케는 후에 고백했다. 기체가 높이 떠서 올라가 시속 350킬로로 겨우 안정된 비행으로 들어섰을 때는 2년여 동안의 어깨의 짐이 훨씬 가벼워지는 것을 느꼈다고 한다.

그러나 종전으로 모든 것이 무로 돌아갔다. 해군으로부터의 미수분은 그대로 날아가버리고 말았다. "자네에게 절대로 금전적인 피해는 입히지 않겠다."고 말했던 오니시 중장도 종전과 동시에 자결하고 말았던 것이다. 여기에 든 비용은 마쓰시다 고노스케가 개인적으로 은행에서 차입하여 꾸려갔던 것인데, 이것도 상환이 불가능해져서 후에 차금왕(借金王)이라는 말을 들을 만큼 큰 부채를 지는 원인이 되었다.

목조선과 목제 비행기의 생산, 이 두 가지 사업 —— 특히 나중 것은 후에 마쓰시다에게 너무나도 큰 빚을 짊어지도록 했다. 어디에도 호소해볼 수 없는 빚이다. 전쟁에 진다는 것은 그런 것이었다.

"얼떨결에 너무 일을 벌렸었던 모양이다."

그때의 일을 어느 정도 여유를 가지고 회고할 수 있는 시기가 되어서 마쓰시다 고노스케는 반성적으로 술회했다. 그러나 그것은 앞에서도 말했듯이 당시로서는 어느 정도 부득이한 일이기도 했다. 군의 요청은 국내는 말할 것도 없고 한국, 중국, 동남아시아 지역 등에의 마쓰시다의 광범위한 전대로 되어 나타나서, 그 공장 수는 60여 개에 이르고 종업원은 2만 4천 명을 넘고 있었다. 이런 상태에서 종전을 맞게 되었던 것이다.

제5장 비바람은 세어야
—— 신세계를 향하여

구슬이 깨져 흩어지던 날

쇼와 20년(1945) 8월 15일 정오, 마쓰시다 고노스케는 똑바로 선 채 눈물을 흘리면서 라디오에서 흘러나오는 전쟁 종결의 조칙(詔勅)을 들었다. 마쓰시다 전기산업 본사의 강당이다. 그 밖에 간부사원 1백 명쯤이 있었다.

햇빛이 쨍쨍 내리쬐는 한여름의 하늘이 갑자기 어둡게 느껴지는 순간이었다. 누구 한 사람 말을 꺼내는 자도 없었다. 오열하는 사람, 팔로 눈을 문지르는 사람, 손수건으로 눈물을 닦는 사람, 어깨를 들먹이면서 필사적으로 참는 사람, 모두의 얼굴이 눈물로 번쩍이고 있다.

싸움이 치열했던 나날에도 경험한 일이 없었던 강렬한 연대감이 전류처럼 그곳에 있는 사내들을 꿰뚫고 있었다.

모두의 눈에는 하염없이 눈물이 흐르고 있었다. 그것은 전선과 후방을 불문하고 온갖 힘을 다했지만 패배한 자만이 흘릴 수 있는 눈물이었다. 나잇살이나 먹은 남자들이 어린애처럼 무구하고 순진한 감동에 마음을 떨고 있는 것이었다. 그런 것이 이렇게 순수하게 의식되었던 적은 일찍이 없었다.

허탈한 상태에서 마쓰시다 고노스케는 천천히 생각을 정리했다. 외지를 포함해서 많은 사업소와 2만 4천 명이 넘는 종업원을 가진 기업의 정점에 선 사람으로서 언제까지나 망연자실하고 있을 수는 없었다.

무엇이 끝난 것인가, 무엇이 시작될 것인가, 그리고 무엇을 해야 할
것인가, 그 일에 대하여 생각을 해야 할 것인가, 그 일에 대하여 생각
을 정리해서 판단을 내리지 않으면 안 될 때였다.

'새로운 싸움이 시작되었다.'

마쓰시다 고노스케는 마음속으로 스스로에게 일렀다. 그것은 앞길에
무엇이 기다리고 있을지 예측할 수도 없는 고독하고 치열한 싸움을 의
미하고 있었다.

'곤란에 부딪치면 공연히 거기에 압도되어 멈추어버리지 말고, 마음
을 가라앉혀서 곤란의 정체를 간파해야 한다. 반드시 돌파구는 발견된
다.' 하는 것이 마쓰시다 고노스케의 그때까지의 인생 경험에서 터득한
곤란에 대처하는 철학이다.

사실 그렇게 해서 이제까지 여러 가지 곤란을 타개해왔다. 그 가운데
는 심하게 앞길을 가로막았던 것도 있었지만, 유령이라고 생각했던 것
이 마른 억새풀에 지나지 않았던 경우도 있었다. 또 이쪽에서 필사적인
각오로 부딪쳐간 것에 압도되어서 상대쪽에서 길을 열어주었던 적도
있었다. 하지만 지금 닥쳐온 사태는 그 규모에 있어서나 성격에 있어서
나 이제까지의 어떤 것과도 비교가 되지 않을 만큼 크게 생각되었다.
이제껏 받은 곤란은 기껏해야 개인규모거나 기업규모였다. 아무리 사회
적 규모라 해도 나라의 존립 자체가 위협을 받을 만한 경우는 없었다.
발밑의 대지(大地)는 튼튼했던 것이다.

그러나 이번은 달랐다. 나라의 존망과 국민 한 사람 한 사람의 운명
이 마치 조난한 배와 승객들 같았다. 더구나 이 배는 승객을 버리고 피
난할 수도 없었다. 운명을 함께 하는 수밖에 없었다. 이제까지 싸움에
지거나 외적에게 국토를 침략당한 경험이 없는 국민인 만큼 이러한 사
태를 앞에 두고 그저 망연히 있을 뿐이었다.

그러나 그것은 그렇더라도 어쨌든 살지 않으면 안 되었다. 일상적인
일을 해나가지 않으면 안 되었다. 그런 일을 통해서 사람들은 조금씩

본래의 생활모습을 되찾기 시작했다. '어쨌든 싸움은 끝났다.' 하는 안
도감이 있었다.

초토(焦土)의 맹세

그날 밤, 그는 잠자리에 든 다음에 길게만 느껴졌던 하루의 일을 생
각해보았다. 참으로 여러 가지 일이 있었던 역사적인 하루였다. 내일은
또 어떤 일이 생길지 예측도 할 수 없었다.

생각은 그 자리에서 뱅뱅 맴돌았다. 앞날에 대해서도 낙관적으로 생
각되는가 하면 곧 비관적인 생각이 들기도 해서 도무지 정리가 되지 않
았다.

어느 틈에 날이 훤하게 밝아오고 있었다. 이윽고 해가 뜨기 시작했
다. 그때 계시(啓示)와 같이 '그렇다' 하고 마쓰시다 고노스케의 내부
에서 번뜩이는 것이 있었다.

상처투성이인 패전의 국토에도 해는 변함없이 떠서 밝은 빛을 뿌리
고 있다. 우주의 운행은 정확하다. 그 영원한 운영은 전쟁 같은 인간이
만들어낸 조그마한 지상의 일을 완전히 무시하고 있었다. 우주는 변함
이 없는 세계였다. 그러나 정지된 세계는 아니다. 움직이고 흐르고 생
성 발전하면서 하나의 동적인 대조화(大調和)를 만들어내고 있었다.

아침 햇살이 찬란하게 비치는 것을 보면서 마쓰시다 고노스케는 장
엄한 감정이 자신의 내부에 번지는 것을 느꼈다. 그러자 그의 전신에
이상할 정도로 힘이 생겼다. 마치 우주의 생명력이 그 몸에 깃든 것 같
았다. 이 충만된 기력으로 맞서간다면 어떤 문제라도 해결할 수 있을
것 같은 기분이 들었다.

또 한 가지 그에게 용기를 준 것은 전쟁에 졌음에도 불구하고 여전히
민중 사이에 강하게 남아 있는 살겠다는 의지였다. 만약 앞으로 일본을
재건시켜갈 힘이 있다면 그것은 정치나 위에서 내려오는 경제정책이
아니라 민중이 지닌 불굴의 에너지일 것이라고 생각했다. 정치나 경제

정책은 단지 그것을 조직화하고 방향을 제시해주는 데 지나지 않는다. 원류(源流)는 어디까지나 민중의 에너지이다. 나라가 패하고 남은 것이 산천뿐만은 아니었다. 온갖 궁핍을 견디고 그러고도 버티어가는 민중이 있었다.

모두가 지쳐 있었고 특히 종전의 조서가 나온 후 거리에서 보이는 민중은 불안한 듯 일도 손에 잡히지 않는 모양이었다. 그러나 그들이 언제까지나 그 상태로 있으리라고는 생각되지 않았다. 이미 걷기 시작할 기미를 보이고 있었다. 마쓰시다 고노스케는 그러한 민중의 지혜와 행동력을 믿고 있었다. 그리고 자신에게 말했다.

'좋아, 그 사람들을 위해서 필요한 것을 만들자. 식량을 만드는 자는 식량을, 집을 짓는 자는 집을, 옷을 만드는 자는 옷을 만든다. 우리는 전기기구를 만든다. 거기에 전력을 바치는 것이 산업인의 사명이고, 일본 재건에의 첫걸음이다.'

민수(民需) 평화산업에의 복귀

하룻밤이 지난 8월 16일, 마쓰시다 고노스케는 어제 종전의 조서를 들었던 본사 강당에 간부사원을 모아놓고 민수산업 복귀에의 경영기본 방침 긴급 발표를 했다. 그것은 다음과 같은 것이었다.

1. 어제 드디어 대동아 전쟁(大東亞戰爭)은 애석한 결과를 남기고 막을 내렸다. 전시 중의 산업인의 노력은 정부로부터 주어진 비교적 안이한 노력이었다. 그러므로 앞으로의 산업 전환에 있어서는 예상할 수도 없는 곤란에 봉착할 것이다.
2. 이 사태를 타개해가는 기초는 일본정신——정성을 다하는 마음——이라고 생각한다. 사내에 이 정신이 발현될 분위기를 만들어야 한다.
3. 경제계에는 앞으로 큰 변동이 일어나고 실업자도 속출할 것이다.

우리 회사에 관한 한 걱정은 없다. 회사에서 사람을 놓치지 않고 적극적으로 일거리를 찾아내서 오히려 일을 주겠다.

4. 앞으로의 일본 산업재건을 위하여 한층 더 일치단결된 노력을 부탁하고 이 난국에 처하여 세상의 사표(師表)가 되도록 진력하기 바란다.

이어서 20일에는 전사원에 대하여 다음과 같은 호소가 있었다.

마쓰시다 전기 전종업원 여러분에게 고함

4개국 공동선언 수락의 조서를 받들고 나는 1억 백성에게 내리신 자비하신 고마움에 만감(萬感)이 가슴에 서려 오직 감격할 뿐입니다. 드디어 제국(帝國) 재건에 미증유의 영단을 내리신 오늘날, 나는 우리 마쓰시다 전기가 산업보국(産業報國)의 기치를 올리고 씩씩하게 걸어온 직역봉공(職域奉公)의 발자취를 돌이켜볼 때 감개무량합니다.

나는 여러분이 오늘날까지 견디기 어려운 수많은 고난을 넘어서서 오로지 한마음으로 직역봉공에 정성을 바친 예사롭지 않은 노력에 대하여 충심으로 심심한 사의와 경의를 표하는 바입니다.

격렬한 싸움은 끝나고 새로운 시대의 역사가 시작되었습니다. 조서에도 "짐(朕)은 시운이 향하는 바 견디기 어려운 어려움을 견디고 참기 어려움을 참아서 이로써 만세(萬世)를 위하여 평화를 얻을까 하노라." 하고 말씀하셨습니다. 오늘날이야말로 만강(滿腔)의 비분(悲憤)을 씻어버리고 오직 한결같이 성지(聖旨)를 받들어 제국의 재건에 총력을 기울여야 할 때입니다. 전도에 가로놓인 새로운 고난이 아무리 크더라도 여러분은 회사를 신뢰하고 회사를 통하여 천황폐하에게 바치는 성심을 더욱 구현시켜서 새 일본 건설의 추진력이 되어야 합니다.

이 세기의 일대 변혁기에 임해서 우리 마쓰시다 전기는 정부 당국의 지시에 따라서 가장 신속하게 평화산업으로 전환해서 제국 재건에의 첫 걸음을 씩씩하게 내디딘 것입니다. 생산이야말로 부흥의 기반입니다. 나는 여러분에게 하루라도 빨리 부흥 생산의 선봉이라는 영예를 주려고 할 뿐만 아니라, 산업의 전환에 따라서 직업을 잃게 되는 사람들을 맞아들여서 함께 전통의 마쓰시다 정신을 더욱더 진작시켜 이로써 성은(聖恩)에 보답할 것을 기하는 바입니다.

여러분, 이 미증유의 일대 전환기에 처해서 제국의 다난한 앞날을 깊게 생각해보고 공연히 불안 동요하는 일이 없이 모두 함께 다시 손을 맞잡고 궐기하지 않겠습니까.

나는 친애하는 여러분과 함께 더욱더 단결을 공고히 해서 일사불란한 통솔하에 제국 재건과 일본문화 앙양의 선봉이 되어서 맹세코 폐하의 마음을 편하게 모실 것을 굳게 약속하는 바입니다.

쇼와 20년 8월 20일

사주 마쓰시다 고노스케

그런데 그 재빠른 평화산업의 재기도 하나의 장애에 직면하게 되었다. 8월 말, 맥아더 원수(元帥)의 아쓰기(厚木) 비행장 도착에 의해서 막이 오른 연합군 총사령부에 의한 일본 점령행정은 잔존 군수물자를 점검할 목적에서 그 민수에의 전용에 브레이크를 거는 일반명령 제1호를 내렸던 것이다. 그것은 오래지 않아 해제되었지만 준엄한 점령정책의 일단이 엿보인 것으로서 겨우 움직이기 시작한 일본의 산업계를 떨게 만들었다. 전후 5년에 걸친 마쓰시다의 수난의 역사도 이때에 시작되었다.

또한 동년 11월에는 당시의 경제위기에 대처하는 마쓰시다 전기의 경영방침이 특별 긴급조치로 발표되었다. 그 내용은 다음과 같다.

종전 전에 내외 합쳐서 67개소였던 공장은 현재 31개 공장을 제
외하고는 쉬고 있다. 은행의 차입금은 2억 몇천만 엔, 그 이자만도
1천만 엔이나 되는 어려운 경영상태이다.

이런 상태에서 부흥하려는 것이니까 대단히 괴롭다. 이 괴로움을
참고 단결을 더욱 공고히 하며 근면성을 최고도로 발휘해서, 고난 속
에서 새롭고 올바른 길을 찾아내어 마쓰시다 전기가 사회에 공헌하
도록 하여 산업인으로서의 사명 달성에 매진하자.

최근에는 일본정신——정성스러운 마음——이 땅에 떨어졌다.
일본을 다시 세우려면 일본정신을 되찾아서 옳게 체득하여 부흥의
첫 걸음으로 삼아야 한다. 일본정신의 체득에는 겸허한 마음이 필요
하다. 반성과 겸허한 마음으로 일본정신을 체득하고 그런 마음이 되
면 부흥의 선봉이 되어 생산인의 사명을 다할 수가 있다.

자유주의는 활동이 자유롭고 창의 연구도 마음껏 할 수 있지만 적
자생존(適者生存)의 원칙에 지배된다는 사실을 잊어서는 안 된다. 우
리도 전기기구의 경영에 적격자가 아니면 패퇴한다. 그렇기 때문에
적성을 지니도록 실력을 기르지 않으면 안 된다.

실력있는 회사가 되려면 전원이 근면성을 최대한으로 발휘하는 수
밖에 없다. 그러려면 각자의 생활의 안정이 필요하고 때문에 고임금
(高賃金)과 고능률의 이상 실현으로 나아가겠다.

시설이란 기계, 건물, 후생설비 등인데 기술적으로 말해서 미비한
느낌이 많다. 이것을 정비 확충하고 개선, 향상시켜서 유쾌한 공장으
로 만들면 능률이 향상될 것은 의심할 바가 없다.

보일회(步一會)는 종업원의 복리증진과 융화친목의 기관으로서 업무수행 계통과는 별도로 회사의 횡적인 단체로 조직했는데, 전쟁으로 완전히 타율적인 기능으로 전락하고 말았다. 이번에 이것을 본래의 모습으로 되돌려서 보일회와 표리일체(表裏一體)가 되어 회사 경영을 해나가고 싶다. 우리 회사는 본래 전원이 경영자가 되도록 가르쳐왔다. 한 사람 한 사람의 의지가 작용해서 무의식중에 전체로서의 일을 하는 것이 우리 회사의 전통이다.

나는 어떠한 사람도 어떠한 입장에 있어서도 즐겁게 일할 수 있는 경영형태를 취하고 싶다. 경영 담당자도 부하를 완전하게 알고 사용하는 재료는 못 한 개까지도 유용하게 활용하며, 공장의 구석구석까지 모조리 알도록 한다. 그리고 담당하는 업무, 기술, 생산, 경영 전반에 걸쳐서 세계 최고의 권위자가 되고 종업원도 그 밑에서 능력을 마음껏 발휘하는 경영을 하겠다.

그러려면 경영단위를 세분화(細分化)하고 한 단위를 전문화하여 그 단위마다에 절대적인 권위가 있는 경영을 하겠다.

미국에서는 적재적소주의를 택하여 직능(職能)을 중시하는 기풍이 있다. 이것이 능률적인 한 원인이라고 한다. 일본에서는 직능보다 지위를 중시하여 차지한 지위가 영달(榮達)의 과정이라고 생각되어서, 전문적인 지식을 얻는 것에 만족하고 그 능력을 서로가 존경한다는 직능에 대한 올바른 관념이 결여되어 있다. 서로가 직능을 이해하고 진정으로 각자의 직업에 몰두할 수 있어야만 일은 전문화되어 모두가 능률적으로 운영되는 것이라고 믿는다.

패전의 무거운 멍에를 짊어지고
그 무렵에는 마쓰시다 고노스케는 40대에서 막 50대로 들어섰을 때

였다. 겨우 원숙기를 맞았다고 하지만 경영자로서는 아직 젊은 편이었
다. 그러나 차례로 닥쳐오는 큰 파도를 견뎌내고 시기를 기다릴 지구력
과 반발력은 충분히 있었다.

이 어둡고 혹독한 터널의 시대는 마쓰시다 고노스케라는 희대의 대
경영가가 20세기 후반의 무대에서 활약하기 위한 대기의 시기이기도
했다. 그것은 다가올 비약에 대비해서 생각을 집중시켜서 일념으로 자
신을 갖는 시기이기도 했다.

그러나 그것은 '폐문독서(閉門讀書)'와 같은 '우아'한 상태는 아니었
던 것도 사실이다. 쇼와 21년 3월의 '제한회사(制限會社)의 지정'으로
시작되어 '재벌가족(財閥家族)의 지정'(동년 6월), '배상(賠償)공장의
지정'(동년 7월부터 차례로), '군사보상의 중단'(동년 8월), '공직 추
방의 지정'(동년 12월), '특수회사의 지정'(동년 12월), '집중배제법
(集中排除法)의 지정'(23년 2월) 등 숨돌릴 틈도 없을 정도로 계속해
서 머리 위에 철퇴가 내려지는 가운데서 스스로의 무고함을 입증하기
위해서 동분서주하고 한편 전후의 악성 인플레이션 속에서 위기에 처
한 기업의 경영에 임한다는 것은 심신이 모두 녹아날 만큼 힘들고 고된
일이었다. 이 미증유의 경영고난시대를 이겨내기 위해서는 초인적인 체
력과 정신력이 요구되었다. 그다지 강건한 몸의 소유자도 아닌 마쓰시
다 고노스케가 스스로를 채찍질하면서 그러한 고난에 맞서가는 모습은
마치 점령하의 일본에 짊어지워진 십자가의 무게를 말해주는 것 같았
다.

재벌 지정(財閥指定)에 항의

점령군 당국으로부터의 제한령(制限令)은 어느 하나도 마쓰시다 고
노스케와 그 사업에 무거운 항쇄 족쇄(項鎖足鎖)를 채우지 않았지만 가
장 타격을 준 것은 21년(1946) 6월의 재벌가족 지정과 동년 11월의
공직 추방의 지정이었다.

132

재벌회사로 지정된 다른 13개사의 사장들은 이미 그 단계에서 차례로 모습을 감추어갔다. 그러나 그는 혼자서 단호하게 버티어갔다. "나는 절대로 재벌이 아니다." 하는 자기 주장을 관철하기 위해서였다. "첫째 우리 회사가 재벌회사라니 우습다."

재벌의 지정을 받았을 때 먼저 마쓰시다 고노스케의 입에서 나온 말은 그것이었다. 그것은 핑계가 아니라 사실이었다.

그의 말에 의하면 재벌은 미쓰이(三井)와 미쓰비시(三菱)이며 또한 야스다(安田), 스미토모(住友)였다. 그 범위를 넓힌다고 하더라도 설마 자기에게까지 미치리라고는 생각해보지도 않은 일이었다.

재벌이란 단순히 부(富)를 가진 것만이 아니라 나라도 움직일 수 있는 정치적 경제적인 영향력을 가진 존재이다. 그것은 사적으로는 이 사회의 상부에 있으면서 특이한 계층을 형성하고 있는 폐쇄적인 혈연집단이기도 했다. 상류사회라는 것이 지닌 번거로운 갖가지 속성이 빈틈없이 채워져 있지 않으면 그 이름에 해당되지 않는 것이다.

게다가 점령군 당국은 그것으로도 모자라서 후루가와(古河), 아사노(淺野), 아유가와(鮎川), 가와자키(川崎), 나카지마(中島), 노무라(野村), 오코우치(大河內), 오오구라(大倉), 시부사와(涉澤) 등 메이지 이래의 명문가와 함께 마쓰시다 가를 재벌가족으로 지정해서 '금상첨화'를 만들었던 것이었다.

점령군 당국이 재벌에 대하여 철퇴를 내린 것은 새로운 민주적인 일본 경제의 개편을 위한 정지공작(整地工作)이었다. 또다시 군국주의적인 일본이 부활하는 일이 없도록 그 원동력이 될 우려가 있는 편재적인 부와 그 부에 연결된 사상을 철저하게 해체하는 일이었다. 그것이 재벌지정의 목표였다.

그런 이상 그 부의 사적인 축적의 터전인 'ㅇㅇ가'가 위험한 잠재세력으로 주목되는 것도 당연하다.

물론 거기에는 재벌이나 재벌가족이 전쟁수행에 있어서 큰 역할을 한 데 대한 단죄(斷罪)의 의미도 포함되어 있었다.

실상을 무시한 탁상공론식 재정

이것이 발표되었을 때 항간에서는 "호오, 마쓰시다도 그렇게까지 되어 있었던가." 하며 이 새 얼굴의 등장을 다소 의외라고 생각하는 사람이 많았다. 그런데 누구보다도 놀란 것은 다름아닌 마쓰시다 고노스케 자신이었다.

마쓰시다가 재벌적인 체질과는 무관하다는 것을 그 자신이 가장 잘 알고 있었다. 과연 '마쓰시다 조선'이다. '마쓰시다 비행기'라는 것은 분명히 존재했고, 재벌지정의 그 시점에서도 형식상으로는 아직 존재하고 있었다.

그러나 '마쓰시다 조선'의 실적이라고 하면 기껏해야 250톤의 목조선을 50여 척 만든 외에는 300톤의 역시 목조인 석탄 운반선을 만들거나 지하호(地下壕)의 골조 등을 만든 정도여서 군에의 협력이라 해도 그 규모는 미미한 것이었고 말기에는 민수적인 색채가 진해져 있었다.

비행기에 있어서는 목제를 3대 띄웠을 뿐이다. 이 두 회사의 시설과 다소의 자재는 남아서 전후로 넘겨졌지만 새로운 미수산업에는 이용할 수 없어서 결국 폐쇄되고 말았다.

그러나 재벌지정을 위한 심사단계에서 이 두 가지 사업, 특히 '비행기' 쪽이 전쟁 협력의 인상을 짙게 만들었다. 그 내용을 자세히 조사해 보면 거기에 해당하는지 아닌지 잘 알았을 것이다. 그런데 그러한 전쟁 협력 공장이 존재했다는 단순한 사실이 먼저 인식되었던 것이다. 그 결과 몇만 톤의 큰 배와 250톤의 목선을 같이 다룬 듯한 판정이 내려진 것은 승복하기 어려운 것이었다.

이런 일에서도 그 시기에 있어서의 혼란스런 모습을 엿볼 수 있는데, 그 밖에 사업부제도의 발전 형태로서 마쓰시다라는 이름을 붙인 회사가 수많이 존재하고 그 사업소가 국내외에 널리 퍼져 있었기 때문에 조직이 실제 이상으로 거대하게 보인 것도 사실이지만 외래자도 곧 알 수 있는 그 왕성한 기업의 활력은 '마쓰시다란 어떤 기업인가?' '마쓰시다를 주의하라' 하는 말을 듣게 되었던 것이다.

"하지만 규모로 보면 마쓰시다 전부를 한데 뭉쳐도 다른 재벌의 일개 자회사에도 미치지 못할 정도였다. 이를테면 당시 미쓰비시 재벌의 한 자회사였던 미쓰비시 중공업 등은 자회사면서도 마쓰시다 전기를 모두 뭉쳐도 당하지 못할 정도의 큰 규모를 가지고 있었다."고 마쓰시다 고노스케는 말한다.

그것은 참으로 실상을 무시한 탁상공론식 재정이라고 하는 수밖에 없다. 그러나 자료에 의해서 추출한 것이더라도, 마쓰시다라는 성장기업이 발산하는 괄목할 만한 활력이 외래자의 주의(이 경우는 경계심이라고 해야 할지도 모른다)를 환기시킨 것은 사실이었다.

마쓰시다 노조, 사주(社主)의 구제에 궐기

재벌회사로 지정되어서도 재벌가족으로 지정되어서도 그만두지 않는 단 한 사람의 사장으로서 고루(孤壘)를 지키고 있었던 마쓰시다 고노스케에게도 드디어 물러가지 않을 수 없는 사태가 닥쳐왔다. 재벌가족의 지정에서 몇 개월 후인 11월에 공직 추방의 지정이 있었다. 더구나 이유 불문하고 무조건 추방인 A항 지정이었다. B항 지정이라면 일단은 자격심사를 청할 수가 있다. 그런데 A항에는 그것도 없다. 무조건 추방이다.

재벌지정에서는 아직 이의를 말할 기회가 있었다. 누가 보아도 거기에 해당하는 것이 명백한 경우는 별도로 하고, 과연 재벌인지 아닌지 하는 결정을 내리는 데에는 해석과 적용의 폭이라는 것이 있다. 경계선에 있는 경우에는 더욱 그렇다.

마쓰시다 고노스케는 그 지정이 아무래도 납득이 되지 않았으므로 집요하게 항의와 진정을 되풀이했다. 그것은 일관해서 다음과 같은 것이었다.

"내가 정말로 재벌이라면 깨끗하게 그 결정에 승복하겠다. 그러나 나는 절대로 재벌이 아니다. 분명히 내가 주를 가지고 있는 회사는 전쟁 중에 삼십 개사 이상이나 되었지만, 규모로 말하면 다른 재벌의 일개 자회사에도 미치지 못한다. 첫째, 마쓰시다 전기는 내가 직접 일으킨 회사로서, 몇 대나 이어지면서 일본의 재계를 움직여온 재벌과는 본질적으로 그 역사가 다르다. 맨손으로 시작해서 그런 대로 뭔가가 이루어져서 겨우 이십여 년이 지났을 뿐이다. 말하자면 거리의 전기상점이 커졌을 뿐이다. 그리고 사업의 내용을 보아주기 바란다. 본래는 평화적인 가정생활의 필수품을 만드는 데 전념해왔다. 군의 요청으로 서투른 일을 하게 되었는데 그 때문에 큰 빚을 짊어지게 되었다. 나는 오히려 전쟁의 피해자다."

그것은 그의 거짓이 없는 감정이었다. 오비라키초의 좁은 작업장에서 온종일 프레스기를 조작하던 나날의 기억은 아직도 그에게는 어제의 일처럼 새롭다. 그것은 아무리 생각해도 '재벌'이라는 개념과는 거리가 멀다.

고노스케의 격렬한 항의는 점령군 당국이 "당신의 기분은 잘 안다. 그러나 일단 결정된 일을 그렇게 간단히 번복시킬 수는 없다." 하고 말하도록까지는 했다.

그러나 실제로 그 지정이 해제된 것은 4년이나 지난 쇼와 24년 말의 일이었다. 25년에는 제한회사의 지정도 풀렸다.

그 사이에 모든 자산은 동결되어 있었다. 또 항의를 위해서 마쓰시다 고노스케 자신이 상경하여 총사령부를 찾아간 횟수는 50회 이상이나 되고 그 당시 다카하시 고타로(高橋荒太郎) 상무도 그 때문에 100회 이상에 걸쳐서 총사령부를 방문했다. 그 동안에 사장을 그만두지 않았던 것도 그러한 자기 주장을 관철하기 위해서였다.

그러나 공직(公職) 추방이 되면 사정은 달라진다. 이것은 옛 군수회사의 임원 모두에게 적용되는 것으로, 규정이 뚜렷하게 있어서 항변(抗辯)의 여지가 없다. 추방의 범위는 마쓰시다 고노스케 외에도 상무 이상의 전 임원에 이르렀다. '이제는 끝났다.' 마쓰시다 고노스케는 포기를 했다. 그런데 의외의 국면이 전개되었다. 21년 1월에 결성된 마쓰시다 전기 노동조합이 사주인 마쓰시다 고노스케의 추방해제운동을 벌였던 것이다. 당시 다른 노동조합이 모두 경영자에게 전쟁 책임을 물어 그 추방을 외쳐대는 가운데 이것은 참으로 이례적인 일이었다.

감상(感傷)을 넘어서서 새로운 경영으로

이 마쓰시다 전기 노동조합의 특이한 행동을 이해하기 위해서는 그 결성 당시로 거슬러올라갈 필요가 있다.

전쟁이 끝나고 민주화의 물결 속에서 노동조합 결성의 기운이 끓어올라왔을 때 마쓰시다 고노스케는 감개무량하게 어느 시기의 일을 생각하고 있었다.

그것은 창업한 지 오래지 않은 다이쇼 9년(1920)에 전원이 걸음을 같이 한다는 생각에서 보일회(步一會)를 조직했을 때의 일이었다. 번쩍이는 듯한 향상의 의욕에 불타서 일에 덤벼들었던 그 무렵이 그리웠다. 전후의 격동에서 잇달아 일어나는 이상한 사태의 대처에 쫓기고 있자니까 문득 그런 기분이 엄습해왔다. 번잡한 도시생활 속에서 고향의 전원을 생각하는 듯한 그런 향수 비슷한 기분이었다.

남들은 그것을 감상이라고 할지도 모른다. 그러나 자신이 그야말로 경단을 빚듯이 손수 키워온 조직이 새로운 사상과 체질을 지닌 딴 사람처럼 변질되려고 하고 있는 것이다. 그것은 쇼와 10년 12월에 그때까지의 개인경영에서 법인(法人)으로 개편한 후에도 이어져온 좋은 의미에서의 개인경영 체질에의 결별이기도 했다.

그러나 그런 것에 대하여 마쓰시다 고노스케가 감상적인 '동요'를 보인 것도 아주 한순간의 일이었다. 이때 그가 보인 새로운 시대에 적응

하는 경영자로서의 처신 방법은 멋이 있었다. 그것은 경영자가 노동조
합의 결성대회에 자진해서 참석하여 축사를 하는 사건에서 유감없이
발휘되었다.

쇼와 21년 1월 30일, 오사카의 나카노시마(中之島) 중앙공회당이
결성대회의 회의장으로 정해져서, 이미 수천 명이 들어찬 회의장에는
이상한 흥분과 열기가 넘치고 있었다. 그것은 마쓰시다 고노스케가 일
찍이 본 일이 없었던 광경이고 경영자에게 있어서는 기분 나쁜 느낌조
차 들게 하는 거대한 에너지의 덩어리였다. 그것이 일종의 형언하기 어
려운 메아리가 되어 회의장을 압도하고 있었다. 마음이 약한 경영자라
면 그것만으로도 도망치고 싶어질 정도일 것이다. 아니 그런 장소에 모
습을 나타내지도 않을 것이다. 대리를 보내어 형식대로의 메시지를 읽
히는 정도가 한껏이었다. 마쓰시다 고노스케는 이층의 좌석에서 복잡한
생각으로 회의장을 내려다보고 있었다. 그러나 그 태도에는 사심을 완
전히 버린 사람의 담담한 냉정함이 엿보였다.

노사(勞使)의 벽을 허물다

그가 '축사를 하고 싶다'고 말했을 때 조합측은 순간 복잡한 반응을
보였다. 원래 이런 장소에 경영자의 모습이 나타나는 것 자체에 저항감
이 있었을 것이다. 그 축사를 받아들이느냐 아니냐에 대하여 표결이 행
해지게 되었다. 결과적으로 받아들이기는 했지만 그 결정이 이루어지
기까지의 사이에 마쓰시다 고노스케는 약간 우울해지기도 했었다. 이런
모양으로 기다리는 것은 일찍이 없는 일이었다. 그는 거기에서 새로이
자기와 종업원들을 가로막는 벽이 이미 만들어져가고 있음을 느꼈다.

앞으로 노사관계가 대립을 심화시키는 방향으로 나아갈 것인가 협조
의 열매를 맺어가게 될 것인가, 그 갈림길도 벽이 생기느냐 생기지 않
느냐에 있다고 생각했다. 그리고 그것은 다시 '대립이라는 것이 좋은
긴장관계를 의미하는 것이라면 노사 사이에 대립이 있는 것이 오히려

건전하지 않은가. 대립해야 할 때에는 대립하고 협조해야 할 때에는 협조해간다. 그것이 건전한 노사관계가 아닐까.' 하는 생각으로 발전해갔다. 그러기 위해서는 양쪽 사이에 끊임없이 활발한 전달이 이루어져야 한다. 조합이 생겼다는 사실이 그것을 가로막는 두꺼운 벽이 되어서는 안 된다.

생각하면 청하지도 않는데 자진해서 결성대회에 뛰어든 것도 온몸으로 그러한 벽을 타파하겠다는 노력의 발로였다. 그때 그가 한 축사는 다음과 같다.

……종전과 동시에 나는 신생 일본의 건설을 생각하고, 우리 회사도 새로운 경영을 해야겠다고 생각했습니다. 그래서 나는 노동조합이 탄생하지 않았던 때부터 민주주의 노선에 따라서 회사를 경영해 갈 방침을 가지고 있었던 것입니다.

오늘 여기에서 마쓰시다 산업 노동조합이 결성되었다는 것은 그런 의미에서 경하해마지 않을 일입니다. 이로 인해서 우리 회사의 경영에 박차가 가해지리라고 믿는 바입니다. 이것을 기하여 전원 일치해서 진리에 입각한 경영을 해나갔으면 합니다.

지금 여러분의 회사에 대한 요구, 요망, 이상을 듣고서 참으로 든든하게 느껴졌습니다. 올바르고 새로운 경영과 여러분이 생각하는 올바른 조합과는 반드시 일치되리라고 믿는 바입니다.

나는 좀더 순수한 생각에서 새로운 경영을 해나갈 작정입니다. 만약 나의 힘이 미치지 않을 때는 여러분의 협력을 얻어서 새 일본의 건설에 매진할까 합니다.

오늘의 결성대회에 임해서 진심으로 축하를 드립니다.

만일 그것이 판에 박힌 회유적인 것이었거나 경영자측의 입장을 변명하는 그런 의도에서 나온 것이었다면 분명히 거부반응이 일어났을 것이다.

노사관계의 새로운 가능성을 나타내다

마쓰시다 고노스케가 이때에 행한 호소는 새로운 정세에 대처할 각오를 엿보이기에 족한 열의에 넘쳐 있었고 아울러 진정을 피력한 것이었다. 조합원들은 박수로 그것을 맞이했던 것이다.

그것은 노사관계의 새로운 가능성을 나타내는 상징적인 장면이고 그후의 흐름을 방향짓게 되었다.

조합의 결성대회에는 사회당(社會堂)의 가토 간가즈(加藤勘十)가 참석했었는데, 그는 그날 밤 마쓰시다 전기의 사택에 머물고 있는 마쓰시다 고노스케를 만나러 왔다. 대학 출신의 경영자 중에도 상당히 머리 나쁜 사람이 많은데, 이 공장 출신의 경영자에게서 새로운 시대를 향해서 열려진 탄력적인 모임을 보고 참신한 감동을 느꼈던 것이다.

"정말 놀랐습니다. 나는 조합의 결성대회에 많이 참석했습니다만 오늘 같은 일은 처음입니다."

그는 솔직하게 놀라움을 표명했다. 사실 그는 오랫동안 노동운동을 경험했지만 이런 사례는 드물었다.

그때 마쓰시다 고노스케는 자기는 불민한 사람이지만 그 나름대로 노력해왔다고 말하고 노사의 본연의 자세에 대한 견해를 말했다.

그 파악이 정확하고 핵심을 찌르고 있는 데에 가토 간가즈는 더욱 감탄했다. 특히 체제의 변혁을 의도하는 정치투쟁과 노동조건이나 생활의 향상을 지향하는 경제투쟁의 차이를 분명하게 확인하고서 기본적인 것을 관철시키려는 자세에 확실성을 느꼈다. 그때 그는 잠시 동안 자본가와 노동운동가라는 입장을 잊고 있었다.

격랑(激浪)을 넘어서 격랑 속으로

노동조합은 점령군 당국에 의한 일본경제 민주화정책의 일환으로서,

말하자면 그 귀한 아들이기도 했다. 1만 5천 명, 42개 지부로 이루어진 마쓰시다 전기 노동조합도 물론 그 하나이다.

그 조합이 선두에 서고 대리점도 한패가 되어 사주의 공직추방 해제 운동에 일어선 것이다.

더구나 그것은 형식적인 것은 아니었다. 사주를 실각시키는 것은 마쓰시다 전기의 존망에도 관계되는 문제여서 나아가서는 자기들의 생활도 위협받지 않을 수 없다는 위기감을 짊어지고 있는 만큼 박력이 있는 것이었다. 마쓰시다 고노스케의 경영수완과 아울러 인간적인 면에 대한 신뢰감의 크기를 말해주고 있었다.

이 의외의 돌발사태는 진정의 당면한 상대였던 이시바시 간잔(石橋湛山) 대장대신(大藏大臣)과 호시지마 니로(星島二郎) 상공대신(商工大臣)을 몹시 감동시켰다. 모두 노사관계가 첨예화되고 있는 가운데서 절로 마음이 흐뭇해지는 얘기였다.

진정을 받은 호시지마 상공대신은 대표단에게 총사령부로 가보라고 권했다. 그러는 편이 효과적이라고 판단했던 것이다. 그리고 측면에서의 협력을 약속해주었다.

총사령부에서는 이 사실에 대하여 강한 관심을 가졌던 모양이다. 그것은 '노동조합에서까지 이만큼 지지를 받고 있는 마쓰시다 고노스케란 어떤 경영자일까' 하는 것이었다.

물론 그 전에도 마쓰시다 고노스케와 그 사정에 대해서는 나름대로의 정보를 가지고는 있었다. 제한회사의 지정도 재벌가족의 지정도 공직 추방의 지정도 그러한 지식이 없이는 되지 않는 일이다.

그러나 이러한 사태가 벌어지자 총사령부는 불안해지기 시작했다. 혹시 마쓰시다 고노스케와 그 사업에 대한 조사와 자료의 분석 검토 단계에서 자기들이 무엇인가 중대한 실수를 하지는 않았는가, 치명적인 판단상의 과오를 저지르지 않았는가, 하는 것이었다.

그것이 '마쓰시다'를 다시 한 번 검토하도록 만들었다. 그러한 각도

에서 보아가니까 지금까지의 판단을 수정하지 않을 수 없는 마쓰시다
에 대한 여러 가지 바람직한 재료가 나왔다.

이것은 우연이지만, 그 무렵에 총사령부 경제부흥국(經濟復興局)의
담당관이 마쓰시다의 공장을 시찰하러 왔다가 마쓰시다 고노스케의 얘
기를 듣고 미국의 유력한 회사에도 뒤지지 않는 진보된 경영이념을 가
지고 있다는 것을 알고는, 자기로서는 관할 밖의 일이지만 추방 해제에
협력하겠다고 약속한 일이 있었다.

마쓰시다 고노스케의 추방 지정이 A항에서 B항으로 변경된 것은 그
로부터 머지않아서의 일이다.

그러고는 4개월이 지난 22년 5월에 추방은 해제되었다. A항 지정이
무조건 추방인데 대하여 B항 지정은 자격심사의 단계를 거쳐서 결정하
도록 되어 있다. 그 수속이 밟아졌던 것이다. 거기에 따라서 다른 중역
들도 일제히 추방지정이 해제되었던 것이다.

쌀뒤주 바닥까지 관리

점령정책의 심한 구속 속에서, 한편으로는 국내 경제의 격동에 대처
해가는 가운데 마쓰시다 고노스케는 이 나라를 덮고 그 자신의 주위를
둘러싼 현상에 깊은 우려를 느끼고 있었다.

재벌로 지정된 이래 사생활에까지 엄격한 제한이 가해져 한 달 생활
비는 당시 공무원의 급여수준을 기준으로 산정된 1천8백 엔이었다. 한
회사의 사장이 생활해나갈 수 있는 액수가 아니었다. 게다가 집에다 생
활비를 갖다주는 것까지 일일이 점령군 당국의 허가를 받아야 할 만큼
간섭이 심했다. 쌀뒤주의 바닥까지 관리당하고 있는 꼴이었다.

가진 물건을 팔아서 생활을 연명하는 것이 당시는 일반적이었지만
전 재산을 동결당한 몸에는 그런 자유도 없었다. 친지에게 돈을 꾸어서
이럭저럭 생활을 꾸려나갔다.

마쓰시다 고노스케가 걱정스럽게 느낀 것은 그러한 궁핍 자체가 아

니었다. 그렇게 만들어가고 있는 정치가의 빈곤이고, 지도적인 계층까지도 암거래(暗去來)를 하면서 부끄러워할 줄 모르는 인심의 퇴폐였다. 이것이 과연 민주주의를 표방해서 다시 태어나려는 나라의 모습일까. 과연 이런 일본에 내일이 있을 것인가. 그렇게 생각하고는 암담한 기분에 잠겼다.

그는 그러한 풍조 속에서 순교자적이라고도 할 만큼 몸가짐을 조심스럽게 하고 있었다. 그것이 최고의 저항이었다. 또 보상이기도 했다.

그 생활이 얼마나 금욕적(禁慾的)이었던가를 말해주는 일화가 있다. 그의 집에는 미국제 냉장고가 있었는데, 어떤 사람이 그것을 열어보니 안에 들어 있는 것은 고구마 줄기를 담은 대접 한 개뿐이었다.

또 재벌로 지정될 정도의 신분 중에서 별장을 가지고 있지 않았던 사람은 마쓰시다 고노스케뿐이었다. 점령군 당국에 제출된 재산보고서에 그것이 기재되어 있지 않아서 담당관은 거기에 대하여 다시 물었다. 은닉이라도 시킨 것으로 생각한 모양이다. 그러나 사정을 알고는 놀랐다고 한다.

자산을 몽땅 사업에 쓸어넣고 별장을 가질 여유도 없었던 이 중소기업 출신의 '재벌'이 미국인 담당관에게는 틀림없이 기이하게 느껴졌을 것이다.

한편 사업도 위험한 상황에 놓여 있었다. 재건에의 정열을 집결시켜서 온갖 노력을 했음에도 불구하고 생산을 늘리면 늘릴수록 손실이 커지는 사태가 벌어지고 있었다.

그 원인이 인플레이션에 의한 제품의 가격 앙등을 무시한 획일적인 공정가격의 강요에 있음이 명백했지만 일개 기업의 힘으로는 어쩔 수도 없었다.

눈을 밖으로 돌리면 전후 경제의 혼란을 틈타 통제의 허점을 이용해서 폭리를 얻는 자들이 속출하고 있었다. 분명히 악덕은 번져가고 선은 핍박받고 있었던 것이다.

체납왕(滯納王)이라 불리고

날이 새기 전에 새벽 어둠이 한층 더 짙어지는 것처럼 생각되는 때가 있다. 쇼와 25년(1950)의 전면적인 경영 복귀를 새벽에 비유하면 23년부터 24년의 시기가 그러했다. 나쁜 재료가 산적하고 경영의 곤란이 극에 달해서 당장 기사회생(起死回生)의 방법을 강구하지 않으면 기업의 존속조차 어려운 상태로 몰리게 될 지경이었다.

이러한 정세 속에서 행해진 24년 1월의 경영방침 발표는 심한 위기감과 비장감에 넘친 것이 되었다.

과거 3년간 회사는 이익을 올리지 못했다. 차입금을 늘리고 창고의 재고품을 줄여서 실질적으로는 결손을 보아왔다. 그런 경영이어서는 안 된다. 이 달부터는 적더라도 이익을 올려간다. 어떻게 해서든지 이익을 남기지 않으면 안 된다. 여러분이 아침부터 밤까지 일한 성과가 제로여서는 안 된다는 말이다. 일한 성과로서 반드시 이익이 생겨야 한다. 이익이 없는 경영이라면 절대로 의의가 없다. 적어도 몇 억의 돈을 쓰고, 수천 대의 기계와 수백 동의 건물을 사용하며 7천 명의 사람이 아침부터 밤까지 일해서 아무런 이윤도 생기지 않는다는 것은 국가를 빈곤하게 하고 사회를 쇠퇴시키며 종업원을 빈곤하게 만드는 것밖에 안 된다. 우리가 산업인이라면 일한 성과를 흑자로 가져가서 국가의 번영과 사회의 번영, 그리고 종업원의 생활이 향상되도록 성과있는 일을 꼭 하겠다고 분명하게 인식하지 않으면 안 된다. 그렇지 않으면 있으나 마나 한 존재라고 생각한다. 마쓰시다 전기는 해산하는 편이 낫다고 생각한다.

사장의 입에서 마쓰시다 전기 해산 운운하는 말이 나온 것은 이번이 처음이고 그것만으로도 위기감은 강렬한 전류처럼 전원에게 전해졌다.

또한 이 당시 마쓰시다 고노스케는 개인적으로 일본에서 가장 빚을 많이 지고 있었다. 그 액수가 10억 이상에 이르러 차금왕(借金王)이라는 이름이 붙었다. 그 부채는 앞에서도 말했듯이 마쓰시다 비행기에의 개인적 출자와 그것이 회수되지 못하고 말았던 것 등 부득이한 국가적 사정에 의한 것이었지만 마쓰시다 고노스케는 말없이 그 오명을 감수했던 것이다.

물품세의 체납도 부득이해서 일본 제일의 체납왕이라는 고맙지 않은 이름이 붙여진 것도 이 시기였다.

물품세는 물품을 납입하고 대금을 회수한 다음에 내는 것이다. 그런데 이 당시는 물건을 창고에서 꺼낼 때에 내는 것으로 규정되어 있었다. 즉 실질적으로는 예납(豫納)이다. 그러므로 그 몫은 입채를 하지 않으면 안 되었다.

그러나 물건을 파는 쪽이나 사는 쪽에도 현금이 없어 모두가 어음거래였다. 당시의 상황으로서는 도저히 그 몫을 입채해서 납입할 만한 여분의 자금이 없었다.

물품세의 체납은 이런 사정 속에서는 전혀 부득이한 것이었다.

마쓰시다 고노스케는 그때까지 납세에 관해서는 모범적인 경영을 계속해왔고 누구보다도 신용을 중시하는 것을 우선으로 하는 사업가로 자타가 인정해왔다. 그런데 두 가지 다 오명을 받고 말았다.

"여기에는 정말 살이 내리는 듯한 느낌이 들었다."하고 마쓰시다 고노스케는 나중에야 절실하게 술회하고 있다.

이러한 선의의 국가 협력이 짓밟혀서 반대의 결과를 초래하거나 사회의 번영에도 이어지도록 애쓴 기업 협력이 오히려 무거운 짐을 짊어지게 만든 모순에 직면했던 사실은 마쓰시다 고노스케에게 '인간'에 대하여 다시 한 번 깊이 생각할 기회를 주었던 것이다.

또한 전후의 폐허 속에서 인간의 평화와 행복을 달성하기 위해 무엇을 해야 할 것인가 하는 간절한 생각에서 마쓰시다 고노스케는 쇼와

21년 11월에 PHP 연구소를 창설했다. PHP란 '번영에 의하여 평화와 행복을'(Peace and Happiness through Prosperity)이란 머릿글자를 딴 것인데, 이 연구와 운동에 대해서는 제9장에서 상술하기로 한다.

제 6 장 국제화 시대의 개막
—— 쇼와 30년대로

희망의 연두(年頭)에 서다

쇼와 26년(1951) 1월 6일, 마쓰시다 고노스케는 본사 수양실(修養室)에서 교사카(京阪;교토와 오사카)에 있는 중견 간부사원 2백여 명을 모아놓고 연두의 경영방침을 발표했다.

전후 5년간의 괴로운 시기를 벗어나서 새 시대의 개막을 고하는 첫 번째 소리였다. 거기에 앞선 전년 7월의 임시 경영방침 발표에서,

"마쓰시다 전기는 종전 후 오 년 동안 여러 가지 문제에 봉착해왔다. 역경에 처해서도 서로가 정열을 기울이고 힘을 다해서 버텨왔다. 이 땀의 결정으로 겨우 서광이 보이는 곳까지 저어왔다. 그 동안의 노고는 훗날 틀림없이 즐거운 추억이 될 것이다.

이제 새로운 사명을 자각하고, 특히 한국전(韓國戰)의 경기 바람이 가까이 불어오는 현상황에서 보면 간신히 영양실조에서 회복기에 들어선 마쓰시다 전기로서는 앞으로 대지에 든든히 발을 붙이고 대단한 각오로 임하지 않으면 폭풍우에 날려가버리고 만다. 어떠한 일이 일어나더라도 딛고 넘어설 만한 내용을 이루어놓아야 한다고 생각한다. 이 갈림길에 서서, 더구나 일본의 재건으로 생각을 넓혀볼 때 일에 정진할 기쁨이 싹트기 시작했다. 밤낮을 구별하지 않고 장사에 전념할 의욕이 끓어올랐다.

폭풍우가 몰아치는 속에서 마쓰시다 전기는 드디어 일어섰다. 서로가

각자의 입장에서 건투하지 않겠는가. 좋은 제품을 만들어서 세상 사람들에게 환영을 받는다. 회사는 그 보답을 받아서 발전하고 여러분에게도 풍성한 분배가 이루어진다. 거기에서 회사의, 그리고 세계의 번영이 이룩되어가는 것이다." 하며 구가하고 나서 반 년 후에는 경영 내용의 혼전상은 괄목할 만큼 늘어갔다.

일반적인 호황의 뒷받침이 있었다고는 하지만 그러한 대세에 처해서 과오가 없이 기업을 극적인 회생(回生)으로 이끈 경영수완은 역시 높이 평가될 만한 것이었다.

한국동란의 특수(特需)에의 의존율이 낮고 일반 수요를 기조로 한 견실한 경영방침이었다는 사실도 동란 종결 후 특수한 전략에서 오는 영향을 최소한도로 저지시키는 요소가 되어 전망의 정확함을 입증했다. 일찍부터 특수가 고조되는 속에서 마쓰시다 고노스케는 눈앞의 일에 현혹되지 말고 확고하게 발을 땅에 디디자고 경계해왔던 것이다. 그 성과를 가지고 26년의 연두에 등단했다. 거기에서 다음과 같은 포부와 전망이 밝혀졌다. 전후의 새로운 마쓰시다의 역사는 이때 시작되었다고 말해도 좋다.

쇼와 26년 경영방침 개요

종전 후 이제 6번째의 새해를 맞았다. 지난 일 년을 돌이켜보면 참으로 우리 회사에 있어서 특기할 만한 해였다. 마쓰시다 전기 역사상 '유신(維新)'이라고도 할 만한 정도의 전환기였다. 작년 봄은 디플레이션으로 세상은 어두웠다. 관계되는 업계 전반이 한숨뿐이었다. 그러나 3월의 마지막 정비단계에 들어섰을 때 거기에 심각한 공기가 떠돌기는 했지만 한편으로 일어서겠다는 의지가 생기고 서로가 협력해서 일해나가자는 열렬한 의기가 끓어오르기 시작했다.

7월에 들어가서 전후 5년 만에 드디어 처음으로 실질적인 흑자경영이 되었다. 이것을 계기로 심기일전하여 이제까지 떠돌던 어두운

공기는 일소되고 사내에 밝음이 더해지는 동시에 그것이 대외적으로도 반영되어서 우리의 생산활동이 온갖 부문에서 환영받게 되었고 하반기에 들어가서 겨우 경영이 본궤도에 올라섰던 것이다.

그러나 여기에서 잊어선 안 될 일은 이 5년간의 고난의 길을 뚫고 지나온 발자취이다. 오늘날 상처가 아물고 건강을 되찾을 수 있었던 것은 자신의 끈기도 있겠지만 배후에 미국의 커다란 구원의 손길이 있었기 때문이다. 우리는 이 '구원받은' 것을 잊어서는 안 된다. 그와 함께 5년 전의 비참한 모습을 똑똑히 기억해두어야 한다. 일본인으로서 또 우리 마쓰시다 전기에 몸 담은 자로서 마쓰시다 전기의 괴로움과 그것을 타개해온 발걸음을 잊어서는 안 되는 것이다. 거기에는 수많은 교훈과 발전의 양식이 숨겨져 있기 때문이다.

그 얻은 것 중에서 가장 큰 것은 일본인이 '인간성'에 눈뜬 사실이다. 우리 일본인의 시야가 세계적으로 넓어진 사실이다. 세계인으로서 인간으로서의 정의관에 눈뜨고, 거기에서 질서를 찾아야 함을 깨달은 사실이다. 일본인으로서 시비의 판단을 내리고 있었던 것이 인간으로서 세계인으로서의 입장에서 사려하게 되었다는 사실이다. 좁은 시야에서 활동하던 우리는 이제 세계의 경제인으로서 일본 민족의 장점을 살려가면서 세계적인 경제활동을 해야 할 것이다.

세계에서 나란히 활동하는 이상 우리는 세계 인류의 일원으로서 인간의 사명을 알고 인생의 참된 목적을 파악하여 우리 회사의 경영을 재검토하려고 계획하고 있는 중인데, 이런 마음에 철저히 하고 그 성과를 빨리 올리기 위해서 '마쓰시다 전기는 오늘부터 다시 개업한다.'는 것을 발표했다.

재개한다는 것은 이제까지의 업태를 바탕으로 처음부터 사업을 시작하겠다는 것이다. 즉 과거의 인습에 구애받는 일이 없이 새로 개업하는 기분으로 경영에 임했으면 하고 원하는 것이다.

과거의 인습에 구애되지 않는다는 것은 일단 모든 것을 백지로 돌

리고 좋은 전통에서 해나가고 싶다는 얘기이다. 개업하는 기분으로
하면 반드시 겸허함과 열성이 생겨난다. 여기에서 마쓰시다 전기의
전통의 장점이 되살아난다. 새로운 기분으로 시작한다는 것도 '날로
새롭게 나아가는' 우리 회사의 전통적인 정신이다.

　나는 지금 새 출발을 앞에 두고 이런 모습은 생성발전의 발로라고
생각하고 있다. 생성발전이란 날로 새롭게라고 하는 것, 낡은 것은
없어지고 새로운 것이 태어나는 것이다. 모든 것은 끊임없이 움직이
고 끊임없이 변해가고 있다. 이것은 자연의 이치이고 우주의 동향이
다. 세상의 만물은 이 생성발전의 원리로 움직여지고 있다. 따라서
우리의 경영도 이 원리에 지배되고 있는 것이므로 우리 회사가 전부
터 날로 새롭게 나아가자고 염원해온 것도 이 원리에 부응한 경영이
념을 취해왔기 때문이다. 생성발전의 경영이념은 만고 불멸의 진리
이다.

　경영의 능률을 올리기 위해서 전부터 계획하고 있던 전문세분화를
금년도 경영방침의 하나로 채택하여 실시하려고 한다.

　사업장을 적정한 크기로 분할해서 그 단위마다를 전문화하여 직능
에 있어서의 최고로 키우고 싶은 것이다. 이렇게 하면 책임감이 강한
사람은 누구든지 성적을 올릴 수 있으리라고 생각한다. 즉 그 사람이
지닌 능력을 완전히 발휘할 수 있도록 하려는 것이다. 칸수를 넓히는
것이 아니라 일을 깊이 파고들어서 한 사람 한 사람이 그 길의 전문
가가 되기를 원하고 있는 것이다.

　그러나 각 부문의 전문 세분화를 실행하는 데 있어서 '종합'이라는
것에 상당히 주의하지 않으면 안 된다. 다행히 우리 회사는 종합경영
의 형태로 되어 있으므로 상부상조하는 가운데 부문마다 전문 세분
화를 시켜갔으면 하고 생각하는 것이다. 이를테면 벽을 칠하는 사람
은 칠하는 데 뛰어나고 기둥을 세우는 사람은 세우는 데 뛰어나다

하더라도 그 종합적인 설계에 잘못이 있으면 모처럼의 우수한 능력도 살아날 수가 없게 되는 것이다. 따라서 종합설계는 또 종합설계로서 전문적인 연구를 하고, 그리고 각 부문을 적극적으로 세분화시켜 가는——이런 형태가 가장 합리적이고 완벽한 경영이 아닐까 하고 생각한다.

현재 본사의 기능이 이 종합설계를 하는 역할에 해당되므로 이것을 전문적으로 연마해서 그 역할을 완전하게 해내면 각 부문에서 닦은 능력도 마음껏 발휘되어서 전체적으로 훌륭하고 충실한 경영이 되리라고 기대하고 있는 바이다.

이번에 갑자기 미국에 가게 되었다. 상용(商用)이 목적이지만 일부의 시간은 조사에 할애할 것이며 유람은 하지 않을 작정이다.

미국행은 마치 창업 당시의 도쿄 행과 비슷하다. 내가 사업을 시작한 지 만 3년 만의 상경은 밤차로 갔다가 밤차로 돌아오는 것이었다. 밤의 긴자(銀座)는 본 일이 없었다. 미국 여행도 일이 끝나면 곧 돌아올 작정이다. 대체로 1개월 예정이다. 이제 앞으로 2, 3년만 지나면 미국과의 교통은 더욱 빈번해지고 고속화되어서 피차의 거리도 시간적으로 단축될 것이다. 그렇게 되면 마쓰시다의 사원이 도쿄에 가는 기분으로 매일 2, 3명씩 미국에 가는 것도 가까운 장래의 일일 것이라고 생각한다.

미국에서의 일은,

첫째는 우리 나라 물건이 어느 정도 팔리는가.

둘째는 해외로부터 공급받을 것은 무엇인가. 이를테면 경영의 방법, 설비, 자본, 기술 등이다. 또한 거래상에서 바로 결정할 수 있는 것은 즉결할 방침이다.

셋째는 지금 일본이나 미국이나 제품에 사용하는 원료자재는 대체로 같은 것을 쓰고 가격도 거의 같다. 만들어진 제품이나 판매가도 별로 다르지 않다. 때로는 미국 것이 싸다. 그런데 원료에서 제품으

로 만드는 과정에 있어서는 미국의 임금이 10배나 높고 회사 자체도
이익을 올리고 있다. 게다가 품질과 성능이 우수하다. 그렇다면 그
과정에서 일본은 소실되는 손해가 많다는 것이 된다. 우리 나라는 대
체적으로 회사는 손해를 보고 임금은 10분의 1이다. 어떤 손실이 있
고, 그 원인은 무엇인가. 이것을 직접 체험하고 오려는 것이다.

결국 미국은 살아 있는 경영을 하고 일본은 죽은 경영을 하고 있
는 것은 아닐까 하는 생각이 든다. 이것을 모두가 알아두지 않으면
안 된다. 나는 대략은 짐작하고 있다. 즉 손해를 100%로 친다면 그
50%는 정치행정 당국자의 책임이고, 40%는 경영자의 책임이며,
10%는 근로자의 책임이라고 생각한다. 이 손해를 빨리 해결하도록
일본인 모두가 노력해야 한다. 손해의 반은 불경제한 정책이 사업에
미치는 영향에 의한 것이어서, 이 점을 미국에서 배워서 정치 담당자
에게 제안하는 것은 국민에게 지워진 책임의 하나이다. 그리고 나머
지 50%는 경영자와 종업원이 해소시켜야 하는데 이것을 다시 분석
하면,

1. 공장 설비의 개선
2. 판매의 방침
3. 종업원의 교육——특히 책임감의 양성

이것을 뚜렷하게 밝혀내 하나하나 착실하게 타개해나가면 미국의
수준에 도달할 수 있으리라고 생각한다. 나는 이것이 가능하다고 믿
고 있다. 능력이 없다는 말이 아니다. 무심결에 그냥 지나치고 있는
경우가 많은 것이다. 나는 이상의 여러 가지를 직접 보고 느끼고 오
려고 한다.

이 첫 번째 도미(渡美)는 연초의 경영방침 발표회에서 강조한 '세계
를 향해서 열려진 일본 및 일본인'이라는 것을 구체적으로 실천하려는
몸짓이었다. 세계적인 마쓰시다에의 첫 걸음이기도 했다. 연초의 발표

회의 여운이 아직 남아 있는 1월 18일에 마쓰시다 고노스케는 하네다
(羽田)에서 미국을 향하여 출발했다. 멀어져가는 조국의 대지 —— 상
처받고, 그리고 그 속에서 소리높이 건설의 망치 소리를 울리고 있는
조국의 대지를 보면서 감개가 무량했으리라는 것을 상상할 수 있다.

첫 번째 미국 방문

첫 번째 미국 시찰여행은 태평양을 사이에 둔 이 거대한 '이웃'에게
여러 가지 살아 있는 공부를 시켜주었다.

특히 밝고 활력에 넘치는 번영의 사회를 눈으로 보고 그 기조가 되어
있는 민주주의의 숨결을 직접 피부로 느낄 수 있었던 것은 큰 수확이었
다.

미국을 여행하기 전부터 그는 총사령부 관계의 미국인과 교섭을 위
해서 수없이 접촉했었는데, 전승국(戰勝國) 사람이면서도 패전국의 국
민인 일본인을 조금도 무시하지 않는 개방적이고 친절하며 또 신사적
인 그 인품에 호감을 갖게 되었다.

점령정책 자체에 대해서는 여러 가지로 비판할 점도 많았지만, 개개
의 미국인의 인간상은 대체로 바람직한 것이었다. 그것이 방미에 의하
여 확인되었던 것이다. 또 미국이라는 나라는 앞으로 일본이 뻗어가는
데 있어서 배워야 할 점이 많다는 인식을 강하게 했다.

전쟁에 짐으로써 잃은 것이 너무나도 많았지만, 반면에 그로 인해서
활발한 국제적인 시야를 갖게 되었던 것이다.

《약사》에는 '사장의 미국관(美國觀)'이라고 해서 마쓰시다 고노스케
의 방미 인상이 다음과 같이 실려 있다.

택시 운전수가, 어때, 미국은 자유롭고 좋은 나라지, 하고 허물없
이 말을 걸어온다. 활기에 넘쳐서 놀라운 속도와 규모로 발전하고 있
는 나라. 텔레비전의 보급은 7백만 대를 넘어서(일본에서는 28년 2

월에 방송 개시) 급속하게 증가해가고 있다. 라디오는 1억 대나 보급되었고 다시 새로운 전자 기기가 속속 생겨나고 있다. 350명이 매월 15만 개나 스피커를 만들고 있는 전문 메이커, 여자 공원의 급료가 일본의 사장 이상이라는 진공관 전문 메이커, 1천만 개 단위로 부품을 사겠다고 말하는 라디오 메이커……전문 메이커가 모여서 상식으로는 전혀 생각할 수 없을 만한 번영을 낳고 있다. 특히 전자 기술의 놀라운 발전. 사장(마쓰시다 고노스케)은 거기에서 전문 세분화가 넓은 국토 위에 놀라운 규모와 속도로 실현되어가고 있는 모습을 본다.

다만 거기에는 '이 미국의 문명도 궁극적인 이상에 도달하기까지의 변화의 한 장면에 지나지 않는다는 느낌도 들지만…….' 하고 문명비평(文明批評)도 얼핏 엿보이고 있다. '그러나 미국의 좋은 점을 많이 받아들이고 그 위에 일본의 장점을 살리면 일본은 반드시 좋아진다.' 이것은 임상가(臨床家)로서의 마쓰시다 고노스케가 쓴 새로운 일본에의 대증 요법(對症療法)의 처방전이다.

번영의 원동력은 이것이다

미국에 가기 전부터 마쓰시다 고노스케는 미국인의 좋은 점을 볼 때마다 '이런 미국인과 어째서 전쟁을 하지 않으면 안 되었던 것일까.' 하고 생각하곤 했다.

이 생각은 실제로 미국 땅을 밟아보고 한층 강해졌다. 사람이 좋을 뿐만이 아니다. 거기에 있는 미국의 국력이라고 할까 국부(國富)라고 할까, 그것은 일본과 비교해볼 때 너무나도 큰 차이가 있었다.

미국인 중에도 전후에 일본에 와서 일본인의 좋은 점을 보고는 '이렇게 오랜 굉장한 문화를 가진 일본이라는 나라, 거기에 사는 친절하고 예의바르며 섬세한 성격을 지닌 우수한 사람들과 어째서 전쟁 따위를 했던 것일까.' 하고 생각을 했던 사람이 많았다. 서로가 상대방의 입장이 되어보면 이렇게 상대의 장점을 인식하고 좋은 감정을 가질 수가 있는 것이다.

그것이 나라와 나라의 관계가 되면 이해관계를 주로 한 전혀 다른 대립적인 국면이 생긴다. 개인과 개인이 친해지듯이 나라와 나라가 친해진다는 것은 불가능한 일일까.

이런 것도 미국여행에 의해서 새삼스럽게 느끼게 된 일이었다.

그 밖에 마쓰시다 고노스케는 '이것이다.' 하고 경탄을 금할 수 없었던 일이 있었다.

그것은 미국의 번영은 기업의 이익이 확고하게 지켜지고 있다는 사실과 불가분하다는 발견이었다. 이것은 마쓰시다 고노스케 자신도 기업의 정당한 이익이 사회의 발전을 위해서 없어서는 안 되는 것임을 전부터 주장해온 사람이고, 실제로 그것을 경영의 요체(要諦)로도 삼고 있었다.

기업의 공공성(公共性)도 표리 일체였다. 기업은 자신을 윤택하게 할 뿐만 아니라 그것을 통해서 사회를 윤택하게 한다. 기업은 그러한 일을 통해서 사회로부터의 부탁에 부응하고 있는 것이다. 그렇기 때문에 사회는 귀중한 자금과 자재, 시설, 인재 등을 기업에 맡겨서 그 운영을 위임한다. 돈도 물건도 토지도 건물도 인간도 모두 사회의 것이지 기업이 사유할 것은 아니다. 그 대신 사회는 기업의 활동에 대하여 이익을 인정해준다. 일을 하려면 자본이 든다. 큰 일에는 큰 자본이 든다. 개인이 할 수 없는 일, 경우에 따라서는 나라도 할 수 없을 만한 일이라도 기업자본이 한다. 그러기 위해서는 이익의 축적이 필요하다. 그것이 사회에 투하됨으로써 사회는 활황(活況)을 띠어간다.

미국은 활기있게 그것을 구현시키고 있었다. 또한 그것은 인간의 능력을 최대한으로 살리고 있는 사회이기도 했다. 그 밖에 '과연 이것이 미국식 합리주의라는 것인가' 할 만한 실례에 마쓰시다 고노스케는 도

처에서 부딪쳤다. 그는 많은 것을 구경하고 다니면서 견문을 넓히고 귀
중한 교훈을 추출해서 그의 머릿속에 담아넣었다.

고노스케는 회사나 공장을 견학할 뿐만 아니라 틈만 있으면 혼자서
거리를 돌아다니면서 민중의 숨결을 듣고 다녔다. 영어가 서툴렀기 때
문에 꼼꼼한 취재는 못하지만 거리를 산책하는 것만으로도 여러 가지
를 피부로 느낄 수 있었다.

특히 영화관에 자주 찾아갔다. 미국에서 보는 미국 영화는 관객석의
반응도 포함해서 각별했다. 일본에서 상영될 때처럼 자막(字幕)은 들어
있지 않았지만, 화면의 움직임을 쫓는 것만으로도 적당히 즐길 수 있었
다. 그는 소년과 같은 호기심으로 온갖 것을 흡수해갔다.

미국 사회의 탐험은 대담하다면 대담한 것이었다. 개중에는 체류 중
의 일 외에는 호텔에서 한 발자국도 나가지 않는 소극적인 사람도 있었
는데 고노스케는 정반대였다.

호기심이 왕성한 탓도 있지만 공연히 외국인 콤플렉스를 갖지 않고
편하게 행동할 수 있었던 것도 다행이었다. 무엇인가 얻고 돌아가겠다
는 정신적인 왕성함도 있었다. 동시에 일본이라는 나라만이 가지고 있
는 특유한 맛이나 여러 가지 가능성과 같은 것도 보인다.

이렇게 마쓰시다 고노스케는 미국에서 여러 가지 것을 채워가지고
돌아왔는데, 그 좋은 점은 인정하면서도 끊임없이 조국의 현상과 비교
해서 무엇을 생각하여 배우기는 하지만 모방하지는 않는다는 자세를
허물어뜨리지 않았다.

돌아온 때는 4월 초순이었다. 하네다를 떠날 때는 짧은 머리였던 마
쓰시다 고노스케는 머리를 기르고 몰라볼 정도로 말쑥한 차림이 되어
마중나온 사원들을 놀라게 했다. 그것도 미국 선물의 하나였다.

마쓰시다 고노스케의 미국 선물 이야기
미국은 참으로 민주주의가 철저히 확립되어 있다. 일본에서도 한

때 민주주의에 대한 논의가 성행해서 민주주의가 아니면 아무 일도 이루어지지 않는다는 입장을 보이는 듯 했었지만 그런 의욕에 비해서 일본 국민의 민주 의식은 그다지 향상되지 않은 것 같다. 오히려 민주주의를 국민이 싫증을 내고 있는 것처럼 생각되기조차 한다.

물론 전쟁 전에 비하면 국민의 의식이 대단히 좋아진 것은 사실이다. 그러나 민주주의가 확고하게 뿌리를 내렸다고는 생각되지 않는다.

일본과 미국의 이러한 차이는 역시 역사적 전통의 차이라고 생각한다. 유럽 대륙에서 아메리카 대륙으로 이주해온 사람들은 처음에는 신분적인 차이가 하나도 없었다. 모두가 평등한 출발점에서 시작해 실력본위의 격렬한 경쟁으로 오늘날의 미국을 이룩한 것이므로 봉건적인 사상이 끼어들 틈이 없었다. 즉 생활 속에 민주적인 정신이 자연스럽게 배어들어 있는 것이다.

거기에 비하면 일본은 2백여 년의 역사를 가지고 있다. 그 오랜 세월 동안 서서히 봉건사상이 누적되어서 우리의 생활에 깊이 파고들었다. 생각이나 이론으로는 민주주의를 받아들인 것 같지만 실생활은 여간해서 개선되지 않는다.

그 한 가지 예가 관청이다. 미국에 체류하는 동안 나는 워싱턴의 어떤 관청에 볼일이 있어서 갔는데, 국방상 중요한 관청임에도 불구하고 휴일도 아닌데 조용했다. 그곳에서는 수천 명이 일하고 있어서 일본의 관청에서와 같은 대혼잡을 예상하고 있던 나는 의외로 생각했다.

이윽고 그 이유를 알았다. 일본처럼 내방자가 많지 않은 것이다. 관청 쪽에서나 일반 사람들도 서로가 수고와 시간이 낭비되지 않도록 면회는 극히 중요한 일에만 한하고, 나머지는 전화를 하거나 해서 착착 일을 처리해간다. 그래서 이렇게 조용한 것이다. 아무리 조용하다고 해도 몇만 평의 건물에 몇백 개의 방이 있고 몇천 명이 움직이고 있는 것이므로 그 안으로 한 발 들여놓으면 모두가 바쁘게 움직이게 마련이다. 그러나 복도에서는 지나가는 사람이 거의 눈에 띄지 않을 정도이다.

일본은 정반대다. 전화로 끝낼 수 있는 용무라도 실례가 된다고 해서 찾아가고 간단한 일로도 불러내며 형식적인 인사 따위가 많아서 헛된 비용과 노력과 시간을 소비하고 있다.

이렇게 낭비하는 일들이 부흥을 늦추고 있었다. 이것은 봉건사상의 폐습이다. 이러한 것이 남아 있으면 혁신적인 창의와 연구도 생겨나지 않는다.

미국에서는 정치에 대한 국민의 관심이 대단하다. 국회의원에게는 선거구민으로부터 매일 평균 1만 통이나 되는 여러 가지 요청서가 온다고 한다. 그것도 일본같이 조그마한 이해관계에서의 탄원서나 진정서 따위가 아니라 공공의 문제를 중심으로 한 건의서이다. 국회의원이 혼자서 그것을 일일이 읽는 것은 불가능하므로 나라에서 선임한 비서에게 읽도록 한다. 비서는 그것을 전부 읽고 분류한 다음에 요점을 국회의원에게 보고한다. 그래서 국회의원은 앉아서 국민의 여러 가지 문제를 알고, 여론의 동향을 알 수가 있다. 그리고 그것에 근거해 의회에서 활동한다. 이것이 민주국가에 있어서의 국회의원의 본연의 자세이다.

그는 또 철이 지난 어느 해수욕장에 가보고는 무척 놀랐다. 겨울이어서 인적도 없는데 소변이 마려워서 약간 높은 언덕 위의 공동변소에 갔다. 분명히 더러울 것이라고 생각했는데 뜻밖에도 변소는 깨끗하고 종이 조각 하나 떨어져 있지 않았다. 감탄하고 있는 나를 보고 안내하는 친지가 웃으면서 자기들은 그 때문에 세금을 내고 있는 것이니 그다지 감탄할 것은 없다고 말했다. 관청의 서비스가 잘 되어

있는 것도 그와 마찬가지다. 그것을 이용하는 쪽도 세금을 내고 있으
니까 친절한 것도 당연하다는 사고방식이다.

뉴욕에서 어떤 기계를 사려고 이곳저곳 찾아다녀보았지만 아무 곳
에도 없다. 캐나다에 있을 것이라고 해서 그 회사에 전화를 거는데
국경을 거쳐서 2천 마일이나 되는 그 회사가 10분 만에 나왔다.(쇼
와 26년의 얘기다.) 계원이 말하기를, 기계는 우리에게 있습니다만
마침 우리 사장이 지금 클리블랜드에 가 있으니까 직접 만나주십시
오, 하면서 숙소의 전화번호를 가르쳐주었다.

사장과 금방 통화가 되었다. 내일 그쪽으로 가겠다고 한다. 이튿날
사장은 비행기로 찾아왔다. 민첩하고 능률적인 행동은 우리 나라와
비교가 되지 않는다. 캐나다 사장 얘기에 의하면 오랫동안 영국의 통
치하에 있었기 때문에 미국에 비해서 봉건적이고, 그 결과로 비생산
적이어서 번영하지 못한다고 한다. 이것은 내가 미국에 와서 민주주
의야말로 번영의 기초라고 생각하고 있었던 것과 일치되었다.

로스앤젤레스에서 먼저 간 마쓰시다가 회사에 다니는 사원과 만나
서 어떤 미국인과 셋이서 잡담을 했다. 그때 그 미국인이, 당신네 두
사람을 보고 있으니까 어느 쪽이 사장이고 어느 쪽이 사원인지 금방
알 수 있다고 한다. 둘이서 나란히 거리를 걸어가는 것을 보기만 해
도 알 수 있다고 한다. 내가 그렇다면 미국인의 경우는 어떠냐고 물
으니까, 미국인의 경우는 일하는 데 있어서는 사장과 사원의 의식이
있어서 작업 중에는 남이 보아도 구별이 되지만 일단 일을 떠나면
친구가 되어서 남이 보아서는 잘 구별이 되지 않는다고 말한다. 이것
이 바로 민주주의다, 하고 생각했다.('PHP' 쇼와 26년 5월호 '민주
주의는 왜 필요한가'에서 요약)

마쓰시다 고노스케는 민주주의는 번영주의이다, 이 결론을 나의 첫째

선물 이야기로 보고드리고 싶다, 하고 덧붙였다. 참으로 피부로 직접
느낀 민주주의의 파악방법이다.

민주주의의 본질을 찾다

역시 'PHP' 쇼와 26년 7월호에서 마쓰시다 고노스케는 '민주주의의
본질'이라는 제목으로 그 이론적인 파악을 시도하고 있다. 다음은 그
요약이다.

최근의 일본을 보면 모처럼 열려진 민주주의에의 길이 다시 닫혀
져버리는 것은 아닐까 하는 기분이 든다. 그렇게 되면 패전이라는 커
다란 희생에서 일어나려는 노력이 없어지게 된다. 겉으로 민주주의
를 실천하는 척하는 것이 아니라 일본인의 피와 살이 되었으면 한다.

이제까지 민주주의에 대해 여러 가지 정의가 내려졌지만 나의 생
각을 솔직하게 말하면, 민주주의 사회에서는 인간이 본래 지니고 있
는 장점이 그대로 살려지는 것이 아닐까 생각한다.

인권이라든가 자유라든가 평등이라는 것은 민주주의가 성립되기
위해서는 빠뜨릴 수 없는 것이지만, 그것은 민주주의의 기초적인 조
건이지 민주주의의 본질은 아니라고 생각한다.

자동차를 예로 들면, 그것이 이용되기 위해서는 차체나 바퀴나 그
밖에 자동차를 구성하고 있는 갖가지 물질적인 요소가 필요하고 달
리려고 하면 가솔린도 필요하다. 그러나 그러한 것은 자동차라는 탈
것을 성립시키고 있는 조건일 뿐이지 자동차의 본질은 아니다. 그 본
질은 사람이나 물건을 싣고 빨리 달리는 운반성에 있다. 민주주의의
조건과 본질의 관계도 그와 마찬가지다.

민주주의는 또 인간주의(人間主義)다. 인간을 더욱 잘 살리는 주의
이다. 거기에서 번영이 태어난다. 왜 그런가 하면 민주주의하에서는
각자가 지니고 있는 지혜와 능력을 최대한으로 발휘하는 것이 가능

하기 때문이다. 혼자서만 지배하는 독재주의와는 달리 많은 사람의 지혜가 종합적으로 활용되기 때문이다. 이것이 번영으로 이르는 가장 확실한 길이다.

민주주의도 용어상으로 보면 하나의 주의에 불과하다. 자본주의, 사회주의, 공산주의, 무정부주의, 또는 인도주의, 이상주의, 현실주의 등 여러 가지 주의가 있다. 이것은 모두 상반되는 주장을 가지고 있다. 민주주의는 상반되는 주의 가운데 하나로 보면 아무래도 좁은 느낌이 든다.

또한 이러한 '주의'는 반드시 역사적 배경을 가지고 있다. 이것은 역사의 흐름 속에서 생겨난 것이어서 시간과 함께 다시 언젠가는 다른 주의로 대체될 숙명을 지니고 있다.

민주주의도 역사적으로 보면 이들 주의와 대단한 차이는 없는 것처럼 생각된다. 데모크라시라는 말이나 생각은 옛날부터 있었던 것이지만 오늘날 미국을 중심으로 해서 행해지고 있는 민주주의는 중세의 봉건주의의 반대어로 나타난 모양이다.

이와같이 민주주의라는 말의 표면에만 사로잡히면 한쪽으로 치우친 생각에 빠지기 쉽고 거기에서 민주주의의 타락이나 결함이 생겨나게 된다. 잘못하면 다른 주의로 대체될 수도 있다.

물론 우주는 생성발전(生成發展)을 그치지 않는 것이어서 계속해서 새로운 주의 주장이 생겨나는 것도 그 모습의 하나이다. 그러나 주의 주장은 변하더라도 진리는 변하지 않는다. 이 세상에는 변해서 좋은 것과 변해서는 안 되는 것이 있다는 말이다.

이상의 관점에서 민주주의라는 것을 생각하면 거기에는 대단히 뛰어난 것이 포함되어 있다. 그것은 곧 진리이다. 진리에 뿌리를 박은 것이 거기에 있는 것이다. 민주주의라는 단어에만 사로잡혀서 그러한 본질을 놓쳐서는 안 된다. 그것을 놓치는 것은 진리를 놓치는 것이기 때문이다.

또 한 가지, 민주주의라는 말을 단순한 유행어로 만들어버려서는 안 된다. 유행은 한순간일 뿐이고 한번 지나가면 돌아보는 사람도 없게 된다. 민주주의를 그러한 운명으로 가게 해서는 안 된다. 그러기 위해서는 민주주의를 단순한 말, 단순한 개념으로서 파악할 것이 아니라 본질과 진리로써 파악할 필요가 있다.

민주주의가 성공할 수 있는 중요한 일의 하나는 각자가 완전한 자주성 위에 서는 것이다. 나는 미국에 갔을 때 미국의 젊은 샐러리맨 몇 사람에게 일본인의 인상을 물어보았다. 대답은, 일본인은 온순하고 호감이 가는 국민이지만, 아무래도 자주성이 없는 것 같다. 이것은 점령 중의 일본과 일본인의 태도에 대해서 말할 수 있는 것으로 맥아더 원수의 점령행정이 지향하는 것도 하루라도 빠른 일본의 재기였다. 그는 일본의 점령행정을 펴기에는 적합한 인물이었다. 그러나 아무리 그렇더라도 그는 결국 외국인이다. 일본을 가장 잘 아는 것은 일본인뿐이다.

당연히 점령행정에 대해서도 일본인 쪽에서 의견이 나와야 했을 것이다. 점령군 당국도 일본인의 의견을 거부하지 않았을 것이다. 그러나 일본인은 의견을 말하지 않았다. 그렇게 했더라면 좀더 빠른 시기에 부흥이 가능했으리라고 생각한다.

같은 점령행정지라도 독일인은 자주성이 강해서 놀랄 만큼 빠른 부흥을 했다.

이상은 그 미국 청년들의 말이다. 생각해볼 일이라고 나는 생각했다.

민주주의 이념이나 본질은 불변하고 인류에게 공통되는 것이지만 실제로 응용하는 데 있어서는 나라에 따라 민족에 따라 다소 차이가 생기는 것은 당연하다고 생각한다. 사람마다 성장이 다르듯이 어떤 나라나 독자의 역사와 전통을 가지고 있다. 아무리 미국이 좋다고 해도 그대로 흉내낼 수는 없다.

그 미국 청년들은 일본의 천황제(天皇制)에 대해서도 언급했다. 일본이 천황제라 하더라도 방법 여하에 따라서는 결코 민주주의에 어긋나는 것은 아니다. 일본의 천황제는 대단히 좋은 것이다, 하는 의견이었다. 다만 그러기 위해서는 민주주의라는 것이 확고하게 뿌리를 내리고 있지 않으면 안 된다는 조건이 붙어 있었다. 이 점은 우리도 크게 유의해야 할 일이다.

인상적이었던 것은 그들이 일본의 천황제를 하나의 예술로 보고 있었던 것으로, 일본인은 그것을 더욱더 미화시켜서 예술적 가치를 높여가는 즐거움을 지닌 드물게 혜택받은 국민이라고 한다. 미국이 아무리 흉내내려고 해도 흉내낼 수 없을 것이라고도 말했다.

그리고 그 일은 일본인이 어떻게 스스로 민주화되어가는가에 달려 있다고도 말했다. 참으로 경청할 만한 값어치가 있는 말이라고 생각했다.

크게 보면 세계의 민주화는 아직 멀었다고 생각한다. 세계의 모든 나라가 제각기 민주화를 도모하고, 그 결과로서 국제적인 민주주의가 실현된다면 인류는 어디까지 발전할지 예측도 할 수 없다. 이것이 나의 민주주의에 대한 생각이다.

국제화시대로

그 해 10월 마쓰시다 고노스케는 또다시 미국에 갔다가 유럽을 돌아서 12월에 일본으로 돌아왔다. '지난번은 그저 시찰을 겸한 일이었지만 이번은 사업'을 위한 여행이었다.

다만 지난번만 해도 '반은 놀이'라고 겸손한 말을 했지만, 그저 관광여행이나 하고 올 마쓰시다 고노스케가 아니었음은 이미 앞에서 말한 바와 같다. 경영의 국제화시대에 대비해서 정확하게 볼만한 점은 보고 왔다.

전기 분야에 있어서 네덜란드의 필립스사와의 기술제휴는 두 번째 구미(歐美) 여행에서 이루어진 것이었다. 다만 이때는 피차간에 기본적인 얘기를 했을 정도이고, 정식으로 계약이 성립된 것은 이듬해인 27년 11월의 세 번째 출장 때이다.

당시 전구, 형광등, 진공관, 그리고 브라운관이나 반도체(半導體)를 다루는 전자공학은 기술혁신이 눈부신 분야였다. 소켓에서 출발하여 전기전자에 도달한 마쓰시다이기는 했지만 기술적으로는 아직 해외에서 배워야 할 것이 많았다.

"이것은 꼭 해외의 우수한 메이커와 협력해서 기술을 도입하여 그 수준을 높여가지 않으면 장차 이 분야에서는 경쟁에 뒤떨어지게 될 것이다."

첫 번째 미국여행은 마쓰시다 고노스케로 하여금 그것을 통감하게 했다. 그것은 또한 일본에서도 눈앞에 닥친 텔레비전시대에의 포석이기도 했다.

당장 제5사업부를 신설해서 그 수용체제를 갖추고는 사장이 몸소 기술제휴의 상대를 찾아서 미국에서 유럽으로 발을 뻗었던 것이다.

그 결과 필립스사를 택했다. 필립스사와는 전쟁 전부터 거래관계가 있다가 전쟁으로 중단되기는 했지만 전후에 다시 저쪽에서 거래의 재개를 제의해오고 있었다.

그러나 제휴가 성립되기까지에는 여러 가지 곡절이 있었다. 첫째 상대의 선택에는 여러 가지 조건을 참작한 철저한 검토가 필요했다. 며느리나 사윗감을 고르는 것과 비슷하므로 당연하다.

몇 개 사가 후보에 올라서 검토한 결과 최종적으로 필립스사로 결정되었다. 과거에 약간의 교류도 있고(다만 그것은 상대를 자세히 알 정도로까지 깊은 것은 아니었다), 일본과 마찬가지로 네덜란드라는 좁은 국토에서 세계에서도 인정받는 우수한 전자기기 메이커로 성장한 기업이라는 것과, 마쓰시다와 경영체질이 비슷한 점이 있다는 것 등이 왠지 모르게 '사귀기 좋은 상대'라는 느낌을 갖도록 했다. 경영진도 든든했다. 기술적으로도 마쓰시다가 흡수하기에 족한 고도의 기술을 지니고 있음을 공장을 보고 알게 되었다. 마쓰시다 고노스케는 그러한 것들을 모두 눈으로 직접 확인한 다음에 결정했던 것이다.

그런데 막상 교섭단계에 들어가보니까 상대도 상당히 까다롭다는 것을 알았다. 우선 기술제휴의 구체적인 형태로서 쌍방의 공동출자에 의한 자본금 6억 6천만 엔의 새로운 합작회사 설립을 요구해왔다.

모회사(母會社)를 웃도는 자회사(子會社)

당시 마쓰시다 전기의 자본금은 5억 엔이었으므로 자본금에 있어서 그것을 상회하는 자회사가 생기게 된다.

필립스사는 그 30%를 출자하겠다고 한다. 다만 이제부터 앞으로 동사가 받을 기술지도료로 그것을 충당하겠다는 조건이다.

따라서 당장 필립스사의 주머니에서는 한푼의 돈도 나오지 않게 된다. 그것은 마쓰시다 회사가 당장 전액을 출자한다는 얘기가 된다. 마쓰시다는 그만한 출자를 해서 과연 채산이 맞을 것인가 하는 불안이 생겼다. 더구나 상대는 7%라는, 상식적으로 보면 상당히 높은 기술지도료를 요구해왔던 것이다. 이것은 상당히 무거운 경영상의 부담을 의미하는 것이었다.

마쓰시다측에서는 당연히 난색을 표했지만, 상대는 우리 회사의 기술에는 그만한 가치가 있다고 주장하면서 양보하지 않는다. 그래서 마쓰시다측은 이번에는 이쪽에서 다음과 같은 조건을 제시했다.

양사가 제휴해서 만드는 합작회사에서 마쓰시다는 기술적으로는 필립스사의 지도를 받지만 경영은 마쓰시다사가 한다. 그러기 위해서 경영책임자도 파견한다. 아무리 기술이 좋아도 경영면이 튼튼하지 못하면 모처럼의 기술도 살아나지 못하게 된다. 오늘날 경영은 이미 고도의 전문적인 기술이 되어서 기업의 성패도 거기에 좌우되는 바가 크다. 마쓰시다사는 오늘날까지 고도의 경영기술을 지닌 회사로 알려져온 회사이고 판매력도 있다. 당사로서도 거기에 커다란 자신을 가지고 있다. 그것을 제공하는 것이므로 당연히 경영지도료를 받아야 이치에 맞다고 생각한다.

이 요구는 필립스사를 몹시 놀라게 했다. 지금까지 제휴의 상대로서 그렇게 당당한 태도로 밀고오는 사람도 없었고 첫째 경영지도료를 달라는 등의 말을 들은 것은 처음이다.

이 가장 어려운 국면에서 교섭에 임한 사람은 마쓰시다 전기의 다카하시 고타로였다.

마쓰시다 사정이 1년 후에 나아져서 기본 교섭을 하여 구체적인 얘기가 된 뒤에 매듭을 짓게 되었다. 다만 그 동안에도 연락을 계속해서 취하고 있었다.

가벼운 국위(國威)를 등에 지고

이렇게 해서 제1주자에서 제2주자로 바통이 이어졌다. 이 주로(走路)는 이번 계속교섭을 통해서의 최대의 모험이 되는 것이었다. 전권을 위임받은 다카하시 전무는 굳은 결의로 비행기를 탔다.

당시는 평화조약의 체결에 의하여 이미 일본의 독립이 회복되었다고는 하지만, 그가 등에 지고 있는 '국위'는 아직 고구마줄기와 같이 가벼운 것이었다. 최악의 경우에는 결렬도 부득이하다고 마쓰시다 사장은 말했지만, 어떻게 해서든지 성사시켜야겠다는 생각이 그의 표정을 굳게 만들고 있었다.

결국 성의와 열의가 필립스사의 인정을 받아서 매듭이 지어졌던 것이다. 그 결과 마쓰시다가 필립스사에 지불할 기술지도료가 매상의 4.5%, 반대로 마쓰시다가 받을 경영지도료가 3%로 낙착되었다. 반반이라는 선으로까지는 가지 않았지만, 이것으로 마쓰시다가 필립스에 지불하는 로얄티는 공제하고 1.5%로 끝나게 된다. 큰 부담이 경감된 것뿐만이 아니라 그 결연이 대등에 가까운 조건하에서 이루어졌다는 인상을 주는 효과도 컸다. 사실 계약기간인 15년이 지나고, 쇼와 42년에 다시 10년간 연장하게 되었을 때 필립스의 기술지도력과 마쓰시다의 경영지도력은 2.5 대 2.5로 고쳐져서 완전히 대등하게 되었던 것이다.

그런데 마쓰시다 고노스케가 그 중요한 시기에 다카하시 전무를 보낸 것은 물론 그 섭외능력을 높이 평가이기도 하지만 이 경우는 교섭기간이 길어질 것을 간파해서의 일이었다. 사물에 차분하게 대처해서 끈기있게 버티는 면이 많은 다카하시 고타로 전무가 이 경우에는 자기보다 적역이라고 판단했던 것이다.

이듬해인 27년 10월에 기술과 자본제휴의 정식 조인(調印)이 이루어졌는데 이것은 마쓰시다 고노스케 자신이 맡았다. 세 번째의 해외여행이다.

이렇게 해서 자회사인 마쓰시다 전자공업 주식회사는 오사카 부다카쓰키 시(大阪府高槻市)에 세계에서도 손꼽히는 우수한 규모와 설비를 가지고 탄생하여 자본금 110억 엔, 연 매상 870억 엔의 기업으로 발전해갔다. 경영지도료의 부담이 있음에도 불구하고 마쓰시다 전자공업은 필립스사의 다른 합작회사보다도 채산내용이 좋다는 결과를 낳았다. 그것은 마쓰시다가 필립스사의 기술을 잘 살릴 수가 있었기 때문이다.

상대가 아무리 우수한 기술을 가지고 와도 받아들이는 쪽의 태세가 준비되어 있지 못하면 제휴의 성과가 오르지 않을 뿐만 아니라 오히려 마이너스의 결과가 생기게 된다.

거기에 대하여 마쓰시다 고노스케는 다음과 같이 말하고 있다.

외국 회사와 제휴할 경우에는 상대 회사의 성격이나 경영자의 인격을 먼저 생각해야 한다. 내가 아는 회사 중 미국의 어느 회사와 제휴했다가 망해버린 곳이 있다. 이 경우는 상대방만 나쁘다고는 말할 수 없다. 저쪽은 분명하게 권리와 의무를 지키고 있는 것이다.

그런데 일본측에서는 이 정도는 양보해줄 것이라든가, 이렇게 해두면 이쪽 입장을 생각해줄 것이라든가, 인정적인 것을 삽입시킨다. 상대방에서도 인정적으로 생각하는 점이 전혀 없다고는 할 수 없겠지만 그 이상으로 권리에 대해서 엄격하다. 일단 몇 %라고 계약했으면 반드시 그것을 지킨다. 어떤 이유로 그것을 지키지 못하게 되면 ——그것은 당신네 책임이다. 우리 회사가 알 바는 아니다——하면서 상대하지 않는다. 그러고는 마구 징수한다. 그러니까 제휴를 하는 경우에는 많이 상대를 연구하고 계약조항을 잘 음미해두지 않으면 뜻하지 않은 일이 일어나기 쉽다.

이것은 제휴의 일반적인 태세 문제인데 다시 필립스사와의 제휴의 실제에 대하여 다음과 같이 말하고 있다.

우리가 제휴하고 있는 필립스라는 회사는 대단히 큰 회사이고 기술도 훌륭한데 제휴함에 있어서 상대방은 이쪽을 자세히 조사했다. 제휴를 제의하고 나서 승낙을 얻을 때까지 약 1년이 걸렸다. 그 동안에 세 번쯤 상대방 사람이 와서 나의 회사를 조사했다. 받아들일 태세가 되어 있는지 여부를 조사했다. 만약 태세가 갖추어져 있지 않으면 좋은 기술을 가지고 와도 소용이 없는 것이라며 조사를 철저히 했다.

다행히 이쪽이 받아들일 태세가 갖추어져 있어서 성공한 셈인데, 받아들일 태세가 되어 있지 않은데도 간단히 제휴를 하는 회사가 있다. 로얄티만 지불하면 될 것이라는 생각으로 한다. 그런 경우에는 실패하는 일이 많은 것 같다. 그러나 실패에 대해서는 상대방은 책임을 지지 않는다. 기술을 가르쳐도 당신 회사에서는 그것을 살리지 못하지 않았는가, 그것은 당신에 책임이다, 하게 된다.

168

그러나 상대방이 용의주도한 회사라면 이쪽에서 아무리 빨리 제휴를 하자고 해도 당장 응하지는 않는다. 자세히 조사한 다음에 안 되면 안 된다고 말한다——이런 상태라면 잘 되지 않을 테니까 하지 않는 편이 좋아요——라고 하는 것이다. 즉 자기네로서는 막대한 권리금을 받을 수 있으니까 좋지만, 당신네가 곤란해지니까 그만두자. 우리 회사로서도 경영이 되지 않을 곳과 제휴한다는 것은 흥미가 없다,라고 하는 것이다.

이렇게 말해주면 좋지만 제휴에 응해서 권리금을 받는 상대방이 그것을 잘 활용하지 못하면 우리는 해줄 만큼은 하고 있다, 활용하지 못하는 것은 당신네가 나쁘기 때문이다,라고 해서는 곤란하다. 그래서 망하고 마는 경우가 있다.(《번영을 위한 사고방식》)

경영기술은 상품이다

필립스사와의 합작사업을 통해서 마쓰시다 고노스케는 '경영기술은 팔 수가 있는 것이다' 하는 사실을 만드는 데에 성공했다. 경영기술이라는 형체가 없는 추상적인 것을 상품화한다는 생각은 외국에서는 모르지만, 당시의 일본에서는 아직 일반이 납득하기 어려운 사고방식이었다.

그로부터 10년이나 지나서 간사이(關西) 재계 사람들의 모임인 일본생산성본부(日本生産性本部) 주최의 제1회 간사이 재계 세미나에서 마쓰시다 고노스케가 경영기술 상품가치론을 필립스사와의 실례를 인용하면서 얘기하자 경영자라고 불리는 사람들이 일제히 당혹함을 표명했던 것으로도 그것을 알 수 있다.

그러나 그 후 새로운 가치관이 형성되어 사람들의 사물에 대한 사고방식이 바꾸어져감에 따라서 경영기술과 같은 무형의 기술이 차츰 높은 평가를 받게 된 것이다. 당시에 있어서의 마쓰시다 고노스케의 사고방식이 얼마나 선진적이었던가를 알기에 족하다.

이와같이 마쓰시다 고노스케는 기회가 있을 때마다 경영이라는 것에 대한 일반의 인식이 높아지도록 그 중요성과 상품가치성을 설득시켜 나갔다.

한편으로는 다른 기업과의 경영협력을 통하여 큰 성과를 올려서 자기 주장이 옳음을 실증했다. 상대는 기술적으로는 우수한 면을 지니고 있지만 경영력이 부족한 곳이 많아서, 쇼와 27년에는 냉장고와 냉동기 관계 메이커인 나카가와 전기(中川電機), 쇼와 29년에는 텔레비전 등의 메이커이고 전쟁 전부터 외자(外資) 계통의 레코드와 축음기 관계의 명문으로 알려져 있던 니혼(日本) 빅타 등이 마쓰시다의 계열로 들어가서 마쓰시다의 경영지도 아래 새로이 재기하게 되었다.

발전에 이은 발전 속에서

마쓰시다라는 기업의 발전과정을 시간적인 순서에 따라서 기록하다 보면 그 규모의 방대함에 사뭇 놀라게 된다. 지금까지 이 기업이 세상에 내보낸 제품도 눈부실 정도로 다양하다. 27년에는 대망의 텔레비전이 시장에 모습을 나타냈고 이어서 믹서, 전자 레인지, 자전거, 28년에는 전기 냉장고와 무선 마이크 등이 발매되었다. 그 후 29년에 핸드클리너, 브라운관, 배기선(排氣線), 30년에는 크림프리저, 가정용 펌프, 공업용 텔레비전, 31년에는 전기 자동밥솥, 전기 청소기, 주서기, 전기 담요 등 퍼레이드는 계속된다.

쇼와 35년에는 텔레비전 생산은 벌써 누계가 1백만 대를 돌파하여 업계에서 1위를 기록해서 다른 제품과 아울러 마쓰시다는 문자 그대로 업계의 톱메이커로서의 지위를 확립했던 것이다.

그러한 실적을 뒷받침한 것은 '경영의 마쓰시다'와 '판매의 마쓰시다' 인 동시에 '기술의 마쓰시다'이기도 했다. 필립스사와의 제휴를 시작으로 하여 해외의 선진적인 기술을 적극적으로 도입하는 것은 물론이고 자주적인 기술 강화를 도모하게 되었다.

28년에 종합적인 기능을 갖는 중앙연구소가 설립됨으로써 기술의 마쓰시다는 강력한 두뇌와 심장을 갖게 되었다.

그 중앙연구소에는 달리 예를 볼 수 없는 전문적인 기계공장도 설치되었다. "미국의 일류 메이커는 자기 회사에서 고안하여 자기네만이 쓰는 우수한 기계를 가지고 있다. 거기까지 가지 않으면 진짜가 아니다. 그런 노력도 하지 않고 남에게 의지하려고 하면 질이 떨어지는 기계로 일할 수밖에 없게 된다. 외국의 기술을 받아들이는데도 이쪽의 태세가 확고해야 할 필요가 있다."고 말하는 마쓰시다 사장이 두 번째 미국 여행에서 배워온 것이 이 기계공장에 반영되고 있었다. 이것이 후의 생산기술연구소이다.

연구소라 하면 마쓰시다 고노스케는 예전부터 열렬한 연구소 유용론자였다. 연구소라는 말이 지닌 안정된 학술적이라고도 할 만한 좋은 분위기도 좋아했지만 무엇보다도 그 기능을 높이 평가하고 있었다.

매일의 일에 쫓기고 있는 현장에서는 못 하는 기초적인 연구나 새로운 개발에 몰두하는 그 자세는 진지하고 순수함을 느끼게 해서 그 기업의 기술적 양심을 대표하고 있는 것처럼 생각되었다.

두 번째의 미국 여행은 더욱더 마쓰시다 고노스케의 연구소 열기를 자극했다. 미국의 일류 회사는 대개 굉장한 설비의 연구소를 가지고 있고 거액을 투자해서 연구를 시키고 있다. 회사의 요청에 의한 긴급한 연구도 있고 일에 직접적인 관계가 없는 연구를 계속하는 사람도 있다. 언젠가는 그것도 어디에서든 사업과 연결되기는 하겠지만(마치 대학의 의학부에서 하고 있는 기초의학의 연구와 임상처럼) 그 여유있는 모습은 부럽기 한이 없었다. 기업 경쟁이 심한 이 사회에 연구소를 설치한 기업은 역시 발전도 빠르다.

'돌아가면 당장 연구소 설치에 착수해야겠다.' 마쓰시다 고노스케는 더욱 그 생각을 굳혔다. 그리고 실현시킨 것이다. "장차 이 연구소를 우리 회사만이 아니라 국가와 사회에도 도움이 될 만한 훌륭한 연구소로 만들고 싶다." 하고 그는 말했다.

미국 선물의 또 하나의 발상으로서 훗날 〈분게이슌슈(文藝春秋)〉(쇼와 29년 5월호)에 '관광입국(觀光立國)의 변'이 게재되어 화제를 모았는데, 거기에서 그는 다음과 같이 말하고 있다.

지하자원이 없는 일본 같은 나라가 살아가기 위해서는 자원이 되지 못하는 것을 자원화하는 착상의 전환과 노력이 필요한데, 경치가 좋고 자연이 아름다운 것도 그 하나이다. 전통 안에서 자라난 특유한 문화가 거기에 색채를 더한다. 더구나 지하자원과 달라서 소중히 보전하면 활용해도 줄어들지 않는다. 사람을 기쁘게 해주면서 큰 수익을 올릴 수 있다. 일본은 멀다고 하지만 멀다는 것은 어떤 의미에서는 매력의 하나가 될 수 있고 장차 교통기관이 더욱 발달함으로써 멀어도 가까운 나라가 된다. 앞으로는 관광입국이 될 것이다. 그야말로 평화의 일본에 어울리는 모습이다.

다시 그 속에서 그는 일본이 관광에 의해서 일어서는 것의 이익은 단순히 계산상의 것만은 아니라고 하면서 다음과 같이 강조하고 있다.

우선 첫째로 모든 일본인의 시야가 국제적으로 넓어지게 된다. 관광객 중에는 학자도 있고 실업가도 있다. 기술자도 있고 예술가도 있다. 이런 사람들과 접촉하는 것만으로도 모두에게 계몽도 되고 자극도 된다. 공부도 되고 사고방식도 넓어진다. 구태여 이쪽에서 비싼 돈을 들여서 찾아갈 필요가 없다. 모두 앉아서 서양을 여행한 것과 같은 효과를 올릴 수도 있는 셈이어서, 이런 일에서 일본인의 섬나라 근성도 차츰 고쳐져 넓은 시야를 가진 국제인으로서 활약할 수 있게 된다면 그 이익은 돈으로는 살 수 없을 만큼 큰 것이 된다.

그러나 무어라 해도 관광입국에 의해서 생겨나는 최대의 이익은 일본이 평화의 나라도 된다는 것이다. 인간은 누구나 아름다움을 사랑하고 문화를 사랑한다. 전쟁 중에 그렇게 심한 폭격을 받았지만 미국은 나라(奈良)를 파괴하지 않았고 교토(京都)도 폭격하지 않았다. 무차별하게 공격하기로 악명 높았던 독일도 파리만은 파괴하지 않았다. 스위스도 전화(戰火)의 한가운데 있으면서 어느 나라로부터도 침략당하지 않았다. 이것은 교토나 나라가 남겨진 것과 같은 이유에 의한 것이라고 생각한다.

우리 나라도 관광입국에 의해서 전토가 미화되고 문화시설이 완비된다면 그 문화성도 높아지고 중립성도 높아져서 나라가 남겨지고 교토가 남겨진 것처럼 여러 외국도 일본을 평화로운 낙토로 육성시켜갈 것이다. 이만큼 좋은 평화방책은 달리 없으리라. 스위스는 국민개병(國民皆兵)으로 자기네 군비도 가지고 있지만, 군대를 한 번도 출동시킨 일이 없는 것은 그 관광입국의 뒷받침에 의한 것이다. 우리 나라에 국방론이 실시되었다 하더라도 관광입국에 의한 일대 국책이 수립된다면 그것은 위엄은 있지만 쓸 일은 없는 무용지물(無用之物)이 될 것이다.

그러므로 관광입국은 꼭 돈벌이만을 위해서 하는 것은 아니다. 가진 것을 남에게 나누어주는 박애정신에서도, 또 국토의 평화를 위해서라는 숭고한 이념에서도 당당히 이것을 실행해야 할 유일한 입국방책인 것이다.

이렇게 중요한 입국방책이므로 이것을 실행하기 위해서는 전담의 관청을 설치해야 한다. 행정기구를 정리할 뿐만 아니라 경우에 따라서는 확장도 필요하고 신설도 필요하다고 생각한다. 그러니까 차제에 대담하게 관광성을 신설해서 관광대신을 임명하여 이 대신을 총리와 부총리 다음에 가는 중요한 위치에 두는 것이 좋다. 그리고 국민의 관광에 대한 강한 자각을 촉구하는 동시에 각국에 관광대사를 보내어 크게 선전도 하면 좋다. 또 현재 헤아릴 수 없을 정도로 많은 국립대학 중에서 몇 개를 관광대학으로 전환해서 관광학이나 서비스 학을 가르침으로써 우수한 전문 가이드도 양성하면 좋다.

이것은 결코 엉뚱한 꿈 이야기가 아니다. 이런 것은 조금만 더 깊 게 생각하면 국민학교 1학년생이라도 알 수 있는 것인데, 그것을 지 금까지 경시하고 있었던 것은 일본에 뿌리 깊게 남아 있던 봉건적인 사고방식 탓이다. 모두가 좀더 느긋하게 일본의 취할 자세를 생각해 보아야 하리라고 생각한다. 그렇게 하면 일본의 번영은 크게 기대할 수 있다고 믿는다. 내가 관광입국을 제창하는 것도 여기에 기인하는 것이다.

또다른 기회에 마쓰시다 고노스케는 자원이 적은 일본이 관광 외의 것에 의해서 일어설 또 하나의 방법으로서 고도의 공업화도 시사하고 있다. 태평양 연안에 고립되어서 불리한 것처럼 보이는 일본의 입지조 건은 보기에 따라서는 오히려 유리한 것이 된다. 바다를 거쳐서 세계의 자원국들에 둘러싸여 있는데, 바다를 사이에 두고 있다는 것은 해상수 송에 의해서 연결되어 있다는 것이기도 하다. 더구나 일본을 중심으로 커다란 원을 그리면 대개의 자원지대가 그 범위에 완전히 들어간다.

그것은 그들 자원이 일본으로 운반되어서 공업제품화 되기에 좋은 조건에 있다는 것을 나타내고 있다. 바꾸어 말하면 일본이 태평양의 위 탁공장으로서 해나가기에는 매우 좋은 입지조건에 있다는 것이다.

요컨대 일본이 고로의 기술을 가진 태평양의 일꾼으로서 다른 나라 에도 도움이 되면서 해나간다는 것이다. 여기에서는 관광입국이라는 것 과 고도공업국가라는 사고방식이 모순됨이 없이 동심원과 같이 겹쳐져 있다.

그것을 가능하게 하는 것이 진보이다. 진보는 때로는 폐해(弊害)를 수반하기도 하지만 그것을 해결하고 흡수해가는 가운데에서 다시 진보 가 있다. 그런 미래에서 '아름다운 공장'을 상상해보는 것은 결코 꿈은

아니다. "경영은 예술이다."라고 말하는 마쓰시다 고노스케에게 있어서
는 공장생산도 또한 예술일 수 있는 것이다. 적어도 마쓰시다의 공장에
그런 이미지는 이미 현실이 되어 있다. 그 공장에는 외국으로부터의 참
관자가 끊이지 않는데 어떤 부분은 이미 '관광'으로서의 역할을 충실하
게 수행해나가고 있다고 말할 수 있다. 거기에는 아름다운 국토와 아름
다운 공장이 공존할 수 있는 가능성이 하나의 시도로서 전시되고 있는
것이다.

제 7 장 5개년 계획의 달성
—— 대마쓰시다의 전개

바위 끝의 독수리처럼

쇼와 29년(1954)에 5억 엔이었던 마쓰시다 전기의 수출액은 4년 후인 쇼와 33년에는 32억 엔으로 6배 이상 늘었다. 26년경부터 해외 시장의 개척에 적극적으로 나선 것이 급속한 발전을 가져왔다. 그것은 그대로 마쓰시다 자체의 약진을 말해주는 것이었다.

34년의 경영방침 발표회에서 마쓰시다 사장은 해외무역 분야에서 분발할 것을 다시 한 번 촉구했다. 이러한 요청 속에서 뉴욕 출장소(28년 개설)는 현지법인인 판매회사 '아메리카 마쓰시다 전기'가 되어 해외진출 활동의 강화 거점이 되었다. 또한 수출체제의 강화는 거기에 머물지 않고 기술과 자본의 수출까지 포함한 종합적인 진출활동으로 되어 나타났고 그 중추적인 기능으로서 국제본부가 신설되었다.

쇼와 35년, 마쓰시다의 수출액은 드디어 130억 엔을 돌파했다. 트랜지스터 라디오는 그 첨병(尖兵)이었다. 또한 이 단계에서 수출은 마쓰시다 전기 총 생산액의 12%를 차지하기에 이르러 중요한 한 부문이 되었다. 이것은 '세계의 마쓰시다로'라는 소리가 높이 울려퍼지는 팡파르이기도 했다. 그 후 동남아시아, 중남미, 아프리카 등을 비롯한 각 지역에 계속해서 해외 생산회사를 설립하고 또한 기술원조와 부품수출을 수반하는 기술원 노선은 20여 개국 이상에 이르렀다.

이보다 먼저 쇼와 31년에 시작된 '마쓰시다 전기 5개년 계획'은 당시 220억 엔이었던 생산판매액을 매년 30%씩 늘려서 5개년 계획이 끝나는 35년에는 800억 엔으로 끌어올리는 목표를 세우고 있었다.

쇼와 31년 1월 10일의 경영방침 발표회에서 그 계획이 밝혀졌다. 그 것은 30년대의 바위 끝에 선 독수리가 그 비상(飛翔) 거리를 재고 있 는 듯한 웅장한 긴장을 느끼게 했다. 굳은 결의 속에서도 자신과 여유 를 보이고 곳곳에 유머를 섞으면서 듣는 사람을 매료시켰다. 그 개략은 다음과 같다.(전반인 전후 10년의 회고 부분은 생략)

이 쇼와 31년이라는 해는 대단히 밝은 기미가 보입니다. 업계를 둘러보아도, 또 나라 전체를 보더라도, 해외의 상황을 보더라도 그렇 게 말할 수 있습니다. 일본으로서도 세계 전체로서도 차츰 강해지는 해가 아닐까 생각됩니다. 즉 참으로 모두가 희망에 불타서 더욱 분투 노력할 때가 왔다고 생각하기 때문에 작년 1월에 여러분에게 얘기했 을 때의 상황과는 대단한 차이가 있습니다.

그렇다면 금년에는 어떤 식으로 해나갈 것인가에 대해서 간단히 말씀드릴까 합니다.

나는 이쯤해서서 진정한 의미에서의 마쓰시다 전기의 활동기에 들 어갔으면 하는 바입니다. 즉 전후의 정리기와 재건기를 거쳐서 금년 부터는 대망의 활동기로 들어갈까 생각하고 있습니다. 따라서 이 활 동기로서의 앞으로의 5년간을 이른바 5개년 계획이라는 것에 의하여 구체적인 예측을 세워보려고 하는 것입니다.

물론 그 구체적인 내용을 오늘 발표할 수는 없습니다. 시대는 시시 각각으로 변해가는 것이기 때문에 구체적인 것은 그때 그때에 입안 하는 수밖에 없습니다. 그러나 하나의 목표로서 그 결론적인 숫자만 은 여기에서 말씀드릴 수 있습니다.

우선 작년은 220억 엔의 매상에 종업원은 1만 1천 명이었으므로 그로 미루어서 금년은 280억 엔 정도의 일은 해야 한다고 생각합니다. 그리고 종업원은 1만 2천 명쯤 되리라고 생각합니다.

이것은 작년에 비하면 매상고에 있어서 약 3할, 인원에 있어서 약 1할의 증가인데, 이 비율은 앞으로도 매년 유지되어서 5년 후인 쇼와 35년에는 생산판매액이 대체로 800억에 가까운 숫자가 되리라고 생각합니다.

이것은 일견 극히 방대한 숫자인 것처럼 생각됩니다만, 이 중에는 기술부의 앞으로의 연구발명에 의한 신제품과 새 분야의 등장까지도 고려한 것이고, 또 전기업계의 양양한 장래성을 생각하면 우리 회사의 현재의 판매 점유비율을 특별하게 증대시키지 않고 단지 이것을 유지하는 것만으로도 대체로 이런 상태로 되어가지 않을까 생각합니다.

더구나 이것은 과거 5년 동안 27억 엔이 220억 엔이 되었다고 하는 계산에서 말씀드리면(웃음소리) 아주 겸손한 숫자입니다(웃음소리).

800억이라고 하면 작년의 약 4배입니다. 따라서 이것을 달성하려면 쇼와 35년까지 현재의 마쓰시다 전기의 종합적인 설비를 4배로 만들지 않으면 안 됩니다. 또 만약 현상황 그대로 한다면 각각의 공장에서 4배의 생산을 올려야만 합니다.

이것은 언뜻 보기에 어려운 것처럼 생각됩니다만, 그러나 앞으로 5년간의 진보를 고려하면 가령 지금까지 1평에서 1개를 만들었던 것이 당연히 2분의 1, 4분의 1로 만들어지도록 해야 합니다. 거기에 학문의 힘이 있고 경영의 힘이 있으며 또 여러분의 노력의 힘이 있는 것입니다. 5년이 지나도 여전히 같은 1평에서 같은 1개밖에 만들지 못한다면 거기에 번영이 있을 수 없습니다.

그렇기 때문에 현재의 4배의 시설이 없이도 시설의 합리화에 의해서, 또 노동조합에서 항상 말하는 것처럼 노동의 강화를 기다릴 것 없이 노동의 합리화에 의해서 이것을 실현시켜가는 데에 서로의 책임이 있으리라고 생각합니다.

그래서 자본금은 어떻게 되느냐 하면, 이것은 1백억 엔이 된다고 생각합니다. 그럼 벌리느냐, 수익이 오르느냐를 말하면, 반드시 벌리는 것입니다(웃음소리). 또 벌지 못한다면 일종의 죄악을 범하는 것이 됩니다. 우리가 사회로부터 자본을 맡고 사람을 모으고 많은 자재를 쓰고도 아무런 성과를 올리지 못한다는 것은 사회적으로도 용서받지 못할 일이어서 이 점이 극히 중요한 것입니다.

이익이라는 것은 모두가 일한 잉여가 형태를 이루어서 나타난 것으로, 그 잉여가 널리 사회에 퍼져서 번영의 기초가 되는 것입니다. 이를테면 지금 우리 나라의 대부분의 사람이 무엇인가 이익이 될 일을 하지 않고, 말하자면 벌지 않는다면 일본은 금방 가난해지고 맙니다. 모두가 일해서 벌기 때문에 그것이 세금으로도 되고, 또 서로가 도와가는 밑천이 되는 것입니다. 그러니까 번다는 것은 사회 전체의 번영을 위해서 대단히 중요한 모두의 의무이기도 하고 책임이므로 이 점을 모두가 분명하게 자각하고 있기를 바랍니다.

이러한 생각으로 일하면 사회의 수익도 오를 것이고 따라서 종업원 여러분에게도 업계 제일의 급여를 차츰 지급할 수 있게 되리라고 생각합니다.

만약에 그것을 못 할 것 같으면 처음부터 시작조차 하지 않는 편이 낫습니다. 할 필요가 없습니다. 또 할 의의도 없습니다. 먹고 놀기만 하는 사람을 나는 날아다니는 새라고 부르겠습니다(웃음소리). 그러니까 그런 점에서는 안심하라고 부탁드리는 바입니다.

그러나 이것을 달성하기 위해서 앞으로도 회사로부터 여러분에게 각기 강력한 요망이 있으리라고 생각합니다. 그러니까 여러분도 여기에 부응해서 이 요망을 힘차게 실행하겠다는 각오를 해주시기를 부탁드립니다.

결론적으로 말하면, 지금부터 5년간이 앞에서 말한 바와 같이 돼나갔으면 좋겠습니다.

나는 일본에 혁명이 일어난다거나 혹은 세계전쟁이 일어난다거나, 또 한순간에 일본 전토가 날아가버릴 만한 대지진이 있다거나 하지 않는 한 이것의 실행은 맹세코 틀림이 없다고 생각합니다. 이 세 가지 사태만 일어나지 않는다면, 다소의 혼란이나 다소의 불경기가 있더라도 이것은 반드시 실현된다고 믿습니다.

어째서 가능한가 하면, 이것은 대중의 요망이기 때문입니다. 즉 이것은 우리에게 부과된 대중의 요망을 숫자로 나타낸 데 지나지 않는 것으로써, 우리들 명예를 위해서라든가 혹은 단순한 이욕을 위해서 행하려는 것이 아니기 때문입니다. 말하자면 사회에 대한 의무의 수행입니다. 그러니까 우리의 활동에 게으름만 없다면 이것은 반드시 실현된다고 생각합니다.

마쓰시다 전기는 세상에 봉사하기 위해 존재하는 것이므로 봉사하지 않는 일이라면 우리들의 존재는 허용되지 않습니다. 즉 우리는 세상에 봉사한다는 숭고한 의무에서 이것을 하고 있는 것이지, 명예라든가 성공이라든가 그러한 사적인 욕망에서 출발하는 것은 절대로 아닙니다.

오늘날 우리 회사에는 몇백이라는 대리점이 있습니다. 몇만이라는 연맹점이 있습니다. 또 그 배후에는 몇천만이라는 수요자가 있습니다. 사람들이 편리한 생활을 하기 위해 어떤 물건을 필요로 할 때 그 물건을 실지로 공급받을 수 없다면 결국 모두 불편한 생활을 하게 될 것입니다. 그러니까 사람들의 요망이 머지않아 있으리라는 것을 미리 예상해서 그 요망에 곧 응할 수 있도록 만반의 준비를 해둔다는 것은 각 업계, 각 업종, 각 직능에 종사하는 사람들의 커다란 의무이고 책임이라고 생각합니다. 바꾸어 말하면 우리는 대중과 보이지 않는 계약을 맺고 있는 것입니다. 물론 따로 계약서를 교환한 것도 아니고 말로 약속을 한 것도 아닙니다. 그러나 우리 일의 사명을 분명하게 자각한다면 거기에 보이지 않는 계약, 소리없는 계약이 교환되어 있음을 알 수가 있을 것입니다. 그러니까 이 보이지 않는 계약을 바로 보고 소리없는 계약을 겸허하게 들어서 그 의무를 수행하기 위해서 평소부터 만전의 준비를 해둔다는 것은 우리들 산업인에게 부과된 커다란 의무라고 생각합니다.

예를 들면 오사카와 고베(神戶) 사이에 하나 더 국도(國道)를 만든다고 합시다. 이것이 만들어지면 대단히 편리합니다. 그래서 이것을 만들기로 했는데 그때 긴요한 시멘트가 없다면 모처럼의 도로도 못 만들게 되겠지요. 그러한 일은 미리 시멘트 회사에서 예상하고 있다가 그런 일이 일어났을 때에 언제라도 수요에 응할 수 있도록 사전에 준비해두어야 합니다. 그렇게 하는 것을 진정한 산업이라고 말할 수 있고 이러한 관점에서 산업을 볼 필요가 있다고 생각하는 바입니다.

지금까지의 사업관(事業觀)에는 자기의 사욕이나 명예에 기인해서 세워진 경우가 많고, 그것을 또 사회도 시인하고 있었던 점에 근본적인 오류가 있다고 생각합니다. 마쓰시다 전기가 창업 이래 한 번도 그런 빈곤한 생각을 가지지 않았다는 것은 과거 우리 회사의 역사를 살펴보면 명백하므로 여러분도 충분히 아시리라고 생각합니다.

그런데 이상과 같은 포부로 출발해서, 구체적으로 어떻게 해나갈까에 대해서는 각 기관마다 간단히 얘기해둘까 합니다.(중략)

먼저 기술본부에 관계되는 일입니다만, 나는 앞으로 더욱 여기에 중점을 두어야 한다고 생각하고 있습니다.

작년에는 순전한 연구비로서 대체로 1억 엔 정도 지출했습니다만,

앞으로는 매년 지출을 늘려서 5개년 후인 35년에는 10억 엔 정도를 여기에 할당할까 합니다. 물론 금년부터 한꺼번에 급증시킬 수는 없습니다만, 차차 증가시켜서 기본적인 연구비로서 10억 엔 정도 예산하고 있습니다. 단 각 사업부에서 개별적으로 행하고 있는 연구비용은 이것과는 별도입니다.(중략)

다음은 사업본부 관계입니다.

여기에서는 기술본부에서의 성과를 어떻게 합리적으로 제품화시킬까 하는 것을 생각해주었으면 합니다. 그리고 제조설비의 향상이나 제조 담당자의 교육 등의 일에 더욱 획기적인 노력을 기울여서, 앞에서 말씀드린 숫자를 차례로 실현해주었으면 합니다.

그러기 위해서 외국 기술을 충분히 도입시키려고 합니다. 외국 기술의 도입에 대해 일부 사람들이 이러쿵저러쿵 비판하고 있는데 작은 국가주의에 사로잡히는 것은 좀 좁은 소견이라고 생각합니다.(중략)

또 이러한 넓은 사고방식에서 국내의 메이커끼리도 적당한 대가를 지불하면서 스스로 기술의 교환을 행하여 사회 전체, 인류 전체의 번영에 공헌함과 동시에 각자의 기술에 대한 자각을 높이고, 단순히 외국에서 받아들일 뿐만 아니라 이쪽에서도 적극적으로 기술을 수출한다는 강한 의식을 가지고 각자의 성과를 올려주었으면 하는 바입니다.

다음은 관리본부 관계입니다.

관리본부에서는 먼저 인재 양성에 중점을 두어야 합니다. 아무리 많은 사람이 모여도 모두 각각이라면 아무런 힘도 되지 않습니다. 물론 각자의 창의나 개인의 의견을 무시해서는 안 됩니다만, 기본적으로 하나의 목표를 향해서 전원이 일치협력해야 한다는 정신을 모든

사람에게 철저하게 인식시켜야 하는 것입니다.(중략)

그리고 다음에는 각자가 경리의식(經理意識)을 철저하게 가졌으면 합니다. 일본인은 흔히 경리라는 것을 경시하기 쉽습니다. 즉 경리의 지식이나 관념이 몹시 모자라는데, 이것은 일본인의 하나의 결점이라고 생각합니다. 그러니까 이 점을 근본부터 시정해서 경리의식을 조급히 배양하여 각자가 경리적으로 자문자답하면서 일의 향상을 도모해나가야 한다고 생각합니다.

그리고 인재의 양성을 도모하는 한편 급여에 대해서도 깊은 고려를 해야 한다고 생각합니다. 나는 오늘날의 마쓰시다 전기의 급여가 이상적이라고 생각하지 않습니다. 따라서 차차 발전해감에 따라 급여수준도 차츰 개선 향상시켜야 한다고 생각합니다.

요즘은 어느 회사에서나 정년제(停年制)라는 것이 있습니다. 전에 나는 어느 대회사의 중역급들을 만났었는데, 그 사람은 55세에 정년이 되어서 저축한 것도 없고 또 퇴직금도 조금밖에 받지 못한다, 그러니까 내일부터 다시 어딘가에 일을 구해서 처음부터 다시 시작하지 않으면 안 된다는 뜻의 얘기를 하는 것을 들었습니다.

나는 이 얘기를 들었을 때, 이래서는 안 된다, 이것은 이 사람 하나의 불행이 아니다, 사회 전체의 불행이다, 이런 사람들도 좀더 마음껏 일하도록 해주어야 한다, 하고 절실하게 느꼈던 것입니다.

그러니까 적어도 마쓰시다 전기에서는 이런 면에도 더욱 신경을 써서 마쓰시다 전기에서 정년까지 일한 사람은 그 후의 생활의 안정을 잃지 않도록 신중한 배려를 해야 되겠다고 생각하는 바입니다.

다음은 영업본부 관계의 일입니다만, 여기에서는 더욱더 격화되는 판매경쟁을 앞에 두고 여러 가지 중대한 문제가 산적해 있다고 생각합니다.

그 중에서도 특히 중요한 문제는 대리점 및 소매점의 적정이윤을 어떻게 해서 확보하느냐 하는 것입니다. 여기에 대해서는 지금까지 여러 가지 각도에서 자주 말씀드렸습니다만, 이 문제는 일개 대리점이나 일개 소매상 혹은 일개 메이커에만 한한 것이 아니라 커다란 사회문제라고도 할 수 있습니다. 따라서 이 대리점이나 소매상의 적정이윤의 확보에 대해서는 누구나가 뚜렷한 자각과 인식을 갖지 않으면 안 되는 것으로서, 우리 회사로서도 단순한 판매정책을 넘어서 국가 번영의 근본 이념 아래 이 대리점이나 소매상의 적정이윤의 확보문제를 진지하게 생각하고, 또 이런 취지를 널리 업계 전체에도 호소해 나가야겠다고 생각하는 것입니다.(중략)

다음에 철저하게 생각해주기를 바라는 것은 배급기구의 합리화와 판매망의 정비 문제입니다.

왜냐하면 우리 회사에서는 지금까지 다른 메이커에 비해서 배급기구에 일일지장(一日之長)이 있다고 생각하고 있었습니다만, 이 장점도 최근에 다른 메이커에서 자꾸 채택하게 되어서 지금은 일일지장이 있다고 자부하고 있을 수만도 없게 되었습니다.(중략)

우리 회사 판매의 장점을 다른 메이커가 자꾸 채택해간다고 하는 것은 업계의 번영을 위하여 오히려 기뻐할 일로서 이것은 업계 전체에 대한 하나의 공헌이라고 생각합니다.(중략)

그러나 이 사실은 바꾸어 말하면 이 2, 3년 동안 우리 회사의 판매면에서는 업계의 선봉으로서의 새로운 창의도 연구도 별로 생겨나지 않았었다는 얘기가 되는 것이므로 이 점 영업본부 관계 분들에게 더 한층의 분발을 부탁드리고 싶은 것입니다.(중략)

그리고 또 한 가지 거듭 여러분에게 부탁해두고 싶은 것은 우리의 일에 대한 사회적 책임의 자각에 관해서입니다.

우리의 일은 역시 전기기구의 제조, 판매입니다. 좀더 깊이 생각해보면 우리는 이 전기기구의 제조와 판매라는 것을 통해서 말하자면 공공에 봉사하는 일을 하고 있는 것입니다. 즉 공공에 봉사하는 사람들에게 봉사하는 일, 이것이 모든 직능의 기본적인 원칙이 된다고 생각합니다.

농민은 쌀을 만들어서 세상에 봉사하고, 우리는 전기기구를 만들어서 사람들에게 봉사하는 등 이것 이외에는 아무것도 아니라고 생각합니다.

그리고 서로 봉사하는 정도가 높을수록 세상은 번영하고, 또 그 봉사하는 능률이 높은 사람일수록 남에게서 많은 봉사를 받는 것입니다. 즉 그것이 수입이 되어 나타나고 명예가 되어 나타나고, 또 그것이 행복이 되어 나타나는 경우도 있습니다. 요컨대 봉사를 함으로써 다시 봉사를 받게 되는 것입니다.

이것은 매우 합리적으로 되어 있습니다. 봉사해서 결코 손해가 없다는 것은 이상한 일이지요.(웃음소리) 하느님이 잘 알아서 해주신다고나 할까요, 참으로 멋지게 되어 있습니다. 그런데 봉사해서 손해나 보지 않을까 하고 생각하니까 걱정이 생기고 망설임이 생기는 것입니다. 결코 그렇지가 않습니다. 봉사함이 큰 사람은 다시 크게 봉사를 받는 것입니다. 거기에서 다시 무엇인가 생겨나는 것입니다.

물론 봉사를 많이 받기 위해서 일하는 것은 아닙니다만, 결과적으로 그렇게 된다는 것은 여러 가지 사례를 두고 보아도 증명할 수 있습니다.

그렇기 때문에 마쓰시다 전기가 세상에 봉사한다는 이념에 투철해서 일을 힘차게 진행시킨다면 우리의 활동은 머지않아 전세계에 미칠 것이고, 따라서 역시 전세계로부터 봉사를 받게 되리라고 생각하는 바입니다.

이러한 면에서 마쓰시다 전기가 존재하는 진정한 의미를 찾고 싶습니다. 여러분도 이 점을 진지하게 생각하시기를 부탁드립니다.

또한 끝으로, 오늘 이 자리에는 노동조합의 간부 여러분도 많이 계시기 때문에 노동조합 문제에 대해서 한 말씀드릴까 합니다.

미국이 번영을 한 데 있어 그 배후에 노동조합의 힘이 있었다는 것은 부정할 수 없는 사실입니다. 우리 나라도 또한 노동조합이 생겨남으로써 최근에 서서히 번영의 문 앞에 다가가고 있다는 것은 여러 가지 자료에서 판단할 수 있습니다.

물론 그 과정에는 때로는 지나침도 있고 손실되는 면도 있었습니다만, 그러나 이것도 일이 이루어지는 하나의 모습이어서 오늘날에는 차츰 시정되어 우리 나라 발전의 커다란 힘이 되어가고 있습니다. 따라서 이 노동조합운동이 시대의 추이와 함께 더욱 올바른 형태로 진보 발전해서 노사일체를 이루어 우리 나라 번영의 일익을 담당하는 것이 바람직하다고 생각합니다.

다행히 우리 회사의 조합은 이 점을 잘 인식해주셔서 그 힘을 남용하지 않고 적시에 적절하게 운용되고 있다는 것은 참으로 경하해 마지 않을 일이어서, 회사로서는 앞으로도 정당한 발언은 크게 경청하겠습니다.

특히 노동조합원은 동시에 회사의 종업원이기도 하고, 따라서 그 이해는 귀일하는 것이므로 만약 우리의 경영에 잘못된 점이 있다면 노동조합 여러분이 성의를 가지고 이것을 시정하도록 노력해주셨으면 하고 생각합니다. 즉 회사로서는 구하기 어려운 조언자이므로 이 점에서 나는 여러분을 대단히 신뢰하고 있습니다.

물론 그러기 위해서는 노동조합이 항상 올바른 성장을 계속하고 시대의 움직임을 민감하게 파악해서 회사 전체의 발전과 종업원의 복지증진에 적시에 적절하게 활동할 필요가 있는 것이며, 이런 협력을 얻을 수 있다면 회사가 가진 사회적 책임이 자연히 수행되어가리라고 생각합니다.

그런 의미에서 마쓰시다 전기의 노동조합이 시대와 함께 더욱 힘

차게 그리고 건전하면서 발전하도록 진심으로 기원해마지 않는 바입니다.(끝)

이상은 5개년 계획 달성에의 결속과 분발을 촉구한 것인데, 그 가운데서도 거듭 산업인으로서의 사명감에 대해 언급하고 있을 뿐만 아니라 경영의 구석구석에 이르기까지 자상한 눈길을 잊지 않고 있는 점이 주목된다.

이를테면 오사카와 고베 사이에 새로운 국도를 하나 만든다고 하면 거기에는 많은 양의 시멘트가 필요한데 미리 그러한 수요가 생기리라는 것을 예기해서 언제든지 거기에 응할 수 있도록 한다. 이런 것이 '산업'의 본래의 사명이고, 이렇게 함으로써 사회와의 보이지 않는 계약을 이행하는 것이 된다고 주장한다.

또 그렇게 해서 잘 '봉사하는' 자는 결과적으로 '봉사를 받는다', 즉 훌륭한 보답을 받게 되고 이것은 숫자적인 계산상으로도 충분히 '수지 맞는' 것임을 강조한다. 이런 점은 참으로 능란한 경영인다운 화술(話術) 전개이다.

또한 일하는 사람의 노후복지문제를 재빨리 거론하고 있는 점에서 날카로운 사회감각이 엿보인다. 쇼와 40년대에 들어가서 마쓰시다는 퇴직금의 증액과 퇴직연금 그리고 정년의 연장(55세에서 58세로) 등을 잇달아 제도화하여 다른 기업에 앞서서 실시해갔는데 일찍부터 이 문제에 관해서 기업의 사회적 책임을 관철하려고 한 각오가 있었음을 알 수 있다.

노동조합의 활동에 대해서도 그 건전한 발달은 기업이 발전하고 사회적 책임을 이행하는 데 있어서 커다란 역할을 하는 것이라고 해서 건설적인 노사관계에의 견해를 표시하고 있다.

5개년 계획이라는 적극적인 전망을 내세워서 그 달성을 호소하게 되면 명령이 되기 쉬운 법이다. 그런 가운데서 중요한 것이 간과되는 일이 없도록 극히 자상한 배려가 느껴진다.

4년 만에 달성

민간기업이 그렇게 장기간에 걸친 대계획을 발표하는 것은 당시로는 별로 예가 없는 일이어서 큰 반향을 일으켰다. 더구나 그 목표가 너무 크고 웅대해서 허풍이라고까지 취급당했다. 그런데 놀라운 것은 4년 만에 그 목표는 대략 달성되었고 35년에는 1050억 엔에 이르러 목표를 크게 상회했던 것이다. 허풍처럼 보인 이 계획도 실은 그때까지의 5년간, 즉 쇼와 26년에서 30년까지의 성장율을 토대로 해서 신중하게 세워진 것이었다.

그러나 계획은 어디까지나 계획이기 때문에 그 도중에 어떤 불의의 사태가 생기지 않는다고 단정할 수는 없다. 그런 만큼 '하면 된다'는 자신감을 심어준 것은 기업에 있어서 눈에 보이지 않는 큰 힘이 되었다.

국제경쟁에의 포석(布石)

쇼와 35년(1960) 연두의 경영방침 발표회는 5개년 계획의 1년 조기달성이라는 실적으로 기쁨에 넘치는 것이 되었다. 국내에서 톱 메이커일 뿐만 아니라 해외에서도 톱 메이커로서의 지위를 확보할 것, 공장을 세계적인 수준으로 가져갈 것, 기술자의 해외 파견을 더한층 활발하게 할 것, 높은 급여를 유지할 것 등 적극적인 경영책이 제시되었다.

특히 주목할 만한 것은 주 5일제 실시에의 전망이 언급된 일이다. '국제경쟁에 이기기 위해서 주 2일의 휴일을 목표로 일하기 바란다'고 하는 경영자측에서의 제안은 일종의 청신한 놀라움과 공감을 가지고 종업원들에게 다가왔던 것이다.

나는 마쓰시다 전기의 하나의 목표로서, 그리고 그 때문에 수입이 적어지지 않도록 해야 한다는 것을 일단 염원해도 좋다고 생각합니다. 이것은 이미 미국에서 하고 있습니다. 유럽에서는 아직 하지 않습니다만 유럽 여러 나라도 언제 그렇게 할지 모르는 일입니다. 앞으로 우리 회사도 더욱 노력해서 빨리 그렇게 되어야 한다고 생각합니다. 그래도 여전히 경영이 이루어진다는 것은 마쓰시다 전기의 제품이 해외로 많이 수출되고 있기 때문이기도 합니다. 어째서 그런가 하면 지금부터는 나라와 나라 사이의 경쟁이 심해집니다. 자유무역이 됩니다. 적어도 몇 년 안으로는 그렇게 됩니다.

　그러면 일본은 세계의 본무대에 놓여지게 됩니다. 실력이 없으면 일본은 매우 가난해집니다. 지금은 여러 가지 보호정책을 취하고 있으므로 미국 물건이 좋거나 유럽의 물건이 좋더라도 일본은 수입을 허용하지 않습니다. 하지만 자유무역으로 되면 구미에 맞는 물건을 사려고 생각하면 언제든지 살 수 있게 되는 것입니다. 전기제품도 얼마든지 마음대로 살 수 있게 되는 것입니다. 따라서 국제경쟁에서 이기지 않으면 안 됩니다. 국제경쟁에 이기지 못하면 일본의 기업은 쇠퇴되고 맙니다. 대신 외국 물건이 마구 들어오게 됩니다. 지금 일반 자동차도 들어오지 않고 캐딜락이라든가 하는 차도 들어오지 않는 이유는 수입을 금지하고 있기 때문입니다. 극히 소수만 허용하고 있는 상태입니다. 그런데 자유무역으로 되면 포드가 여기에 회사를 세울 것이고 제너럴모터스가 마음대로 일본에 찾아오며 GE의 회사가 일본에서 물건을 만들어도 상관없을 만큼 자유롭게 됩니다. 일본도 역시 외국에 드나드는 것이 자유롭게 됩니다.

　지금은 경쟁이라고 해도 일본 국내의 동업종 메이커와 경쟁하고 있는 것이지만, 이번에는 세계의 동업종 메이커와 경쟁하지 않으면 안 됩니다. 그때에 잠시도 지탱하지 못하고 주저앉아버려서는 안 됩니다. 아무래도 외국회사와 경쟁을 해서 패권을 다투게 될 텐데 그 경쟁에서 이기지 못하면 일본은 영원히 뒤떨어지고 맙니다. 도쿠가

와막부(德川幕府)의 정치하에서 일본이 뒤떨어져 있었던 것과 같은
상태로 됩니다. 며칠 전 이 공장을 둘러본 가트(GATT) 위원회가
자유무역을 요구해왔습니다. 일본은 보호무역을 하고 있는데 그래서
는 안 된다, 차츰 자유무역으로 바꾸지 않으면 뒤떨어지고 만다, 보
호정책을 취하고 있으면 성장하지 못할 뿐만 아니라 외국으로서도
곤란하다, 서로가 호혜(互惠) 평등의 위치에서 장사를 해야 하지 않
겠는가, 하는 것이 가트 총회의 요구입니다. 일본도 그런 요구 앞에
자유무역으로 전환하려 하고 있습니다. 당연히 그렇게 해야 합니다.

그렇게 되었을 때에도 마쓰시다 전기의 제품은 자꾸 해외로 가서
해외의 메이커와 경쟁하는 상태여야 합니다. 지금과 같이 국내의 동
업종 메어커와 경쟁하는 그런 안이한 것이 아니라는 사실을 바로 알
지 않으면 안 되는 것입니다. 그렇게 하기 위해서는 공장의 설비를
더욱 개선하고 자동화할 것은 자동화하여 능률을 한껏 올려서 해외
에 도전한다고나 할까, 해외와의 경쟁에서 이겨내도록 해야 하는 것
입니다.

그런 식으로 되면 나는 아무래도 1주일에 2일의 휴일이 필요하게
되리라고 생각합니다. 그것은 어째서인가 하면, 앞으로는 매일매일
몹시 바빠져서 지금까지 천천히 하고 있던 일이라도 천천히 하지는
못합니다. 3분이 걸리던 것이라도 1분에 끝내도록, 더구나 그것으로
용건을 완전히 마칠 수 있도록 훈련되지 않으면 안 됩니다. 공장의
생산도 역시 그와 같습니다.

그렇게 되면 8시간의 노동으로는 상당히 피곤해지게 됩니다. 그렇
기 때문에 5일간 일하고 하루를 더 쉬지 않으면 몸이 회복되지 않으
리라고 생각합니다. 자유무역은 그렇게까지의 경쟁으로 됩니다. 미국
은 이미 그렇게 되어 있습니다. 그렇게 해서 미국 노동자들의 경제활
동이 자꾸 향상 발전되어가며 그와 함께 역시 인생을 즐길 시간도
많아지고 있습니다. 그러기 위해서 이틀의 휴일 중에서 하루를 할당

하는 것입니다. 이와같이 반은 향상된 생활을 즐기고 반은 피로를 풀라고 토요일도 휴일로 한다, 하는 식은 마쓰시다 전기만의 참된 성공은 아니라고 생각하는 바입니다.

우리가 거기까지 도달했을 때에 우리는 비로소 세계의 메이커로서 동등한 장사를 할 수 있는 것입니다. 그만큼 회사가 합리화되어 우선 5년 후에는 마쓰시다사는 주 2일의 휴일을 시행하면서도 급여도 다른 동업종 메이커보다 적지 않게 받게 됩니다. 많을망정 적어지지 않도록 하는 데에 회사경영의 기본방침을 두겠습니다. '사장은 5년 후의 일이니까 안심하고 얘기하겠지만.' 하고 말할지도 모르겠습니다만 그렇게 생각해서는 안 됩니다. 내가 5년 전에 800억 엔으로 올리겠다는 것을 말했을 때 그것을 믿는 사람은 별로 없었습니다. 220억 엔의 매상을 5년 후에 800억 엔으로 올린다고 말했을 때 회사 내에서도 그것이 가능하리라고 말한 사람도 있고 그것은 어렵다, 사장의 꿈이다, 하는 사람도 있었습니다. 그러나 어쨌든 여러분은 그것을 믿고 해주셨기 때문에 5년까지 가지 않고 4년 안에 목표를 달성했습니다. 경험자가 얘기하는 것이니까 하는 아마 틀림이 없으리라고 생각합니다.(웃음소리)

물론 내가 그렇게 하려고 해도 여러분이 그것은 불가능하다고 생각한다면 되지 않습니다. 모두가 그러한 이상을 갖고 세계의 경쟁 시장 속에서 마쓰시다 전기를 밀고 나가지 않으면 안 된다, 이렇게 생각하면서 이 회사를 경영해가야 한다고 생각하는 바입니다.

우리는 보통 이 문제에 관해서는 '주 5일제'가 아니라 '주휴 2일제'라고 생각하기 쉽다. 부르기 편한 점에서도 그쪽이 많이 쓰이고 있다고 생각한다.

그러나 마쓰시다 고노스케의 설명을 들으면 그것은 틀림없이 '주휴 2일제'가 아니고 '주 5일제'임을 알 수 있다.

"그런 것은 아무래도 좋지 않은가. 주 5일제이건 주휴 2일제이건 결과적으로는 마찬가지니까."라고 할지도 모른다. 하지만 그것은 결코 같지가 않다.

왜냐하면 이 제도를 살리느냐 살리지 않느냐는 받아들이는 방법에 달려 있기 때문이다. 그것을 단순히 휴일이 하루 늘었을 뿐인 것으로밖에 받아들이지 않는다면 그런 효용밖에 생기지 않을 것이다. 경우에 따라서는 휴일이 이틀이 되었기 때문에 오히려 더 피로해서 비생산적인 결과를 초래하게 될지도 모른다.

이것은 노동을 위한 5일간과 휴식을 위한 2일간을 분리해서 생각하기 때문이다. 근로는 여가가 아니고 여가는 근로가 아니라는 단절적(斷絶的)인 생각을 갖기 때문이다.

양자는 서로 밀도 높게 연관되어서 좋은 근로는 좋은 휴일을 만들어내고 좋은 휴일은 좋은 근로(생산)를 유도한다고 생각하면 어떨까. 그것은 2대 5 내지 5대 2가 아니라 어디까지나 합쳐서 7이라고 하는 하나의 단위여서, 그 일체감이 있는 충만에 의하여 비로소 생활문화의 향상이 있다고 생각한다면 어떨까.

또 그것은 노력없이 주어지는 것이 아니라 자기들이 만들어내는 것이라는 생각 위에 서야 한다. 그렇게 함으로써 5대 2의 관계가 보다 잘 살아나기 때문이다.

또 한 가지, 여기에는 대단히 새로운 경영사상이 엿보이게 된다. 옛날 사고방식이라면 생산을 높이는 데는(질과 양 모두) 당연한 것처럼 보다 많은 노동량을 요구하게 된다. 보다 긴 노동시간을 요구하게 될 것이다.

그러나 새로운 형의 공장생산은 새로운 형의 생산활동을 요구한다. 거기에서는 이미 자연발생적인 노동시간의 연장이라는 사고방식은 통용되지 않는다. 더욱 밀도 높은 시간의 활용이 필요하게 된다. 또 작업공정의 합리화라는 것이 필요해진다. 그렇게 함으로써 생산도 떨어지지 않고, 따라서 수익도 줄지 않는 것이 가능해진다. 이러한 전제 없이 주 5일제라는 것은 생각할 수 없다.

이러한 일은 경영자로서는 여간해서 실행에 옮기기 어려운 것이다. 대세가 그쪽으로 기울어지면 거기에 따르는 것은 어렵지는 않지만 이른 시기에 남보다 앞서서 그것을 실시하려고 하는 것은 대단한 결단을 요하는 일이다.

마쓰시다가 일찍부터 그것을 받아들일 자세를 취한 것은 단지 미국에서 하고 있기 때문에 그것을 모방하거나 그대로 따른 것이 아니라 그 사고방식을 잘 이해해서 자기 것으로 만들고자 했기 때문이다.

그 경영감각의 새로움에 역시 하는 느낌이 든다.

또한 이 '주 5일제'는 약속대로 쇼와 40년 16일부터 시작되었다. 39년과 40년도의 불황 속에서 대부분의 견해는 그 시기를 위태롭게 여기고 있었음에도 불구하고 단행된 것이다. 그리고 마쓰시다는 그것을 멋지게 소화해서 기업의 향상 발전으로 연결시킬 수가 있었던 것이다. 그 제도를 형식상으로는 채택했으면서도 제대로 운용하지 못하는 기업과 비교할 때 마쓰시다에게는 특유한 하나의 장점이 있다고 말할지도 모르지만, 그것뿐만이 아니라 종업원 한 사람 한 사람에게까지 그 정신이 배어 있다는 것도 성공으로 이끈 커다란 요인이 아닐까.

사장에서 퇴임

마쓰시다의 이러한 성공에 자극받아서 다른 회사에서도 장기계획을 표방하는 곳이 잇따라 나왔다. 그것은 산업계 전체의 발전을 위해서 환영할 만한 일이었다. 마쓰시다는 그 선봉에 선 것이다. '무엇인가 하는 마쓰시다'라는 인상이 이렇게 해서 서서히 정착되어갔다.

그러나 마쓰시다 고노스케는 36년 1월의 경영방침 발표회에서,

특별히 장기계획을 세우지 않은 기업에서도 이 5년간에 마쓰시다

를 상회하는 성과를 올린 곳이 많다. 계획을 세우고 거기에 따라서 노력하여 달성하는 것의 의의는 또 별도지만, 그러지 않고서도 성과를 올린 기업이 있다는 사실을 우리는 겸허하게 받아들여야 한다.

하며 경계했다.

그 다음에 또 한 가지 중대한 발표가 있었다. 마쓰시다 고노스케는 회장에 취임하고, 사장직은 사위인 마쓰시다 마사하루(松下正治)에게 이어졌던 것이다. 마쓰시다의 새 시대를 고하는 교체였다. 마쓰시다 고노스케는 65세. 오비라키초에서 세 사람으로 출발한 작은 공장은 자본금 150억 엔에 연 판매고 천억을 넘고 2만 5천 명의 종업원을 거느린 마쓰시다 전기로 성장했다. 43년 만의 일이다. 마쓰시다 고노스케는 다음과 같이 퇴임 인사를 했다.

나는 꼭 지금부터 57년 전에 나이 11세, 만으로 9세인 해에 오사카로 사환노릇을 하러 왔습니다.

그때부터 오늘까지 꼭 57년이 되는 셈입니다.

그 동안 나는 계속 일만 해온 셈입니다. 그리고 작년 11월 27일로 만 66세가 되었습니다. 동시에 작년 말에는 여러분의 협력을 얻어서 5개년 계획도 무사히 끝나고 나의 나이도 만 65세를 꽉 채우도록 일할 수가 있었던 것입니다.

용케도 이제까지 여러분의 협력을 얻어서 잘 해왔다고 생각하고 여러분에게 대단히 감사를 드리고 있는 바입니다.

그런데 앞으로의 일입니다만, 내가 사장으로서 계속해서 근무를 하는 것도 좋은 일이겠습니다만 역시 나의 연령에도 한계가 왔다고 생각합니다. 그리고 전부터도 적당한 시기에 사장을 물러나야겠다고 생각하고 있었습니다. 그 가장 빠른 시기는 내가 나이 쉰이 되었을 때로, 요슈(陽州)라는 호를 붙이고 나는 사장을 그만두자고 생각했습니다만 마침 전쟁 중이어서 군으로부터 작업 요청을 받았기 때문에 사장에서 물러날 수도 없었습니다.

또 전후 약 5년 동안 경제적인 활동에서 나 개인도 봉쇄당하고 또 회사도 해체될 운명에 직면해 있었으므로 사장에서 물러날 수도 없는 채로 재건에 착수하지 않으면 안 되었습니다만, 다행히도 쇼와 26년 봄부터 일체의 제한이 풀려서 마쓰시다 전기는 재건에 들어갈 수가 있었던 것입니다.

그런데 지금도 말한 것처럼 마침 나도 작년 11월 27일로서 만 65세가 꽉 차도록 근무를 했으므로 여러 가지로 생각한 결과 사장에서 물러나고 회장으로서 후방에 있으면서 이 회사의 경영을 지켜보는 것이 여러 가지 관점에서 생각할 때 좋으리라는 결론에 도달했던 것입니다. 그래서 나의 결심을 중역 여러분에게도 잘 얘기해서 오늘 중역 회의에서 그 양해를 얻었습니다.

나에게 목숨이 있는 한 마쓰시다 전기의 경영에 몰두하고 싶다는 정신은 조금도 변하지 않았습니다만 정신이 그렇더라도 체력이 따르지 않는다는 것을 분명하게 알지 않으면 안 된다고 생각합니다. 마침 그런 연령도 됐으므로 오늘 사장의 격무에서 퇴임해서 회장으로서 여러분의 뒤쪽에 있으면서 이 회사의 경영을 지켜보는 것이 나에게 주어진 적당한 일, 적당한 태도가 아닌가 하는 느낌이 듭니다.

여러분들 중에는 아직도 건강하니까 계속 사장으로서 일해야 하지 않은가, 아직 활동할 수 있지 않은가 하고 생각하는 사람도 있으리라고 봅니다. 그렇게 생각해주시는 것은 참으로 고맙습니다만, 역시 이만한 회사가 되면 나의 일거수 일투족이 대단히 중대하게 생각되어집니다.

그러한 때이기도 해서 나는 무리를 해서는 안 된다고 생각합니다. 다행히 회사의 중역 여러분 중에는 젊고 또 경험도 풍부하며 건강한 분들도 많이 계시므로 내가 사장자리에서 물러나더라도 회사의 경영을 충분히 해나갈 수 있다고 생각합니다.

모쪼록 여러분은 이 하나의 변환점을 커다란 약진의 전기로 삼으셔서 새로운 구상 아래 해나가는 것이 좋으리라고 생각합니다.

오늘 말씀드린 회사의 경영방침은 조금도 변함이 없고 내가 말씀드리는 것도 따지고 보면 과거 42년간 주장해온 것과 조금도 다르지 않습니다.

앞에서 말씀드린 것도 마쓰시다 전기의 전통적인 정신을 말씀드린 것이고 새로 후임이 될 사장을 비롯하여 중역 여러분도 그 정신을 계승해서 잘 해나가리라고 믿습니다. 따라서 오늘 말씀드린 금년도 경영에 대한 것도 충분히 그것을 그대로 이어받아서, 새로이 또 젊은 사람들의 힘에 의해서 수행해주시는 것이 회사의 발전을 위하고 종업원 여러분의 복지 증진을 위해서 또 수많은 거래선의 번영에도 반드시 굳게 연결되는 것이라고 믿는 바입니다.

나는 오늘로써 사장 자리를 물러나며 내일부터는 부사장인 마쓰시다 마사하루 군이 여러분의 협력을 얻어서 회사를 맡게 됩니다.

또 새로운 부사장 자리는 다카하시 전무가 맡게 됩니다. 그리고 전무에는 나카오(中尾) 상무에게 현재의 일을 겸해서 전무의 자리에 앉아주시도록 부탁드리는 바입니다.

또한 새로운 상무가 세 사람 더 느는데 다니무라(谷村) 군, 니시미야(西宮) 군, 오가와(小川) 군 등 이 세 사람이 상무로서 현재의 일과 합쳐서 겸무를 하게 되었습니다.

이러한 새로운 진용에 의해서 마쓰시다 전기는 더욱 일대 약진을 하도록 해주시기를 바라고 나는 반드시 그렇게 되리라고 믿습니다. 내가 사장자리를 물러나는 것이 회사를 위해서 큰 이익이 되면 되었지 절대로 손해는 되지 않는다고 굳게 믿고 있는 바입니다.

다만 이 일은 중역 여러분에게 의논을 드려서 승낙을 받은 것입니다만, 또 한 가지 이 회사는 많은 대부를 받고 있습니다. 사업을 하는 데 있어서는 많은 자금이 필요합니다. 주주들의 자금을 쓰고 있는 외에도 은행에서 융자를 받고 있습니다. 따라서 마쓰시다 전기의 담당 은행에서 나의 퇴임에 찬성을 얻지 않으면 안 됩니다. 그래서 스미토모 은행(住友銀行)의 호리다(堀田) 행장에게 이 일을 얘기했습니다. 그러자 호리다 행장은 쾌히 찬성하면서, 당신이 지금 사장직을 퇴임하는 것은 당신을 위해서도 마쓰시다 전기를 위해서도 매우 좋은 일이다. 따라서 은행은 거기에 대하여 아무것도 문제삼지 않겠다. 은행은 기꺼이 후임인 중역 여러분을 성원해서 마쓰시다 전기의 번영을 염원하겠다. 하는 든든한 말을 해주셨습니다.

때마침 일본의 산업계는 대단한 약진의 도상에 있고 금년은 특히 해외 진출의 해이고 경제계의 약진을 결정지을 해가 되리라고 생각합니다. 이러한 약진의 시기에 지금 말씀드린 전환을 본다는 것은 마쓰시다 전기의 일대 약진이 되리라고 생각하는 바입니다.

모쪼록 여러분은 오늘날까지 여러 가지로 나에게 협력해주신 그 힘을 새로운 후임들에게 바쳐주셔서 마쓰시다 전기가 영원히 번영하도록, 또 사회를 위해서 영원히 공헌할 수 있도록 더욱 훌륭한 마쓰시다 전기로 만들어주시기를 이 기회에 특히 부탁드리며 오랜 세월에 걸쳐서 사장으로서의 나에게 공사(公私)에 모두 잘해주신 여러분에게 깊이깊이 감사를 드립니다.

인사말에는 오랜 세월과 그 동안에 해낸 달성의 크기를 듬뿍 무겁게 느끼도록 하는 여운이 있었다. 거기에는 당대에 키워낸 사업이니만큼 창업자에게 의지하는 경향이 많은데, 그것이 발전에 방해가 되어서는 안 된다는 배려와 결단이 숨겨져 있었다. 과감한 선택이 행해진 것이다. 그 해 7월에 새로운 마쓰시다의 성운(盛運)을 상징하는 것처럼 새로운 사옥(社屋)이 완성되어 이전했다.

명예스러운 네 개의 타이틀

쇼와 37년(1962)부터 39년에 걸쳐서는 마쓰시다 고노스케에게 있어서 국제적인 무대에서 화려한 각광을 받고 또 활동한 시절이었다. 먼저 37년의 2월호에서 미국의 〈타임〉 지가 마쓰시다 고노스케 및 그의 사업을 표지 스토리로 다룬 데에 이어서 이듬해 5월에는 동사의 40주년 기념 축하회에 참석했고, 9월에는 국제경영과학위원회(CIOS)의 초청을 받아서 뉴욕의 힐튼 호텔에서 개최된 제13회 국제회의에 참석하는 등 국제적인 일정으로 바쁘게 지냈다.

이 국제회의에서 마쓰시다 고노스케는 "어제 개회식에서 록펠러 씨가, 오늘날의 경영이 당면하고 있는 중요문제는 과학의 진보에 발을 맞추어 경영이 따라갈 수 있는지 없는지, 만약 따라가지 못한다면 인류에게 뜻밖의 불행을 초래할 우려가 있다, 하고 말했는데 거기에는 나도 동감이다."라고 전제하고는 '나의 경영철학'이라는 제목으로 다음과 같은 요지의 강연을 했다.

경영에는 여러 가지가 있다. 국가의 경영도 그렇고, 미국에 많이 있는 약국의 경영도 그렇다. 그러나 거기에는 공통된 문제가 있다. 그것은 대통령에서 약국의 주인에 이르기까지의 '경영자'가 항상 잘못되지 않은 자기 평가를 하고 있는지 아닌지, 하는 것이다. 즉 자기가 그 직책에 알맞는 일을 하고 있는지 아닌지, 하는 것이다.

나는 이 경영자의 자기 평가라는 것이 매우 어렵고 또 중요한 문제여서 평가를 잘못한 경우에는 국가의 경영이나 회사의 경영, 부서의 경영과 상점의 경영도 결코 잘 되지 않는다고 생각한다.

히틀러가 단기간에 강대한 국가를 이룩한 점에서는 뛰어난 지도력을 가지고 있었다고 말할 수 있겠지만, 전체적인 경영으로서는 실패했다. 잘못된 전망과 경영이념 아래 유럽 경영에 나서서 실패했던 것이다. 그 밑바닥에는 자기 평가의 잘못이 있었다고 생각한다.

경영에는 이념이 필요하다. 단순히 자기 국가를 위하고 회사를 위해서가 아니라 좀더 대국적인 입장에서의 정의가 필요한데 이것은 기술 이전의 문제이다. 경영 개개의 기술에는 각기 특유한 맛이 있어도 좋지만 이 경영의 이념은 만국 공통의 인식 위에 서는 것이 필요하다.

여기에 과당경쟁의 문제가 있다. 이것은 각국의 국내문제인 동시에 국제적인 문제여서 세계 전체가 그 속에 말려들어 있다고 말할 수 있다. 경쟁은 진보를 낳는다고 하지만 그것은 경쟁의 내용문제이고, 지나친 경쟁은 아무것도 창조하지 못하고 오히려 파괴까지 한다. 나라와 나라에 대해서 말하면 전쟁은 그 가장 나쁜 형태이다. 또한 기업간의 지나친 경쟁은 비극을 초래할 뿐이다.

지난번에 나는 몇몇 외국을 방문하여, 그 나라에서 중요한 역할을 하고 계시는 실업가 몇 분과 만나서 과당경쟁에 대한 의견을 물으니까 좋은 일이라고는 생각하지 않지만 어쩔 수가 없다는 대답이었다. 욕망에는 끝이 없고 그것은 인간의 본성에 뿌리박은 것이니까 어쩔 수가 없다는 것이다.

그것을 시인해도 좋은 것일까. 나는 반대이다. 왜냐하면 나라와 나라의 과당경쟁에 의해서 일어나는 전쟁을 부정하고 그 근절에 노력하고 있는 전세계의 국민은 한편으로는 양식(良識)을 가지고 기업간이나 국가간의 그러한 경제적 과당경쟁도 제거하도록 노력해야 하기 때문이다. 그러기 위해서는 확고한 경영이념이라는 것이 확립되어가지 않으면 안 된다고 생각한다.

또 한 가지 말씀드리고 싶은 것은 자본의 횡포이다. 이를테면 어떤 기업이 경쟁 때문이라고 할까 판로확장을 위해서 원가에 가까운 낮은 가격 때로는 원가를 밑도는 낮은 가격으로 제품을 파는 일이 있다. 그런 것을 할 수 있는 것은 다른 이익을 유용할 수 있거나 혹은 축적된 자본을 거기에 충당시킬 수 있는 회사인데, 자본이 그와 같이

기업을 위해서 극히 사적으로 이용된다는 것은 과당경쟁의 한 가지
모습이어서 죄악이라고 말해도 좋다고 생각한다.

또한 이 다음에 질의응답의 시간이 있어서 참석자의 한 사람이 "과
당경쟁에 대해서 마쓰시다 씨가 하신 말에 기본적으로는 찬성입니다만
그러나 경쟁 그 자체는 중요해서 있는 편이 좋다고 생각합니다. 당신은
경쟁에는 좋은 경쟁과 그렇지 않은 것이 있다고 생각하시는군요." 하고
물은 데 대하여 마쓰시다 고노스케는 "당신 말씀은 잘 알겠습니다. 보
통의 경쟁과 과당한 경쟁을 어떻게 구별하는가, 그 판정은 어렵지요.
그것이 어렵기 때문에 경영자의 양식에 걸린 책임이 큰 것이라고 생각
합니다. 이렇게 국제회의를 한다는 것도 하나는 보통경쟁과 과당경쟁의
경계선을 어디에 그을까를 서로가 찾아내기 위해서이기도 한 것이 아
닐까요." 하고 대답했다. 즉 그것은 국경선과 같이 눈에 보이는 것이
아니라 모두의 양식 속에만 그어져 있는 선이라고 하는 것이다.

다섯 개의 타이틀

쇼와 39년(1964)에는 〈라이프〉 지가 마쓰시다 고노스케와 그 사업
에 대하여 사진이 든 기사로 특집을 실었다. 〈라이프〉 지가 마쓰시다
고노스케에게 부여한 타이틀은 '최고의 산업인' '최고소득자' '사상가'
'잡지발행인' '베스트셀러 저자' 등 다섯 개였다. '마쓰시다의 기업제국
은 텔레비전에서 전기 다리미에 이르기까지 거의 모든 전기제품을 제
조하고 있다. 마쓰시다 씨는 전기밥솥이나 냉장고를 전에는 알지도 못
했던 사람들의 손에 넣도록 했기 때문에 일본의 새로운 풍요의 상징이
되고 국민적인 우상이 되었다'라고 소개하고 있다.

〈타임〉도 〈라이프〉도 세계적인 잡지여서 발행부수도 일본의 잡지
따위와는 단위가 다르다. 발행부수 1백만 이상을 자랑하는 〈PHP〉조
차도 그 발밑에도 이르지 못한다. 〈라이프〉 지에 대해서 말하면 미국

판만 8백만 부라는 숫자만 보아도 그 규모를 알 수 있다.

그 〈라이프〉지에 특집기사로 나고, 〈타임〉지의 표지에 등장하며, 또한 그 관련기사가 본문에 게재됨으로써 마쓰시다 고노스케는 일약 세계적인 유명인이 되었다. 그때까지 일부에만 알려져 있었던 것과는 달리 대중적인 인기를 획득하기에 이르렀다.

〈타임〉 40주년 기념 축하회에 마쓰시다 고노스케는 관례에 따라 무메노 부인과 동반해서 참석했다. 세계 각국에서 2천 명 가까운 참석자가 뉴욕·월돌프·아스토리아 호텔의 회장을 메웠다. 모두가 〈타임〉지의 표지에 얼굴이 실린 일이 있는 사람과 그 동반자, 그리고 특별 내빈 등이다. 당시의 존슨 부통령과 러스크 국무장관도 내빈으로 참석해서 축사를 했다.

이윽고 '표지의 얼굴'의 소개가 시작되었다. 사회자의 소개를 받고 스포트라이트를 받으면서 그가 일어서면 미리 준비된 커다란 스크린에 그 얼굴이 비치도록 되었다. 회장이 넓어서 얼굴을 자세히 보기가 어려우므로 그런 방법이 취해진 것이다.

마쓰시다 고노스케가 일어섰을 때 한층 높은 박수가 그를 맞이했다. 존경과 상찬과 따뜻한 격려에 찬 박수였다. 그 폭풍 같은 박수를 받으면서 20세기의 신화적인 성공담을 연출한 68세의 실업가는 청년처럼 젊게 스포트라이트 속에서 미소짓고 있었다.

활발한 국제활동

그 무렵의 마쓰시다 고노스케는 마쓰시다 전기 본사에서 러시아 공화국의 미코얀 제일 부수상, 캐나다의 지펜베이카 수상 부처, 케네디 법무장관 부처, 네덜란드의 베아트릭스 공주, 태국의 푸미퐁 국왕과 실리키트 왕비, 영국의 흄 외상(후에 수상), 프랑스의 쿠브드밀빌 외상 등을 잇따라 맞이했다. 일본을 방문하는 외국 요인들에게 있어서 '마쓰시다'의 견학은 빠뜨릴 수 없는 것으로 되어 있었다.

미코얀 씨의 내방은 마쓰시다 고노스케에게 있어서 특히 인상 깊은 것이었다. 공장을 안내하면서 마쓰시다 고노스케와 미코얀 부수상 사이에는 통역을 통하여 여러 가지 대화가 교환되었다. 그것은 주로 미코얀 부수상이 공장 시설이나 제품 등에 대하여 묻고 마쓰시다 고노스케가 대답하는 형태였는데 미코얀 부수상의 질문은 사회주의 국가의 정치가답게 노동문제에 대해 날카롭게 언급하고 있었다.

그러는 가운데 미코얀 부수상은 러시아 인민이 어떻게 해방을 쟁취했는가에 대해 언급했다. 약간 자랑스러운 어조였다.

거기에 대하여 마쓰시다 고노스케는 바로,

"나는 일본 여성을 해방시켰습니다."

하고 응수했다.

"그것은 무슨 뜻입니까?"

미코얀 부수상이 물었다. 마쓰시다 고노스케는 대답했다.

"일본 여성은 상당히 오랫동안 부엌과 가사노동에 묶여서 자기 시간을 가지려고 해도 가질 수 없는 상태였습니다. 그래서 나는 가정 전기 제품을 만들어 그녀들이 원대로 그것을 쓸 수 있도록 해주었던 것입니다. 현재 그녀들은 시간적이 여유가 생겨서 그 시간을 생활의 향상을 위해서 쓰고 그 때문에 그녀들은 전보다 훨씬 아름답고 총명하게 될 수 있었던 것입니다."

기지(機智)와 뛰어난 유머가 넘치는 대답이었다. 이렇게 마쓰시다 고노스케라는 인물은 때로는 섬세한 번득임을 보이는 일도 있었다.

미코얀 부수상은 그 말을 듣고 동지라도 얻었다는 듯이 파안일소(破顔一笑)를 하고, 눈에 강한 빛을 띠면서 마쓰시다 고노스케의 손을 힘껏 잡았다.

"당신은 자본가이기는 하지만 좋은 사람입니다."

미코얀 부수상은 말했다.

"당신은 나를 자본가라고 말씀하십니다만 나는 내가 자본가라고 생각해본 적이 한 번도 없습니다. 어디까지나 일을 해서 물건을 만들어내는 사람이라고 생각하고 있습니다. 그런 기분으로 열심히 일하다보니까 이렇게 되어버렸던 것입니다. 자본가가 아니라 부유한 노동자라고 말하고 싶군요."

이 대답도 또한 미코얀 부수상을 기쁘게 한 모양이다.

"꼭 러시아 공화국도 방문해주십시오. 환영하겠습니다."

하고 그는 권유했다. 이때의 인상이 매우 좋았던 모양이어서, 미코얀 부수상은 귀국 때의 기자회견에서,

"일본에서 내가 몹시 감탄한 인물은 마쓰시다 고노스케다."

하고 말했다.

미국의 체이스맨하턴 은행으로부터 1천만 불의 융자를 받았을 때도 그랬다. 그 융자가 결정된 후 마쓰시다 고노스케는 은행에 인사를 하러 찾아갔다. 그리고 부사장에게 점심 초대를 받았다. 전무 등 3, 4명이 동석했다.

"그런데 마쓰시다 씨." 은행가는 식사를 하면서 말했다. "당신 회사는 참으로 멋진 경영방침을 세우고 있습니다. 도대체 어떻게 하면 그렇게 되는지 한 가지만 가르쳐주시지 않겠습니까."

"쉬운 일입니다."

마쓰시다 고노스케가 말했다.

"그 대신 공짜로는 싫습니다. 로열티를 받겠습니다. 나의 경영방법에는 그만한 가치가 있으니까요."

"이거, 손들었습니다."

그러고는 크게 웃었다. 그러한 대화를 통해서 은행측은,

"마쓰시다는 신용할 수 있다."

하는 확신을 더욱 굳혔던 것이다. 네덜란드에서 오렌지·나쏘 훈장을 받고 로스엔젤레스에서 '마쓰시다 고노스케의 날'이 제정되는 등 마쓰시다 고노스케가 쌓은 공적은 적지 않았다.

그는 더욱더 해외활동의 필요성을 중시했다. 쇼와 39년에 국내 경영국과 함께 해외 경영국이 설치되고, 다시 해외 사업본부가 발족한 것도 구체적인 포석 중의 하나였다. 국내 경영국은 마쓰시다 마사하루 사장이 국장을 겸임하게 되고, 해외 경영국은 전에 네덜란드의 필립스사와의 기술제휴 교섭에 있어서 큰 역할을 한 다카하시 고타로 사장이 겸임하게 되었다.

이 해외 경영국 설치의 의의를 마쓰시다 마사하루 사장은 39년도의 경영방침 발표회에서 다음과 같이 말했다.

"세계의 인구는 삼십억이 넘는다고 한다. 선진국이라고 해서 국민이 어느 정도 전기기구를 활용하고 있는 것은 그 중에서 7억이고 나머지 이십삼억 이상은 아직 많이 활용하지 못하고 있다. 따라서 장래를 생각하면 이러한 새로운 방면에 내셔널 제품이 자꾸 공급되어 이런 사람들이 활용하게 수출을 포함한 해외사업에 금년부터는 특히 힘을 기울일까 한다. 이것은 본사의 사상과 목표와 사명에서 보아도 반드시 적극적으로 추진시켜나가지 않으면 안 된다고 생각한다."

이러한 해외활동 강화에 의해서 마쓰시다 전기의 수출액은 쇼와 40년에 330억 엔을 돌파했다. 이것은 중전기(重電器)도 포함한 전 전기업계에서 1위이고, 전산업을 통해서도 11위라는 빛나는 성과였다.

그 후로도 더욱 경이적으로 신장되어서 그 기세는 꺾일 줄을 몰랐다. 물론 그렇게 되기까지는 판매활동만이 아니라 기술면에서의 끊임없는 연구와 향상이 있었다. 쇼와 38년에 설립된 새로운 중앙연구소는 '기술의 마쓰시다'의 요청에 부응해서 계속하여 세계적인 연구개발에 힘써서 성과를 올려갔다.

〈타임〉지가 '마쓰시다 전기가 해외에 내보낸 제품 품질의 우수함은 일본이 싸구려 생산국이라는 이미지를 씻는 데 도움이 되었다.'라고 쓴 것은 쇼와 37년의 일인데 이 찬사도 그 후 2,3년 사이에는 오히려 퇴색되어버렸다. 마쓰시다의 괄목할 만한 기술적인 전진과 판매 선전활동에 의하여 사실이 계속해서 갱신되어갔기 때문이다.

사상가 마쓰시다 고노스케

이러한 사업의 발전에 이어지는 발전을 마쓰시다 고노스케는 때로는 뒤에서 관망하고 때로는 진두지휘하면서 사회적 사명감을 확고하게 받아들이고 있었다.

그것은 필연적으로 경영만이 아니라 사회적 국가적인 일에도 강한 관심을 갖도록 만들게 되었다. 저술과 그 밖의 것에 의한 사회에의 발언이 점점 활발해져갔다. 그것은 '사상가 마쓰시다 고노스케'로서의 적극적인 자기 전개(自己展開)이기도 했다. 그 활동의 터전은 자기가 주재하는 PHP연구소의 잡지 〈PHP〉를 비롯하여 사외(社外) 간행물 등 여러 방면에 걸쳐져 있었다.

쇼와 36년에 잡지 〈분게이슌슈〉의 12월호에 발표한 '소득배증(所得倍增)의 숙취(宿醉)'라는 논문은 실제적인 경영가다운 설득력으로 당시의 일본 경제가 안고 있었던 문제의 본질을 정확하게 파헤쳐내 사람들을 자각시켰다.

그 해는 마쓰시다 전기에 있어서 31년부터의 5개년 계획이 여력을 가지고 달성된 직후의 충만감에 넘친 해이기도 하고, 그런 가운데 사장의 교체가 이루어진 해이기도 하다.

그러나 그 전년까지만 해도 순조로웠던 일본 경제가 어두운 그림자를 보이기 시작한 해이기도 했다. 바꾸어 말하면 '소득배증의 숙취'에서 깨어나지 않으면 안 될 때이기도 했다.

"나는 별로 비관적으로 생각하는 편은 아닙니다만, 지금까지 일본이 발전해왔다는 사실에 대하여 그것이 정말 자기 힘으로 발전해왔는지 어떤지 하는 점에 의문이 있습니다. 나의 생각으로는 스스로 발전해온 것이 아니라 대부분이 남의 힘에 의한 것입니다. 남의 힘에 의해서 일본의 경제는 전후 십육 년에 이만큼 발전한 것이라고 생각합니다. 그런

데도 자기 힘으로 발전한 것 같은 착각을 나라가 갖고 정부가 갖고 국
민이 갖고 있습니다. 거기에 큰 문제가 있지 않은가 생각합니다." 하고
그 논문 속에서 마쓰시다 고노스케는 일본 경제의 허점이라고 할 만한
것을 확실하게 간파하고 그러한 허황된 기반에서의 취약함과 위태로움
을 지적하고 있다.

그것은 다시 "돈을 얻고 기술을 도입하고 경제의 방법이나 사고방식
을 배우고, 지금도 주의를 받고 있습니다. 그런 상태 속에서 일본이 오
늘날 이렇게 되었다는 것을 완전히 잊어버리고 자력으로 해온 것처럼
착각을 했기 때문에 오늘날 경제의 전환이 급속하게 일어났다고 보아
도 좋으리라고 생각합니다." 하는 진단을 내렸다. 그리고 소득배증이나
3배증도 좋지만, 어디까지나 빌린 것이 아니라 기초적인 자력 위에 선
것일 필요가 있다고 주장하고 있다.

한편 단행본도 계속해서 출판되었다. 초판도 재판도 내기만 하면 잘
팔려서 저자로서의 마쓰시다 고노스케 기용에 선봉을 선 지쓰교노 니
혼사(實業之日本社)만이 아니라 고단사(講談社), 분게이슌슈사(文藝春
秋社) 등 일류 출판사가 마쓰시다 고노스케의 저서를 출판하기 위해서
다투어 나섰다. 마쓰시다 고노스케와 그 독자는 출판 저널리즘에 있어
서 새로운 광상(鑛床)의 발견을 의미하고 있었던 것이다.

그렇다면 남녀노소를 불문하고 많은 사람의 마음을 사로잡은 마쓰시
다 고노스케의 말의 매력은 도대체 무엇이었을까.

거기에는 우선 마쓰시다 고노스케에게는 터무니없어 보이는 큰 일을
해낸 인간이라는 신뢰감이 있었다.

그 입에서 나오는 말의 이면에는 듬직한 성취의 무게가 있다. 그것이
읽는 사람의 마음에 전해져오는 것이다.

또 한 가지는 마쓰시다 고노스케라는 인물이 계층이나 신분에 관계
없이 인기가 많다는 것이다. 그의 인기는 쇼와 39년에 마이니치(每日)
신문이 전국의 중고교생 및 같은 연대의 소년 소녀를 대상으로 행한

'존경하는 인물은 누구인가' 하는 여론 조사에서, 당시의 이케다(池田) 수상이나 노벨상을 탄 유가와 히데키(湯川秀樹) 박사 등을 누르고 가장 많은 표를 얻었던 것으로도 알 수 있다. 그것은 현대의 영웅으로서 당시에 가장 인기가 있었던 프로야구 거인(巨人)팀의 나가시마 시게오(長島茂雄) 선수를 능가했을 정도였다. 더구나 그것이 결코 부동적(浮動的)인 것이 아님은 말할 것도 없다.

〈라이프〉 지는 이러한 마쓰시다 고노스케를 '헨리 포드(자동차 문명의 아버지라고도 할 만한 발명가로서 세계적인 대기업의 창시자로 1947년에 사망했다.)와 앨저(저명한 미국의 목사이자 작사가로서 1899년에 사망했다.)를 혼자서 겸하여 갖춘 개척자'라고 평했다.

대경영가인 동시에 복음이라도 전하듯이 알기 쉬운 말로 끊임없이 번영에의 길을 설득하고 있는 이 특이한 민중 사상가가 그들에게는 그렇게 비치는 것이리라. 또 그에게서는 전도자와 같은 정열과 젊고 마르지 않는 로맨티시즘조차 느껴지는 것이다.

이케다 수상과의 텔레비전 대담

쇼와 38년 8월 29일, 마쓰시다 고노스케는 당시의 이케다 하야토 수상과 NHK에서 텔레비전 대담을 행했다. 쇼와 36년부터 드문드문 계속되고 있는 '수상과 얘기하다'라는 정기 특별프로의 제6회째에 질문자로 등장했던 것이다.

이케다 수상과 마쓰시다 고노스케는 전부터 흉허물없이 지내온 사이이다. 대담은 다정한 분위기 속에서 이루어졌다.

이때 두 사람 사이에는 중소기업 문제, 물가 문제, 치안 문제, 토지 문제 그리고 정치의 생산성 문제 등에 걸쳐서 활발하게 의견의 교환이 행해졌는데, 특히 인간교육 문제에 대해서는 둘다 많은 관심을 가지고 있고 상통하는 바가 있어서 대화는 활기를 띠었다.

이 시기에 마쓰시다 고노스케는 다른 장소에서도 덕육(德育)을 중심으로 한 인간교육에 대하여 적극적으로 발언하고 있었다. 이를테면

〈PHP〉 쇼와 39년 3월호의 〈소송잡화(宵松雜話)〉에서는 '덕육은 인간의 존엄을 가르친다'라고 해서 다음과 같은 도덕교육론을 전개하고 있다.

만약 전쟁 전에 일본에서 참된 도덕교육이 행해지고 있었더라면 아마도 그런 비극은 일어나지 않았을지도 모른다. 같은 애국심을 가르치는 데 있어서도 스스로를 사랑함과 같이 남을 사랑하고 나라를 사랑하고 그리고 남의 나라도 사랑하는 올바른 도덕이 가르쳐지고 있었더라면 아마 그 전쟁은 피할 수 있었지 않을까 하고 나는 생각한다.

참된 도덕교육은 인간의 존엄을 가르치는 데에 있다. 즉 덕육은 인간의 존엄과 그 길을 가르치고 지육(知育)과 체육(體育)은 인간에게 지식과 힘을 주어서 인생의 의의를 완전하게 한다. 여기에 교육의 본분이 있다고 생각한다. 따라서 어떤 나라라 할지라도 참된 도덕교육은 필요한 것이다. 어떤 인간이라 할지라도 올바른 도덕교육은 필요한 것이다.

이러한 의미에서 나는 도덕이란 말하자면 '물'과 같은 것이라고 생각한다. 즉 인간이란 누구든지 살아가는 데 있어서 물이 없어서는 안되는 것이다. 그런데 이 물에 불순물이 섞여 있었다고 하자. 그리고 그것을 마신 사람이 중한 병에 걸렸다고 하자. 그래서 이거 큰일났다고 하면서 물 마시기를 거부하고 금지해버렸다고 한다면 어떻게 될까.

그야말로 진실을 바로 보지 못한 모습이라고 말할 수 있지 않겠는가.

여기에서 중요한 것은 결코 '물' 자체의 가치와 효용을 부정해버리는 일은 아니리라. 만일 물을 마시지 못하면 인간은 말라죽어버린다. 긴요한 것은 물에 섞여 있는 불순물을 신속히 제거하는 일이다. 나는 이와 같은 말을 도덕교육에 대해서도 할 수 있지 않을까 생각한다. 즉 우리 나라의 도덕교육 중에 잘못된 점이 있었다고 해서 도덕교육 자체를 부정해버린다면 영원히 올바른 도덕교육을 할 수 없을 것이다.

말할 것도 없이 나는 도덕교육이 필요하다고 해서 전쟁 전과 같은 도덕을 그대로 부활시키자고 주장하는 것은 아니다. 오히려 전쟁 전의 도덕교육에 잘못된 면이 있기 때문에 우리는 지금 인간의 보편적 본질에 바탕을 둔 참된 도덕관을 수립하는 일이 중요하다고 생각하는 것이다. 과거의 잘못을 시정하여 이번에야말로 잘못이 없도록 기하는 것이 우리에게 부과된 책임이 아닐까 생각한다.

다음 세대의 일본을 짊어질 소년들을 어떻게 키우는가 하는 것은 역시 우리 어른들에게 맡겨진 책임이리라.

그런데 중요한 이 어른들이 '우리는 이미 낡았다'든가 '젊은 사람들의 생각은 따라갈 수가 없다' 하면서 스스로의 책임을 포기해버린다면 도대체 누가 소년들을 기르고 이끌 것인가.

더구나 이러한 책임회피가 인간의 존엄과 그 길을 알려주는 '덕육'이란 면에 이른다면 소년들이 문제를 일으키지 않는 편이 오히려 이상한 일이라고까지 생각된다.

"자라 보고 놀란 가슴 솥뚜껑 보고 놀란다."는 말이 있다. 인간이란 그러한 어리석음을 범하기 쉬운 것이다. 도덕교육을 위험물로 취급하거나 귀찮은 것으로 취급해서 한쪽 구석에 처박아두고 아무도 돌보지 않는 듯한 태도에서도 그것이 느껴진다.

누군가 거기에 관심이 있다고 하더라도 세상의 평을 생각하면 여간해서 그런 말을 꺼내기가 어렵다는 점도 있다. 그런 얘기를 꺼냈다가 고루하고 시대감각이 없는 인간이라는 말을 듣지나 않을까, 거꾸로 가는 인간이라는 취급을 받지나 않을까 하는 우려가 있기 때문이다.

그러한 어른들의 용기가 없는 점, 좋은 것은 좋고 나쁜 것은 나쁘다고 잘라서 말할 신념이 없는 점이 도덕교육이라는 것에서 면목이 서지 않는다는 생각을 갖도록 만드는 것이다.

도덕이란 인간을 내면에서 다스리고 있는 법이다. 마음의 법률이다. 인간이 그 존엄을 유지하기 위해서 갖지 않으면 안 될 마음의 울타리이다. 그것이 부서져버렸다면 새로운 울타리를 만들어야 한다. 이 당연한 일이 어째서인지 잊혀지고 있다. 그것은 틀림없이 어른들의 책임이고 사회의 공동책임이다.

제8장 번영에의 도표
—— 그 뜻과 발언

올림픽 붐의 그늘에서

쇼와 39년(1964)의 도쿄 올림픽을 계기로 고조된 새 사업분야의 개척도 눈부신 발전이 있었다. 이러한 흐름 속에서 마쓰시다 고노스케는 거듭 전원이 들뜨는 것을 경계하기 위하여 다음과 같이 자각을 촉구했다.

나는 언제나 회사 전체적으로 현재의 자기 검토라는 것을 하고 있다. 새로운 한 가지 일을 하는 데 있어서도 그것을 마음속에만 넣어 둘 뿐 당장은 손을 대지 않는다. 오늘 손을 대는 것은 오늘 자기 구미에 맞는 것뿐이다.

그것이 자기 배라면 이제 됐다고 하면서 받아들이지 않으니까 잘 조절되지만 사업욕은 과식을 해도 조절하는 것이 없으므로 자기 양식에 의해서 조절하는 수밖에 별다른 방법이 없다. 그러니까 항상 자기 반성을 하고 아울러 회사의 종합적인 힘을 검토해서 언제나 거기에 알맞은 일을 해야 한다. 이렇게 하면 가령 커지더라도 안정성이 높을 것이 아닌가. 그러나 그렇게 생각해도 자칫하면 지나치는 경우가 있다. 그럴 때는 바로 뒤돌아가지 않으면 안 된다. 이 판단은 매우 어려운 일이지만 경영자에게 있어서는 대단히 중대한 일이다. 이것을 잘못하면 경영은 실패의 길로 들어가기 쉽다. 대부분의 실패는 여기에 기인하고 있다.

분명히 그 무렵 일본은 올림픽 붐으로 들끓고 있었다. 그러나 일찍부터 마쓰시다 고노스케가 '소득배증 정책의 숙취'라고 해서 경고해왔던 것처럼 자신의 능력이 아닌 대미의존(對美依存)에 의한 고도성장으로 과열팽창하고 있던 일본 경제는 심각한 반성을 하지 않을 수 없을 만한 국면에 처해졌던 것이다.

그것은 36년경부터 서서히 잠재적으로 진행되고 있었는데, 금융긴축과 수요의 정체로 겨우 시황(市況)의 악화로 되어 표면화하기 시작했다.

그래도 마쓰시다 전기에서는 마쓰시다 회장의 방침에 의하여 재빨리 위기의식에 눈떠서 대책을 게을리하지 않고 기업체질의 강화를 도모해 왔으므로 38년의 전 기업계 전체의 신장율이 전년도에 비해 10%가 밑도는 저조함 속에서 혼자 신장율 18%를 기록하여, 2천억 엔 대로 올려서 숨을 돌렸던 것이다.

그러나 그것도 쇼와 38년까지이고 39년에 들어가서는 시황이 더욱 악화되는 가운데 결국 쇼와 25년에 재건을 개시한 이래 처음으로 감수 감익이라는 사태를 면할 수가 없었다.

이러한 사태 속에서 판매회사와 대리점도 경영의 악화로 고전하는 곳이 격증하여, 170개 사 중에 제대로 수익을 올리고 있는 것은 20여 개사 정도이고 나머지는 모조리 적자경영으로 전락하는 형편이다. 판매회사나 대리점의 곤경을 호소하는 소리가 잇따랐다.

이러한 사태를 모른 체할 수 없어서 마쓰시다 전기에서는 39년 7월 9일부터 3일간 아다미(熱海)의 뉴 후지야(富士屋) 호텔에서 전국의 판매회사와 대리점 170개 사의 대표를 초청하여 기탄없이 얘기를 나누게 되었다.

이것이 이른바 '아다미 회담'인데, 명목은 간담회지만 내용은 간담이라 할 수 없는 판매회사와 대리점의 사활을 건 열띤 토론의 자리가 되었다.

이러한 판매면의 위기는 물론 마쓰시다 전기에 있어서도 중대한 문제이다. 마쓰시다 고노스케 회장과 마쓰시다 마사하루 사장을 비롯한 간부들이 참석했다.

회의가 시작되자 판매회사와 대리점측에서는 둑이 터진 것처럼 어떻게든 해달라는 소리가 나왔다. 개중에는 "우리 집은 아버지 때부터 마쓰시다의 제품을 다루고 있는데 이 모양이다. 어떻게 하겠나." 하며 다그쳐오는 이도 있다.

그런가 하면 "어음은 매일 모이기만 하고 부도는 이제 예삿일이 되었다. 앞이 캄캄한데 어떻게 해야 될지 모르겠다." "다른 회사제품은 일체 취급하지 않는다. 한눈도 팔지 않고 마쓰시다 하나로 해나왔는데, 이게 어찌된 일입니까." 하며 추궁하는 사람도 있다. 요즘 마쓰시다의 제품은 특징이 없어졌다, 제품의 강요가 지나치다, 회사가 커진 탓인지 마쓰시다 사원의 태도가 관료적이 되었다, 등등 평소의 불만이 한꺼번에 터져나왔다. 들려오는 것은 거의가 원망의 소리뿐이라고 해도 지나친 말이 아닌 상태였다.

마쓰시다 고노스케는 그 비난받는 입장에 서서 이것은 예사롭지 않은 사태라고 생각했다. 그러나 그런 소리에 감정적으로 밀려가서 판단을 그르쳐서는 안 된다고도 생각했다.

여러 사람의 이야기를 듣고 보니까 여기에 모인 판매회사와 대리점 전부가 그런 곤경에 몰려 있는 것은 아님을 알았다. 20여 명 정도는 제대로 이익을 올리면서 소매상 지도까지 해주는 여유있는 경영을 하고 있다는 것을 알았다.

삼일간의 마라톤 회의

그것은 이러한 일반적인 정세 속에서도 하기에 따라서는 경영이 이루어져간다는 것을 나타내고 있다. 그렇다면 대다수의 판매회사나 대리점이 제대로 되지 않는 원인은 어디에 있는 것일까. 그것은 마쓰시다 전기 쪽에도 판매회사와 대리점 쪽에도 있는 것으로 생각되었다.

이를테면 어느 업자는 1억 5천만 엔의 적자가 났다고 하면서 그것이 마치 마쓰시다의 책임인 것처럼 추궁했다. 그러나 생각해보니까 자본금 5백만 엔인 그 회사가 1억 5천만 엔이나 적자를 냈다고 하는데도 마쓰시다는 아직 영업소를 통해서 거기에 물건을 보내주고 있는 것이다.

보통의 상거래라면 옛날에 거래를 중단시켰을 것이다. "당신은 불평을 하지만 사실은 불평을 해야 될 사람은 내 쪽입니다. 나는 피오줌이 나올 듯한 괴로움을 몇 번이나 당해왔지만 당신은 한 번이라도 그런 고통을 당해본 적이 있습니까. 그러나 여기에서 그런 얘기는 해봤자 소용이 없습니다. 서로가 어떻게 하면 일어설 수 있을지 끝까지 생각해봐야 하지 않겠습니까." 이쪽도 필사적이다.

무릎을 맞대고 진지하게 하는 회의는 다음날도 계속되었다. 무릎을 맞대었다고는 하지만 한 사람 한 사람과 얘기하고 있을 수는 없으므로 마쓰시다 고노스케는 거의 단상에 서 있는 채이다. 체력이 많이 소모되는 마라톤 회의지만 힘들다는 얘기는 할 수도 없었다.

그래도 결론은 나지 않아서 회의는 결국 3일째를 맞았다. 처음 예정은 2일간이었는데 하루 연장된 것이다. 어떻게 해서든지 결론을 내보려고 했으나 한 자리를 뱅뱅 맴돌 뿐 전혀 이렇다할 타개책이 떠오르지 않는다.

3일째에 마쓰시다 고노스케는 비장한 결의로 등단했다. 그리고
"여러분이 이런 꼴을 당하게 한 것은 마쓰시다가 나빴기 때문입니다."
라고 말하고 머리를 깊이 숙였다.

그때까지와 완전히 달라진 마쓰시다 고노스케의 태도와 어조에 판매회사와 대리점의 대표들은 어리둥절한 표정을 지었고 회의장은 순간

조용해졌다.

그 속에서 마쓰시다 고노스케는 새삼스럽게 마쓰시다 전기의 잘못을 인정하는 얘기를 하고는 깊이 사죄한 다음에 옛날 얘기를 시작했다.

이럭저럭 30년이나 전에 나의 공장에서 전구를 만들어서 여러분에게 팔아달라고 찾아간 일이 있습니다. 정직하게 말해서 그때는 막 손을 댔을 때여서 전구가 품질적으로 아주 우수하다고는 말할 수 없는 상태였습니다. 그래도 나는 초일류품과 같은 가격을 매겨서 팔았던 것입니다. 업계에 요코즈나(橫綱)가 한 사람이라는 것은 좋은 모습이 아니다. 좋다, 나도 처음부터 요코즈나가 될 각오로 노력해가자, 그런 기분이었습니다. 여러분은 처음에 우리의 억지스러운 방법에 난색을 나타냈지만 내가 털어놓고 얘기를 하면서, 꼭 요코즈나로 만들어주십시오, 하고 부탁하니까 그렇게까지 생각하고 있다면 팔아드리겠다고 해서 우리 제품을 취급해주시게 되었습니다. 그 덕분에 마쓰시다 전기의 전구는 명실공히 요코즈나가 될 수 있었고 회사도 크게 발전할 수 있었던 것입니다.

이런 일을 얘기하는 것은 마쓰시다 전기의 오늘이 있음은 오로지 여러분의 덕분이라는 것을 재인식했기 때문입니다. 사실은 이것은 한시도 잊어서는 안 될 일인데도 나는 이번 회의를 통하여 여러분과의 말씨름에 정신을 빼앗겨서 이 중요한 사실을 아주 잠시 동안이지만 잊고 있었습니다. 참으로 죄송한 일입니다. 오늘부터의 마쓰시다 전기는 마음을 고쳐먹고 새 출발을 하겠으니 모쪼록 잘 부탁드립니다.

마쓰시다 고노스케가 눈물을 흘리며 말하자 회의장 안에 있던 사람들이 여기저기에서 손수건을 눈에 대고 있는 모습이 보였다.

그의 마음에서 우러나온 진정한 눈물이 모두의 마음을 강하게 움직였다. 회장의 분위기는 그로 인해 부드러워졌다.

"좋아, 무엇이든 마쓰시다 씨의 탓으로 돌리지 말고 우리도 마음을 고쳐먹고 한 번 더 버티어봅시다." 하고 모두들 마음을 새롭게 했던 것이다.

이렇게 해서 아다미 회담은 3일 동안 파란만장한 경과를 거친 후 서로 곤경 타개에의 협력을 맹세하게 되었지만 그것만으로 문제가 단숨에 해결될 정도로 사태가 간단한 것은 아니었다. 마쓰시다 고노스케가 병으로 요양 중인 야스가와요(安川洋) 영업본부장을 대신해서 몸소 그 역할을 맡고 나서서 판매활동의 제일선에 선 것은 이때이다.

마쓰시다도 이번 일로 창업 이래의 경이적인 매상을 기록할 수가 있었다. 이 기쁨의 느낌은 한층 더했다. 위기를 떨치고 일어나는 것이야말로 비약에의 발판이라는 마쓰시다 철학이 유감없이 거기에서 입증되고 있었기 때문이다.

전국 282개의 판매회사는 마쓰시다 회장에게 감사의 염을 담아서 천마왕공(天馬往空)의 조각을 선물했다. 그것은 마쓰시다 회장이 전년에 훈이등 욱일중광장(勳二等旭日重光章)을 수여받은 데 대한 기념이라는 형식을 취한 것이었지만, 40년의 위기를 멋진 지휘로 넘긴 데 대한 마음으로부터의 존경이고 또 공정공영의 증거였다.

새로운 경영문화의 기수로서

쇼와 40년(1965) 4월 16일, 마쓰시다 전기는 5년 전부터의 계획대로 남보다 앞서서 주 5일제의 완전 실시를 단행했다. 이것은 앞에서도 말했듯이 전후에 최악이라고 할 만한 경제적인 상황에서의 출발이었던 만큼 기대와 동시에 불안스럽게 보여졌다. 그런 만큼 실시를 단행하는 결의에는 보통이 아닌 것이 있었다. 마쓰시다 고노스케는 그 때문에 5일제 실시 후 첫번째 휴일인 4월 17일에 특별히 간부들을 본사 강당에 모아서 그 의의와 각오에 대하여 소신을 피력하고 전종업원의 자각과 분발에 의하여 이 주5일제가 성과를 올릴 수 있도록 호소했다.

　오늘 예정대로 주5일제의 첫날로 들어갑니다. 공장은 전부 휴가를 취하고 있고 영업방면도 업무는 계속하고 있지만 사람은 교대로 5일제 근무로 들어가 있습니다.

　이것은 상당한 규모의 회사로는 처음 시도여서 세상에서도 많이 주목하고 있습니다.

　주 40시간 5일제의 실시를 발표했던 당시는 5년간이나 지나면 어디보다도 더 튼튼한 회사로 만들어질 것이다, 미국에서 하고 있는 것이니까 그런 목표를 세우고 노력하면 오히려 획기적인 방도가 발견되어서 성과를 올리게 될 것이다, 하는 기대를 가지고 있었습니다만 이 5년간에 5일제를 위해서 이러저러한 일을 했다고 하는 현저한 사례는 없다고 해도 좋을 것입니다.

　여러 가지로 생각해보면 마쓰시다 전기 전체로서는 아직 체제가 잡히기 전에 시기가 왔다는 느낌이 큽니다. 그러니까 오늘 5일제로 들어간 것이 잘못이었다는 말을 듣지 않기 위해서는 계속해서 상당한 노력을 요한다고 생각하고 있습니다.

　또 한 가지 생각해야 할 일은 젊은 사원들이 늘어난 하루의 휴일을 단순한 놀이로 끝내지 말고 경제인, 사회인으로서 향상되어가기 위한 공부에 노력을 기울여야 하는 것입니다. 회사가 꼭 붙어서 간섭하는 것이 여러분은 민주주의 시대에 간섭이 심하다고 생각할지도 모르겠습니다만 할 말은 하고 지도할 것은 지도해서 잘못이 없도록 하지 않으면 안 됩니다.

　또 판매면에서는 종래의 판매제도를 거의 근본적으로 개혁해서 각 방면의 이해를 구하고 있습니다만, 그 일도 영향을 미쳐서 현재의 정세로는 이번 회기의 업적도 별로 결과는 좋지 않을지도 모릅니다. 그러한 시기에 5일제로 들어가는 것이니까 결코 쉽게 될 일은 아닙니

다. 판매점에서도 걱정을 하고 있고 직접 관계가 없는 세상 분들도
비판적으로 보고 있습니다.

우리는 지금 커다란 전환점을 맞았다고 할 수 있습니다.
일본의 정치는 꼭 능률이 좋은 것은 아닙니다. 그렇기 때문에 국비
도 많이 들고 따라서 세금도 많이 필요하게 됩니다. 세금이 많이 필
요할 뿐만 아니라 국민의 활동도 여러 가지로 방해를 받습니다.
일본의 참의원(參議員)은 250명이지만 미국의 상원은 200명 전후
입니다. 인구는 미국이 일본의 2배니까 능률이라는 점에서는 일본이
반 이하라는 말이 됩니다.
미국은 그런 식으로 합리화된 비용이 들지 않는 정치를 하고 있으
므로 국민도 매우 활동하기 좋습니다. 자유자재로 일할 수 있으므로
국민활동의 성과도 매우 높습니다. 미국은 36조 엔의 국가 예산을
짜고 있습니다만 일본은 그 10분의 1의 예산밖에 짜지 못합니다. 미
국의 활동은 능률이 높기 때문에 저율의 세금으로도 일본의 10배의
국가 예산을 짤 수 있지만 일본은 고율의 세금을 내고도 미국의 10
분의 1의 예산밖에 안 됩니다. 일본 인구가 미국의 반이라는 것을
고려하면 그 활동은 5분의 1이라는 것입니다.
그런 상태에 있을 때 근무시간만 미국과 같도록 한다는 건 매우
위험합니다. 회사의 경영도 미국과 비슷하게, 아니 오히려 정치의 손
해를 커버할 만큼 미국 이상의 것을 만들어내지 않으면 안 된다는
말이 됩니다.
나는 단순히 주5일제로 했다는 것에 의미를 두는 것이 아니라 이
기회에 일본의 정치적 손실을 경영면에서 커버할 만한 활동을 해보
는 것에 의미를 두고 싶습니다. 그리고 하루라도 빨리 미국과 대등해
지자는 염원을 가져보면 어떨까 하고 생각합니다. 그렇게 하면 40시
간 근무로 된 것을 계기로 해서 우리 회사에 획기적인 사고방식이

생기리라고 생각합니다.(중략)

작년을 돌이켜보면, 작년에는 전체적으로 볼 때 이렇다 할 새로운 제품이 나오지 않았습니다. 그런데도 오히려 여러 가지 문제를 일으키고 있습니다.

그래서 금년에는 그런 일이 없도록, 우선 거래선 여러분께서 마쓰시다 전기를 좀더 사랑하시고 마쓰시다 전기를 더욱 훌륭한 회사로 만들어주자고 생각하시고, 또 그렇게 함으로써 여러분의 사업이 더욱 발전하게 된다고 생각하신다면 좀더 여러 가지 의견을 말해주십시오. 회사가 보다 좋은 것을 만들도록 해서 수요자에게 만족을 주는 것이 여러분의 사명 아닙니까.

그와 동시에 회사의 직원을 독려해서 여러분의 요구 외에도 스스로 노력하여 반드시 히트 상품을 매달 내도록 하겠습니다. 그렇게 하면 새 판매제도를 살리는 일도 되겠지요. 맹세도 했습니다.

좋은 아이디어가 없는 곳에 좋은 상품은 생겨나지 않는다고 생각하기 때문입니다. 무엇이든지 떠맡아서 팔아주시는 것도 좋은 일입니다만 자칫하면 이만하면 된다는 기분에 빠지기 쉬운 것입니다.

우리는 좀더 다음 시대에 맞을 만한, 또 수요자가 정말로 안심할 만한 좋은 물건을 만들어가는 데 전력투구를 해야겠습니다.

녹음기의 신제품 스냅을 발매하고부터 "마쓰시다 씨, 그것은 대단히 좋습니다. 대리점회에서 그것은 정가판매를 하기로 합의했습니다."하는 얘기를 들었습니다. 지금까지의 판매제도 그대로라면 값을 내려서 팔게 되었으리라고 생각합니다만, 이번에 판매제도가 개선된 점, 정가판매를 해야 한다는 자각이 높아진 점, 그리고 좋은 상품을 공급했다는 것에 의해서 우리가 원하기 전에 가게들이 합의를 본 셈입니다.

이렇게 함으로써 앞으로는 소매상도 대리점도 판매회사도 흑자경

영이 되리라고 믿고, 따라서 마쓰시다 전기의 경영도 안정되리라고
생각합니다. 그렇게 되지 않으면 이번의 5일제도 실패하게 됩니다.

또 한 가지는, 경제계는 지금 대단히 나쁜 상태에 있습니다. 매일
같이 도산(倒産)회사가 생기고 있습니다. 그런 상태이므로 지금 말
한 것과 같은 판매제도의 개혁과 좋은 제품을 만드는 것에 의해서
마쓰시다 전기의 경영은 일단 안정되리라고 생각합니다. 그러나 외
부의 큰 변화에 의해서 피해를 입는 면이 생긴다는 것도 고려하지
않으면 안 됩니다. 아마 종전 후 최악의 시기에 직면해 있다고 생각
해도 될 것입니다. 2, 3년 전부터 나는 경제난국이 올 것을 경고해왔
습니다만, 당시는 내 얘기에 귀를 기울여주는 사람이 없었습니다. 그
러나 오늘날에는 당신이 말했던 대로 되었다고 말하는 사람이 많아
졌습니다.

그런 경제난국에 직면해 있는 이때에 5일제를 실시하는 것이므로
이것은 쉽지 않은 문제라고 생각합니다.

여러분은 이러한 점을 고려하셔서 차제에 미국 이상의 합리적인
경영을 해나갈 결의를 해주시기 바랍니다. 지금까지 못 했던 일이라
도 그 자리에 임하면 예기치 않은 지혜와 재치가 생겨서 한 달 두 달
석 달이 지나는 동안에 획기적인 경영이 생겨나리라고 생각합니다.

그래서 일본을 미국에 접근시켰으면 합니다. 또한 일본의 정치가
들도 눈을 뜨기 바랍니다. 그래서 정치면에서 미국 이상의 생산성을
올리는 형태를 이루어주었으면 합니다. 그리하여 일본인과 일본국의
성과를 올리도록 했으면 합니다. 이것은 일본 혼자만의 기쁨이 아니
라 세계에 대한 공헌도 될 것입니다. 그 선봉을 마쓰시다 전기가 맡
는다는 각오로 해나갔으면 하고 생각합니다.

이것을 보아도 마쓰시다의 주5일제가 단순히 휴일을 하루 늘리는 것

이 아니라 새로운 경영의 성패를 걸 정도였음을 알 수 있다. 마쓰시다는 야심적인 '실험'에 나선 것이다. 게다가 그것은 어떤 일이 있더라도 성공하지 않으면 안 될 실험이기도 했다. 소신의 피력에서도 그 굳은 결의가 엿보인다.

댐 경영과 적정 경영론(適正經營論)

주5일제의 실시와 병행해서 더한층의 노력이 경주되어 몇 개의 히트제품을 집중적으로 세상에 내보냈음에도 불구하고 마쓰시다 전기의 매상은 여전히 하강을 계속하여 11월에는 전기(前期;5월기)의 1028억에서 1005억 엔으로 떨어져 불황의 끈질김을 새삼스럽게 인식시켰다.

그러나 밝은 재료가 없는 것도 아니었다. 매상은 떨어졌지만 판매이익은 98억 엔에서 101억 엔으로 늘어서 히트제품의 집중적인 발매에 의한 효과를 뚜렷이 나타내고 있었다. 그리고 경영은 호전의 징조를 보이기 시작했다.

그러나 이 40년의 불황은 일본경제의 기반이 얼마나 나약했던가에 대해서 커다란 반성을 하는 계기가 되었다. 그것은 일찍부터 마쓰시다 고노스케가 우려한 바였지만, 현실로 인식하고 그 참화를 눈앞에 보고, 직접적인 상처도 입고 보니 그 반성은 보다 절실했다.

그보다 먼저 쇼와 40년 2월 10일부터 13일에 걸쳐서 구라시키 고쿠사이(倉敷國際) 호텔에서 열린 제3회 간사이 재계 세미나에서 마쓰시다 고노스케는 '댐 경영과 적정경제'라는 제목으로 강연을 했다. 그것은 참으로 실무자다운 착안과 통찰에 의해서 일본경제의 환부(患部)에 메스를 대면서, 국가적인 견지에서 어떻게 해야 하는지의 대방책을 설명한 명강연으로서 후에까지 남는 것이 되었다.

그 요지는 다음과 같다.

독일의 각 기업에서는 최근에 와서 차입금이 늘어나고 있다고 한

다. 이것만으로는 일본과 별로 다르지 않다고 생각하기 쉬운데, 실은
그 내용이 크게 다르다.

일본은 기업에 돈이 없어서 돈을 빌리고 있다. 독일은 기업 안에
돈이 남아돌면서도 돈을 빌리고 있다. 그것은 어째서냐 하면 각 기업
의 수익을 그대로 사내에 축적시켜두지 말고 좀더 배당을 하도록 하
는 정부의 방침에 의한 모양이다.

정부는 그 방침을 위해서 세제(稅制)를 다음과 같이 고쳤다. 기업
수익을 배당으로 돌린 몫의 법인세는 15%, 배당하지 않은 분에 대
해서는 51%라는 중과세를 내린다.

이렇게 해서 기업이 수익을 배당으로 돌릴 것을 세제면에서 장려
하고 있는 것이다. 기업이 여분의 돈을 안고 있기보다는 그 돈을 사
회를 위해서 운용하는 편이 바람직하다고 생각한 것이다.

기업은 거기에 따라서 돈은 있지만 그것은 배당으로 돌리고 차입
금으로 충당하도록 하고 있다. 그것이 표면적으로는 자기자본 1에
타인자본 2라는 비율로 되어서 나타난다. 자기자본과 타인자본의 비
율이 비슷하다고 하지만 그 내용이 일본과 전혀 다른 이유는 이상과
같다.

일본도 좋아서 빚으로 경영을 해온 것은 아니다. 패전으로 무에서
출발하여 부흥하기 위해서는 어쩔 수가 없었다고 말하는 사람도 있
다. 그러나 패전이라는 점에서는 독일도 마찬가지다. 그런데 어째서
이런 차이가 생긴 것인가.

우선 세제면이 다르다. 독일에서는 개인의 소득세가 싸서 개인기
업인 편이 유리하기 때문에 대부분의 소기업은 개인경영으로 한다.
일본과 같이 조그마한 개인상점이라도 주식조직으로 하는 일은 없
다.

개인기업일 경우 일할 의욕도 달라져서 나름대로 생산성도 오른
다. 독일의 세제는 그런 인간의 기분을 교묘하게 포착해서 국가의 번

영으로 연결시키고 있다. 주식의 배당이 많은 것과 세금이 싼 것도 사람들의 투자욕을 자극해서 같은 효과를 올리고 있다.

그에 비해서 일본경제에 우선 필요한 것은 기반조성이다. 기업에 대해서 말하면 사내축적으로 자기자본을 늘려서 경영에 자주성을 갖도록 하는 것이 선결문제이다. 빚을 얻는다고 하더라도 건전한 경영의 기반 위에 서서 살아 있는 차입을 할 일이다. 실제는 그것과 멀다. 더구나 차입금 경영을 당연하게 생각하는 것은 문제이다.

이러한 일본경제의 현상을 과도적이라고 시인하는 사람도 있다. 그 증거로 일본은 세계에서도 유례가 없는 단기간의 고도성장을 이룩하지 않았느냐고 말한다. 그것도 하나의 견해지만, 언제까지나 그래도 좋다고는 생각하지 않는다. 우리 나라의 차입금 경영은 이미 터지기 직전의 풍선 상태가 아닐까 생각한다.

최근에 도산이 많다. 개중에는 자본금 1천만 엔인 회사가 40억 엔 가까운 빚을 안고 도산한 예도 있다. 극단적인 예일지도 모르지만, 차입금 정책도 극에 달했다고 할 만한데 독일인이 이 말을 들으면 놀랄 것이다.

우리는 이런 몇 년 동안 개방경제체제를 맞이하여 어떻게 해야 할 것인가 하는 일을 하나의 큰 과제로 삼아왔다. 대책도 세워왔다. 나름대로의 효과도 있었다. 그러나 언제까지나 그렇게 딱딱한 자세를 지속하는 것은 좋지 않다고 생각한다. 왜냐하면 우리에게 있어서 개방경제는 있어야 할 당연한 모습이기 때문이다. 그런 작정으로 익숙해져갈 필요가 있다.

그보다도 변전하는 세계정세에 어떻게 대응하는가이다. 그런 뜻에서 지금은 커다란 전환기이다. 정치면에서나 경제면에서도 사물의 사고방식을 다시 한 번 재검토하지 않으면 안 될 시기다.

이를테면 적정이윤의 확보라는 것이 있다. 지난번에 경제동우회의 어느 분이, 적정이윤의 확보는 기업의 사회적 의무이다, 하고 말씀하셨는데, 참으로 적정이윤이야말로 기업을 발전시키고 사회를 번영시키는 것이다.

최근에는 공산권의 나라들에서도 이윤이라는 말이 자주 언급된다고 한다. 대학의 젊은 교수들 사이에서도 막스나 레닌의 얘기보다 이윤이라는 말이 더 성하다고 한다. 공산국이라면 기업이라 해도 공공기업이겠는데, 사기업이라면 또 모르지만 공공기업이라면 이윤이란 문제에 그다지 신경을 쓰지 않아도 좋으리라고 생각되는데 그렇지가 않은 모양이다.

거기에는 인간의 본질에 뿌리박은 것이 있음에 틀림없다. 인간은 성과를 기대한다. 거기에 기쁨을 느낀다. 그것이 자기 주머니가 아니라 국가를 윤택하게 하는 것이더라도 거기에서 기쁨을 느낀다. 그것이 인간이라는 것이다. 공산권도 달라진 것이라고 생각한다. 그러나 인간의 본연에서 보면 당연할지도 모른다. 하물며 자유주의국가에 있어서는 더욱 그렇다. 적정이윤(適正利潤)의 추구가 더욱 당당히 주장되어도 좋다고 생각한다.

적정이윤의 문제와 또 이 전환기에 처한 문제도 포함해서 경영자의 책임은 더욱 중대하다.

종업원도 그렇다. 종업원에게는 당연히 능력적으로도 개인차가 있다. 어떤 사람은 3만 엔의 급료로 5만 엔어치는 일하는 사람도 있고 어떤 자는 2만 5천 엔어치밖에 일하지 않는 사람도 있다.

그런 이익과 손해는 경영 전체로서는 그다지 문제가 안 될지 모르지만 이것이 과장이나 부장이라면 그렇지가 않다. 권한을 가지고 일을 하는 사람의 능력에 따라서는 개인의 급료가 문제가 아니라 더욱 큰 벌이나 또 큰 손실로 이어진다. 회사가 커지면 여간해서 거기까지 신경쓰기 어렵지만 경영자된 사람은 명심해야 할 일이다.

중역급이 되면 이것의 의미는 더욱 크다. 가령 백만 엔을 주는 상무지만 1천만 엔을 줘도 회사에 득이 되는 경우도 있고, 반대로 3백만 엔쯤 들여놓지 않고는 수지가 맞지 않는 사람도 있다. 사장쯤 되면 더욱 심해서 회사의 존망에도 관계된다.

유럽여행에서 돌아오는 길에 오랜만에 미국의 한 회사에 들렀다가 놀랐다. 유니온 카바이트라는 회사의 건전지인데, 30년 전에 15센트로 팔았던 것을 지금도 그대로의 값으로 팔고 있다.

건전지에는 망간, 탄소 등 시장에서 유동성이 많은 물질이 쓰이고 있다. 미국의 경우는 두 번의 대전(大戰)에 의한 대량소비도 있었을 것이다. 그런데 30년이나 같은 값인 것이다. 그 경제의 속이 깊음을 새삼스럽게 느끼게 되었다. 우리 나라의 차입금 경영의 모습을 생각하니 그런 느낌이 더욱 컸다.

나는 여기에서 댐 경영을 제창할까 한다. 댐은 강이 넘쳐서 홍수가 나거나 반대로 가물어서 물이 부족해지는 일이 없도록 흐름을 조정하거나 저장된 물을 수력발전에 이용하거나 하기 위한 것이다.

회사의 경영도 가지가 아닐까. 미국에서 건전지를 30년 전과 같은 값으로 팔고 있다는 얘기도 생각해보면 댐 경영 덕분이 아닐까.

지금 일본의 기업은 이런 의미의 댐을 가지고 있지 않다. 제품이 팔리지 않아서 부득이 조업을 중단하는 것은 댐이 아니다. 내가 말하는 댐 경영이란 처음부터 계획적으로 만약의 경우에 대비해서 1할이면 1할의 여유설비를 갖는다는 것이다. 그렇게 하면 다소의 경제변동이나 수요의 변화가 있더라도 그 때문에 물건이 부족해서 값이 올라가거나 하는 일은 없다. 여유있는 설비를 이용해서 조정할 수 있다. 물건이 남게 되면 설비를 약간 쉬게 한다. 이것은 댐 때문에 물을 필요에 따라서 적당하게 흘려보내는 것과 같은 이치다.

이때 채산점(採算點)은 항상 설비의 90% 조업이라는 곳에 둔다. 그런데 작금의 우리 나라의 형편을 보면 불안정한 예측 수요 위에서 무리하게 설비를 확장하고 애써 확장했기 때문에 무리해서 설비를 움직이고 있는 경우가 많다. 더구나 그 수요의 예상은 욕심을 부린 것이어서 언제나 과도한 것으로 되기 쉽다.

이러한 댐은 자금이나 재고에 있어서도 필요하다. 그렇게 함으로써 안정된 경영이 가능하고 사회의 발전에도 기여할 수 있다.

다음에 '적정 경영'이라는 것을 생각해보자. 요컨대 실력에 알맞는 경영이라는 것이다. 자신의 종합적인 실력을 잘 판단한 후에 그 범위 내에서 일을 해나가는 것이다. 여기에 댐 경영의 방법을 아울러 행함으로써 안정을 도모한다. 요컨대 씨름에서 말하면 삼류급의 실력밖에 없는 사람은 본바닥에서는 씨름을 하지 말라는 얘기다. 차츰 실력을 향상시키도록 노력하는 수밖에 없다. 무리를 하는 것과 그것과는 전혀 다른 것이다.

이것은 틀림없이 탁상공론이 아니다. 경제의 현장에 있어서의 사물에 대한 견해와 사고방식, 그리고 경영의 현장에 있어서의 이론이자 저력이다. 독일, 미국과 비교하면서 일본의 경제가 저지르고 있는 과오를 선명하게 깨닫게 된다. 그 위에서 전개하고 있는 댐 경영론에는 설득력이 있다.

이 밖에 마쓰시다 고노스케는 물가 문제에 대해서도, 경제의 발전에 따라서 원칙적으로는 내려가야 할 것인 물가가 올라가고 있다는 사실의 정치적 책임을 추궁하고 이제까지 경제인, 특히 오사카의 경제인에게는 정치에 관여하지 않는 것이 경제인의 근성이라고 하는 듯한 전통적인 사고방식이 있는데, 지금이야말로 정치에 대해서는 적극적인 발언을 해야 한다고 말했다.

유럽을 넘어서는 임금

쇼와 42년 연두의 경영방침 발표회에서 마쓰시다 마사하루 사장은

'전원 경영으로 세계적인 우량회사로' '창의연구로 생산성의 배증을' '기술력으로 독창적인 신제품의 개발'을 하는 3대목표를 발표했고 이어서 마쓰시다 고노스케 회장이 일어나서 산업인의 사명수행을 호소한 후 '5년 후에는 유럽을 넘어서는 임금을'이라는 다음과 같은 요청을 해서 전원에게 많은 감동을 주었다.

이것을 일본에서 하지 못하는 것은 정치와 경제의 모든 구조가 매우 소홀한 점과 합리성이 결여되어 있기 때문에 안 되는 것입니다. 인사행정만 하더라도 미국과 일본은 서로 다릅니다. 그래서 당장에는 못 합니다. 그러나 여기에서 생각을 바꾸어 열심히 한다면 못 할 것도 없다는 사실만은 모두가 알아둘 필요가 있다고 생각합니다. 마쓰시다 전기는 지금까지의 과거의 성과에 대해 충분히 높게 평가합니다만, 금년부터는 거기에 매달려가지 말고 그러한 성과를 참고로 삼아서 앞으로 새로운 마쓰시다 전기를 만들겠다는 생각 위에서 해 나가야 되겠다고 생각합니다.

꼭 지금부터 7년 전에 당시로서는 획기적인 주5일제를 발표했습니다. 그것이 오늘날 성공한 것입니다. 이번에는 5년 후에 마쓰시다 전기는 남들과의 조화를 잃지 않으면서 마쓰시다 전기의 경영과 마쓰시다 전기의 임금을 유럽을 훨씬 넘어서서 미국에 접근하는 정도로 조정해볼까 합니다.

이것은 가능하다고 생각합니다. 그것은 몇 번이나 말했듯이 푸에르토리코의 공장에서는 미국의 임금을 지불하고도 미국의 까다로운 시장에서 받아들일 만한 가격으로 팔아서 성공했다는 이 현실에서 나는 믿는 것입니다. 그러나 그 공장은 미국의 공장이고 미국의 정치 하에 있는 공장입니다. 일체의 처치가 합리성을 지닌 미국의 정치 속에서 행해지고 있는 회사이기 때문에 가능한 것입니다.

그런 일을 생각해보면 정치 자체도 점차 합리화되어 번영으로 이어지는 정치를 해야 한다고 생각합니다만, 우리도 또한 회사내에서는 유럽을 넘어서서 미국에 가까워질 만한 일을 5년 동안에 하지 않으면 안 되고, 또 할 수 있을 것입니다. 그러기 위해서는 회사는 무엇을 생각해야 하는가, 종업원은 무엇을 생각해야 하는가, 노동조합은 어떤 식으로 해야 하는가 하는 것을 생각해야 합니다. 그런 생각이 다행히도 적중된다면 지금 말씀드린 일은 손쉽게 실현되리라고 생각합니다.

그러한 경향을 다른 업계나 다른 회사가 보았을 때 반드시 좋은 영향이 있으리라고 생각합니다. 좋아, 마쓰시다가 할 수 있다면 우리도 못 할 것은 없겠지, 우리도 해봐야 되겠다, 그렇게 됩니다. 즉 거기에서 산업계에 여명(黎明)을 가져오게 된다는 생각입니다. 대단한 발전이라고나 할까, 획기적인 정세가 생겨나리라고 생각합니다. 그러한 일을 우리는 생산자의 입장으로서 생각해가지 않으면 안 됩니다. 그래서 금년부터 그러한 생각 하에 경영에 들어가도록 할까 하는 것입니다.

그 내용은, 지금 사장이 설명한 그런 내용에서 구체적으로 들어갑니다만 궁극적인 목적은 5년 후에 유럽을 넘어서는 것에 포인트를 두고 우리는 회사나 정치방면에 대해서도 국민으로서 요망해야 할 것은 요망하면서 해나갔으면 하고 생각합니다.

오늘은 약간 두서없는 얘기가 되어버렸습니다만, 그러나 일찍이 없던 새해입니다. 그것은 구체적으로나 관념적으로도 대단히 큰 목표를 이제 우리가 생각하는 해이고 그 의의있는 기념일이라고 여러분이 생각해주시고 올해도 또한 작년보다 더 건전하게 활동해주시기를 부탁드립니다.

오늘은 관계 회사의 중역들도 많이 오셨습니다. 내가 여기에서 여러분에게 말씀드리고 싶은 것은, 마쓰시다 전기의 관련회사는 전부라고 해도 좋을 정도로 성적이 좋습니다. 지금 일본의 회사 중에는 자회사가 잘 되지 않아서 그 때문에 모회사가 곤란을 겪고 있다는 회사도 상당히 있습니다. 큰 회사에도 상당히 있습니다. 그러나 다행히도 마쓰시다 전기의 자회사 분들은 많은 노력을 하고 계셔서 모회사 이상의 성과를 올리고 있습니다. 대부분의 회사는 2할의 배당을 하고 있어서 더욱더 발전하고 있습니다. 이것은 드문 일입니다.

최근에 다이아몬드 타임사의 〈프레지던트〉라는 잡지에 '내셔널 연방경영(連邦經營)'이라는 기사가 연재되고 있습니다. 이것은 나중에 책으로 나올 것입니다만, 나는 그것을 읽었습니다. 잡지사기 때문에 멋진 표현을 쓰고 있지만 결코 거짓말을 쓰지는 않았습니다. 사실이 쓰여져 있습니다. 그것을 읽어보고, 마쓰시다 전기는 참 좋은 회사구나, 정말 잘하고 있구나, 하고 나 자신도 느꼈던 것입니다. 이런 경영을 하지 않으면 안 된다고 나는 생각했습니다. 그런데 뜻밖에도 나의 경영이더라는 얘기입니다.(웃음소리) 이 기사가 후에 책으로 발행된다면 아마 잘 팔리리라고 생각합니다. 잡지사도 기뻐하리라고 생각합니다.(웃음소리)

그런 글이 실려 있다는 것을 생각만 해도 책임이 매우 무겁다는 것을 느낍니다. 그렇게까지 평가해주고 있다면 그 평가를 배반해서는 안 된다고 생각합니다. 또한 그런 경영을 해보고 싶다는 느낌이 강해집니다.

모쪼록 여러분도 그런 의미에 있어서 각자의 특성을 크게 발휘하여 참으로 세상과 사람들을 위하는 일에 더욱 분발해주시기를 부탁드리면서 나의 얘기를 끝내겠습니다. 대단히 감사합니다.

마쓰시다 고노스케가 내세우는 전망은 언제나 구체적인 숫자에 의해서 나타낸다. 쇼와 7년의 창업기념일에 있어서 꿈과 같은 웅대한 전망을 내세웠을 때조차 250년이라는 커다란 주기일망정 숫자는 정확하게 나타나 있었다. 또한 그것은 25년이라는 현실적인 주기(週期)로 바꾸어놓음으로써 보다 구체성을 띠게 되는 것이다.

5개년 계획의 발표 때에도 물론 숫자적으로 목표가 세워졌다. 매년 30%의 성장율을 전망하여 5년 후에는 연간 판매액을 8백억으로 가져가자고 한 것이 그것이었다.

그런가 하면 5년 후에는 주 5일제를 실시한다고 한 것도 그것이다. 5년 후에 유럽을 넘어서는 임금으로 조정해주겠다는 것도 바로 그것이다. 결코 얼마 후에라든가 가까운 장래에라는 추상적인 말은 하지 않는다. 그런 만큼 현실성과 구체성이 있고 박력이 느껴진다. 과거에 있어서 내세웠던 여러 가지 목표가 확실하게 달성되었던 것도 강점이다. 듣는 사람은 그러니까 이번 목표는 달성될 것이 틀림없다고 생각한다.

물론 그런 숫자들은 모두가 근거가 있는 것이기는 하지만 그렇더라도 마음이 끌리는 연출이다.

이 해의 4월, 마쓰시다 고노스케는 〈PHP〉 5월호에 게재 중인 '새로운 일본·일본의 번영보(繁榮譜)'의 28회째로서 '경영은 종합예술이다'라는 제목의 이색적인 논문을 발표했다. 그 일부를 소개하면 다음과 같다.

나는 전부터 그렇게 높은 가치를 지닌 경영에 대하여 '경영이란 예술이다' 하는 견해도 있을 수 있지 않을까 하고 생각해왔다. 우리는 예술이라는 것은 매우 가치가 높고 심오한 창조활동이라고 생각하고 있는데, 경영도 그와 마찬가지로 높은 가치를 지닌 창조활동이 아닐까 하는 것이다.

좀더 구체적으로 말하자면 가령 지금 한 장의 그림을 그리는 경우를 생각해보자. 그림을 그리려면 연필이니 그림물감이니 먹이니 하는 여러 가지 재료를 써서 갖가지 방법으로 백지 위에 무엇인가를 창조해가는 셈인데 그렇게 해서 이루어진 것이 그것을 보는 사람에게 '이 속에는 작자의 혼이 분명하게 약동하고 있다.'고 하는 감동을 일으키게 한다면 그림은 훌륭한 예술작품이다. 즉 그것이 가령 백지에 먹으로 그려진 단 하나의 점이더라도 거기에 그린 사람의 혼이 살아 있다면 대단히 심오하고 가치높은 그림이 되는 셈이다. 그러나 완성된 그림이 사람들의 마음에 아무런 감명, 감동을 주지 않는 것이라면 그것은 예술작품이라고는 말하기 어렵다. 소위 졸작(拙作)이다.

경영도 마찬가지이다. 즉 기업경영을 예로 든다면 경영자는 먼저 기본방침을 정해서 사람이나 자본 등을 어떻게 해서 조달할 것인가, 또 공장은 어떤 것을 세우고 무엇을 어떻게 만들어서 어떻게 파는가 하는 것에 대하여 백지의 상태에서 하나하나 결정하고 각 방면에 걸친 균형을 도모하면서 세심한 배려를 하여 경영을 해나갈 필요가 있다. 무에서 유를 창출하듯 끊임없는 창의와 연구를 통하여 모든 면에서 보다 좋은 창조를 해나가는 것이 경영이라고 생각한다.

따라서 그러한 경영활동이 매우 적절하고 균형있게 행해진다면 그런 방면의 경영활동에는 경영자의 생명이 싱싱하게 약동하고 있어서 그것을 보는 사람에게 큰 감동을 줄 것이다. 바꾸어 말하면 남들로 하여금 멋진 경영이라고 칭찬하도록 만드는 것이 창조된다는 얘기다.

만약 그렇게 매우 고도의 경영이 생겨난다면 경영은 하나의 예술작품이라고 부를 수도 있으리라고 생각한다. 나는 경영을 대단히 높은 가치를 지닌 예술적 창조활동이라고 생각한다.

지금 경영은 예술이라는 것을 말씀드렸는데, 다시 말하면 그것은 그저 단순한 예술이 아니라 매우 고도로 살아 있는 종합예술이라고 생각한다. 왜냐하면 참된 예술작품이 될 만한 경영에는 한 장의 그림을 보고 느끼는 듯한 창조의 미라는 것이 무한하다고 해도 좋을 정도로 포함되어 있다. 바꾸어 말하면 경영 안에는 각기 사람들에게 감명을 줄 만한 창작품이 여러 가지 존재한다는 것이다.

이를테면 오늘날에는 과학기술의 발전 덕분에 생산설비 중에는 깜짝 놀랄 만큼 우수한 것이 많다. 단추 하나만 누르면 원자재를 완전히 자동적으로 제품으로 만들어버리는 것까지 나와 있는데, 그런 것은 말하자면 설비면의 예술작품이라고 할 수가 있을 것이다. 또 그렇게 해서 제조된 물건을 널리 사회에 공급하는 방법이나 제도에 참으로 멋진 연구가 되어 있는 경우도 있다. 그것은 자동기계처럼 눈에 보이는 것은 아니지만 경영에 대한 생각 속의 예술작품이라고도 할 만한 것이리라. 그 밖에 인재활용이나 자금의 운용 등 경영의 각 부분 구석구석에 이르기까지 경영자의 세심한 배려와 창의 연구가 미치고 있다면 뜻있는 사람은 그들 각 방면에서 날로 새로운 창조활동을 볼 수가 있다. 또 그런 각 방면을 종합하고 조화시킨 경영 전체에 대해서도 하나의 예술작품으로 볼 수가 있는 것이다.

더구나 이 기업경영은 시시각각으로 변화하고 발전하는 사회의 정세에 따라서 항상 생성발전하는 것이어야 한다. 언제나 싱싱하게 약동하고 있는 것이 아니면 그 경영은 시대에 뒤떨어져버려서 늘 그 예술성을 유지할 수는 없다. 그것은 졸작의 경영이 되어버린다고 생각한다. 그렇게 되면 기업은 업적의 부진 혹은 도산을 하게 되어서 종업원의 생명에까지 관계될 뿐만 아니라 널리 일반 사회의 사람들에게도 큰 영향을 미치게 된다. 경영의 실패에 의해서 사람들이 피해를 입게 되는 것이다. 우리는 경영이란 그렇게 매우 준엄한 일면도 갖추고 있는 예술적인 활동이라는 것을 잊어서는 안 된다고 생각한다.

그리고 이와같이 경영이 예술품의 경지에까지 도달하기 위해서는 경영은 갖가지 학문에 의해서 해명된 진리에 올바르게 입각하고 또 그것들을 적절하게 종합 조정한 것이 아니면 안 된다. 또 동시에 선(善)이나 도리에 들어맞는 것이어야 한다.

앞에서 말한 자동기계도 공학이나 기타 여러 가지 지식을 교묘하게 도입시킴으로써 생겨나는 것이고 사람의 적정 배치이건, 유통기구의 정비이건 각기 거기에 알맞는 학문의 성과를 응용하는 것이 큰 힘이 된다. 또 경영 속에 사회의 참된 번영과 사람들의 복지의 향상에도 이바지할 만한 선의 정신이 깃들어 있지 않다면 그 경영은 사회에 이익을 주기는커녕 오히려 해를 끼치는 것이 된다. 바꾸어 말하면 진정한 예술적 경영이기 위해서는 그 안에 진선미(眞善美)의 세 가지가 모두 살아 있어야 한다고 생각한다.

이와같이 경영이란 싱싱하게 약동하는 종합예술이라고 할까, 말하자면 그만큼 심오하고 높은 가치를 지니고 있는 것이 된다고 생각한다. 우리는 모두가 경영이라는 것이 그만큼 가치가 높은 것이라는 사실을 올바르게 인식하고서 여기에 진지하게 임하는 것이 중요할 것이다.

경영에 쫓기고 경영에 휘둘리고 있는 경영자에게 경영은 예술이라고 볼 만한 마음의 여유가 있을 턱이 없다. 또 경영이 그러한 것인 한 그것은 예술의 경지에까지 높여질 수도 없는 것이다.

그리고 보면 마쓰시다 고노스케의 경영예술론은 참으로 그 사람답다. 그렇더라도 이러한 경지까지 이르렀던 경영자는 매우 드물다는 생각이 든다.

이 해 6월에 마쓰시다 고노스케는 와세다(早稻田) 대학 명예법학박사의 학위를, 그리고 9월에는 게이오기주쿠(慶應義塾) 대학 명예박사의 학위를 받았다.

풍설(風雪) 속의 50년

쇼와 43년(1968) 5월 5일, 마쓰시다 전기는 창업 50주년을 맞았다. 마쓰시다 고노스케는 73세였다.

동사 체육관에서 식전을 비롯하여 다채로운 기념행사가 펼쳐졌다.
《약사》는 창업 이래 50년의 발자취를 다음과 같이 요약하고 있다.

다이쇼(大正) 7년(1918) 3월 7일, 현회장 마쓰시다 고노스케가
오비라키초에서 전기기구 제조의 사업을 시작해서 쇼와 43년까지
50년 동안에 마쓰시다 전기는 많은 변동을 했다. 다이쇼 9년부터 쇼
와의 초기에 걸쳐서 연속적으로 일어난 공황과 거기에 이어지는 심
각한 불황, 심한 경쟁, 쇼와 6년의 만주사변(滿洲事變;중일전쟁) 이
후로 점점 짙어지는 전시색(戰時色), 경제통제, 군수생산에의 동원,
태평양 전쟁에 의한 커다란 변동과 타격, 전후의 심각한 인플레이션
과 사회의 혼란, 점령정책에 의한 사업 해체의 위기, 심각한 불황 속
에서의 자금난, 기업 정리의 괴로움, 전쟁에 의해서 생긴 기술의 공
백, 전화(電化) 속에서 급격하게 확대된 업태, 심한 경쟁과 대리점의
경영 악화, 고도성장에 따르는 기업체질의 약체화——창업 이래 반
세기 동안에 마쓰시다 전기는 많은 고난과 변동에 직면했는데, 언제
나 하나의 사명을 향하여, 모든 사람이 풍요한 전화생활을 하게 하기
위해서 마쓰시다 회장을 중심으로 전원이 일체가 되어 이 변동과 고
난을 극복하고 발전에의 길을 개척해왔다.
　이 체험을 온갖 고난에 대처하는 지혜로서, 적극적인 사업관으로
서, 또 총력을 집결시키면 어떤 장애도 극복할 수 있다는 신념으로서
마쓰시다 전기의 내부에 축적되어 사업 발전의 추진력이 되어왔다.
　이 50년 동안에 세 사람이 시작한 개인기업은 4만 명의 사업체로
성장했는데, 마쓰시다 회장은 창업 초부터 사업의 성패는 사람에게
달려 있다는 신념에서 사람을 키우는 데 큰 노력을 기울여 적극적으
로 일을 맡기고 강한 사명감에 바탕을 두고 강력한 요구를 했으며,
일을 통해서 사람을 키워왔다. 마쓰시다 전기의 종업원은 사명감 속
에 많은 경험을 거쳐서 성장했고 한 사람 한 사람의 성장이 마쓰시

다 전기를 발전시켜온 것이다.

누구보다도 깊은 그리고 무거운 감회를 가지고 이 사실을 받아들인 것은 마쓰시다 고노스케 그 사람이었음은 말할 것도 없다.

마쓰시다 고노스케는 체육관에서 행해진 중앙식전에서 창업 50주년의 소감을 술회했는데 그것은 감상적인 회고담이 아니라 장래를 향해서 비약하는 자세로 일관되어 있어서 놀라울 정도로 그 정신의 젊음을 나타낸 것이었다.

"청춘이란 마음의 젊음이다. 신념과 희망에 차서 날로 새로운 활동을 계속하는 한 청춘은 영원히 그 사람의 것이다. 마쓰시다 고노스케"(《젊음에 보낸다》 고단샤 간)

참으로 말 그대로이다.

그보다 먼저 동년 연두에 경영방침 발표회에서 마쓰시다 고노스케 회장은 마쓰시다 마사하루 사장의 연설에 이어서 메이지 100년과 마쓰시다 전기 50주년이 겹쳐진 가운데서 새 사명에의 분발을 강조하는 다음과 같은 연설을 했다.

오늘은 항례적인 금년도 경영방침의 발표회를 하는 날입니다. 일년지계(一年之計)는 원단(元旦)에 있다는 말과 같이 마쓰시다 전기는 이 1월 10일의 경영방침 발표회에서 발표되는 기본방침에 의해서 1년이 운영되는 셈이므로 대단히 중시되고 있습니다. 그런 중요한 방침이 방금 사장으로부터 발표되었습니다. 금년은 어떻게 해야 할 것인가에 대해서 회사의 생각과 또 그것에 의한 각 부서와 여러분들께 드리는 부탁이 상세하게 언급되었습니다.

여러분도 잘 이해하셨으리라고 믿습니다만, 나도 금년은 여러 가지 점에서 더욱 결의를 굳혀서 과오가 없이 해나가야겠다고 생각했습니다. 모쪼록 여러분께서도 그러한 생각을 가지시고 더욱 분투하시기를 이 기회에 부탁드리는 바입니다.

회사의 방침에 대해서는 이미 사장이 거의 다 얘기를 했기 때문에 내가 구체적으로 말씀드릴 필요가 없으므로 오늘은 회사의 경영에만 한하지 않고 이 새해를 당해서 소회의 일단을 말씀드리고 여러분의 작년도의 노고에 대한 나의 감사와 또 금년의 분투를 부탁드릴까 합니다.

아시는 바와 같이 금년은 우리 회사의 창업 50주년을 맞는 해이고 또 국가로서는 메이지 100년에 해당하는 해입니다.

메이지 유신(明治維新)은 일본의 역사에 있어서 커다란 사건이었습니다. 그 메이지 유신을 이루는 데 중요한 역할을 한 분들이 많이 있습니다. 그런 분들이 없었더라면 메이지 유신은 이루어지지 않았을 것이므로 유신의 지사들의 역할은 대단히 귀한 것이었다고 생각합니다. 메이지 유신은 일본이 개화하는 대업이었다고 생각됩니다. 그 대업을 수행하는 데는 사카모토 료마(坂本龍馬)라든가 혹은 요시다 쇼인(吉田松陰)이라든가, 그 밖에 여러 훌륭한 사람들이 자신을 희생해서 국가 사회를 위하여 일하셨습니다. 그랬기 때문에 일본이 식민지가 되지 않고 자유로운 독립국가로서 커다란 발전을 이루어 오늘에 이르렀던 것입니다.

그런 의미에서 한 번 더 유신을 수행해보면 어떨까 하고 생각해보았습니다. 세계 각국에는 몹시 불우한 사람들이 많이 있습니다. 굶어 죽어가는 사람들도 많이 있습니다. 경제가 많이 뒤져 있는 나라들도 있습니다. 그러한 나라들에 대하여 커다란 복지(福祉)를 줄 만한 호소를 하는 것이 오늘날 쇼와 유신으로서 우리가 맞이할 목표가 아닐까 하고 생각해보았습니다. 환언하면 세계의 유신이라고 해도 좋다고 생각하는 바입니다.

그런 것을 생각하면 쇼와 유신은 메이지 유신과 같은 단순한 일본의 개화가 아닙니다. 일본을 포함한 세계의 개화입니다. 세계의 평등한 근대화를 도모하는 것입니다. 그러한 역할을 우리가 하면 어떨까 하고 생각하는 것입니다. 그것은 국가로서도 그렇고 또 기업체로서도 그렇고, 국민 한 사람으로서도 그러한 것을 생각하지 않으면 안 되는 것이 아닐까요.

지금 마쓰시다 전기는 창업 50주년을 맞이해서 일본에서 대단히 우수한 회사가 되었습니다. 기술면에도 현저하게 신장되었습니다. 또 자본도 상당한 힘을 갖게 되었습니다. 거기에서 생기는 성과도 드디어 일본에서 첫째가 된 셈입니다. 그러한 힘을 가지고 우리는 쇼와유신, 세계 유신의 지사(志士)의 역할을 수행하면 어떨까 하고 생각하는 바입니다.

유신의 지사는 무기를 썼습니다. 칼을 썼습니다. 그래서 근대국가를 이룩해냈는데 우리는 우리가 지닐 수 있는 힘을 보다 높이고 보다 효과적으로 더욱 배양해서, 근대적인 경영과 근대적인 기술을 가지고 세계의 개화, 세계의 번영, 평등한 공존공영(共存共榮)의 꽃이 피도록, 국내는 물론 세계의 구석구석까지 이것을 침투시키는 것이 쇼와 유신의 지사가 해야 할 일이라고 생각합니다.

그러는 것이 메이지 100년을 맞이한 일본의 새로운 큰 사명이, 그 속에 있는 창업 50주년을 맞은 마쓰시다 전기의 큰 사명이 아닐까 하는 생각이 듭니다. 그러한 사명에서 전통적인 경영이 더욱 힘차게 전개되어가야겠습니다.

나는 지금 그러한 생각을 갖지 않으면 안 되고, 또 가져야 한다고 믿고 있습니다. 여러분에게 있어서는 모쪼록 금년은 그러한 크고 새로운 사명이 이 마쓰시다 전기에 지워졌다는 유신의 지사와 강렬한 신념을 가지고, 세계의 복지, 세계 문명의 개화를 평등하게 침투시키고 발전시키지 않으면 안 된다고 하는 생각을 가지고 임해주셨으면

하고 이 기회에 부탁드립니다.

이상과 같이 말한 다음 다시 일본을 살려가는 길로써 다음과 같은 제
안을 하고 있다.

일본은 나라가 좁다고 하지만, 오늘날은 메이지 초기와는 대단한
차이가 있습니다. 왜냐하면 미국보다도 일본이 더 나라가 넓어졌습
니다. 오늘날에는 태평양 연안이 전부 일본의 자원권이라고 생각해
도 좋겠지요. 미국의 중앙에 광산이 있다고 하더라도 그 광석을 제련
소까지 가져오고 또 거기에서 제련한 것을 전국에 공급할 것을 생각
해보면 육지의 수송이므로 상당한 비용이 듭니다. 그러나 일본에는
20만 톤 30만 톤의 탱커라든가 화물선이 자꾸 만들어지게 되었습니
다. 그러니까 태평양 연안의 여러 나라의 자원을 대단히 경제적으로
일본으로 운반할 수가 있게 되었습니다. 말하자면 국내의 자원으로
볼 수 있는 상태에 있습니다.

그것을 우리는 활용할 수 있게 된 것입니다. 그렇기 때문에 오늘날
의 시점에서는 미국보다도 자원에 유리한 나라가 되었다고 생각합니
다. 미국보다도 더욱 싸게 여러 자원을 일본에 들여올 수가 있다고
생각됩니다.

당장 그런 것에 의해서 철강도 미국으로 수출하게 되었습니다. 철
자원이 없는 나라의 철강회사가 석탄과 철광석을 외국에서 수입하여
제철을 해서 그것을 미국에 팔고 있다는 사실을 생각해보더라도 지
금 내가 한 말은 잘못이 아닙니다.

또 얼마 후에는 3시간이면 미국 대륙으로 건너갈 수 있는 비행기
도 제조되려 하고 있습니다. 그렇게 되면 전세계가 시간적으로 모두
일본에 들어와버립니다. 그럴 때에 미국은 나라가 넓고 자원이 많으
니까 번영하는 것은 당연하다고 생각하는 것 자체가 근본적으로 커

다란 착각이라고 생각합니다. 세계의 변동해가는 실태를 잘 파악하지 않은 증거가 아닐까 하고 생각하는 것입니다.

또 축적된 자본은 분명히 큰 힘입니다. 그러나 그 넓은 곳에서 2억의 사람이 살고 있습니다. 일본은 좁은 곳에 1억의 인구가 살고 있으므로 비용이 적게 듭니다. 관통도로 하나를 만드는데서도 미국에서는 일인당 상당히 많은 비용이 들리라고 생각합니다. 일본은 나라가 좁으니까 일인당의 비용은 적어도 되는 셈입니다. 그리고 도로를 만들면 곧 그것은 관광자원으로도 됩니다. 즉 축적된 자본은 적지만 그것을 보충하고도 남을 만한 것을 일본은 가지고 있다는 말입니다.

여러 가지로 생각하기에 따라서 우리는 무한히 번영할 요소를 많이 만들어낼 수 있습니다. 그렇기 때문에 우리는 사고방식에 있어서도 타파할 것은 타파하고 채택할 것은 채택하여 먼저 기반을 굳히는 일에 착수해야 한다고 생각합니다.

제발 여러분, 금년은 국가로서도 오랜 전통적인 정신 위에 메이지의 개화를 도모해서 100년을 맞고 마쓰시다 전기는 창업 50주년을 맞는 이 참으로 의의 깊은 해를 새로운 큰 사명달성에의 출발점으로 삼아서 메이지 200년을 맞기 전에 충분한 성과를 올릴 수 있도록 노력하지 않겠습니까.

경영이란 모름지기 '뜻'의 소업(所業)이어서 크게 더욱 크게 비약하려는 것을 내포하고 있다. 회장 취임 후 사업을 후방에서 관찰할 여유가 생기게 됨으로써 마쓰시다 고노스케는 더욱 멀리 뜻을 펼치게 되었다. 기업경영의 굴레에서 해방된 뜻은 더욱 크게 날개를 편 것이다.

이 50주년의 연설에서는 그러한 정신적인 앙양이 느껴진다. 쇼와 유신론도 그렇고 일본 경영론도 그렇다.

그것은 그렇고, 좁은 일본이 넓은 미국보다도 자원 활용에 있어서 더

유리하고 유효면적에 있어서도 낮다고 하는 생각은 독창적이고 재미있다. 그야말로 번영에의 최적조건일지도 모른다. 그렇더라도 참으로 웅대한 전망이다. 또한 여기에서도 나타난 것처럼 메이지 유신의 지사들에 대한 마쓰시다 고노스케의 존경은 보통이 아니어서, 그것이 레이잔현창회(靈山顯彰會)의 설립으로 나타났다.

이 레이잔현창회는 사카모토 료마와 나카오카 신타로(中岡愼太郞) 등 549위를 모신 히가시야마 레이잔(東山靈山)의 묘가 돌보는 사람도 없이 황폐되어 있는 것을 사람들이 보다 못 하여 마쓰시다 고노스케에게 의논을 해왔던 것이다.

마쓰시다 고노스케는 기꺼이 그것을 맡아서 현창회를 설립하고 스스로 회장이 되어서 묘소를 재건했다. 뿐만 아니라 널리 전국에 협찬을 호소하고 마쓰시다 전기의 종업원에게도 자주적인 참여를 구했다.

이 밖에 비조보존재단(飛鳥保存財團)의 발족과 함께 이사장으로 취임했고, 다카마쓰즈카 고분(高松塚古墳)의 관리를 맡아서 주위의 토지를 사들여 사적공원(史蹟公園)을 만드는 등 일일이 열거할 수 없다.

쇼와 44년 2월 26일, 기구의 일부를 개편해서 사회업무본부(社會業務本部)라는 새로운 부서를 만들어서 화제가 되었던 것도 그러한 사회적 관심의 발로의 하나였다. 이것은 기업이익의 일부를 사회로 환원시켜서 기업과의 조화를 도모하는 것을 전문적인 창구를 만들어서 해나가려는 의도에서 비롯된 것이다.

선각자 11인의 동상을 세우다

그 밖에 역시 50주년 기념사업의 하나로서 마쓰시다 전기 중앙연구소 앞의 광장에 '과학과 공업의 선각자' 11명의 동상이 건립되었다. 그것에 대하여 마쓰시다 고노스케는 "현재 우리 주위를 둘러보면 모든 면에서 근대과학의 급속한 진보에 많이 놀라게 되는데, 오늘날의 일본의 발전도 우리의 선인들이 널리 여러 외국에서 새로운 문화를 도입하

여 그것을 일본인이 지닌 좋은 전통과 좋은 소질을 가지고 소화흡수시
키면서 거기에서 더욱 새로운 것을 만들어낸 성과의 발로에 지나지 않
는다고 말할 수 있을 것입니다.

금년은 우리 나라에 있어서도 때마침 메이지 100년, 또 마쓰시다 전
기에 있어서도 창업 50주년이라는 뜻깊은 해이기도 해서, 수년 전부터
본사 부지내에 오늘날까지 우리 나라의 과학과 공업의 발전에 공헌하
신 선각자의 동상을 세우기로 생각했던 것입니다.

이에 각 방면에서 여러분의 따뜻한 지원을 얻어서 많은 위대한 선각
자 중에서 대표로서 외국에서는 에디슨을 비롯하여 여섯 사람, 일본에
서는 사쿠마쇼잔(佐久間象山) 선생을 비롯하여 다섯 사람을 선택해주시
도록 해서 이번에 그 동상의 완성을 본 것입니다.

이들 동상의 건립을 하나의 계기로 해서 우리는 수많은 선각자가 남
긴 무한한 공적에 존경과 감사의 염을 바치는 동시에 수시로 그 유풍
(遺風)에 접하면서 각자의 입장에서 새로이 용솟음치는 분발과 노력을
가지고 선각자를 본받아서 세계에 자랑할 만한 진보된 기술과 과학의
개발에 전심전력을 쏟아넣어야 되리라고 생각하고 있습니다. 그러한 의
미에서 이들 위대한 열한 분의 선각자의 동상이 다음 세대를 짊어질 사
람들에게 훌륭한 도표(道標)가 될 것을 기원하고 있습니다.

또한 이들 열한 분의 선각자의 동상을 건립하는 데 있어서 제작을 맡
아주신 선생님들을 비롯하여 조언과 자료를 제공해주시는 등 진력해주
신 여러분에게 진심으로 심심한 감사를 드립니다." 하고 말했다.

11인의 동상은 원형의 분수대에 세워졌는데, 중앙의 높은 대좌(台
座) 위에 선 에디슨의 전신상을 둘러싸듯이 하여 도요다 사키치(豊田佐
吉;발명가, 일본), 굴리엘모 말르코니(발명가, 이탈리아), 게오르고 지
몬 옴(물리학자, 독일), 사쿠마 쇼잔(학자, 일본), 히라가 겐나이(平賀
源內;학자, 일본), 마이켈 패러디(물리학자, 화학자, 영국), 앙드레 마
리 암페르(물리학자, 프랑스), 하시모도 단사이(橋本曇齋;학자, 일본),

세키 다카가즈(關孝和;수학자, 일본), 안톤 프레데릭 필립스(공업경영자, 네덜란드) 등 10인의 반신상이 늘어서 있어서 광장 한가운데서 중후한 멋을 더하고 있다. 그 앞에는 장방형의 돌에 동판(銅版)을 끼운 비가 있는데 마쓰시다 고노스케의 글에 의한 일어와 영문의 비문이 새겨져 있다.

여기에 과학과 공업의 발전에 공헌한 선각자의 동상을 세우고 그 유풍을 흠모하여 존경과 감사를 바친다.

쇼와 43년 11월 길일(吉日)

마쓰시다 전기산업 주식회사

취체역 회장 마쓰시다 고노스케

또한 이들 동상의 인선에 있어서는 마쓰시다 전기산업 주식회사 고문이고 오사카 대학 명예교수인 타나카 신스케(田中晋輔) 이학박사가, 조각가의 인선에 있어서는 오사카 시립미술관의 모치즈키 노부시게(望月信成) 관장이 각각 맡았다.

제작을 담당한 조각가는 스기무라 다카시(杉村尙;日展), 이마무라 데루히사(今村輝久;행동미술), 하네시 오에코(羽紫小枝子;日展), 마쓰오가 고차토(松岡卑;행동미술)의 4명이다.

또한 50주년 기념의 주요 사업으로서 쇼와 45년 오사카에서 개최된 만국박람회에 출품되어 화제를 일으킨 타임캡슐(현재의 문화를 말해주는 2098점의 물품과 기록을 지하에 묻어서 5천 년 후의 인류에게 남기려고 하는 것＝마이니치 신문사와 공동주최)이 있다. 그 밖에 마쓰시다의 창업의 뜻을 전하는 역사관(歷史館)의 건설, 재해방지 대책 자금으로서 전국의 도도부현(都道府縣)에 50억 기부, 오키나와(沖繩;복귀 전)에 5만 불 기증, 그 밖에 오사카 부, 오사카 시, 회사의 소재지인 가도마(門眞) 시, 모리구치(守口) 시에 각각 녹지자금과 복지자금을 기증하는 등 사회에의 보은(報恩)의 뜻을 표시했다.

이런 반면에 만국박람회의 회장 후보로 추대되었는데 자신은 적임이 아니라고 하면서 사양한 일도 있었다. 결국 회장은 경단련(經團聯;경제인단체연합회)의 명예회장이었던 이시사카 다이조(石坂泰三)가 맡게 되었는데 마쓰시다 고노스케는,

"내가 맡았더라면 실패했을지도 몰라요. 첫째, 만국박람회에 오사카 분위기가 너무 심하게 나타나면 도쿄에서는 기분이 내키지 않겠지요. 이시사카 씨와 같은 사람이 맡았으니까 전국적인 행사로 커졌어요. 그래서 잘된 것입니다."

하고 후에 말했다.

또한 만국박람회가 열린 쇼와 45년(1970)에 마쓰시다 고노스케에게 훈일등 서보장(瑞寶章)이 수여되었다. 남수포장(藍綬褒章;쇼와 31년), 훈이등 욱일중광장(旭日重光章;쇼와 40년)에 이어진 세 번째 서훈이었다.

과소지역(過疎地域)에의 공장진출에 대영단(大英斷)

기업의 공공성과 그 사회적 전개에 대하여 마쓰시다 고노스케가 보통이 아닌 정열을 기울여온 것은 이미 말한 바와 같다.

이를테면 새로 점포를 하나 내는 데 있어서도 그것이 지역의 발전에 도움이 될 뿐만 아니라 미적 감각 면에서 보아도 지역의 경관을 고려한 건물이어야 한다고 그는 평소에도 말하고 있다.

말뿐이 아니라 그것은 실행되고 있는 것이다. 일본 전국에 걸쳐서 전개되어 있는 마쓰시다의 공장은 새로운 생산문화로서의 자기주장을 가지고 있어서 밝은 이미지를 만들어내고 있다.

그러한 기업의 사회성의 발로로서 과소지역에의 공장진출이 있다. 거

기에 대하여 쇼와 43년 12월 10일자의 마이니치 신문은 '마쓰시다 전기산업은 이번에 중역회의를 열어서 인구 유출에 의하여 경제력이 극도로 저하된 과소지역에 앞으로 채산에 구애받지 않고 공장진출을 진행시킬 방침을 정했다. 국가나 지방자치제의 시책에 선행해서 민간자본이 과소지역을 구제하기 위해서 설비투자의 적지를 찾는 움직임은 산업계에서도 처음 있는 경우라고 하면서 마쓰시다가 과소지역에의 진출을 결정하기에 이른 경위와 그 진출계획이 어떤 것인가를 자세히 설명하고 다시,

'이 마쓰시다 방식은 ① 지역에 따라서 인구가 격감하여 경제사회의 발전에 균형이 무너지는 것은 국가적인 손실이다. ② 정부나 시읍면의 요청이 있으면 정책의 부족을 보충하는 데에 민간기업으로서 협력하는 것이 좋다. ③ 순경제적인 면에서는 빈곤한 과소지역에 공장을 세우는 것이 불리하지만 사회문제의 해결에는 경제성을 제1위로 생각할 수는 없다. ④ 좁은 국토를 효과적으로 이용해야 한다——하는 마쓰시다 고노스케 회장의 발상에서 나온 것이다. 이것은 11월 초에 고치(高知)에서 열린 서일본 경제협의회에서의 그 지방 재계(財界) 호소가 하나의 계기가 되어서 앞으로 인구가 가장 줄고 있는 지역에 공장을 세운다는 기본방침이 굳어졌다.'라고 말하고, '이러한 마쓰시다의 과소지역에의 공장진출은 그것에 의하여 지역사회의 발전에 협력한다는 기업의 사회적 책임에서 나온 것이므로 앞으로 산업계에 기업이윤 추구와 기업의 사회적 책임이라는 점에 있어서 커다란 파문을 던지게 될 것이다.'하며 높이 평가하고 있다.

또한 끝에 '가장 인구가 많이 줄고 있는 곳에 공장을 세우기로 했다. 그러므로 경제성이 없을지도 모른다. 여러 가지 문제도 있을 것이다. 장삿속으로 따지면 그런 지역에 공장을 세울 일이 못 되지만 지역인구가 줄어서 좁은 국토가 남는 것은 아깝다. 경제성만을 따질 일은 아니므로 가령 1백억 엔의 투자가 1억 엔 더 들더라도 문제삼지 않겠다.'

하는 마쓰시다 회장의 담화를 실었다.

과소지역 문제에 대한 마쓰시다 고노스케의 의견은 〈PHP〉 쇼와 44년 4월호에 실린 '과밀 과소가 없는 국토'라는 논문에 상세히 나온다.

작년 10월에 나는 우연히 시코쿠(四國)의 고치에 갈 기회가 있었다. 그곳에서 그 지역 사람들과 여러 가지로 얘기를 나누었는데 그때에 그곳 사람들이 특히 강조하는 것은 다음과 같은 것이었다.

"고치 현에서는 매년 칠천 명이나 되는 사람이 현외로 유출되고 있어서 십 년 전에는 구십만 명에 가깝던 인구가 지금은 팔십만 정도로 줄고 말았다. 더구나 그런 경향은 더욱 심해지고 있고 특히 장래를 짊어질 젊은이들이 자꾸 나가버린다. 그 때문에 개중에는 한 개 마을 전부가 없어져버린 곳조차 있다. 그런 상태이기 때문에 우리 현민(縣民)들은 장래에 대해서 말못할 불안감을 가지고 있다. 특히 현민의 대표로서 현의 운영에 직접 종사하는 사람은 더욱 심각하게 고민하고 있다. 어떻게 해서든지 인구를 유지해서 이 현을 보다 발전시킬 길은 없을까 하고 여러 가지로 연구하고 있다. 그러나 우리 현민만으로는 힘이 미치지 않아 어쩔 수도 없다. 안타깝지만 그것이 실상이다."

그런 의미의 얘기였다. 나는 그것을 그곳 사람들의 진심 어린 호소로 듣고 동정심을 갖고 들었던 것이다.

이것은 내가 우연히 방문한 고치 현에서의 얘기지만 이와같이 인구가 차츰 감소되어서 소위 과소의 폐해로 고민하고 있는 곳은 결코 고치 현만이 아니다. 정부의 국세조사(國勢調査)에 의하면 쇼와 30년부터 40년까지의 10년간에 일본의 인구는 매년 약 1백만 명씩 늘고 있음에도 불구하고 46개 도도부현 중에서 반 이상인 26개현에서는 반대로 인구가 감소하고 있는 것이다. 그 중에서도 가장 현저한 곳이 가고시마 현(鹿兒島縣)으로 연평균 1만 9천 명, 인구의 1% 이

상이 매년 줄고 있다고 한다. 또한 연평균 5천 명 이상 감소되고 있
는 현만도 무려 16개 현이나 된다는 것이다. 나라 전체의 인구가 늘
어가고 있다는 것을 생각하면 이것은 놀랄 만한 사실이라고 하지 않
을 수 없다. 아마 이러한 여러 현의 사람들도 역시 고치 현 사람들과
마찬가지로, 혹은 그 이상으로 고민하고 또 쓸쓸함을 느끼고 있음에
틀림이 없다. 인구의 유출은 규슈(九州)와 시코쿠에 전염병처럼 퍼
져서 마치 태풍과 같이 서쪽에서 동쪽으로 올라오고 있다고 한다. 그
때문에 인구가 희박해진 지역이 날로 많아져가고 있는 것이 현재 우
리 나라의 실정인 것이다.

　그런데 이렇게 과소로 고민하는 현들이 있는 반면에 한편에서는
반대로 과밀상태여서 움직일 수도 없도록 되어가는 곳도 많다. 나라
전체적으로 인구가 늘어나고 있고 사람들이 같은 일본 국내에서 이
동하고 있는 것이므로 한쪽에서 인구가 감소되면 한쪽에서는 과밀한
곳이 생기는 것은 당연한 일이다. 즉 고치 현과 가고시마 현을 비롯
하여 26개 현에서 나온 사람들이 간토(關東), 도카이(東海), 긴키
(近畿) 등의 지방으로 자꾸 유입되고 있는 것이다. 그러니까 이런 지
역의 인구는 아이치 현(愛知縣)에서 40년까지의 10년간에 연평균
10만 명, 가나가와 현(神奈川縣)에서 15만 명, 오사카 부(大阪府)에
서는 20만 명, 도쿄 도(東京郡)에 이르러서는 30만 명이나 매년 증
가했다고 한다. 30만 명이라고 하면 돗토리 현(鳥取縣) 인구의 반에
해당된다. 그 증가 상태가 얼마나 대단한 것인가를 알 수 있다.

　전에는 누구나가 도시의 생활을 동경했다. 사실 그곳에서의 생활
에는 나름대로 이익이 되는 점도 많았다고 생각한다. 그런데 지금은
어느 쪽이냐 하면 이익보다도 오히려 손해의 면이 많아지고 있다. 첫
째, 살려고 해도 살 곳이 없는 심각한 주택난이다. 게다가 어디에 가
가더라도 사람과 차가 넘쳐나고 있다. 그 때문에 교통사고도 격증하
여 도쿄 도의 사상자 수는 사고가 가장 적은 돗토리 현의 28배나 된

다고 한다. 또 자동차의 배기가스와 공장에서의 매연에 의한 대기오염을 비롯하여 하천의 오염과 소음 등도 더욱 심해져가고 있다. 또한 청소년의 범죄 발생율도 대단히 높다. 요컨대 생활환경을 악화시키고 혹은 인생을 타락으로 이끌며, 또 생명조차도 위협하는 수많은 바람직하지 못한 요소가 날로 만연되어가고 있는 것이 오늘날 대도시의 일면의 모습이라고 말할 수 있지 않을까. 그러한 것이 주민들의 매일의 활동 능률을 저하시키고 그것이 나아가서는 물가상승으로도 연결된다. 한 마디로 말해서 인구의 급증에 의하여 대도시는 더욱더 살기 어렵게 되어간다고 할 것이다.

이렇게 현재 우리 나라의 불균형한 상태를 홋카이도(北海道)를 뱃머리로 한 일본호(日本號)라는 배로 비유해본다면 이 일본호는 날로 우현(右舷) 쪽으로 기울어져가고 있어서 이대로 가면 전복해서 가라앉을지도 모를 형편이라고 생각된다. 기울어져가는 배에서는 아무리 우수한 엔진을 장치하고 있더라도 그것을 충분히 활용할 수 없다. 애써서 내게 되는 속도로 억제하지 않으면 안 된다. 그러한 모습은 여기에서 새삼스럽게 말할 것도 없이 앞으로의 우리 나라의 번영에 있어서 극히 큰 문제라고 생각한다. 참으로 아주 위태로운 큰일이라고 해도 될 것이다.

다시 그는 거기에 대한 구체적인 제안의 하나로서 민간의 기업이 담당해야 할 역할을 설명하고 있다.

즉 기업은 이제까지 공장을 건설하는 경우에는 먼저 경제성을 고려해서 입지조건이 좋은 곳을 택하는 것이 보통이었다고 생각한다. 그것은 우수한 제품을 보다 싸게 수요자에게 공급하고자 하는 기업의 사명과 사회적 책임이라는 점에서도 일면 당연한 일이라고 하겠다. 그러나 일본의 오늘날의 상황에 서서 생각할 때 앞으로는 가령 다소 경제력이 떨어지는 일이 있더라도 일부러 인구의 감도가 현저한 현에 공장을 건설해가는 것도 필요하지 않을까. 그것이 보다 높은 기업의 사명으로써 오늘날 요구되고 있는 것이 아닐까 하고 생각한다.

물론 그렇게 인구가 감소되고 있는 현에는 나름대로의 불리한 조건이 있게 마련이고 그래서 거기에 공장을 지으면 원가가 다소 비싸지는 경우가 있을지도 모른다. 그러나 그렇더라도 역시 과소지역에 공장을 짓도록 한다. 그렇게 하면 사람들은 일부러 폐단이 많은 도시로 나가지 않더라도 쾌적한 환경인 지방에서 일할 수 있게 된다.

기업인 한 채산을 무시해도 좋다는 것은 있을 수 없지만, 현재의 일본 실정으로서는 일시적으로는 다소 이익이 적더라도 과소로 고민하는 지역에 공헌하는 것이 중요한 일이다. 그것이 오늘날 우리 나라의 기업에 부과된 하나의 새로운 사명이 아닐까 하고 생각한다.

그리고 그것은 긴 안목으로 보면 기업 자체에 있어서도 결코 손해로는 되지 않으리라고 생각한다.

왜냐하면 오늘날의 상태를 이대로 방치하면 일본의 발전은 단순히 경제면만이 아니라 정치상 혹은 치안상의 점에 있어서도 언젠가는 크게 손해를 보아서 막다른 곳에 이르게 된다. 그런 세상이 된다면 개개의 기업이 아무리 노력하더라도 충분한 성과는 오르지 않을 것이다. 반대로 개개의 기업이 다소 이익의 감소는 있더라도 인구의 유출방지에 한몫을 한다면 그것에 의하여 일본 전체의 균형이 잡힌 바람직한 발전을 촉진하게도 된다. 그것은 결국 기업에 있어서도 커다란 이익이 되어 돌아오는 것이 아닐까.

그렇게 해서 많은 기업이 사람들이 감소되고 있는 지역에 새로운 사업을 일으켜가게 된다면 그것은 과밀과 과소의 폐단을 해소시키기 위해서 노력하고 있는 정부나 각지방에 도움이 될 것이다. 그리고 그것은 국토 전체를 효율적으로 활용하기 위한 계기도 되리라고 생각

248

한다.

이 논문이 발표되었을 때, 계획은 이미 실행단계에 있었다. 그래서 그 논문은 더한층의 설득력을 갖게 되었다.

마쓰시다 고노스케의 말이 무게와 박력을 지니고 있는 것은 그것이 탁상 공론이 아니라 실행할 수 있는 큰 힘을 지닌 사람이 말하는 것이기 때문이라는 전제가 있었다.

꿈 같은 전망을 얘기할 때조차 그렇다. 거기에는 남들로 하여금 '응, 그것은 분명히 그렇다' 하고 생각하도록 만드는 것이 있다.

마쓰시다 고노스케는 55년의 경험이 있는 경영자로서 기회있을 때마다 자신의 소신을 말하고 그 뜻을 피력해왔다. 얘기를 해도 해도 모자라는 모양이었다.

경영도 살아간다는 것도 뜻도 말로 설명해서 알 수 있는 것은 아니라고 생각하면서 어떻게든 상대방에게 알려주고 싶다는 생각이 수없는 말을 하도록 만든다. 저작가(著作家)로서의 수많은 업적과 강연도 그렇게 몸 안에서 울리기를 그치지 않고 어떻게든 전하고 싶다는 생각에 쫓겨서 한 일이다. 이러한 행동 속에서 희대의 경영가로서의 그가 스스로 결론을 내려야 할 커다란 시기는 다가오고 있었다.

마쓰시다 전기 최대의 날

쇼와 48년(1973) 7월 19일, 정기 주주총회 다음의 중역회의에서 갑자기 마쓰시다 고노스케의 은퇴가 발표되었다. 창립 55주년을 맞이해서의 일이다.

그것은 마쓰시다 전기가 맞이한 창업 이래의 가장 충격적인 날이었다. 50주년을 맞아 갖가지 행사와 기념사업으로 축하한 것이 바로 어제의 일 같은데 그로부터 5년이 지났다. 그 5년의 의미는 생각지도 못했던 무거운 것이 되었다. 그것은 말하자면 이 교체를 위한 마지막 마무리의 시기이기도 했다.

누구의 가슴에나 감회는 있지만 누구보다도 절실하게 그것을 되씹고 있는 사람은 다름아닌 마쓰시다 고노스케 자신이다. 상당히 먼 거리를 걸어왔구나, 하는 생각을 하니 실감이 났다.

지난날은 요원한 세월 끝에 어렴풋이 흐려져 있다. 처음으로 와카야마(和歌山)를 떠나서 단신 오사카로 가기 위하여 모친의 전송을 받으면서 기노가와 강변을 역으로 향하여 걸었을 때의 소슬한 가을 풍경이 떠오른다. 벌써 그로부터 70년이 지났다.

그러나 그 얼굴에는 아직 청소년 시대의 모습이 남아 있다. 단정하고 오랜 혈통을 생각하게 하는 정돈된 용모이다. 작가인 마쓰모도 기요하루(松本淸張)로 하여금 "연극의 명우를 보는 듯해서 마쓰시다 고노스케 배우님이라고 부르고 싶을 정도이다."라고 말하게 한 얼굴이기도 하다. 메이지, 다이쇼, 쇼와라는 풍설(風雪) 속에서 대마쓰시다를 이룩해낸 얼굴이기도 했다.

그러나 오늘날 서운한 기색은 조금도 없이 오히려 담담한 표정으로 뒷일을 넘겨주고 난 사람의 커다란 안심이 엿보였다.

그 뒷일을 맡은 것은 다카하시 고타로 신회장과 마쓰시다 마사하루 사장을 정점으로 하여 네 부사장과 네 전무로 이루어진 집단 경영체제의 새 수뇌진이다. 모두가 오랫동안 마쓰시다 경영의 참모로 있으면서 총수를 도와 그 실력에 있어서나 뜻에 있어서나 믿기에 족한 사람들이다. 새로운 마쓰시다 시대의 개막에 있어서 불안은 없었다.

마쓰시다 고노스케가 스스로 물러나서 후진에게 길을 열어주기로 결의한 것도 오랜 세월에 걸쳐서 확인한 그 사람들에의 높은 평가가 있었기 때문이다.

"나도 늙었으니 커져가는 마쓰시다의 경영을 맡는 것이 고되어졌다. 자식들도 훌륭하게 자랐으니 이쯤에서 물려주고 싶다."

그것은 빛나는 부족(部族)의 역사를 다음 대로 물려주는 노추장의 은퇴를 연상케 했다. 거기에는 기업 수뇌의 교체에서 보기 쉬운 확집(確執)의 흔적 따위는 티끌만큼도 없다. 이 한 가지를 보더라도 마쓰시다 고노스케의 위대함을 알 수 있을 것이다. 그것은 정권교체와 같은 것이 아니라 마쓰시다 고노스케가 즐겨 입에 올리는 생성발전의 우주 원리를 그대로 체현시킨 것처럼 생각된다. 이날부터 마쓰시다 고노스케는 대표권이 없는 일개 상담역으로서, 마쓰시다 회사에 있어서는 상징적인 사람이 되었다.

그 후의 기자회견에서 목병을 앓고 있는 마쓰시다 회장을 대신하여 비서에 의해서 다음과 같은 퇴임의 인사말이 낭독되었다.

마쓰시다 전기는, 내 나이 스무 살 때에 조그마한 제작소를 개업한 것에서 시작하여 올해로 창업 55주년을 맞게 되었습니다. 그 동안에 나 자신에게 회사에 여러 가지 일이 있었습니다만, 다행히도 오늘날까지 회사는 물론이고 나 자신도 큰 잘못 없이 걸음을 계속해올 수가 있었습니다. 이것도 널리 사회의 여러분들의 지원과 사랑 덕분이라고 알고 깊이 감사하고 있습니다. 그렇지만 나 자신은 올해 78세가 되었고 또 젊고 우수한 동지들도 많이 있으므로 회사가 창립 55주년을 맞은 것을 기해서 이들에게 경영을 맡기기로 생각하고 걱정 없이 대표 취체역 회장의 직을 사임하기로 한 것입니다. 따라서 앞으로는 다카하시 고타로 회장과 마쓰시다 마사하루 사장을 중심으로 젊고 정열이 넘치는 간부 여러분이 뜻을 함께하여 사회의 기대에 따를 만한 활동을 강력하게 추진시켜가리라고 믿고 있습니다. 이렇게 된 것이므로 앞으로도 모쪼록 더 많은 지도 편달을 해주시기를 부탁드립니다.

쇼와 48년 7월 19일

마쓰시다 고노스케

또한 그 석상에서 신문기자에게, "오십오 년을 용케도 잘 버티어왔
다고 스스로 생각해보니 내 머리를 쓰다듬어주고 싶을 정도다."라고 한
말이 인상적이었다. 그와 같이 커다란 일을 이룩한 사람이 겸손히 말할
수 있는 술회이다. "앞으로는 내가 만든 '마쓰시다'라는 작품을 천천히
감상하는 쪽에 있고 싶다."고 한 것도 그런 커다란 달성감 속에서 나온
말이었다.

뜻을 물려주는 6개조의 요망서

또한 사임에 임해서 마쓰시다 고노스케는 후계자들에게 '회장과 사장
및 현장 중역들에 대한 요망사항으로서 6개조로 된 요망서를 건네주었
다.

이것은 형식적인 것과는 달리 참으로 이 사람다운 실천적인 경영의
마음가짐이 설명되어 있고 아울러 기본방침의 재확인을 촉구한 것이다.
자애를 숨긴 엄친(嚴親)의 목소리를 듣는 듯한 기분이 든다.

이것을 '최후의 최후까지 설교'라고 쓴 신문도 있었다. 거기에 조롱
하는 어조는 없었다. 참으로 마쓰시다 고노스케 그 사람다운 본연의 자
세가 경영을 떠나는 최후의 최후까지 일관되었다고 하는 그 열정이라
고 할까 집념이라고 할까, 거기에 머리를 숙이고 있는 것이다.

요망서의 내용은 다음과 같다.

⑴ 회장과 사장은 진정 일체가 되어서 회사 업무전반을 다스려갈
  것. 따라서 담당자가 회장에게 말한 것도 회장으로부터 사장에게
  전달되고, 마찬가지로 사장에게 말한 것도 사장으로부터 회장에
  게 전달되도록 원활한 의사소통을 도모하면서 회장과 사장 모두
  중요문제에 대해서는 서로가 전부 알아두도록 노력할 것.
⑵ 회장과 사장은 확고한 경영의 기본방침을 준수할 것에 힘쓰고 동
  시에 널리 사회로부터 보내오는 당사에의 요망과 기대에 올바르

게 부응해가도록 노력할 것.

(3) 현장의 일은 전무 또는 상무의 선에서 끝나도록 할 것.

부사장은 여러 분야를 담당한다. 회장과 사장은 경영에 관해서는 중요하고도 기본적인 문제에 대하여 지적하고 지시하도록 하고, 개개의 업무에 관한 구체적인 지시를 할 필요는 없도록 하는 것이 바람직하다.

또한 업무수행에 관한 상사에의 보고가 최근 충분하지 않은 것으로 생각되므로 전사에 걸쳐서 이 여행에 최대한 철저를 기할 것.

(4) 회장과 사장이 위와 같은 집무방침을 여행하더라도 각 담당자가 보고하여 지시를 청하는 일도 많으리라고 생각된다. 그런 경우에도 위에서 말한 방침을 견지한다는 마음가짐으로 대처할 것.

(5) 금년도의 기본방침인 '신생 마쓰시다' 발족의 방침을 강화해갈 것.

(6) 회장과 사장을 비롯하여 현장 중역 여러분은 사회의 모든 사람들을 스승으로 우러르고 소중한 고객이라고 생각하여 언제나 예절을 다하고 겸허한 태도로 대하는 데에 솔선수범하는 동시에 전 종업원에게 이 중요성을 철저히 인식시킬 것.

쇼와 48년 7월 19일

이것을 읽고 '새삼스럽게 이렇게 뻔한 얘기는 하지 않아도' 하고 생각하는 사람이 있을지도 모른다. 신입사원이라면 혹시 모르지만, 대마쓰시다의 경영을 맡아나갈 사람들이 이 정도의 일을 모를 리가 없다고 생각하기 때문이리라.

그러나 마쓰시다 고노스케는 그것을 충분히 알고서 새삼스럽게 요망서의 형식으로 내놓았다. 그것은 인계를 함에 있어서 한 번 더 경영의 기본적인 태도를 분명하게 다짐해두고 싶었기 때문이다.

자신이 대마쓰시다의 경영을 인수하는 수뇌진의 한 사람이 되었다는 생각으로 감정을 잘 이입해서 읽어보면 릴레이에서 받아드는 바통의 무게만큼이나 이 말이 의미하는 것의 무게를 느낄 수 있을 것이다. 마쓰시다 호라는 거선(巨船)을 조정해가는 데 있어서 조금이라도 소홀히 할 수 없는 것이다.

또 한 가지는 거기에 대한 마음의 태도이다. 이러한 것을 마음에 깊이 새기지 않고 무심히 지내거나 교만해지거나 한다면 거기에는 경영을 위태롭게 할 만한 것이 이미 깃들이 있다고 할 수 있을 것이다. 물론 이 요망서를 읽고 누구 한 사람도 그 무게를 몸에 배어드는 듯한 느낌으로 받아들이지 않은 사람은 없었던 것이다.

특히 제6조는 다이쇼 7년에 오비라키초에서 창업한 이래로 마쓰시다 고노스케가 꾸준히 지녀온 마음의 거울과 같은 것이다. 무슨 일이 있을 때는 그 거울 앞에 서서 자신의 모습을 바로잡아왔다. 기울어진 자세를 고쳐서 끊임없이 수평을 유지하는 기준을 거기에 두어온 것이었다.

조직이 커질 때마다 "일개 상인임을 잊지 말라." 하고 훈계해온 진의도 거기에 있었다. 자기가 그러한 것과 마찬가지로 회사의 간부는 물론 종업원 한 사람 한 사람이 그러할 것을 추구해마지 않았던 것이다.

그렇게 한 것도 일단 그러한 마음가짐에서 벗어나면 회사의 존립을 위태롭게 하는 것이 있음을 뼈저리게 알고 있었기 때문이다. 하나의 기업이 커져가는 과정 속에서 그러한 초지(初志)를 잊었기 때문에 기울어져서 마지막에는 흔적도 없어져버린 너무나도 많은 예를 마쓰시다 고노스케는 보아왔던 것이다.

그것은 조직이 커지면 누구나가 피하지 못하고 직면하게 되는 '보이지 않는' 위기이고 커다란 함정이다. 그 보이지 않는다는 사실이 무서운 것이다. 보이는 위기라면 대처할 길도 있지만, 그것이 암흑 속의 함정이니만큼 알지 못한 채 거기에 빠져버리는 것이다. 더구나 그것은 급전직하(急轉直下)가 아니라 거의 눈에 보이지 않는 각도의 비탈같이 알아차리기 전에 서서히 깊게 끌고들어가는 것이다.

아무리 거대하고 언뜻 보기에 끄떡도 하지 않을 듯한 구조로 된 기업이나 조직처럼 보이더라도 한번 그 기반이 기울기 시작하면 존립은 극히 위태로운 것이 된다. 이렇게 해서 감정이었던 것이 일변하여 약점이 된다. 그것이 경영을 하는 사람의 두려움이고 그것은 기업이 커지면 커질수록 더 커지는 두려움이기도 하다.

창업 시절부터 긴 고난의 길을 걸어서 커진 경영자조차도 자칫하면 그 두려움을 잊기 쉬운 것이다. 더구나 처음부터 만들어진 조직 속에 들어와서 그런 고난의 시대를 모르는 사람에 있어서는 더욱 그렇다.

기업이라고 하는 완성된 성(城) 안에서 거만하게 으시대거나 그 성에 의존만 할 뿐 그것을 지탱하려는 노력을 게을리하는 사람이 늘어나면 그것이 아무리 거대하더라도 사탕과자처럼 무른 것이다.

그러한 기업체질이 생겨나는 일이 없도록 마쓰시다 고노스케가 기회 있을 때마다 그 말을 되풀이해서 자기 생각을 물이 스며들 듯이 상대방에게 스며들도록 해온 이유도 거기에 있었다.

경영의 내부에 있을 때는 그것도 가능하다. 그러나 밖으로 나오면 그것조차 이미 마음대로는 되지 않는다. 그런 의미에서 이 제6조는 기도하는 마음처럼 간절했으리라는 것이 상상된다. 앞에서 말한 바와 같이 '최후의 최후까지 설교'를 하지 않고는 못 견디는 것도 거기에 있었던 것이다.

이렇게 해서 쇼와 48년 7월 19일은 마쓰시다에 있어서 역사적인 날이 되었을 뿐만 아니라 하나의 커다란 사회적인 사건으로서 많은 사람들에게 갖가지 감회를 불러일으켰던 것이다. "마쓰시다 씨도 나이가 나이인 만큼 이제 자적(自適)하는 편이 낫겠지." 하며 위로하는 마음을 보이면서도 이 위대한 지도자가 해낸 역할을 생각하며 그가 떠나는 것을 애석해하는 소리가 압도적이었다.

그것은 마쓰시다에 있어서나 일본의 산업계에 있어서나 귀중한 것을 놓치게 될 뿐만 아니라 대중에게 있어서도 무엇인가 마음의 등불을 잃는 듯한 쓸쓸한 느낌을 주었던 것이다.

또한 마쓰시다 고노스케의 은퇴 기념으로 각 도도부현(都道府縣)에 복지자금으로써 50억 엔이 기증되었다.

우국(憂國)의 변(辯) 두 번

쇼와 48년 11월 27일, 마쓰시다 고노스케는 은퇴 후 첫 번째 생일을 맞았다. 이날 마쓰시다 전기의 중견 간부사원 이상인 유지 7백 명이 모여서 오사카 로얄 호텔에서 마쓰시다 전 회장의 오랜 세월의 노고를 위로하는 감사회를 개최했다.

오랜만에 마쓰시다 부처(夫妻)가 나란히 참석했다. 모임의 성질상 그렇기도 했지만, 재임 중에는 별로 볼 수 없었던 광경이어서 어쩐지 여가를 얻은 사람의 여유가 느껴졌다.

그러나 단상에 올라서서 하는 인사에서는 한일월(閑日月)을 즐기는 자적하는 사람의 풍모는 조금도 보이지 않고, 여전히 '마쓰시다 고노스케의 뜻은 아직도 굳건하다' 하는 인상을 주었다.

그 요지는 다음과 같다.

나는 과거 55년간 여러 가지 길을 걸어왔습니다. 그 사이에도 특히 종전 직후는 앞으로 일본은 도대체 어떻게 될 것인가 하는 커다란 시국의 전환기였습니다. 그러나 거기에는 비교도 되지 않을 정도로 오늘날의 사태는 대단히 심각합니다.

왜냐하면 종전 후에는 모든 것이 파괴되어버린 나라를 재건해야 한다는 대방침이 정해져 있어서 모두들 그 일에 한마음으로 전심전력을 다하였습니다. 그런데 오늘날 모두가 노력해서 '경제대국'으로 발전된 그 벽두에 갑자기 혼란이 일어났습니다. 이 사태는 극히 어려워서 이러는 사람도 있고 저러는 사람도 있습니다. 나아가는 사람도 있고 물러서는 사람도 있어서 국민이 일치단결하려고 해도 길이 없습니다.

그러한 것을 생각해보면 요즘의 경제인들은 일찍이 없었던 여러 가지 문제에 처하게 되리라고 생각합니다. 그런 의미에서 가장 어려운 시대가 되었다고 생각할 때 앞으로 여러분의 노고는 보통이 아닐 것입니다.

어떠한 경우라도 나라에 한 가지 뚜렷한 방침, 즉 국시국훈(國是國訓)이 있으면 국민은 결집합니다. 하지만 지금 일본에는 그것이 없습니다. 나아가야 할 목표를 잃은 일본, 말하자면 '방황하는 양(羊)' '방황하는 살찐 양'입니다.

이러한 정세 속에서 산업인으로서의 직책을 다한다는 것은 매우 어렵습니다. 그러나 그렇기 때문에 오늘날 우리는 스스로 뚜렷한 방향을 국가 위에, 산업계 위에, 그리고 마쓰시다 전기 위에 설정하지 않으면 안 됩니다. 내가 지금 열 살만 젊다면 이 기회에 크게 활약할 것이고 그리고 여러분과 함께 용기를 고무해서 일하고 싶습니다만, 이제는 몸이 그것을 허용하지 않습니다. 그래서 마음속으로만 여러분의 노고를 헤아리는 바입니다.

그럼 이번 사태에 어떻게 대처할까 하는 것인데, 나는 이것은 일본에 국운(國運)이 있느냐 없느냐의 문제라고 생각합니다. 일본에 국운이 없다면 아무리 국민이 노력해도 결국은 헛일이 되겠지요. 그러나 2천5백 년의 오랜 전통을 볼 때, 일본에는 망하려고 하다가도 망하지 않는 국운의 강인함이 있었다고 생각합니다. 때로는 정치가들이 몹시 미망(迷妄)해도 국민이 국운에 의하여 그 해야 할 일을 자연히 파악함으로써 일본은 이 2천5백 년 동안 오르막 내리막은 있었을망정 일관해서 융성의 길을 더듬어왔던 것입니다.

또 일본의 왕조(王朝)도 그렇습니다. 세계의 많은 나라들의 왕조는 번영하는가 하면 오래지 않아 멸망하는 것을 되풀이해왔습니다.

그런데 일본의 왕조는 지금까지 오직 한 혈통으로 이어져왔습니다. 이것도 어떤 때는 유폐(幽閉)당하고 어떤 경우에는 유배(流配)를 당하기도 한 참으로 불쌍한 천황도 있었습니다. 하지만 시간이 지나면 다시 원래로 되돌아가 왕조는 면면히 이어지고 있다는 것, 이것도 또 이상하다면 이상한 행운입니다.

그러한 행운이나 국운 위에 서 있는 일본인은 역시 운이 좋은 국민입니다. 어떠한 어려운 비상사태에도 결국은 성공으로 이어집니다. 나는 이제까지 경영을 해오는 과정에서 스스로 어떻게 해야 할지 잘 모를 때는 언제나 마음 어디에선가 그렇게 믿어왔습니다.

국운이 있다면 어떤 사람이 정치를 하건 결국은 잘 되어간다, 걱정은 없다, 그러한 안심감이 어딘가 마음의 한 구석에 있었습니다. 거기에 여러분의 마음의 위안도 있어서 오늘날의 나를 이루고 있다는 느낌이 드는 것입니다.

그렇기 때문에 비상시라고 할 만한 이 일본의 현상황도 결과적으로는 일본의 발전으로 이어진다, 이런 식으로 생각하면 틀림이 없습니다.

여러분도 모쪼록 그렇게 생각해주십시오. 아무리 곤란하더라도, 아무리 노고가 심하더라도 결국은 성공으로 이어진다, 혹은 성공의 단서로 만들 수 있다. 이런 생각으로 매진해주실 것을 이 기회에 부탁드립니다.

또한 나의 오랜 세월의 경험에서 보면, 사태에 부딪쳤을 때 자신의 일만을 생각하는 것은 가장 역약(力弱)한 것입니다. 평소라면 자신의 일만 생각해도 상관없으나 지금과 같은 비상시에 자기 일만 생각하고 있으면 역약해서 아무것도 되지 않습니다. 우리가 자신을 무(無)로 만든다, 국가와 사회의 큰일을 위해서라면 마쓰시다 전기를 내던져도 후회하지 않겠다는 각오를 가지고 있으면 반드시 길은 열립니다. 나는 최근에 약간 건강이 나빠졌습니다. 의사에게서는 무엇보다도 건강을 회복하는 것이 제일이라는 말을 듣고 있으며, 나 자신도 그렇게 생각하고 있습니다. 그래서 건강을 회복하는 데에 전력을 기울이고 있습니다.

모쪼록 여러분들도 몸을 소중하게 해주십시오. 여기 모인 분들은 입사한 지 이미 30년이나 40년이 지났으리라고 생각합니다. 역시 육체적으로도 약해지고 있으리라고 생각하기 때문에 몸을 소중하게 해주십사 하고 부탁을 드리는 바입니다.

회사의 경영은 여러분이 한몸이 되어서 해주시도록 부탁드렸기 때문에 전혀 걱정할 필요는 없다고 생각하고 있습니다. 따라서 나는 이제 아무것도 드릴 말이 없습니다. 여러분 모두가 일치단결해서 해나가면 하늘을 찌르고 산을 뽑을 만한 힘이 된다는 신념을 굳혀주십시오. 단호히 행하는 곳에는 귀신도 이를 피한다는 신념을 가져주십시오. 마쓰시다 전기의 역사도 바로 그랬었다고 생각합니다.

이 기회야말로 진정한 일본을 완성시키는 것이다, 일본 경제를 확고하게 재건시키는 것이다,라고 생각해주시고 다소의 분규가 있더라도 그러한 것에 동요되지 않도록 해주십시오.

앞으로 나는 상담역(相淡役)으로서 도와드릴 일이 있으면 도와드릴까 합니다. 나는 일본인으로서의 본연의 자세를 조금이나마 생각하고 싶습니다. 그리고 그런 것에 관심을 갖는 것이 나에게 있어서 행복하고 사는 보람이 있으며 또 의의가 있다고 생각하는 바입니다.

마쓰시다 고노스케가 은퇴 후에 마쓰시다 전기의 사원들 앞에서 단상에 올라가 얘기를 한 것은 이것이 처음이다. 은퇴를 성명한 날부터 불과 4개월 정도밖에 안 되었지만 모인 사람들은 오래간만에 듣는 목소리가 반갑기만 했다. 그리고 '이제 이렇게 상담역의 얘기를 들을 기회도 그다지 많지는 않으리라. 회사의 일에서 떠난 것이니까.' 하고 생각하면서 이렇게 뛰어난 경영자를 모셨었다는 자랑스러움과 그 사람이 떠난 후의 쓸쓸함을 동시에 느꼈다. 그리고 그 여운까지 마음에 담아두려는 것처럼 한 마디 한 마디에 열심히 귀를 기울였다.

그것은 그렇고, 이미 많은 공을 세우고 이름을 떨친 78세의 대경영가의 입으로부터 '사태에 부딪쳤을 때 자기 일만을 생각하는 것은 가장 역약한 것이다. 평소라면 자기 일만 생각해도 상관없으나 지금과 같은 비상시에 자기 일만을 생각하고 있어서는 아무것도 안 된다. 우리는 자신을 무로 만든다. 국가와 사회의 큰일을 위해서라면 마쓰시다 전기를 내던지더라도 후회하지 않겠다는 정도의 각오를 가지고 일에 임하면 길은 스스로 열리는 법이다' 하는 강한 어조의 얘기에 신선한 감동이 있었다.

"작은 일에 있어서는 득실에 따라서 움직이는 것도 좋다. 그러나 큰일에 있어서는 득실을 도외시하고 덤빌 필요가 있다."고 하는 옛부터의 마쓰시다 고노스케의 처세신조(處世信條)가 여기에서도 나타나고 있다. 큰일에 있어서 뜻을 관철시키는 기백이 넘치는 말은 듣는 사람의 가슴에 울렸다.

이것을 보더라도 알 수 있듯이 기업경영에서 국가 사회라고 하는 전부터의 지향(志向)은 여기에 와서 더욱 명백하게 그 모습을 갖추어온 것이다.

일본의 위기에 대한 제언

쇼와 48년(1973) 말의 석유위기에서 발달된 세계경제의 혼란은 일본을 인플레이션이라는 심각한 사태로 몰아넣었다.

이것은 쇼와 40년의 불황에 이어서 또다시 일본경제의 취약함을 반성시키게 되었는데, 단순히 경제에 머물지 않고 그 저변에 운명에 대한 위기감이 내포되어 있다는 점에서 한층 심각한 문제를 제기하기에 이르렀다.

그 이듬해인 49년 12월에 마쓰시다 고노스케는 우국(憂國)의 염에
못 이겨서 《허물어져가는 일본을 어떻게 구할 것인가》(PHP연구소
간)라는 책을 냈다. 그 속에서 그는 일본이 당면한 위기를 다음과 같이
분석하고 있다.

쇼와 40년경의 불황은 분명히 전후 최대의 것이었을지도 모른다.
업계 1위인 특수강(特殊鋼) 메이커가 도산하고 큰 증권회사가 막다
른 골목에 다다라서 국가의 구제를 청하는 일도 일어나는 등 도산도
격증했다. 그러나 그때는 경제계를 중심으로 한 문제였다. 따지고 보
면 거기에 앞선 호경기인 시기에 경제계 전체에 방만한 경영과 과당
경쟁이라는 풍조가 심해져서 그 폐단이 경기의 후퇴와 함께 한꺼번
에 나타나서 불황을 보다 심각한 것으로 만든 셈이다. 그러나 그것을
개개의 기업이나 업계 등 경제계의 반성과 노력에 의해서 극복해갈
수가 있었다. 그리고 그러한 불황기의 개선에 의해서 그 후의 일본
경제는 일면 눈부신 발전을 이루고 수출도 늘어서 한때는 외화가 남
아서 곤란할 정도로까지 되었던 것이다.
그런데 오늘날의 상황은 경제계만의 힘으로 어떻게 할 수 있는 것
이 아니다. 물론 개개의 기업과 경제계 전체가 심기일전해서 이 난국
에 대처해나가야 하는 것은 당연하다. 그러나 거기에 정치의 개혁과
인심의 쇄신이 동시에 이루어지지 않아 어렵게만 느껴졌다.

이와같이 위기감의 근저에 있는 것을 먼저 간파한 다음에, 마쓰시다
고노스케는 지금의 일본은 근본적인 대수술이 필요하다고 하면서 그
메스를 대야 할 첫째 환부(患部)로서 '교육'을 들고 있다.

오늘날의 일본은 약간 과장해서 말하면 '교육망국(敎育亡國)'이라
고 할 만한 길을 걸어온 것 같다. 물론 이런 말을 하면 관계되는 분

들에게서는 심한 꾸중을 들을 것이다. 일본의 교육은 다년간에 걸친 대단한 노력에 의하여 오늘날 세계에서 으뜸간다고 해도 될 정도로 나라의 구석구석까지 퍼졌고 또 교육수준도 높아졌다. 그런데 대하여 '교육망국'이라니 무슨 소리냐고 분개하실 분도 많으리라.

분명히 일본의 교육은 일면에서 매우 충실해 있다. 그런 사실은 모두 잘 알고 있다고 자부한다. 그러니까 문제는 뒤떨어져 있다든가 모자란다는 것이 아니라 반대로 지나치다는 것이다.

"지나침은 미치지 못함만도 같지 못하다."고 하는 말도 있다. 영양도 영양실조인 사람에게는 많이 공급할 필요가 있다. 하지만 영양이 풍부한 사람에게 영양, 영양하면서 자꾸 공급한다면 영양과다증이 되어버릴 것이다. 일본의 교육에는 그러한 면이 있고, 더구나 그 영양의 공급방법에도 잘못되어 있는 점을 볼 수 있다고 생각한다.

이것은 일본의 교육에 대한 현상 비판이다. 분명히 일본의 교육은 지금 건전한 모습이라고는 말할 수 없다. 교육과잉이란 지적도 어느 의미에서는 옳다. 이를테면 그것은 질적인 부족을 수반한 양적인 공급과잉이라고도 할 만한 상태이다. 말하자면 교육 인플레이션이다. 그 가운데서조차 입시지옥으로 상징되듯이 일종의 '교육난'이 존재하는데 이것도 역설적으로 말하면 교육과잉이 만들어낸 현상이 아닐까.

그렇다면 어떻게 하면 좋은가. 거기에 대하여 다음과 같은 의견이 진술되어 있다.

이러한 사실로 해서 차제에 일본의 민도와 형편에 맞는 적절한 교육으로 발본적으로 고쳐가지 않으면 안 될 것이다. 구체적으로 말하면 의무교육의 내용의 충실과 고등교육의 정비 축소이다.

먼저 의무교육의 충실에 대해서인데 교육의 터전은 이미 충분히 마련되어 있다. 소위 벽지(僻地)라고 할 만한 곳에도 분교(分校)가 생겨서 불과 몇 명의 학생에 대하여도 한두 사람의 선생이 붙어서 교육을 하고 있을 정도이다. 그러나 그런 형태로는 되어 있지만 내용에 있어서는 어떤가. 선생의 자질이나 가르치는 내용 등에 여러 가지 문제가 있는 것이 아닐까. 이를테면 일본인으로서의 인식이 충분히 가르쳐지지 않는 것으로 생각된다.

오늘날 신흥의 망치 소리 드높은 중국을 비롯하여 대부분의 발전 도상국에서나 혹은 구미(歐美)나 소련 등의 선진국에서도, 어디에서나 교육에 있어서는 먼저 그 나라의 국민임을 확고하게 불어넣고 있다고 생각한다. 그러나 일본에서는 그런 일을 별로 하지 않고 있다. 그러니까 앞에서 말한 바와 같이 국민의 국가의식이 매우 미약해지고 그것이 국제적인 신용이나 우호 면에서도 커다란 손실로 되고 있는 것이다.

그런 사실 하나만 가지고 보더라도 이제까지의 의무교육의 내용에는 약간 문제가 있으므로 이 기회에 한번 근본적으로 깨끗이 고칠 필요가 있지 않을까 생각한다. 국민학교와 중학교라는 의무교육을 받을 나이에는 사물을 잘 외우고 몸에 익히기 쉬운 시기이다. 그러니까 그 9년간의 의무교육을 하는 동안 인간으로서의 기본적인 양식을 가르쳐서 인간형성의 기초를 확고하게 다져놓아야 한다. 보편적인 인간으로서의 본연의 자세, 또 그 위에 선 일본의 전통이라든가 일본인으로서의 의식, 그러한 것을 의무교육에 있어서 확고하게 몸에 익히도록 할 필요가 있다. 그리고 그와 함께 지식교육을 실시한다는 자세가 바람직하다고 하겠다.

이 의무교육 중시론은 이치에 맞고 설득력이 있다. 지육(知育)편중과 과열된 고학력(高學歷) 지향을 축으로 해서 짜여져 있는 한편 허점이 많은 현재의 교육체제에서 밑뿌리가 튼튼한 인간은 두껍고 넓은 층에 걸쳐서 만들어내는 수준의 교육으로의 전환이다.

마쓰시다 고노스케는 다시 그 구체적인 형태를 제안하고 있다.

그와 같이 의무교육의 내용은 충실화시키는 한편, 고등교육인 고등학교와 대학은 일본의 국정(國情)에 맞추어서 정비 축소하는 것이다. 이를테면 대학인데, 전문학교와 초급대학을 제외하고 전쟁 전과 지금을 비교하면 쇼와 10년에는 45개교에 학생수 6만 9천 명이었다. 그런데 오늘날에는 학교 수는 9배인 4백 개교에 학생수는 20배 이상인 160만 명으로, 같은 연령층에서의 진학률은 약 30%나 된다고 한다.

오늘날 세계에는 약 150개의 나라가 있는데, 그 민도와 국정은 나라에 따라서 갖가지이다. 따라서 그 나라에 맞는 적정한 대학의 진학률은 나라에 따라서 달라질 것이다. 이를테면 A라는 나라에서는 문화도 높고 종합적인 국력도 크니까 30%의 진학률이 가능하고 또 적당하다. 그에 대하여 B라는 나라는 거기까지는 무리여서 그렇게 하면 오히려 폐단이 생긴다. 그러니까 20%가 좋다. 또한 C라는 나라는 10%, D라는 나라는 5%라고 하는 형편이다. 그러한 형편을 그대로 적용시킬 것이 아니라 그보다 한 걸음 앞서 가서 하는 것이 중요하다고 생각한다. 즉 C라는 나라라면 11%로 하는 것이다. 그런데 한꺼번에 A라는 나라나 B라는 나라와 같이 20%나 30%로 하려고 먹을 것도 먹지 않고 교육만 하면 거기에는 부조화가 생길 것이다. 역시 형편에 한 발만 앞서면서 점차로 높여가는 것이 중요하다.

그리고 이러한 숫자는 고정적인 것이 아니라 나라의 형편에 맞추어서 당연히 변하는 것이라고 말하고 있다. 그 다음에 나오는 것은,

그런 점에서 일본은 앞에서 말한 바와 같이 교육수준이 높아서 미국에 이어서 세계 제2위라고 한다. 그러나 대학의 실정은 입학만 하

면 거의 누구라도 졸업할 수 있는 것이 보통이어서 공부가 엄격하여 입학한 반수는 졸업하지 못하는 미국에 비하면 극히 완만한 자세이다. 보기에 따라서는 단순히 대학교육의 터전만 마련되어 있을 뿐이고 진정한 교육이 충분하게 실시되지 않고 있다고도 하겠다. 그런 점에서는 세계에서 가장 사치를 하고 있는 것이 아닐까.

하는 지적이다. 그리고 미국, 소련, 서독 등과의 비교에서 보아도 일본의 경우는 대학의 수도 학생수도 현재의 반이면 좋지 않을까, 오히려 그렇게 할 필요가 있지 않을까, 라고 말하고 있다.

물론 그런 숫자는 고정적인 것은 아니므로 앞으로 10년이나 20년이 지나서 일본이 오늘날의 사태를 극복하고 정신적으로도 물질적으로도 향상되면 거기에 따라서 교육의 터전을 늘려가는 것은 아주 좋다. 그러나 지금처럼 대학에 가서 오히려 불평불만만 많아져 사회에 혼란을 초래하는 그런 상태에서는 대학은 적은 편이 낫다고 하겠다. 또 대학을 졸업하고 자동차 운전수로 일하는 사람도 있다고 한다. 운전수라는 직업은 대학을 졸업하지 않더라도 고등학교나 중학교를 나와서 일찍 그 길로 들어서는 편이 오히려 운전기술도 몸에 배어 일을 잘 할 수 있고 그만큼 사회에 공헌하게 된다는 것도 충분히 생각할 수 있다.

이 제언의 내용에는 하나의 문명비평이 포함되어 있다. 얼핏 생각하면 대학을 나온 젊은이가 덤프트럭의 운전수를 하고 있다면 참으로 그 나라의 교육수준과 문화수준이 높은 것 같지만 사실은 개인적으로나 사회적으로나 커다란 손해를 만들어내고 있는 것이다. 애써서 공부한 것이 활용되고 있지 않기 때문이다. 물론 잠깐 동안 아르바이트를 하는 경우라면 상관없지만 말이다.

이러한 사회적 낭비가 축적됨으로써 사회는 쓸데없는 부담을 짊어지게 된다. 나아가서는 물가고의 원인으로도 된다. 더구나 대학출신의 학력이 단순한 장식 내지 겉치레로서만 이용되는 그런 상태는 문화국가라고 부르기에는 거리가 멀고 사회적으로도 아무런 가치를 낳지 않는다. 오히려 폐단만 많아진다. 마쓰시다 고노스케의 대학 반감론에는 이러한 문명비평이 내포되어 있는 것이다.

그것은 다시 도쿄대학(東京大學)을 만약 없앤다고 한다면, 하는 가정에서의 국비절약론으로 발전한다.

한 가지 예로서, 어떤 사람에게 이런 얘기를 들은 일이 있다. 오늘날 도쿄 대학에는 일 년에 약 5백억 엔의 국비(國費)가 쓰이고 있다고 한다. 물론 도쿄 대학은 매우 훌륭한 대학이니까 대학을 반으로 줄인다 하더라도 남는 쪽에 들어가겠지만, 가령 도쿄 대학을 없앤다면 연에 5백억 엔의 국비가 들지 않게 되는 셈이다. 그뿐만이 아니다. 도쿄 대학에는 토지와 여러 가지 시설 등의 자산이 있다. 그 자산은 적게 보아도 1조 엔을 내려가지는 않을 것이다. 그러니까 그 자산을 민간에 1조 엔으로 불하한다면 이번에는 그 1조엔에 매년 이자가 붙는다. 가령 이율을 1할로 하더라도 1천억 엔이 된다. 그 1천억 엔과 앞서의 5백억 엔으로 1천5백억 엔의 국비가 도쿄 대학을 없앰으로써 매년 생겨나게 된다는 것이다.

가령 그 1천5백억 엔을 저소득층의 감세(減稅)로 돌리면 적어도 6내지 7백만 명의 사람들이 세금이 없어진다. 이것은 보기에 따라서는 도쿄 대학은 6,700만 명의 저소득층의 세금에 의해서 유지되고 있는 셈이다. 도쿄 대학을 없애는 일은 없겠지만 어찌 되었건 이러한 사실은 인식하지 않으면 안 된다고 생각한다.

도쿄 대학 하나만 하더라도 그 정도인 것이다. 오늘날 국립대학은 초급대학까지 합치면 약 1백 개교이다. 거기에 대하여 약 5천억 엔

의 국비가 쓰이고 있고, 몇백 개나 되는 사립대학에 대해서도 약 7
백억 엔의 보조가 국고에서 나가고 있다. 그러니까 대학을 반으로 줄
임으로써 직접적으로는 3천억 엔에 가까운 국비가 들지 않게 되고,
앞에서 말한 자산 매각의 이자를 합치면 대체로 2조 엔 정도가 되지
않을까. 그것을 모두 감세에 충당한다면 2천4백만 명 이상의 비교적
저액인 소득자의 개인소득세를 없앨 수가 있고, 또는 그것을 복지의
향상에 쓰면 대단한 효과가 날 것이다.

또한 마쓰시다 고노스케는 진학의 일반적인 경향으로써 자주적이라
기보다는 세상의 풍조에 따라서 진학하는 사람도 많아서, 그것이 전체
적으로 높은 진학률을 조성하고 있다고 지적했다.
또한 그 결과로 기능인(技能人)으로 길러야 할 인재가 확보되지 않아
서 목수나 미장이 등이 부족하여 그것이 물가를 올리는 한 원인으로도
되고 있다고 말했다.
그 이유는 만약 대학이 반감되면 실무에 종사하는 사람이 많아지고
그 결과로서 갖가지 직장에의 인재의 공급이 원활해지면 그만큼 사회
의 운영도 원활해진다. 개인의 행복이라는 것도 그 속에 포함되어간다.
그리고 그러한 영위를 통해서 사회적인 가치가 창출된다.
진정한 경영이란 그런 것이어서 물건을 활용할 뿐만 아니라 인간도
활용하는 것이 아니면 안 된다. 이것은 기업의 경영이나 나라의 경영이
나 다른 점은 없는 것이다.
교육도 또한 당연히 그런 영위 속에 있다. 즉 교육도 역시 '경영'이
다. 이것은 개개의 학교 경영이 아니라 나라 전체로서의 물심 양면을
합친 '경영' 속에서 교육이 수행해야 할 자신에게 부과된 소임을 잘 수
행하고 있는가 하는 것이다.
물론 교육이라는 것의 성질상으로 보아 이러저러한 교육투자에 대하
여 이러저러한 성과가 눈에 띄게 오르지 않으면 안 된다는 식의 성급한

기대를 가질 것은 아니다. 그러나 교육 전체가 방향에 있어서 올바른 흐름 속에 있느냐의 여부는 또 다른 문제이다.

그것은 교육의 내용 즉 질의 문제인 동시에 그것을 담는 그릇 즉 제도의 문제이기도 하다. 마쓰시다 고노스케는 여기에서 하나의 중요한 문제를 제기하고 있는 것이다.

교육이란 국가적인 하나의 '인간산업'이다. 당연히 거기에는 국가라는 경영체로서 기능을 보다 잘 발휘시키고, 그 안에서 개인의 행복도 추구해갈 인간의 배분이라는 것이 있다. 즉 적재적소(適材適所)에 의하여 사람으로 하여금 그것을 잘 체득하도록 하고 분수를 다하도록 하는 것이다. 개개의 재능을 충분히 꽃피우도록 할 일이다. 그것을 통하여 사회 전체를 풍요하게 만들 일이다.

경제가 '물질의 유통'이 잘 되도록 하는 것을 통하여 사회를 풍요하게 만드는 것이라면 교육이란 인간의 개발을 통하여 사회를 풍요하게 하는 것이다. 그런 의미에서의 인간산업이다.

그러나 현재의 교육이 제도상으로나 질에 있어서나 그런 조건을 충족시켜주지는 않는다. 교육은 본래 인간을 위해서 있어야 하는데도 오히려 교육을 위해서 인간이 휘둘려지고 있다. 그리고 원래는 어디까지나 교육의 '방법'이어야 할 '학교'가 교육의 목적 자체로 변해서 일종의 무거운 압력이 되어 인간과 사회를 억누르고 있다. 그리고 오히려 인간의 유통을 한쪽으로 치우치게 해서 사회의 기능을 저하시키는 방향으로 작용하고 있다.

그것은 대학을 마구 늘려서 수용능력만 커지도록 하면 되는 것이 아니다. 오히려 그런 안이한 '허대화(虛大化)'라는 생각에 문제가 있다.

마쓰시다 고노스케는 현재의 교육이 안고 있는 그런 모순과 자가당착에 대하여 일종의 충격요법을 시도하고 있는 것이다. 굳이 역설적인 논법을 이용해서 '대학반감론'을 제기한 진의도 거기에 있다고 생각된다. 그러나 이것은 결국 역설이 아니라 진정한 교육의 부활과 대학의 부활, 그리고 교육의 터전에 인간의 부활을 위해서는 그런 대담한 방책이 꼭 필요하다고 말하는 것이다.

'도쿄 대학을 없앤다면'에 대해서는 어디까지나 가정적으로 하는 얘기라고 양해를 구하고 있지만 거기에도 국립대학의 본연의 자세에 대한 준엄한 비판이 엿보인다.

물가 문제에 대한 제언

다시 그는 국가의 경영에 있어서의 또 하나의 중요한 기둥인 물가 문제에 대해서도 몇 가지 제언을 하고 있다.

물가등귀의 근본에는 국민활동의 모든 면에 걸쳐서의 낭비와 비능률이라는 것이 있다. 그것이 원인이 되어 오랜 세월에 걸친 물가등귀가 계속되어온 것이다. 그러니까 인플레이션을 근본적으로 해소시키고 장기간에 걸쳐서 물가를 안정시키기 위해서는 모두가 정치, 경제, 교육, 가정생활 등 모든 면에서 각기 근본적인 검토를 해서 그러한 낭비와 비능률을 해소하고 개선해가지 않으면 안 된다.

이것은 말하자면 장기간에 걸친 근본요법과 같은 것이다. 그러한 것을 대전제로 해서 당장 어떤 대책을 강구해야 하는가.

즉 우선 자유경제의 원칙을 충분히 살리면서 물가를 안정시킨다는 취지의 '임시물가안정법(臨時物價安定法)'이라고 할 만한 법률을 제정하는 것이다. 그 내용으로는 정부나 지방자치제가 관할하는 각종 공공요금을 쇼와 49년 12월 1일을 기하여 3년간 똑같이 일정한 수준 이하로 억제한다. 즉 값을 내리기는 할망정 올리지는 않도록 한다.

그런 일이 가능할까 가능하지 않을까. 그러한 논의보다도, 꼭 하지 않으면 안 된다고 마쓰시다 고노스케는 다음과 같은 예를 들어서 주장하고 있다.

도쿠가와(德川) 시대에는 비상시에 임해서 각 번(藩)의 영주는 백성을 구제하기 위해서 그때까지 모아두었던 소위 비축미(備蓄米)를 나누어준 사실이 있다. 봉건적인 시대에도 그런 일을 했던 것이다. 그런 뜻에서도 공공요금은 오늘날의 비상시에는 일정수준 이하로 억제하는 것이 타당하다고 생각된다.

분명히 광란하는 물가 때문에 민생이 위협받고 있는 상태 속에서는 공공요금의 억제는 현대판 비축미와 같은 뜻을 지니고 있는 것이다.

그러나 그것조차도 생각대로 되지 않는다는 것은 현대의 정치에 봉건영주만큼의 온정도 없다는 얘기가 된다. 《무너져가는 일본을 어떻게 구할 것인가》는 그런 의미에서 마쓰시다 고노스케라는 독지(篤志)의 민중사상가에 의한 현대의 직소장(直訴狀) —— 직언의 글이라고 할 수 있을지도 모른다.

또한 '임시물가안정법'에 대해서는 다음과 같은 설명이 행해지고 있다.

둘째로 그것(공공요금의 억제)과 함께 그 밖의 일반 물가도 원자재이건 소비물자이건 서비스 요금이건, 전부 공공요금과 마찬가지로 12월 1일 현재의 가격 이하로 억제하여 3년간은 인상을 일체 하지 않기로 한다. 그리고 다시 그것을 경영의 노력으로 낮추어가도록 장려한다. 그러나 그 한편으로는 그 가격의 범위에서 적정 이익을 올릴 것도 장려한다. 즉 '값을 낮추면서 적정한 이익을 올리시오' 하는 식으로 자유주의와 자유경쟁의 원칙을 충분히 살리는 것이다.

셋째로는 임금과 급료도 12월 1일을 기하여 동결시킨다. 다만 봄철의 임금인상 시기에 최고 5%의 범위에서 노사간(勞使間)의 자주적인 협의로 인상하는 것을 인정하기로 한다. 그것도 3년간 지속시킨다. 임금만이 아니라 노임(勞賃)과 같은 일당도 과거의 임금예나 물가상승을 감안해서 노동성(勞動省)이 일반의 임금에 준한 적정한 액수를 정하고 마찬가지로 3년간은 5%의 범위의 상승으로 묶어두는 것이다.

이러한 임시물가안정법이 원활하게 실시되고 또 지켜지고 있는가 하는 것의 감독은 정부의 해당 기관이 맡는 것도 좋고, 혹은 정부가 의회의 승인을 얻어서 임명한 위원회가 맡아도 좋다고 생각한다. 다만 그런 위원회를 두는 경우에 중요한 일은 위원이 되는 사람은 되도록 20년 이상 실제적인 경영활동을 해서 성공한 경험이 있는 65세 이하인 사람을 주로 하는 것이다.

오늘날 경제활동은 침체되어 있다. 그러니까 보통때라면 그 활동을 활성화시켜서 경기를 자극해야 할 것이다. 그러나 실제로 그렇게 하면 물가가 올라가기 때문에 총수요 억제책을 취해서 경기를 자극하지 않도록 하는 것이다.

이처럼 공공요금을 비롯한 일체의 물가를 일정수준 이하로 억제하면서 자유경쟁의 원칙을 살린다면 경기가 회복되어 경제활동이 왕성해지더라도 결코 인플레이션으로는 되지 않는다. 더구나 앞에서 말한 바와 같이 고등교육을 정비 축소시킴으로써 인력도 충분히 확보된다. 그러니까 경제활동이 왕성해져서 집을 짓는 데에도 도로를 만드는 데에도 자연을 보다 아름답게 개발하는 데에도 모든 면에 있어서 원활하게 극히 문화적인 건설을 적극적으로 할 수가 있다. 또 그런 일은 장래를 위해서도 꼭 해야 된다고 생각한다.

또한 그 밖에도 '교사의 소득 배가' '경제안정국채(經濟安定國債)'

'국비 20% 절감' '공공기업의 재기론(再起論)' 등을 전개한 다음, 마쓰시다 고노스케는 '이상 무너져가는 일본을 구하기 위한 구체적인 방책으로서 교육의 근본적인 개혁과 인플레이션의 극복에 대하여 얘기했다. 그리고 이런 것은 당장에 착수해야 된다고 생각한다. 때는 일각을 다툰다. 하루가 늦어지면 그만큼 어려워질 것이다.

물론 이것은 일본을 구하기 위한 방책이 일부이지 전부는 아니다. 또 여기에서 말한 것은 개혁안의 골자이므로 실제로 행하는데 있어서는 더욱 자상한 배려가 필요함은 말할 것도 없다. 그러기 위해서는 교육의 개혁도 포함해서 모두의 혁명의식이 필요하다고 강조하고 있다.

새로운 출발

쇼와 50년(1975)에 마쓰시다 고노스케는 새로운 평생의 사업으로서 방대한 체계적인 저술(著述)에 착수하여 주어진 시간을 모조리 거기에 집중시키게 되었다.

그 주제는 '인간도(人間道)'이다. 이미 그 제1권은 세상에 나왔다. 거기에 대해서는 제9장에서 상술하겠는데, 이 작업을 통해서 그가 목표로 하는 것은 인간의 존엄성 위에 선 새로운 인간도의 확립이다. 쇼와 47년에 나온 《인간을 생각한다》에 있어서 그는 이미 말한 바와 같이 인간헌장을 확립할 수가 있었는데, 더욱 왕성한 구리구도(究利求道)의 정신은 거기에 안주하는 것을 허락하지 않고 더욱 커다란 달성으로 그를 몰아세웠던 것이다.

그 전체의 모습이 어떤 것일지는 세월이 지나야 알 수 있다. 그렇더라도 일본이 낳은 세계적인 경영가로서 하나의 시대를 창조할 정도의 활약을 한 그 사람이 또다시 하나의 정상을 향하여 등반을 시도하려고 하는 그 열성적인 모습은 아름답고도 감동적이다. 그 존재는 인간의 웅대한 가능성을 나타내는 증거로서, 청량산맥처럼 명확하게 시대를 관통하여 많은 사람에게 끝없는 격려와 안심을 주고 있는 것이다.

제 9 장 마쓰시다 고노스케와 PHP

—— 내일을 여는 조류

초토(焦土) 속에서

마쓰시다 고노스케 소장(所長) 이하 8명으로 이루어진 'PHP 연구소'가 마쓰시다 전기산업 본사의 한 구석에서 자그마한 규모로 발족한 것은 쇼와 21년의 가을인 11월 3일의 일이다.

국화 향기 드높은 메이지(明治)의 가절(佳節)은 이미 지나가고 패전의 국토에 부는 바람은 조의공복(粗衣空腹)인 몸에 으스스하게 스며들었다.

같은 날 일본의 신헌법이 공포되었다. 일본이 지녀야 할 항구적인 평화와 공포 및 결핍으로부터의 해방을 주창한 그 전문(前文)은 격조높은 것이었다.

그러나 국민의 눈앞에 있는 현실은 그것과는 거리가 먼 것이었다. 전쟁의 공포는 사라졌지만 새로운 사회불안이 거기에 대신했고 결핍과 황폐는 물심양면에 걸쳐 현저해져서 전쟁의 깊은 상처를 드러내고 있었다.

물론 국민으로서도 패전의 몸에 닥쳐오는 현실이 준엄한 것임은 각오하고 있다. 그것을 참으면서 머리 위에 푸른 하늘이 펼쳐질 날을 기다리고 있었던 것이다.

본능적이라고 할 만한 재건에의 노력은 느리기는 하지만 이미 일본의 모습을 바꾸어가고 있었다. 불탄 자리를 뒤덮은 재건에의 에너지는 괄목할 만했다.

쇼와 44년 11월에 발행된 잡지 〈PHP〉 임시 증간호의 '제자리를 보존하면서'라는 논문 속에서 마쓰시다 고노스케는 당시를 회고하여 다음과 같이 썼다.

지금부터 20여 년 전 일본은 미국과 영국 등을 상대로 거의 4년 동안 전쟁을 했다. 그 전쟁은 처음 3년간은 일본의 국외에서 행해졌지만 나머지 1년 동안은 국내에서도 행해졌다.

전쟁이라고 하지만 그것은 일본이 일방적으로 공격을 받았을 뿐이어서 일본의 수많은 도시가 공습에 의한 폭탄 세례를 받았던 것이다. 그 때문에 일본은 불과 1년 사이에 거리건 건물이건 지상에 건설된 것의 태반이 파괴되어 온통 초토가 되고 말았다. 그런 모습으로 일본은 종전을 맞았던 것이다.

때문에 종전 당시의 일본은 많은 사람들이 살아갈 집도 없고 입을 옷도 없으며, 또 그날그날 먹을 것조차 모자라는 상태였다. 사람들은 불탄 자리에 산더미 같이 쌓여 있는 폐물을 앞에 두고 망연해서 어찌 해야 할 바를 모를 형편이었다.

하지만 사람들은 이윽고 정신을 가다듬고 용기를 내서 우리 집과 우리 마을, 그리고 일본의 부흥과 재건에 착수했던 것이다.

짧은 문장 속에 당시의 경과와 정경이 정확하게 그려져 있다.

그러나 그 재건을 진척시켰던 것은 무엇인가. 그것은 당시의 명물이었던 '암시장(闇市場)'으로 상징되는 무정부적이라고도 할 만한 민간의 에너지에 의해서 거의 지탱되고 있었던 것이다.

정치는 무력했고 게다가 많은 과오를 범함으로써 오히려 끓어오르려는 재건에의 에너지를 억제하는 방향으로조차 작용하고 있었던 것이다.

그 때문에 신헌법이 내세우는 높은 이념도 국민에게는 허황된 것으로밖에 들리지 않았다. 그 결과로 전반적으로 정치불신이 만연되어 뿌리를 내려가고 있었다. 그것은 일본의 재건에 있어서 결코 바람직한 모습이라고는 말할 수 없었던 것이다.

PHP 연구소가 발족한 것은 바로 이런 상황 속에서였다. 마쓰시다 고노스케가 연구소를 창시한 동기로는 당시의 점령행정하에 있어서 사업가로서의 활동의 태반이 봉쇄되어 있었던 점과 그 때문에 울적한 감정을 푸는 데에 고심하고 있었던 점 등 개인적인 사정도 있었다. 그러나 그러한 것을 초월해서 더욱 그를 몰아세우는 것이 있다.

물심(物心)이 하나라는 생각

PHP가 발족함에 있어서 내세운 것은 '번영' '평화' '행복'이라는 세 가지 기본이념이다.

창립 당초에 나온 《PHP 연구소와 PHP 운동》이라는 제목의 소책자 속에서 마쓰시다 고노스케는 그 명칭의 유래를 설명하고, 다시 PHP에는 기초적인 PHP 연구와 그 성과를 보급 전달해가는 실천부분으로서 PHP 운동의 양면이 있는데, 그것은 한 마디로 하면 인류에게 번영을 가져오기 위한 연구이고 운동이다, 라고 말하고 있다.

또한 번영에 대해서는 그것이 단순히 물질적으로 풍요한 것이 아니라 정신적인 풍요도 아울러 갖춘 상태로서 물심이 하나라는 것이고 알기 쉽게 말하면 마음도 풍요하고 몸도 풍요한 상태를 말하는 것이라고 그 해석을 시도하고 있다.

이 물심이 하나라는 생각은 일찍부터 마쓰시다 고노스케의 내부에 있었던 것이다. 그것에 의하여 산업인으로서의 사명관을 확립할 수 있었고 안심입명(安心立命)을 할 수가 있었던 사고방식이기도 했다.

어떤 의미에서는 PHP 이론의 연결부분이라고도 할 만한 것이다.

이상에서 말한 것처럼 PHP의 사고방식은 극히 알기 쉬워서 누구라도 이해하는데 힘드는 것은 아니다.

그러나 우리는 평소에 이런 문제에 대해서 극히 되는 대로의 인식밖에 가지고 있지 않음을 깨닫는다. 그 결과로 부지중에 잘못된 판단을 내리거나 과오를 범하거나 한다. 나무에 올라가서 생선을 찾는다든가, 그와 비슷한 종류의 어리석은 짓을 하고 있는 것이다.

그저 행복해지고 싶다고 함부로 돌아다니기만 해서는 결코 행복해질 수 있는 것이 아니다. 그것을 원하지 않고는 아무것도 이루어지지가 않는 것이므로 원하는 것은 좋다. 그러나 그와 동시에 확고한 방책을 갖지 않으면 안 되는 것이다.

PHP를 시작한 동기

마쓰시다 고노스케가 PHP 연구소를 창설하게 된 동기에 대해서는 이미 간단히 언급했지만 그는 앞에서도 소개한 《PHP 연구와 PHP 운동》이라는 소책자에서 거기에 대하여 더욱 상세하게 말하고 있다.

종전을 맞은 지 벌써 1년여가 지나는 동안에 국내 각방면에 여러 가지 변혁이 이루어졌는데, 지난 11월 3일에는 민주와 평화를 지향해서 개정된 일본국 헌법이 공포되어 새로운 일본의 나아갈 길은 명백해졌다. 다만 이것은 어디까지나 첫 걸음을 내디뎠을 뿐이어서 앞으로 그 지향하는 바를 실현시키느냐 못 하느냐는 우리의 노력의 여하에 달려 있다. 이에 우리도 바짝 정신을 차려야 하고 세계 각국도 주목하고 비판하게 될 것이다. 우리는 앞으로 정치에 경제에 교육에 문화에 그 밖에 모든 부문에 걸쳐서 과오가 없는 작업을 해나가지 않으면 안 된다. 우리가 이제부터 해내지 않으면 안 될 일은 상당히 많고 그 질에 있어서도 복잡다단하다.

그러면 종전 이후 오늘날까지의 형편을 돌이켜보고 그 앞길을 내다보면 아무래도 이대로는 점점 궁핍해질 것이라고밖에 생각되지 않는다. 패전의 아픔을 치유하는 데 오랜 시일이 걸린다는 것은 미리부

터 각오는 했지만 이제 이쯤에서 적어도 우리 나라가 다시 일어설
기미를 보여야 한다고 생각한다. 경제의 근간을 이루는 생산에 대해
서 보더라도 전후의 회복의 기미는 잠시로 그치고 전반적으로 보아
위축된 채로이며 소위 식량위기만은 연합군 사령부의 지원에 의하여
견디어왔지만 기초자재의 생산은 부진하고, 따라서 각종의 생산에
있어서는 부득이 이제까지 저장했던 것으로 이럭저럭 메꾸고 있는
데에 지나지 않는다. 만일 이 여분마저도 없어지면 어떻게 될 것인
가, 그 결과는 상상하고도 남음이 있다. 그것도 우리 나라에 없는 것
에 대해서는 덮어두더라도 있는 석탄을 캐내지 못하는 것이 실정이
고, 또 모처럼 미국에서 수입한 면화(綿花)도 이용하지 못하고 있다.
이대로는 안 된다는 것은 아마 누구나 절실하게 느낄 것이다.

이 혼미(混迷)를 벗어나려는 노력은 각 방면에서 계속되고 있는
모양이기는 하지만 지금까지는 유감스럽게도 국민이 전도에 희망을
갖도록까지는 가지 않는다. 그 원인은 여러 가지라고 생각하지만, 근
본적으로는 국민이 마음으로부터 납득해서 함께 실천해가지 못하는
점에 있는 것이 아닐까. 우리가 적은 힘을 돌보지 않고 여기에 PHP
연구를 생각해내고 PHP 운동을 일으켜서 우리 나라의 현상 타개를
위해서 기여하겠다고 생각한 것은 참으로 참을래야 참을 수 없는 기
분에서 나온 것이다. 우리는 단순한 한 개인의 작업으로서 이것을 시
작하여 아무런 권력도 갖지 않은 채 우리가 생각하는 바를 많은 사
람에게 납득시켜서 그런 사람들과 함께 실천해가려고 하는 것이 본
뜻이다.

또한 여기에서 마쓰시다 고노스케는 '없는 것은 어찌 되었었건 일본에
서 파낼 수 있는 석탄조차도 변변히 파내지 못하는 것은 도대체 어찌
된 일인가' 하고 의문을 표명하고 있다. 거기에 대해서는 훗날 이런 얘
기가 있다.

PHP 운동의 하나로서 강연회와 좌담회가 활발하게 열렸는데, 어느 날 마쓰시다 고노스케는 재판소에 강연을 하러 갔다.

소장 이하 재판관들이 수십 명 모여서 그의 얘기를 들었다. 얘기가 끝난 다음에 질의응답으로 들어가서 한 젊은 판사가 일어나,

"석탄이 나오지 않는다고 마쓰시다 씨는 말했습니다. 분명히 그렇다고 생각하는데, 그럼 그 나오지 않는 이유는 어디 있다고 생각하십니까?"

하고 물었다. 그 무렵에 채탄량이 적다는 것은 심각한 에너지 위기로서 사회 문제화되고 있었던 것이다.

그 물음에 대해서 마쓰시다 고노스케는, 그 이유는 석탄에게 물어보십시오, 석탄은 나오기가 싫다고 말하고 있습니다, 하는 뜻의 말로 대답했다. 그 논지(論旨)는 다음과 같은 것이었다.

당시 석탄은 국가를 위해서 필요불가결한 에너지원이었다. 그 공급이 극단적으로 부족하다는 것은 산업과 민생에 커다란 영향을 주고 있었다.

그런데 거기에 대한 정부의 생각은 이렇게 소중한 석탄이기 때문에 싼 가격으로 공급해야 한다는 것이었다. 그리고 그 값을 싸게 못박았던 것이다.

이런 사실은 당연히 석탄산업 자체를 부당하게 압박하여 그 생산의 욕을 저하시키는 결과가 되었다. 채탄량이 적은 원인은 그런 점에도 있었다.

마쓰시다 고노스케는 그것을, 석탄이 나오기가 싫다고 말하고 있다, 하고 의인법을 써서 극히 인상적으로 설명하고 있는 것이다.

그 다음에 마쓰시다 고노스케는 다음과 같은 말을 덧붙이고 있다.

원하는 물건, 필요불가결한 것이기 때문에 싸게 입수해야 한다는 사고방식이 당연한 것처럼 되어 있는데, 생각해보면 이만큼 묘한 얘

기도 없다. 이것은 인간에 비유하면, 당신은 유능한 사람이어서 기업을 위해서 꼭 필요한 사람이니까 싼 급료로 일해주는 것이 당연하다고 말하는 것이나 마찬가지여서 모순도 이만저만이 아니다. 인간이라면 그런 취급에 누구라도 이의를 단다. 만약 석탄도 말을 할 수 있다면 항의를 할 것이다.

선명하게 사물의 본질을 파악하는 논법이다. 더구나 우회적인 논리가 아니고 직접적이어서 극히 알기 쉬웠다. 젊은 판사에게는 그 '알기 쉽다'는 점이 어쩐지 불만스러웠던 것이리라. 이론으로 굳어지고 그것을 머리가 좋은 것이라고 자인하고 있는 사람에게는 흔히 있는 일이다. 그러나 그는 마쓰시다 고노스케의 설명을 듣고 "알았습니다." 하며 납득을 하고 자리에 앉았다.

필요불가결한 것, 값어치가 있는 것에 대해서는 거기에 상응하게 지불한다는 것. 이것이 번영을 위한 사고방식이다. 그러나 그것이 국민에 대하여 무거운 부담을 주는 것이어도 안 된다. 그러기 위해서는 국민에게 풍부한 구매력이 갖추어져 있을 필요가 있다. 그런 균형이 잡힌 상관관계 속에 바로 번영의 본질이 있다.

그와 같이 순환이 잘 되면 인재도 물품도 자연히 원활하게 공급되게 된다. 그렇지 않은 것은 정치가 잘못되어 있어서 그 자연스러운 흐름을 어디에선가 저해하고 있기 때문이다.

PHP의 연구란 그러한 구조를 연구하여 그 타개를 위한 구체안을 생각해내는 것이고, PHP 운동은 그 실천에의 전개를 도모하는 것이다. 그것이 PHP의 사고방식이고 실천이었다. 그것은 결코 무슨 무슨 주의라고 하는 국한된 사고방식이 아니라 진리에 대해서 열려진 태도이고 그렇게 해서 발굴된 진리의 실사회에 대한 살아 있는 적용임을 알 수 있다.

극히 알기 쉬운 논리를 쓰고 있는 것도 PHP의 특징이다. 이것은

PHP의 본질에 관계되는 극히 중요한 일이다. 알기 쉽다는 사실은 진리를 보급하려고 하는 운동에 있어서 천지를 나는 날개와 같은 것이다. 또 알기 쉽도록 유의하는 태도 자체가 대중에 대한 올바른 전개라는 방향을 지향하고 있는 것이다.

PHP 연구와 운동의 목적

다음에 마쓰시다 고노스케는 'PHP 연구와 운동의 목적'으로써 그 지향하는 바를 설명하고 있다.

우리는 먼저 인생의 올바른 의의를 파악한 다음에 우리의 일을 해나갈까 한다. 우리는 모두(冒頭)에서 말한 바와 같이 인류에게 끊임없이 높아져가는 번영을 가지고 옴으로써 그 평화와 행복을 실현시키는 데에서 인생의 의의를 찾고 싶다. 그리고 그 방법은 단적으로 말하면 천지 자연의 이치에 따르는 것으로 귀착된다고 생각된다. 과학이나 종교도 천지 자연의 이치에 따르는 데에서 그 가치가 발견된다. 우리들 인간의 지정의(智情意)도 원래 자연으로부터 부여된 것으로써, 우리는 이것을 최대한으로 활용해서 그 완전한 조화 속에서 행동해야 한다고 믿는다. 그런데도 지금까지는 걸핏하면 자연을 경시하고 인간의 지혜와 재주를 그 본연의 한계 이상으로 지나치게 중시하는 것으로 생각한다. 인류 번영의 근원은 천지 자연의 이치에 따르는 데에 있다. 이것이 앞으로의 정치 경제의 요체(要諦)이기도 하다. 즉 자연으로부터 주어진 인간성을 살려가는 데에서 번영은 생겨난다. 우리는 언제나 이 점을 반성해서 항상 겸허한 마음을 가지고 일을 해나가야 한다.

PHP 연구가 목적하는 바는 요컨대 위에서 말한 것과 같은 의미에 있어서 인류에게 번영을 가져올 방책을 수립하는 데에 있다. 자연으로부터 주어진 인간성을 무엇에도 사로잡히는 일이 없이 솔직하게 관찰하여 이것을 정확하게 분석하고 이해해가는 데에 번영의 열쇠가 있다. PHP 연구는 이런 사고방식에 의해서 그 연구를 진행시키고 그 성과를 PHP 운동에 의하여 널리 경영상으로 또 정치 경제의 실제에 적용시켜갈까 한다. 옛부터 이런 생각이 없었던 것은 아니지만 그 동안 많은 사람들이 자연의 이치를 구명하려는 한 걸음의 노력도 없이 개인의 지혜와 재주에 지나치게 의지했기 때문에 효과를 올릴 수 없었던 것이다. 우리는 먼저 이 이치를 밝혀서 이것을 구체적인 방책으로 만들어 다소나마 사회에 공헌하고 싶다고 생각하는 것이다.

그렇지만 우리는 독선의 과오를 범해서는 안 된다. 우리의 신념은 결코 우리의 발명도 아무것도 아니다. 생각하건대 우리가 오늘날 이 정도의 문화생활을 할 수 있는 것은 우리들의 선인이 열심히 연구해서 여러 가지 진리의 탐구에 진력해주신 덕분이다. 우리는 이 선인들에게 감사를 드리는 동시에 그 노력을 이어받고 스스로의 힘을 다해서, 다시 이것을 후대에 전하지 않으면 안 된다. 그렇기 때문에 우리는 선인이 남긴 것을 잘 연구 음미하고 또 각 방면에서 유식한 사람들의 가르침을 받아야 한다고 생각한다.

인류의 번영을 실현하는 길은, 만약 우리의 생각이 천지 자연의 이치에 맞는다면 자연은 아낌없이 이것을 우리에게 주는 것이어서 말하자면 자연 속에 묻혀 있는 것을 끄집어낸다는 것이 되는 셈이므로 그다지 어렵게 생각할 것은 없다고 믿는다. 우리는 적은 힘이나마 최선을 다하여 인류 번영의 길을 연구하고 빠른 기회에 그 성과를 차례로 실행에 옮겨 널리 일반에게 보급시킬 수 있다면 이보다 더 다행한 일은 없다.

여기에서는 이 인생을 살아간다는 것, 보다 잘 산다는 것의 의미가 요약되어 하나의 지침으로서 제시되어 있다. 그것은 바꾸어 말하면

PHP라는 것은 인류의 진보에 따라서 끊임없이 직접 실현해가는 것이다.

 그것은 결코 하나의 한정된 생활방식을 의미하는 것이 아니다. 오히려 그 반대로 한 사람 한 사람이 그 특유한 맛을 충분히 살리고 재능을 아낌없이 꽃피워감으로써 백화제방(百花齊放)의 풍요한 사회가 실현되는 것을 의미하고 있다.

 거기에 대하여 마쓰시다 고노스케는, 문화가 높은 개방된 사회란 직업의 종류가 많아서 사람들이 자기 생각대로 다양한 생활방식을 가지고 자신을 꽃피울 수 있는 그런 사회라고 말하고 있다.

 그것이 또한 인류의 새로운 가능성을 꽃피우는 곳으로도 이어져가는 것이다. 이와같이 괄목할 만한 광휘에 넘치는 한없는 생성발전의 사회야말로 PHP가 지향하는 사회이다.

 이렇게 말하면 '그것은 결국 실현이 불가능한 영원한 유토피아라는 것이 아닌가' 하고 말할지도 모른다. 그러나 PHP가 지향하는 것은 어떤 하나의 정해진 모양의 미래의 사회상이 아니라 생성발전의 과정 그 자체이고 기쁨에 넘쳐서 그 과정을 살아가는 일인 것이다. 그리고 그 가운데에 바로 현실의 유토피아가 존재한다는 사고방식이다.

 그것은 또한 인간에게만 있고 다른 동물에게는 없는 고도의 생활방식이기도 하다.

 번영의 개념도 풍요의 개념도 시대에 따라서 달라질 것이다. 그것은 결코 고정적인 것이 아니다. 그것이 진보라는 것이다. 사람은 그 어느 과정을 힘껏 살아간다. 앞의 대에서 물려받은 바통을 뉘우침이 없이 다음 대에 넘겨주기 위해서 주어진 코스를 힘을 다하여 달린다. 그것은 각자가 자기에게 주어진 소임을 그 나름대로의 방법으로 충분하게 완수하는 것이기도 하다. 여기에서는 그러한 것이 언급되고 있는 것이다.

 그렇게 말하고 보면 그것은 분명히 사람이 그렇게 살아갈 만한 값어치가 있는 철학임을 알 수 있다. 이러한 철학을 갖느냐 갖지 않느냐에 따라서 생활방식은 크게 달라진다.

PHP 연구와 운동의 구조

실제로 PHP 연구와 운동은 어떤 구조에 의해서 전개되는 것인지에 대해서는 다음과 같이 설명되어 있다.

이상 말한 취지에 따라서 우리는 우선 PHP 연구소라는 것을 설치하고 여기에서 PHP 연구를 전력을 기울여 진행시키기로 했다. 이 연구소에서는 천지 자연의 이치를 해명한 여러 선현(先賢)의 학설을 바탕으로 해서 널리 일반 대중의 중지(衆智)를 받아들이고, 다시 각 방면의 학식있는 사람들의 논설을 참작해서 소위 천하의 소리를 종합하여 현실에 적합한 방책을 마련한다. 그러나 이 연구는 어디까지나 실행을 목적으로 하는 것이므로 단순히 연구의 결과를 정리하는 것으로써 족하다고 할 수는 없다. 그래서 이 연구소에서 마련된 PHP 방책은 정부와 국회와 정당과 노동조합과 경제단체와 언론기관 등등에 건의 제안해서 그 실행을 요망하는 동시에, 또 이것이 일반대중에 의해서 실행되도록 해야 한다. 여기에 PHP 운동이 필요해지는 것이다. PHP 운동은 일반대중의 소리를 PHP 연구소에 도입하는 동시에 PHP 방책을 일반 대중에게 실행시키는 운동이다. 이 운동을 위해서 널리 PHP 벗의 모임을 조직해간다. PHP 벗의 모임은 PHP 운동에 찬동하는 사람들이 지역에서 또는 직장에서 모여서 번영의 반도에 대하여 생각하고 토론하며 그 결과를 PHP 연구소에 도입하는 동시에 PHP 연구소가 마련해낸 방책 스스로 솔선해서 실행해가는 모임이다.

PHP 연구소는 지난 11월 3일 일본국의 헌법을 공포한 길일을 택하여 개소식(開所式)을 올리고 PHP 방책의 연구를 진행시키고 PHP 운동의 실천방안을 짜내고 있다. PHP 운동은 당장 PHP 연구

소를 중심으로 해서 진전시키기로 하고, 앞으로 결성될 PHP 벗의
모임은 PHP 연구소가 그 본부가 되어서 종합적으로 그 활동을 신장
시켜나가는 것이다. PHP 벗의 모임에 대해서는 별책 《PHP 벗의
모임 안내》를 읽은 다음에 하루라도 빨리 각 방면에서 결성되기를
바라는 바이다.(《PHP 벗의 모임 안내》는 생략)

이것에 의해서 PHP 연구소라는 것이 단순한 연구단체가 아니라 사
회적인 실천을 목표로 하는 것이고, 또한 벗의 모임의 최소에서도 엿볼
수 있듯이 서로가 굳게 얽힌 조직을 만든다는 구상 위에 서 있음을 알
수 있다.

당면한 연구과제

PHP 방책은 인류에게 끊임없는 번영을 가져다주는 것을 목적으
로 하는 것이므로 그 다루는 범위는 여러 부분에 이르는 넓은 것이
되는 셈이다. 그러나 우리 나라의 당장의 곤경을 타개하기 위해서 특
히 급속하게 마련해야 할 것을 제1차 연구의 10개 목표로 해서 우선
이것을 다루기로 한다. 그 내용은 다음과 같다.

제1차 연구 10목표

첫째, 일하는 자에게 풍요한 생활을

근면하고 올바른 자가 일을 해도 그날의 생활에 쫓겨서 나날이 궁
핍해지는 것은 뭐라 해도 건전하고 명랑한 사회가 아니다. 우리는 그
런 사람들이 환희에 넘쳐서 활동하면서 점차 번영의 길로 나아가는
것을 실현시킬 방도가 있음을 확신하고 이 구체적인 방안을 신속하
게 연구한다.

둘째, 자유롭고 밝은 활동을

함부로 번거로운 조직이나 법령의 힘을 가지고 사람들을 움직이려

고 해도 잘 되지 않는다는 것은 이미 실험이 끝났다. 어디까지나 인간성에 바탕을 두어 사람들이 지닌 지정의 활동을 자유롭게 활달하게 신장시키고 기쁨과 감격으로써 일하면서 나날의 생활을 즐기도록하는 방책이 있음을 확신하고 이의 구체적인 방안을 신속히 연구한다.

셋째, 민주라는 말의 올바른 이해를

민주라고 말끝마다 떠들고 있지만 아직 진정한 민주의 정신을 사람들은 모르고 있다고 생각된다. 개인의 인격 완성이 민주의 기초라는 것과 서로가 존중하는 것이 민주의 발로라는 것을 이해하고 실천해서 명랑하고도 겸허한 생활태도를 정립하기 위한 구체적인 방책을 연구한다.

넷째, 노사 각자가 자기 소임을

노동문제의 해결은 현재 경제 안정상의 근본적인 중요 문제이다. 생각건대 우리의 넓은 의미에서의 근로에 의해서 이루는 수밖에 없다. 근로자와 자본가와 경영자가 각자의 소임을 외면한 채 대립 투쟁하는 것은 옳은 길이 아니라고 믿는다. 이 점에 대하여 사람들이 납득한 해결책을 찾아내기 위하여 진지한 연구를 한다.

다섯째, 먼저 낭비를 없앤다

나라의 시설이나 활동에도, 사회생활에도 너무나 낭비가 많음을 통감한다. 번영의 길은 낭비의 배제부터 시작해야 한다. 큰 낭비는 누구나가 깨닫기 쉽지만 의외로 눈에 띄지 않는 곳이나 필요하다고 생각되는 곳에 오히려 많은 낭비가 있다고 생각한다. 이것을 구체적으로 발견해서 배제하는 방책을 연구해야 한다.

여섯째, 국비는 적게, 효과는 크게

국비(國費)는 결국 우리의 부담으로 돌아온다. 번영의 길은 이 부담을 최소한으로 줄이고 이것에 의하여 오히려 효과적인 정치가 이루어지는 데에 있다. 우리는 국비의 절약이라는 소극적인 생각에서

백 보 더 나아가서 국비를 10분의 1로 줄이고 효과를 10배로 올릴 수 있는 방책이 있음을 확신하고 그 구체안의 연구를 빨리 진행시킨다.

일곱째, 조세는 타당하고 공정하게

국가생활을 해나가는 데 있어서 조세(租稅)가 필요하다는 것은 누구나 이론이 없는 바이지만 정직하게 노력해서 아무리 소득을 올려도 그 대부분을 징수해간다는 현행 세제는 사람들의 노력에 대한 의욕을 둔화시킨다. 또 조세의 부과가 공평과 엄정이 결여되면 정직하게 납세하는 자일수록 무거운 압박을 받게 된다. 우리는 조세의 율을 인하하고 소득 자체를 증가시켜서 소요되는 세액을 확보하는 것의 가능성을 확신하고 그 구체안을 연구한다.

여덟째, 기업의 세분화에 의해서 획기적인 번영을

경영 단위를 전문 세분화해서 각자의 직능적 경영적 재능을 자유롭고 활달하게 발휘시키는 것이 우리 나라 경제의 획기적인 번영을 초래하는 유력한 방책임을 확신하여 이것을 기조로 하는 경제 방안을 연구하는 동시에, 대규모의 기업이 필요한 경우에 대해서도 앞으로 새로운 견지에서 검토하여 민주적인 번영을 가져오도록 구체안을 연구한다.

아홉째, 일하는 자를 살려서 써라

각자는 그 능력과 기능에 있어서 천차만별이다. 적재적소라는 말은 항상 쓰이고 있으면서도 아직 이것이 행해지지 않는다고 생각한다. 학력에 의해서 사람을 평가하고 출세주의에 의해서 배치한다는 것은 차제에 대담하게 지양되어야 한다. 나아가서 정부의 요로에 있을 사람들도 참으로 그런 힘이 있는 사람을 골라내야 한다고 생각한다. 이 점에 대하여 그 실현의 구체안을 연구한다.

열째, 교육은 전인격을

교육 개선의 필요성이라는 것만큼 사람들의 입에 자주 오르는 것이 없음에도 불구하고 아직 납득할 만한 구체적인 주장을 듣지 못했다. 지난번 미국의 교육사절단이 발표한 것은 크게 경청할 값어치가 있는 최초의 것이 아닐까. 우리는 교육은 태중(胎中)에서부터 시작해야 한다고 주장하는 동시에, 지정의(智情意)의 원만한 육성을 본분으로 하는 교육은 어디까지나 교육자의 전인격이 가르침을 받는 자에게 배어드는 것이 아니면 안 된다고 믿는다. 이것을 실현시키는 동시에 이에 반하는 교육은 단연 개폐(改廢)했으면 하고 생각한다.

이상은 모두가 구체안을 얻어내기 위한 문제 제기이다. 여덟째인 기업의 세분화에 의해서 번영을, 하는 것처럼 어느 정도 구체적인 것을 제외하고는 모두 너무나 당연하고 그 때문에 오히려 잊혀지고 만 듯한 문제가 많다. 흑백이 너무나도 뚜렷한 문제가 그 때문에 논의의 대상으로도 되지 않고 사람들의 입에도 오르지 않게 된 듯한 것이다.

그러나 이런 사실만큼 세상을 나쁘게 만들고 있는 것은 없다. 이를테면 '일하는 자에게 풍요한 생활을'이라는 과제에 대해서 생각해보기로 한다.

당연한 말이다. 그 반대로 근면하고 올바른 사람이 아무리 일해도 가난하다고 하는 것은 있어서는 안 되는 일이다. 그런데 현실은 이쪽이 당연한 것으로 되어 있다. 누구도 그것을 괴이하게 생각하지 않고, 그런 사실에 분노도 느끼지 않게 되었다. 새삼스럽게 그런 말을 하는 쪽이 우습다고 할 정도이다. 두려운 것은 모두가 이런 사실에 아픔을 느끼지 않게 되는 일이다.

개중에는 언제나 문제가 되어서 사람들의 화제에 오르면서도 현실적으로는 어쩔 수 없는 그런 문제도 있다. 학력 편중의 폐단이라든가 교육 개선의 필요성이라는 것들이 그렇다.

그러나 말뿐이고 실제로는 행해지지 않는다면 문제로 삼지 않는 것이나 마찬가지다. 다만 그 중에는 개혁에 착수하려고 해도 구체적으로 어떻게 해야 될지 그 방안을 몰라서 방치대고 있는 문제도 있다.

그 구체안을 연구하겠는데 여러분도 생각해봐달라고 호소하는 것이 PHP이고 너무나 당연해서 문제시 되지 않는 것이 커다란 사회악으로 되어 있는 것을 새삼스럽게 문제로 삼아서 모두가 그쪽으로 주의를 기울이도록 하는 것도 PHP이다. PHP가 하려고 하는 일을 이런 식으로 이해하는 것이 가장 빠른 길이 아닐까.

중지(衆知)를 모아서

마쓰시다 고노스케는 PHP의 사고방식은 결코 독창적인 것이 아니고 선인(先人)으로부터 물려받은 정신적인 유산을 발전시킨 것이라고 스스로 말하고 있다.

또 인류는 형태가 있는 과거의 물적 유산(기술 같은 것도 포함해서)의 계승과 발전에 대해서는 적극적인 관심을 나타내지만 형태가 없는 정신적인 유산에 대해서는 비교적 냉담하다고도 말하고 있다. 그 어느 것은 선대로부터 후대로 제도나 문물(文物)로서, 혹은 하나의 사상이나 하나의 가치관으로서 이어져가지만 한때에 빛을 발한 다음 영원한 생명을 갖지 못한 채 사멸되어가는 것의 허무함을 지적하고 있다.

돌이켜보면 역사라는 길고 긴 과거의 길가에는 기록도 되지 않고 전해주는 사람도 없는 채 일시적인 생명밖에 갖지 못하고 썩어간 말의 시체가 수없이 누워 있는 것이다. 그 중에는 후대에도 지혜로서 통용될 것이 있는데 애석한 일이다.

오래도록 후대에까지 살아 있는 여러 성현의 설교나 사상을 역사를 관통하는 대하(大河)라고 한다면 그것들은 이름도 없는 작은 냇물이었다.

그런 말은 '현대'라는 구분된 한 시가에 대해서도 알 수 있는 것이다. 같은 시대 사람의 발언이라도 높이 울리는 것에는 귀를 기울이지만 한 마디의 말, 무명의 사상은 그것이 절실한 것이더라도 돌아보지 않게 되는 것이 상례이다.

그 결과 인류는 과거로부터 현재에 이르는 수많은 지혜의 소산을 저장하는 일도 없고 살리는 일도 없이 마치 바구니로 물을 퍼올리기라도 하는 것처럼 헛되이 흘려버려왔던 것이다.

그 결과로 여전히 우행(愚行)을 되풀이하는 과오의 연속이다. 그것이 인간의 어리석음이라는 것을 알면서 보고만 있을 수는 없다.

훨씬 뒤의 일이지만 마쓰시다 고노스케는 '댐식 경영론'이라는 것을 전개했다. 하천에 댐을 만듦으로써 수류를 관리하고 물을 낭비없이 고도로 이용한다는 사상을 경영에 적용시킨 것이다. 그 궁극에 있는 것은 '생산을 높이고 분배를 풍요롭게 해서 모든 사람이 소비에 불편이 없도록 하는 것이 경제의 목적이다'(PHP의 말 제9 —— 경제의 목적)라는 말로 표현하고 있는 사상이다.

그 논법대로 하자면 인류는 과거부터 현재에 이르는 지혜의 흐름을 유실시키지 않기 위해서 지혜의 댐을 가지라고 하는 것이다. 그것을 도서관적이거나 백과사전적이지도 않게, 또 냉동시킨 지식으로서도 아닌 거품이 넘쳐나는 살아 있는 지혜로서, 이것을 천지 자연의 이치와 대조하면서 인류의 번영을 위한 생성발전의 자세에서 활용해가는 것이 PHP 연구 및 PHP 활동의 사고방식이다. PHP 연구가 안쪽으로 깊이 파들어가는 작업이라고 한다면, PHP 활동은 그것을 유지하고 거기에서 얻어진 성과를 밖으로 보급시키는 과정이다. 그런 의미에서는 잡지 〈PHP〉의 발행도 연구의 성과를 밖으로 향하여 내보내는 하나의 수단이다.

그런데 '처음에는 말부터'에 예외가 아니게 PHP 연구도 역시 말을 만드는 일부터 시작했다. PHP의 말 첫째 —— 번영의 바탕 —— 는 그 최초의 일일 뿐만 아니라 PHP의 기본이념이라는 주춧돌을 놓는 창시적인 일이 되었다.

PHP의 말 첫째——번영의 바탕 진리는 끝없는 번영과 평화와 행복을 우리들 인간에게 주고 있습니다.

인간이 빈곤이나 불안에 고민하는 것은 인지(人智)에 사로잡혀서 진리를 왜곡시키고 있기 때문입니다.

모두가 바른 마음이 되어서 진리 순응하도록 노력하여 몸도 마음도 풍요로운 살기 좋은 사회를 만들어야 합니다.

이것은 PHP 연구와 PHP 활동에 있어서의 인식의 출발점이기도 했다. 만들고 보면 이렇게 짧은 말이지만 진리에 대한 유연하고 바른 태세와 그 각오를 표현하고 있고 나름대로의 무게를 견디는 말이었다. 소장 마쓰시다 고노스케를 중심으로 PHP 연구소의 멤버들이 모여서 이 말을 만들 때까지에 60일이라는 진통의 기간이 있었다고 한다.

두드리고 두드린 말이 이 이상 더는 두드릴 수 없도록 줄여지는 것과 이 말에 깃든 사상이 쓸데없는 지엽(枝葉)을 버리고 엄숙하게 응결하는 것과 동시였다. 이렇게 해서 내적인 사상과 외적인 말은 서로 떨어질 수 없도록 조응(照應)하면서 시처럼 짧은 문장으로 결정되었던 것이다.

이렇게 해서 'PHP의 말' 하나씩 쌓여서 나중에 《PHP 어록(語錄)》이 PHP 연구소에서 출판되었다. 마쓰시다 고노스케가 이 짧은 시 같은 'PHP의 말'에 기울이는 정열은 보통이 아니었다. 거기에는 마쓰시다 고노스케의 사상이 농도 짙게 나와 있다.

PHP의 말

여기에 그러한 '말' 몇 개를 골라서 소개하기로 한다. 다음과 같은 말이 있다.

▨ 인생의 의의

인생이란 생산과 소비에 의한 영위입니다. 물심양면에 걸친 좋은 생산과 좋은 소비가 좋은 인생을 만듭니다.

좋은 생산과 좋은 소비를 하기 위해서는 정신문화의 향상과 물질 문화 발전을 도모하지 않으면 안 됩니다. 정치도 경제도, 과학도 예술도, 종교도 교육도 모두 이 목적을 실현시키는 데에 의의가 있고 이것을 떠나서는 아무런 가치도 없습니다.

모두가 좋은 생산과 좋은 소비를 영위하기에 애쓰고 널리 번영, 평화, 행복을 실현시켜서 인생의 의의를 다해야 합니다.

이것은 쇼와 7년 5월에 자각한 바가 있었던 '산업인의 사명'이라는 것을 더욱 크게 전개시킨 것이다. 사람은 모두 각자의 입장에 있어서 생산자이고 동시에 소비자인데, 좋은 인생과 좋은 사회를 만들어내기 위해서는 좋은 생산자이고 좋은 소비자로서의 자각을 가져야 한다.

가령 한 알의 쌀에도 그것을 만든 사람의 선의와 노고가 담겨져 있음을 생각하면 그것을 소비하는 사람도 소홀히 다룰 수는 없을 것이다. 거기에서 한 알의 쌀을 중간에 두고 생산하는 자와 소비하는 자의 눈에 보이지 않는 접촉이 생겨난다.

무엇을 만들고 무엇을 소비하더라도 그렇다. 사회란 요컨대 그러한 영위를 통해서 사람들의 마음이 겹쳐지는 장소이고 그런 일을 통해서 다시 새로운 가치를 만들어내는 장소이다. 신을 만드는 사람도 과자를 만드는 사람도 자동차를 만드는 사람도 하나의 나사를 만드는 사람도 그런 일을 통해서 하나의 가치를 창출하여 사회와 관계를 갖게 된다는 자각을 높여감으로써 그 일은 더욱 빛을 더해가는 것이다.

그러한 생산문화가 있으면 거기에 상응하는 것으로서의 소비문화가 있다. 물건을 만드는 것도 물건의 생명을 살리는 것이고, 그것을 소비하는 것도 물건의 생명을 살리는 것이다. 이것은 물질문명이고 동시에 정신문명이다. 그 매듭 즉 융합점에 인간이 있다. 이 짧은 말 속에는 이러한 것이 요약되어 있는 것이다.

▨ 학문의 사명

자유를 넓히고 질서를 높여서 사회의 생성발전을 초래하는 곳에 모든 학문의 의의가 있습니다.

자유를 좁히고 질서를 문란하게 해서 생성발전을 방해하는 근본은 개개의 학설에 사로잡혀서 학문의 종합과 조화가 없어지는 데에 있습니다.

학문의 의의를 깨닫고 이것을 살리는 힘은 현명하거나 어리석음을 막론하고 바른 마음으로 사는 것에 의해서 생겨납니다. 거기에서 좋은 정치, 경제, 문화가 흥성하고 인류가 번영합니다.

얼핏 보기에 진보적인 모습을 갖춘 학설이나 사상도 실은 그러한 반진보적인 역할을 하고 있다는 실례가 사회에는 많다.

무서운 독(毒)이란 얼핏 보아서 금방 독이라는 것을 알 수 있는 독이 아니라 이와같이 눈에 보이지 않는 독이고 사람에게 도움이 되는 약의 모습을 한 독이다.

현대는 어떤 의미에서 눈에 보이는 독이 범람하는 시대인 동시에 눈에 보이지 않는 독에 심각하게 침해당하고 있는 시대라고 말할 수 있다. 그 언설(言說)이 분명하고 논리적인 구조가 아무리 멋지더라도 그런 것에만 현혹되어서 그 본질을 잘못 보지 않도록 하는 일이 중요하다. 요컨대 의상(衣裳)과 알맹이를 잘못 보지 않을 일이다.

속이 비어 있는 사람일수록 심하게 겉치장을 해서 자신을 분식(粉飾)하려는 경향이 있다는 것도 또한 사실이다.

그런 의미에서 '학문의 의의를 깨닫고 이것을 살리는 힘은 현명하거나 어리석거나를 막론하고 바른 마음으로 사는 것에 의해서 생겨납니다' 하는 말은 이러한 현대에 있어서 헤아릴 수 없는 무게를 지니는 것이다. 아는 척 똑똑한 척하는 것은 자신에게나 사회에나 아무런 이익도 되지 않는다. 참된 지혜는 가끔 우직하도록까지 단순하고 평범한 모습을 하고 있는 것이다. PHP의 사상도 역시 그런 것이 아닐까.

또한 여기에서는 '질서'란 자유를 구속하는 큰 칼이 아니라 자유를 확대하고 발전시키기 위한 기반이라는 민주주의의 근본이념이 나타나 있다. 자유란 결코 무질서의 대명사여서는 안 되는 것이다.

▨ 바른 마음

바른 마음이란 관용적이고도 사심이 없는 마음, 널리 남의 가르침을 받는 마음, 분수를 즐기는 마음입니다. 또 정중동(靜中動)이고 동중정(動中靜)의 작용을 하는 마음, 진리로 통하는 마음입니다.

바른 마음이 자라면 마음의 움직임이 고조되고 사물의 도리에 밝아져서 실상(實相)을 잘 파악할 수 있습니다. 또 그 하는 바에 막힘이 없고 결국에는 원만하고 충분한 인격을 대성해서 대오(大悟)의 경지에도 도달하게 됩니다.

바른 마음이 되는 데는 우선 그것을 바라는 일에서부터 시작해야 합니다. 기꺼이 모든 사람의 가르침을 듣고 자신도 연구하고 정진해서 이것을 거듭해가면 차츰 바른 마음을 터득할 수 있게 되는 것입니다.

바른 마음의 반대는 완고하게 경직된 마음, 마디가 많이 생겨 비뚤어
져서 구석구석에까지 피가 통하지 않게 되어버린 마음, 오래된 재처럼
식어버린 마음, 의심이 많은 마음 등 여러 가지가 있겠지만, 요컨대 마
음 본연의 부드러움과 싱싱함을 잃어버린, 말하자면 마음의 잔해(殘骸)
또는 마음의 유적이라고도 할 만한 것이다.

그것은 '일찍이 여기에 마음이 있었음'이라는 것을 뜻하기는 하지만
이미 마음으로서의 기능을 잃어버리고 있는 것이다. 그런 마음만큼 진
리와 인연이 없는 것은 없다. 왜냐하면 그것은 이미 구축되어버린 자기
중심적인 가치관과 사고의 회로(回路) 밖으로는 한 발자국도 나가려고
하지 않고 신선한 혈류(血流;情動)의 회생을 완강하게 거부하고 있기
때문이다.

이러한 마음에서 좋은 마음의 작용을 구하는 것 자체가 무리다. 그리
고 그런 마음일 때 그 인간의 생물학적인 연령과는 관계없이 그 사람의
성장은 이미 정지되어 살아 있으면서도 죽은 것이나 다름없다. 왜냐하
면 인간은 살아 있는 동안 진보하는 것이고 그것은 마음이라는 영역에
서만 나타날 수 있기 때문이다. 그 기능을 일찍부터 봉쇄해버리고 그저
관성적으로 살고 있는 사람은 육체는 젊더라도 진정으로 살아 있다고
는 말할 수 없다.

그와 반대로 마음이 부드럽고 탄력적이어서 자유자재로 작용하고 있
다면 육체적인 연령과는 별도로 그 사람은 젊다고 하겠다.

그런 의미에서 마쓰시다 고노스케라는 사람만큼 마음의 가능성을 몸
소 크게 나타내고 있는 존재는 드물다. 비슷한 연배나 혹은 연장자를
가르치는 것은 조금도 어려운 일이 아니다. 그러나 그것이 정신적인 젊
음을 수반하고 있느냐 하는 단계가 되면 또 다르다. 경영가로서 은퇴했
음에도 불구하고 마쓰시다 고노스케가 여전히 현재 일선에 있는 사람
처럼 날카로운 마음의 눈초리를 느끼게 하는 것도 그러한 정신의 젊음
에 의한 것이다.

마쓰시다 고노스케에게 있어서 경영은 젊음의 커다란 원천의 하나인 동시에 그 젊음이 경영의 원천이기도 했다. 그 경영이 결코 오랜 세월의 경험의 집적이라는 저장고에 의지한 것이 아니었음은 계속해서 전개되어간 새로운 경영사상에 따른 실험에 의해서도 알 수 있다. 때로 그는 용서없이 자기 자신이 이룩해낸 과거의 경영의 소산을 부정해버리는 일조차 감당했던 것이다.

스스로 '고령에 의한 경영능력의 한계'를 표명하고 은퇴한 것도 반대로 말하면 그 정신의 젊음과 건재함을 나타내는 것이었다. 만약 경영자가 그 임무를 수행할 수 없을 정도로 고령이 된 경우는, 육체적인 장애 등의 사유를 자각할 수 있을 만큼 표면화된 경우는 별도로 하고, 스스로는 그런 판단을 내릴 수가 없어서 은퇴의 시기를 놓치거나 주위의 권유에 맡기거나 하게 되기 쉬운 것이다. 이런 것들도 바르고 부드러운 마음으로 사물을 올바르게 판단할 수 있기 때문이다. 그것은 다음과 같은 인식으로도 이어진다.

▨ 생성발전

생성발전이란 날로 새롭게라는 것입니다. 낡은 것은 사라지고 새로운 것이 태어나는 것입니다.

이것은 자연의 이치여서 목숨이 있는 것이 죽음에 이르는 것도 생성발전의 모습입니다. 이것은 만물 유전(流轉)의 원칙이고 진화의 도정(道程)입니다.

모두가 날로 새로워져야 합니다. 끊임없는 창의와 연구에 의해서 이것을 생성발전의 길로 살려갈 때 거기에는 끝없는 번영과 평화와 행복이 생겨납니다.

진리를 퍼올리는 커다란 그릇

마쓰시다 고노스케는 남의 얘기를 잘 듣는다. 젊을 때부터의 습관이다. 현재도 그렇다. "자아, 얘기해주십시오. 이렇게 나는 듣고 있습니다." 하는 것처럼 귀를 기울이는 모습에는 온화한 윗사람의 풍격(風格)이 있다. 부지중에 상대를 끌어들이고 만다.

그것은 어디까지나 '귀로 듣는' 것이 아니라 '마음으로 듣는' 것이다.

마쓰시다 고노스케에게 있어서 '듣는다'고 하는 것은 공자가 60세가 되어서 '이순(耳順)'의 경지에 도달하여 들을수록 천지 만물의 이치에 통달해갔던 것과 마찬가지로 배운다는 말의 동의어(同義語)이기도 했다. 그의 귀는 항상 여러 소리 가운데서 진리의 소리를 가려 들으려고 하는 것처럼 기울이고 있었던 것이다.

마쓰시다 고노스케는 '중지(衆知)를 모은다'는 말을 좋아했다. 그것은 '듣는' 일이고 '받아들이는' 일이다. 또한 그것을 저축해서 활용하는 것을 의미한다.

그것은 그대로 PHP의 기능 속에도 도입되었다. PHP는 두 개의 귀를 가지고 있어서 그 하나는 '현대의 학자와 유경험자의 연구 체험에서 가르침을 받기' 위해서 열리고, 또 하나는 'PHP의 소리와 희망 및 제안에 의한 중지'를 위해서 열려 있는 것이다.

우선 천지 자연의 이치라는 것이 있다. 이것은 앞에서도 말한 바와 같이 PHP에 있어서의 인식의 출발점이고 모든 기조(基調)가 되는 것이다.

그 기조 위에 서서 선인들의 위대한 가르침을 배워서 스스로를 연다. 그 배우는 방법은 석가면 석가, 그리스도면 그리스도라는 식으로 한정되는 일이 없이 그 밖에 많은 성현의 가르침에서 나온 것을 종합적인 소산으로 받아들여서 잘 소화한 다음에 피와 살로 만드는 것이다. 어느 특정한 사상에 치우치면 아무래도 거기에 사로잡힌 사물에 대한 견해와 사고방식밖에 갖지 못하게 된다.

그렇게 안 되기 위해서는 세상에 있는 여러 가지 사상과 여러 가지 사고방식을 마음을 비우고 접촉해보고 거기에서 되도록 편견이 없는 견해와 사고방식을 기르는 수밖에 없다. 상식적이기는 하지만, 가장 틀림이 없는 그리고 언제나 스스로의 치우침을 고치는 수평선으로서 천지 자연의 이치에의 조응(照應)을 게을리하지 말 것. 한정된 인지(人知)를 끝없는 것으로 확대해가는 열쇠도 거기에 있다. "나는 다행히 마르크스도 레닌도 읽지 않았기 때문에 하나의 입장에 사로잡히지 않고 자유로운 사고방식을 가질 수가 있었다." 하고 마쓰시다 고노스케는 후에 말했다.

이 '읽지 않았다'고 하는 것이 공부를 하지 않아서 안 읽었다는 것이 아니라 거기에 치우치게 되는 것을 받아들이지는 않았다는 것이다. 그것은 좋은 것은 무엇이든지 받아들인다는, 말하자면 건전한 치아와 소화력을 지닌 '잡식(雜食)의 사상'이라는 것이기도 하다. 잡식이 인류를 번영시켜온 것이다. 그것은 환언하면 한정된 생각에 사로잡히지 않은 진리를 퍼담기 위한 보다 큰 그릇을 마음속에 갖는다는 것이기도 했다.

PHP 왕국의 형성

출발 당초는 주로 강연회와 좌담회를 중심으로 전개되어온 PHP 연구와 운동은 쇼와 22년 4월에 잡지 〈PHP〉가 창간되고부터는 언론 활동상의 거점을 갖게 되었다.

〈PHP〉 창간호에는 '지식은 지식이다'라는 제목으로 다음과 같은 권두언이 실려 있다.

근대의 사고방식은 지식이나 재능에 너무나 많이 중점을 두는 나머지 그것들이 인간사회를 움직이고 있는 것으로 생각된다.

옛날에는 인지(人智)가 아직 깨치지 않아 무지몽매한 사람들의 넉넉하지 못했던 생활이 지식과 재능이 발달함에 따라 현저하게 풍요

롭게 되고 즐거운 가운데 영위되기에 이르렀다. 그런 면에 있어서
'지식은 힘'이 되었다. 그러나 지식을 너무나 중시한 나머지 지식만
발달시키면 틀림없이 좋은 사회가 출현한다고 생각하여 지식을 위해
서 지식을 찾는 사태로까지 도달하고 말았던 것이다.

결국 사용하기 위해서 닦은 지식 때문에 오히려 인간이 사용당하
고 있는 것으로 생각된다. 하지만 지식은 어디까지나 지식이지 결코
그 이상의 것은 아니다. 그것은 인간이 이용함으로써 비로소 존재의
의의를 가질 수 있는 것이다.

그러므로 아무리 이것을 풍부하게 가졌다 하더라도 영혼이 닦여져
있지 않으면 아무런 소용이 없다. 뿐만 아니라 지혜나 재주가 악용되
는 경우에는 얼마나 슬픈 결과가 초래되는지, 지난번의 전쟁이 일어
난 원인의 하나도 이런 점에 있었던 것이 아닐까 하고 생각된다.

지식과 재능을 닦는 일에 의해서만 인간이 훌륭해질 수 있다는 종
래의 사고방식을 단호하게 타파하지 않으면 일본의 재건은 도저히
바랄 수 없을 것이다.

또한 이 호에는 '번영을 위한 정치' 야베 사다하루(矢部貞治), '어째
서 일본은 원자폭탄을 만들지 못했나' 기쿠치 마사오(菊地正士), '세태
를 해부한다' 후지다 마사가쓰(藤田正勝) 등의 평론과 시평 외에 각계
명사에 의한 엽서 회답 '우리가 먼저 반성해야 할 점·지금 가장 곤란한
일이라고 생각하는 것'과 수필, 시, 소설 등이 게재되었는데, 마쓰시다
고노스케 자신도 '방담(放談)·번영 논의'를 발표했다. 이것은 그 후 오
랜 기간에 걸쳐서 계속해서 쓰여진 번영론에의 첫 페이지라고도 할 만
한 것이었다.

또한 마쓰시다 고노스케도 잡지 〈PHP〉는 많은 사람이 읽을 뿐만 아
니라 자기 자신에 있어서도 널리 세상의 영지(英智)를 듣고 중지를 모
으기 위한 공부의 터전이라고 말하고 있다.

〈PHP〉는 적은 부수로 출발해서 한 걸음 한 걸음 그 발판을 구축해 갔는데, 창간 후 20년 가까이 지난 쇼와 40년경에는 그 발행부수가 급격하게 증가해서 사회적으로도 큰 영향력을 갖게 되어 기성의 상업 저널리즘에도 의연한 일대 왕국을 형성하기에 이르렀다.

이 잡지에서 특색적인 것은 서점에서의 판매만이 아니라 기업 단위나 직장 단위로 집단으로 구독하고 있는 예가 매우 많은 점이다. 읽고 버리는 오락잡지 같은 것과 달라서 아주 유익하게 읽히고 있다는 것을 말해주는 사례도 수없이 많았다.

마쓰시다 고노스케가 '일본의 번영보'를 힘들여 쓰기 시작한 것도 이 무렵부터다. 쇼와 42년 10월에는 고쿠데쓰(國鐵) 교토 역(京都驛)에 가까운 규조(九條) 한 모퉁이에 PHP를 상징하는 듯한 밝고 멋진 현대적인 감각이 넘치는 빌딩이 세워져서 본거지가 되었다. 쇼와 21년에 창시되었을 때에는 몇 명에 지나지 않았던 직원도 이제는 1백 명을 넘게 되었다.

인간헌장에의 도달

쇼와 47년 8월에 PHP 연구소에서 출판된 《인간을 생각한다》라는 책은 마쓰시다 고노스케에게 있어서 기념할 만한 저작이었다.

그것은 마쓰시다 고노스케의 오랜 세월에 걸친 인간 응시(凝視)의 커다란 도달점을 나타내는 것이고 그 부제를 '새로운 인간관의 제창'이라고 했듯이 비소하고 쇠약해진 실존적 인간관 속에서 잊혀져 있는 인간 본래의 위대함과 고귀함을 전 인류적 전 우주적인 규모에서 추구하고 앙양시킨 것이어서 바로 인간의 제왕학(帝王學)이라고 부를 값어치가 있는 것이었다. 거기에는 뜻을 잃은 상태에 빠져 있는 전인류로 하여금 한번 읽어서 분기하도록 하는 인간복권의 선언이 소리높이 외쳐지고 있었던 것이다.

먼저 권두에 실은 '새로운 인간관의 제창'에서는 다음과 같은 주장이 나타나 있다.

우주에 존재하는 모든 것은 항상 생성되고 끊임없이 발전한다. 만물은 날로 새로워서 생성발전은 자연의 이치이다.

인간에게는 이 우주의 움직임에 순응하면서 만물을 지배하는 힘이 주어져 있다. 인간은 끊임없이 생성발전하는 우주에 군림하여 우주에 숨겨진 위대한 힘을 개발하고 만물에 주어진 각각의 본질을 찾아 이것을 살리고 활용함으로써 번영을 창출할 수가 있는 것이다.

그러한 인간의 특성은 자연의 이치에 따라 주어진 천명(天命)이다.

이 천명이 주어져 있기 때문에 인간은 만물의 왕자가 되고 그 지배자가 된다. 즉 인간은 이 천명에 따라서 선악을 판단하고 시비를 정하여 모든 것의 존재 이유를 밝힌다. 그리고 어떤 것이라도 인간의 판정을 부정할 수는 없다. 참으로 인간은 숭고하고 위대한 존재이다.

이 뛰어난 특성이 부여된 인간도 개개의 현실적인 모습을 보면 반드시 공정하고 힘센 존재라고는 말할 수 없다. 왕왕 빈곤에 빠지고 평화를 염원하면서도 어느 사이에 싸움으로 지고 새며, 행복을 얻으려고 해도 가끔 불행이 찾아온다.

그런 인간의 현실이야말로 스스로에게 주어진 천명을 깨닫지 못하고 개개의 이해득실이나 지혜와 재능에 사로잡혀서 나아가려고 하는 결과에 지나지 않는다.

즉 인간의 위대함은 개인적인 지혜나 개인적인 힘으로 충분히 발휘되는 것이 아니다. 동서고금의 여러 성현을 비롯하여 수많은 사람들의 지혜가 자유롭게 아무런 방해도 받지 않고 앙양되면서 융합되어갈 때 그때그때의 총화된 지혜는 중지가 되어서 천명을 살리는 것이다. 바로 중지야말로 자연의 이치를 널리 공동생활 위에 구현시켜서 인간의 천명을 발휘시키는 최대의 힘이다.

참으로 인간은 숭고하고도 위대한 존재이다. 모두가 이 인간의 위대함을 깨닫고 그 천명을 자각하여 중지를 앙양시키면서 생성발전의 대업을 이룩해나가야 한다.

장구한 인간의 사명은 이 천명을 자각하고 실천하는 데에 있다. 이 사명의 의의를 밝히고 그 달성을 기하기 위하여 여기에 새로운 인간관을 제창하는 바이다.

쇼와 47년 5월

마쓰시다 고노스케

또한 이 다음 페이지에 왕자·지배·군림에 대한 풀이가 있는데, 거기에 따르면 이 인간관(人間觀)의 제창에서는 종래 약한 것으로 생각되고 있었던 인간이라는 것에 위대한 왕자로서의 인식이 주어지는 동시에 인간에 대하여 거기에 알맞는 책무와 행동이 아울러 요구되고 있는 것임을 알 수 있다. 그리고 자기의 감정이나 욕망 등에 사로잡히지 않고 올바르게 사물에 대한 가치판단을 내려서 만물을 살려간 것이야말로 왕자의 길이라고 설명하고 있다.

이 책의 서장(序章) '왜 새로운 인간관을 제창하는가' 속에서 마쓰시다 고노스케는 다음과 같은 소박한 그러나 근원적인 질문을 던지고 있다.

문화가 진보하고 문명이 발달했음에도 불구하고 인간은 똑같은 불행을 되풀이하고 있다. 그보다도 문명의 발전에 반해서 불행이 커지고 있는 면조차 보이는 것이다. 어째서 이렇게 되는 것일까.

이것은 PHP가 발족하는 근저에 가로놓여 있었던 명제(命題)이고 PHP 자체의 최종적인 명제이기도 했다. 그것은 문제의 제기인 동시에 하나의 결론이기도 했다. 모든 것은 이것의 해명에 달려 있는 것이다.

이 문제에 관해서 《인간을 생각한다》는 적어도 하나의 커다란 열쇠를 부여하고 있는 것이 아닐까.

인간세기(人間世紀)의 새로운 여명

인간에게 있어서 인간만큼 불가사의하고 수수께끼로 가득한 것은 없다. 생물학적으로는 어느 정도는 알고 있다고 하더라도, 그것만으로는 해명되지 않는 많은 부분이 남겨져 있다.

그리고 최종적인 질문은 '인간이여, 너는 도대체 무엇인가'이다. 오랜 동안 인간은 그 질문을 되풀이해왔다. 그것은 인간의 존재의 의미를 밝히는 것이었다.

각각의 시대에 각각의 인간관이 있었다. 르네상스에는 르네상스의, 그리고 에도시대(江戶時代)에는 에도시대의 인간관이 있었던 것이다. 그것은 그 시대가 갖는 정신의 반영이었다. 어느 시대에는 강한 모습을 나타내고 어떤 시대에는 약한 모습을 나타낸다.

현대의 인간관이 쇠약해져서 불모(不毛)의 꽃을 보이고 있다는 것은 앞에서도 말한 대로이다. 과학기술문명의 고도의 전개라는 것이 있으면서도 인간관이 흔들려 부정적인 방향으로 기울기 쉬운 것은 어째서일까.

인간은 과학기술문명이라는 스스로 만들어낸 강렬한 빛에 의해서 눈이 어두워져 있을 뿐만 아니라 그 존재의 윤곽이 흐려져 있는 것처럼 보인다. 그것은 인간을 위한 과학기술 문명인데도 오히려 인간이 그 앞에 무릎을 꿇어서 스스로의 주체성을 잃고 있는 것이기도 했다. 그리고 이것이야말로 현대의 위기의 근원을 이루고 있는 것이다.

그런 의미에서 이렇게 인간의 존엄성과 주체성의 회복이 강렬하게 요구되고 있는 시대도 없었다. 그것을 부정하려는 힘이 전에 없이 강하고 큰 규모를 가진 것인 만큼 그것은 당연한 일이다. 그렇기 때문에 먼저 거기에 견딜 만한 인간관이 확립되지 않으면 안 된다.

쇼와 47년 《인간을 생각한다》로 새로운 인간관을 제시한 마쓰시다 고노스케는 더욱 큰 다음 과제를 짊어지게 되었다. 그것은 그러한 인간관 위에 서서 '인간의 본질적인 삶의 방식은 어떠한 기본이념 위에 서야 하는가'를 밝히는 일이었다. 즉 '인간도(人間道)의 구명'이라는 것이다.

쇼와 48년에는 현역에서의 은퇴라는 인생의 커다란 마디를 맞았는데 그 사이에도 그는 이 문제에 계속 매달려왔다.

쇼와 50년이 되어 그것은 '참된 인간도를 찾아서'로 결정을 이루어 앞의 '인간관의 제창'과 합쳐서 《인간을 생각한다》(제1권)로써 다시 세상에 나왔던 것이다.

'참된 인간도를 찾아서'의 서장 '인간관에서 인간도로'에서 그는 그 전개의 줄거리를 다음과 같이 말하고 있다.

인간의 소망이라는 것은 사람에 따라 국가에 따라, 혹은 시대에 따라 여러 가지입니다. 그러나 여러 가지이기는 하지만 요약해보면 번영과 평화와 행복, 즉 몸도 마음도 풍요롭고 행복한 생활을 하고 싶다는 것이 인간으로서의 보편적인 심정이겠지요. 그래서 인간은 그 소망을 실현시키기 위해서 오랜 역사를 통하여 공동생활의 각 방면에 걸쳐 갖가지 노력을 거듭해왔습니다. 그런 노력에 의해서 문명과 문화가 진보하여 물질적으로나 정신적으로도 모두의 번영과 평화와 행복이 증진되어왔음은 말할 것도 없습니다. 그러나 몇천 년 몇만 년이라는 오랜 세월 동안 그런 노력이 이루어지고 또 그 나름대로의 성과가 있었음에도 불구하고 한편에서는 개인과 개인, 단체와 단체가 옛날과 다름없이 서로 다투고 모두가 혼란과 불행을 거듭하고 있는 것도 볼 수 있습니다.

이것은 도대체 어째서일까요. 번영, 평화, 행복을 지향하는 인간의 귀중한 노력이 어째서 충분한 보답을 받지 못하는 것일까요. 본래 인간에게 그러한 본질이 숙명적으로 주어져 있다면 인간이 아무리 노력을 거듭해도 결국 도로(徒勞)로 그치게 되겠지만, 그러나 결코 그렇지는 않다고 생각합니다.

결국은 모든 인간이 인간의 본질을 올바르게 분별하지 못해서 여기에 바탕을 둔 사고방식이나 걸음걸이를 가질 수 없었기 때문이 아닐까 생각합니다. 즉 인간이란 어떤 것인가 하는 기본적인 이념이랄까 인간관이라는 것이 진정으로 명확해져서 그 기본에 비추어서 인간의 모든 활동이 이루어져왔다면 지금까지보다는 훨씬 바람직한 공동생활의 모습이 실현되어 있으리라고 하는 것입니다. 그러니까 앞으로 우리가 보다 좋은 공동생활의 조화와 발전을 원한다면 무엇보다도 먼저 인간의 본질을 올바르게 바라보고 또 밝혀가지 않으면 안된다고 생각합니다.

그래서 인간이란 무엇인가 하는 기본문제를 생각하기 위해서 '새로운 인간관'을 제창하여 인간의 본질은 도대체 무엇인가에 대하여 이제까지의 통념에 사로잡히지 않고 생각해보았습니다. 그리고 인간에게는 만물의 왕자로서 끊임없이 생성발전하는 우주에 군림하여 만물을 지배 활용하는 위대한 권능과 역할이 천명으로서 부여되고 있다는 것을 밝혀왔던 것입니다. 이와같이 뛰어난 천부의 특질을 가지고 있는 것이 인간이다. 따라서 모두가 이 새로운 인간관에서 중지를 모으면서 그 위대한 본질을 차츰 발휘하여 물심이 함께 풍요한 생활을 영위해야 한다. 거기에 인간의 영원한 사명이 있다, 하고 말한 것입니다.

그럼 다음에 생각해야 할 것은 그런 위대한 본질을 발휘하는 인간의 걸음걸이는 어떤 것인가 하는 얘기입니다.

왕자로서의 인간의 본질은 알았습니다만, 그 본질의 자각 위에서 인간이 도대체 어떻게 걸어가야 하는가, 인간의 공동생활에 있어서 구체적으로 어떤 생각으로 모든 활동을 해나가야 하는가, 어떻게 하

면 인간의 본질이 발휘되는가, 그런 새로운 인간관에 바탕을 둔 인간
이 나아갈 길을 생각해야겠습니다.

　모든 인간이 공동생활을 운영하는 데 있어서 그 방법이라는 것은
여러 가지로 생각할 수 있습니다. 하지만 여러 가지 가운데 가장 근
본이 되는 것, 즉 인간의 본질에 비추어서 생각한다면 이런 방법이
가장 바람직하다, 이렇게 하면 반드시 공동생활의 참된 조화와 향상
이 생겨난다, 하는 방법이랄까 길이 있는 것이 아닐까요. 그러한 길
을 찾아내고 여기에 따라서 공동생활의 모든 활동이 영위되어간다면
인간의 위대한 본질이 원활하게 발휘되고, 영원한 인간의 사명도 착
실하게 달성되리라고 생각합니다. 그러한 길을 여기에서 '인간도'로
구하여 찾아냈으면 하고 생각합니다.

　마쓰시다 고노스케는 이 책에서 인간이 정말 인간으로 살아가기 위
한 기반으로서 공동생활이 지닌 의의의 크기와 무게를 강조하고 있다.
이를테면 원시적인 형태의 공동생활이라면 동물에게도 있지만 공동생
활의 향상을 고도의 목적의식과 목적에 의해서 끊임없이 추진시키려고
노력하고 있는 것은 인간뿐이고 이야말로 인간의 본질과 관계되는 것
이라고 말하고 있다. 그럼에도 불구하고 고도의 문명단계에 이른 지금
도 인류는 전과 같은 싸움과 불행을 되풀이하여 공동생활이 본질적으
로는 그다지 향상되지 않는 것은 어째서일까. 그것은 인간이 인간이라
는 자각과 인식을 충분히 하지 않아서 그 본연의 자세를 잊고 있기 때
문이다.

　새로운 인간관의 확립이란 그러한 자각과 인식으로 되돌아간 원점에
서의 재제기(再提起)이고 인간도의 확립이란 그 자각과 인식 위에 서서
인류의 공동생활이라는 것을 다시 보고 그 가운데 있어서의 인간의 자
세를 재발견한다고 하는, 말하자면 묻혀진 근원에의 웅대한 재발굴 작
업이다. 마쓰시다 고노스케는 여기에 대하여 '후기(後記)'에서 "이러한

소론(所論)은 수백만 권의 책으로 쓰더라도 전부 논할 수 없는 큰 문제
이고 더구나 여러분들의 가르침을 받으면서도 나의 일종의 체험과 직
관에서 출발했기 때문에 개중에는 참으로 내용이 조잡하고 비약이 심
하다고 느끼는 분도 계시리라고 생각합니다."라고 전제하면서, 앞으로
도 더욱 이 주제를 파고들겠다고 얘기하고 있다. 그야말로 80세의 초
심(初心)이다. 그 책의 다음 문장으로 끝맺을까 한다.

　인간에게는 만물의 왕자로서의 천명이 있다. 그러한 천명의 자각
위에 일체의 것을 지배 활용하면서 보다 나은 공동생활을 만들어내
는 길이 즉 인간도이다.
　인간도는 인간으로 하여금 참된 인간으로 만들고, 만물로 하여금
참된 만물이 되게 하는 길이다. 그것은 인간과 만물 일체를 있는 그
대로 인정하고 용인하는 것에서 시작된다. 즉 사람도 물건도 삼라만
상의 모든 것은 자연의 섭리에 의해서 존재하는 것이므로 한 사람이
나 한 물건일지라도 이것을 부인하고 배제해서는 안 된다. 거기에 인
간도의 바탕이 있다.
　그 있는 그대로의 용인(容認) 위에서 일체의 천부의 사명과 특질
을 간파하면서 자연의 이치에 따라 적절한 조치와 처우를 하여 모든
것을 살려가는 데에 인간도의 본뜻이 있다. 이 조치와 처우를 그르치
지 않고 해나가는 것이야말로 왕자로서의 인간 공통의 귀중한 책무
이다.
　그러한 인간도는 풍부한 예절의 정신과 중지에 바탕을 둠으로써
비로소 원활하고 보다 올바르게 실현된다. 즉 항상 예절의 정신에 뿌
리를 내리고 중지를 살리면서 일체를 용인하여 적절한 처우를 해나
가는 데에서 만인 만물의 공존공영(共存共榮)의 모습이 공동생활의
각 방면에서 저절로 생겨나게 되는 것이다.
　정치, 경제, 교육, 문화, 기타 물심양면에 걸친 인간의 여러 활동은

모두 이 인간도에 바탕을 두고 힘차게 실천해나가야 한다. 거기에서 일체의 것이 그때그때에 따라 제자리를 얻어서 모든 것이 조화 속에 살아나 공동생활 전체의 발전과 향상이 날로 새롭게 창출되는 것이다.

바로 인간도야말로 인간의 위대한 천명을 여실히 발휘시키는 대도 (大道)이다. 여기에 새로운 인간도를 제창하는 연유가 있다.(동서에서)

마쓰시다 전기가 중소기업이었을 무렵에 마쓰시다 고노스케는 진지하게 고민하는 일이 종종 있었다. 종업원 중에 몇 사람인가 좋지 못한 사람이 있어서 그것을 어떻게 할 것인가 하는 일로 고민하고 있었던 것이다. 결벽하고 타협을 용서하지 않는 그의 성격으로서는 참을 수 없었던 것이다. 그러나 그는 고민을 거듭한 끝에 경영자로서의 깨달음을 얻어서 이 문제를 극복했다. 그 깨달음이란 다음과 같은 것이다.

일본을 예로 들고 보더라도 국민 중에는 일정한 사회적 기준에 비추어봐서 바람직하지 못하다고 생각되는 사람이 어떤 비율로 존재하고 있다. 때로는 법에 저촉되는 사람도 있다. 그러나 국가는 그런 사람들에게 국법에 따라서 벌은 주지만 형(刑)이 끝나면 일반 사회로 맞아들이고 국외로 추방하거나 국민의 자격을 박탈하거나 하는 일은 없다.

즉 동등하게 국민으로서 처우하고 있는 것이다. 그리고 그런 사람들도 아울러서 살려가는 구조로 작용하고 있는 것이다.

그것은 기업에 대해서도 말할 수 있지 않을까. 이렇게 '포용적(包容的)'인 생각에 섰을 때 마쓰시다 고노스케는 비로소 경영자로서의 커다란 안심을 느꼈다고 한다. 이러한 생각이야말로 '인간의 경영'이라는 것을 지나서 장차 '인간도'의 확립에 이르는 중요한 도정(道程)을 나타내는 것이었다. 그것은 결코 탁상의 공론이 아니라 이상과 같은 인간 응시(凝視)와 실천 속에서 초래된 것이었다.

▨ 역자 후기

봄의 기운이 채 무르익지 않은 나의 정원은 아직도 아름다운 잔설이 남아 있고 살을 에는 듯 차갑게 불어오는 바람이 나의 뺨을 얼얼하게 했다. 그러나 정원의 밑바닥에서부터는 무언가 따스함이 올라오는 듯이 느껴졌다. 그러한 정원을 바라보면서 나는 마쓰시다 씨가 지금까지 지내왔던 80년의 세월도 이렇듯 엄격함과 따뜻함으로 일관되어온 것은 아닐까 하는 감회를 금치 못했다.

엄격함은 따뜻함이며 따뜻함은 엄격함이다. 경영자로서의 마쓰시다 씨는 결국 그러한 양면을 가지고 일에 임해왔던 것은 아닐까. 나는 항상 이런 생각을 가지고 멀리서부터 마쓰시다 씨를 바라보아왔다.

나는 평소 마쓰시다 씨에게 존경과 친애감이 섞인 감정을 지녀왔다. 그것은 예를 들자면 '무언의 도움'이기도 하고 일본이라는 커다란 무대에 등장한 위대한 인물에 대한 열렬한 성원을 뜻하기도 한다.

언제부터 그러했을까. 아마 그의 존재와 이름이 내 마음을 사로잡게 된 것과 같은 시기부터 그러했을 것이다. 그러고보니 마쓰시다 씨에게는 사회라는 무대에서 명배우가 될 만한 소질을 느끼게 하는 부분이 있다. 이 세계에서 보기 드문 역할을 부여받았고 또 그것을 훌륭히 연기해내고 있다는 점이 바로 그것이다.

물론 그 역할이라는 것은 세속적으로 주어진 어떤 임무가 아니라 사람의 일을 초월한 천부적인 소임이다. 이 책에는 그러한 가슴속에 꿈을 키우고 그 꿈을 이루어가는 위업의 역정이 극적인 긴장감을 이루며 전개되고 있다.

대중에 대한 강력한 흡인력을 가진 입지전적인 인물이라는 점에서도 배우로서의 마쓰시다 씨는 완벽하게 조건을 충족시키고 있다. 따라서 국민적인 그의 인기도 당연한 것이다.

그러나 마쓰시다 씨의 일생은 단순한 입지전의 범주에 그치는 것이 아니라 그 이상의 무언가가 있다. 그것을 말로 표현해야 하는 나는 적절한 단어를 찾을 수가 없다. 구태여 말하자면 인간은 누구나 무한한 가능성을 가지고 있는 것이라는 것이다. 하늘은 종종 그것을 인간에게 실증시켜주기 위해, 그리고 시들어가는 인류의 꿈을 불러일으키기 위해 특정한 사람을 선택하여 그 역할을 수행시키는 것인지도 모른다.

그러한 의미에서 마쓰시다 씨는 하늘의 은총을 받은 사람으로서 이 세상에서 삶을 누린 것인지도 모른다. 양친을 비롯해 육친이 단명했는데도 불구하고 홀로 유유하게 장수를 누리면서 성층권 비행을 즐긴 것도, 그 사명에 기초한 것일 것이다. 또 젊었을 때부터 상당한 곤혹을 치른 것도 모두 선택된 인간에게 부과된 시련이었는지도 모른다.

마쓰시다 씨가 대사업을 완수하고 게다가 정신적인 사업에도 열정적인 자세로 몰두하는 것은 마음 든든할 뿐이다.

마쓰시다 씨는 사업으로서도, 인생의 달인으로서도, 사상가로서도 많은 싹을 가지고 있는 사람이었고 기회있는 대로 그 싹을 훌륭히 틔워왔다. 이 책에도 상당수 집약되어 있듯이 그가 때로는 경영방침 발표라는 형태로, 때로는 사내훈시 또는 외부 강연, 방송, 집필 등을 통해서 계속 얘기해온 것도 모두 자신이 가진 싹을 틔워서 토양에 뿌리 내리고 하나의 나무로 성장해달라는 것이었다. 또 그는 토양에 뿌리 내린 싹이 잘 자랄 수 있도록 정성들여 물을 주기도 했다.

앞으로 새롭게 시작된 정신적인 사업도 잘 되기를 바란다. 이 책에서 내가 전하려고 했던 것도 앞에서 얘기한 마쓰시다 씨의 모습이며 뜻이다. 따라서 이 책은 일의 업적을 쫓아가면서도 그의 뜻을 충실히 대변하고 있는 새로운 형태의 책이라고 할 수 있다.

당신을 영원한 감동의 세계로 안내할

完訳版 世界 名作100選
100 Famous Literary Works

일신서적출판사

121-110 서울·마포구 신수동 177-3호
공급처 : ☎ 703-3001~6, FAX. 703-3009

당신을 영원한 감동의 세계로 안내할

完訳版 世界 (100 Famous Literary Works) 名作100選

54 안네의 일기	안네 프랑크	83 오만과 편견	제인 오스틴
55 달과 6펜스	서머셋 모음	84 설 국	가와바타야스나리
56 나 나	에밀 졸라	85 일리아드	호메로스
57 목로주점	에밀 졸라	86 오디세이아	호메로스
58 골짜기의 백합 (外)	오노레 드 발자크	87 실락원	J. 밀턴
59 60 마의 산 Ⅰ Ⅱ	도스토예프스키	88 나의 라임오렌지나무	바스콘셀로스
61 62 악 령 Ⅰ Ⅱ	도스토예프스키	89 서부전선 이상없다	E. 레마르크
63 64 백 치 Ⅰ Ⅱ	도스토예프스키	90 주홍글씨	A. 호돈
65 66 돈키호테 Ⅰ Ⅱ	세르반테스	91 92 93 아라비안 나이트	
67 미 성 년	도스토예프스키	94 말테의 수기 (外)	R. M. 릴케
68 69 70 몽테크리스토백작 Ⅰ Ⅱ Ⅲ	알렉상드르 뒤마	95 춘 희	알렉상드르 뒤마
71 인간의 대지 (外)	생텍쥐페리	96 사랑의 기술	에리히 프롬
72 73 양철북 Ⅰ Ⅱ	G. 그라스	97 타인의 피	시몬느 보브와르
74 75 삼총사 Ⅰ Ⅱ	알렉상드르 뒤마		
76 크리스마스 캐럴	찰스 디킨스		
77 수레바퀴 밑에서 (外)	헤르만 헤세		
78 햄릿 · 리어 왕 (外)	세익스피어		
79 80 쿠오 바디스	셴키에비치		
81 동물농장 · 1984년	조지 오웰		
82 도리안 그레이의 초상	오스카 와일드		

ⓤ 일신서적출판사

121-110 서울 · 마포구 신수동 177-3호
공급처 ☎ 703-3001~6, FAX. 703-3009

*계속 간행중입니다.

마쓰시다 고노스케의 생애

지은이 다이 히사미쓰
옮긴이 신 일 성
펴낸이 남   용
펴낸데 一信書籍出版社

121-110 서울 마포구 신수동 177-3
등 록 : 1969. 9. 12. No. 10-70
전 화 : 703-3001~6
FAX : 703-3009

ISBN 89-366-1521-1

값 14,000원